2017年中国散文精选

中国作协创研部 选编

长江出版传媒 | 长江文艺出版社

图书在版编目（C I P）数据

2017年中国散文精选 / 中国作协创研部选编. -- 武汉：长江文艺出版社，2018.1
（2017年选系列丛书）
ISBN 978-7-5702-0056-6

Ⅰ. ①2… Ⅱ. ①中… Ⅲ. ①散文集－中国－当代
Ⅳ. ①I267

中国版本图书馆CIP数据核字(2017)第298115号

责任编辑：李 艳 李金龙　　责任校对：陈 琪
封面设计：泓润书装　　责任印制：邱 莉 王光兴

出版：长江出版传媒 长江文艺出版社
地址：武汉市雄楚大街268号　　邮编：430070
发行：长江文艺出版社
电话：027—87679360
http://www.cjlap.com
印刷：湖北画中画印刷有限公司

开本：700毫米×1000毫米　1/16　印张：21.375　插页：2页
版次：2018年1月第1版　　2018年1月第1次印刷
字数：324千字

定价：36.00元

编选说明

每个年度，文坛上都有数以千万计的各类体裁的新作涌现，云蒸霞蔚，气象万千。它们之中不乏熠熠生辉的精品，然而，时间的波涛不息，倘若不能及时筛选，并通过书籍的形式将其固定下来，这些作品是很容易被新的创作所覆盖和湮没的。观诸现今的出版界，除了长篇小说热之外，专题性的、流派性的选本倒也不少，但这种年度性的关于某一文体的庄重的选本，则甚为罕见。也许这与它的市场效益不太丰厚有关。长江文艺出版社出于繁荣和发展文学事业的目的，不计经济上一时之得失，与我部合作，由我部负责编选主要选本，由他们负责出版，向社会、向广大读者隆重推出这一套选本，此举实属难能可贵。

这套丛书中的中篇小说卷、短篇小说卷、报告文学卷、散文卷、诗歌卷和随笔卷六种由我们编选。

我们的编选方针是，力求选出该年度最有代表性的作品，力求选出精品和力作，力求能够反映该年度某个文体领域最主要的创作流派、题材热点、艺术形式上的微妙变化。同时，我们坚持风格、手法、形式、语言的充分多样化，注重作品的创新价值，注重满足广大读者的阅读期待，多选雅俗共赏的佳作。

我们认为，优良的文学选本对创作的示范、引导、推动作用是非常重要的，对读者的潜移默化作用也是十分突出的。除了示范、引导价值，它还具有文学史价值、资料文献价值、培育新人的价值，等等。我们不会忘记许多著名选本对文学发展所起到的巨大作用，我们也希望这套选本能够发挥它应有的作用。

由中国作家协会创作研究部编选的这六种选本，雷达同志总负责，具体的分工是：

中篇小说卷由牛玉秋同志负责；

短篇小说卷由胡平同志负责；

报告文学卷由李朝全同志负责；

散文卷由韩小蕙同志负责；

诗歌卷由霍俊明同志负责；

随笔卷由纳杨同志负责。

中国作协创研部

目录

往事依稀

说文谈史

文坛经纬

大地回声

耿耿在心

往事依稀

疼痛，是中国军人留给对手的永久记忆

乔　良

今夜，我又一次与父亲在洁白的A4纸上相遇。这位抗日战争扛过枪，解放战争渡过江，抗美援朝没负伤的老兵，此刻正通过某种神秘信息，隔空与我——一名当代中国军人，进行着父与子的量子纠缠。

他的血液在我的血管中奔突，他的嗓音在我的喉结上跳动，他的伤疤在我的背上隐痛（那是第一次参战，日本兵给他留下的印记）……潮湿的坑道，不朽的上甘岭，舍身堵枪眼的英雄黄继光，令“油挑子”望而却步的米格走廊，夺走毛岸英生命的凝固汽油弹，祖国慰问团送来的茅台和汾酒，这些儿时就熟悉的字眼，一瞬间全都在纸面上变得立体又鲜活起来。

抗美援朝，这是中国军人留给对手的永久疼痛。

客观地说，这是一场让交战双方都留下了刻骨铭心之痛的战争。对中国人来说，这疼痛来自十八万官兵的壮烈牺牲和数十万官兵的伤残；而对我们的敌人来说，却是以远强于对手的武器和火力，却最终败给对手的耻辱。对于任何一支军队来说，比伤亡更可怕的，就是对失败的记忆。六十五年后，这记忆仍如噩梦挥之不去。

三十三年前深秋的一天，当我第一次站在鸭绿江边，凝视着当年被美国军机炸断至今仍屹立江中不倒的半截鸭绿江大桥时，就在心里暗自遥想，我的父辈从这里抵达江对岸时，他们是怎样仅凭怀中揣着八个发烫的大字“抗美援朝，保家卫国”，就抱定了必胜武装到牙齿的对手的信念？

信念，真的可以战胜原子弹？或者说，它本身就是一种原子弹？

那场战史告诉我们，这是千真万确的事实。因为战史，不可改变。战史不会骗人。

当邱少云趴在被燃烧弹打着的草丛中，咬着牙把双手插进三千里江山肥沃的泥土中时；

当黄继光以他中国式的“马特洛索夫”的惊天一跃，扑向喷吐火蛇的敌人枪眼时；

当毕武斌驾驶中弹起火的轰炸机，义无反顾地扎向大和岛上的敌人雷达阵地时；

当毛泽东语气平缓地对彭德怀说“岸英，只是志愿军的一名普通战士，不能因为他是我的儿子就搞特殊。把他和其他志愿军牺牲的同志一样，葬在朝鲜的土地上”时——

这场战争的结局，就已经不可改变地注定了。

抗美援朝，这是中国军人留给对手的永久疼痛。

关于这场战争，我最欣赏的，是我的朋友兼同事徐焰将军的评价：朝鲜战争本不该打，但抗美援朝却不能不打；朝鲜战争是平局，抗美援朝却是胜利。

这貌似悖论的话里，隐藏着什么玄机？

为了探究这场战争的来龙去脉，我和我的老友王湘穗（一位抗战老兵的后代），专门写了一部书：《割裂世纪的战争——朝鲜 1950—1953》，记述那场消失在一个多甲子前的把二十世纪一切两半的战争。

在这本书里，我们探讨了朝鲜战争为什么“本不该打”。因为它是在不了解对手能力和决心情况下，发动的一场并无胜利把握的军事冒险行动，且又包含着比军事冒险更复杂的国际政治动机。

抗美援朝为什么“不得不打”？因为对手借这场战争，城门失火，殃及池鱼，悍然宣布派第七舰队封锁台湾海峡，阻挠中国完成统一大业；并一次次把炸弹投过鸭绿江对岸，让战火烧到中国人的家门口而激发人神共愤，是可忍，孰不可忍！而这一“不得不打”，就为此后的新中国打出了少有人敢兵戎相见的国际环境。

朝鲜战争为什么是“平局”？因为战争从三八线开始，兜兜转转，打了三年，最后又回到了三八线，起点变成了终点。

抗美援朝为什么是“胜利”？因为中国人民志愿军以百万血肉之躯，抗击拥有数千架战机构成空中优势和一个师火力强过我两个军的强大对手，生生把狂妄叫嚣“让大炮的发言代替谈判”的敌人，打回到了板门店，最后逼着克拉克将军沮丧地说出了美国军人最不想说的一句话：“我是第一个在没有取得胜利的停战协议上签字的美国将军。”

而比他更沮丧的，是美国二战名将布莱德雷，对这场战争的美国式评价：“我们是在一个错误的时间，错误的地点，与错误的对手，打了一场错误的战争。”

从这些在无数刀口上舔过血的美国军人口中，说出这样的话来，足以反证：

抗美援朝，是中国军人留给对手的永久疼痛。

这种疼痛，是作为军人，面对远比自己在精神要强大得多的对手时的恼怒、无奈和绝望。

半个多世纪之后，这些恼怒、无奈和绝望，还萦绕在参加过那场战争的美国老兵心头，让他们多年后写下的战场记录，至今令人动容。一位美国海军陆战队的士兵，向世人讲述了一个与我们的战史记录不一样的关于英雄杨根思的故事。

在我们的战史中，对特级英雄杨根思，是这样记述的：当全体战友牺牲后，身负重伤的他，从尸堆中站起来，怀抱炸药包，冲向敌群，与惊恐万状的敌人同归于尽……

而一位亲临其境的美国大兵，却向我们描述了他亲眼所见的另一个杨根思：在美军炮火猛烈轰击之后，战场寂静了，美海军陆战一师的大兵们，以胜利者的姿态，把印有鹰踩地球军徽的海军陆战队军旗，插在了杨根思排的阵地上。这时，令人震撼的一幕出现了。尸堆中有人在蠕动！一个穿着大衣浑身是血的人，从倒下的战友丛中站了起来，他大衣下好像怀抱着什么东西。顿时，美国大兵的枪口全都瞄准了他，在他冲上来的那一刻，他们会把他那裹着大衣的身躯，打成一团蜂窝。但是，他并没有像我们的战史书上描绘的那样，英勇地扑向敌群……而是……而是踉踉跄跄，扑向那面狰狞飘展的敌人的军旗！他扑向军旗的那一刹，拉响了怀中紧抱着的炸药包！然后，与敌人的军旗，同归于尽……

这是与我们的战史所讲述的不一样的杨根思。哪一种更真实？哪一个是真的杨根思？也许我们的战史专家，永远也厘不清这一小段历史了，但这一次，我宁可相信我们的敌人的讲述！

因为，这才是军人，这才是中国军魂。这才叫：他们将压倒一切敌人，而决不被任何敌人所屈服！即使他们也会遭受失败，甚至成为敌人的战俘，甚至被敌人在手臂上刺下侮辱性的文字，但他们宁可用碎碗片把手臂刮得鲜血淋漓，骨肉模糊，也决不接受任何来自对手的羞辱！这样的中国军人，才会给对手留下永远无法磨灭的椎心之痛。

这就是抗美援朝，中国军人留给对手的永久疼痛。

今天，这场战争硝烟散尽，已经大半个世纪了。我的父亲，一位亲历过那场战争的老兵，离开他的儿子，也快二十年了。留给我的，只有他穿着马裤，打着绑腿，站在朝鲜的坑道前日久发黄的照片。而中国人告别最近的一场战争，也已整整三十年。人们对战争的记忆，由于承平日久，正在开始模糊。更有些人，出于不可示人的阴暗心机，为了抹黑那场战争，不惜刻意抹黑在那场战争中捐出鲜血和生命的英灵。

在我看来，一场战争的得失对错，后人尽可以探讨，可以商榷；但一个民族的英雄，却永远不可商榷，更不可抹黑。英雄就是英雄，英雄是民族之灵，是民族精神的表征，是民族魂魄的载体。

一个忘记自己英雄的民族是可悲的，而任何抹黑自己英雄的人更是卑鄙之人。

特别是今天，当一场战争远去，而新的战争幽灵又在国门外徘徊之际，当互联网使每个不明历史真相的人，被各种互相冲突的信息包围撞击之际，我们该怎样看待和谈论这场战争？怎样评价和理解那些为我们今天云淡风轻的生活，去穿越炮火硝烟生死线的英雄？这对于一代没有过战争经历，渴望远离战争的人们，是一个无法绕开的严肃话题。因为，如何对待自己的战争英雄，是一个关乎国家存亡和民族存续的大课题，一个不尊重、不爱戴自己英雄的民族，将不会有人再为你而战，为你的生死存亡去贡献英雄的壮举，这样的民族，也就没有可能在下一场战争中取胜，更没有资格，在未来的民族之林中生存下去。道理就是这么简单。

作为地缘政治环境最险峻的大国，中国的周边始终潜伏着大大小小的危机。

今天，朝鲜半岛正在重新成为地缘政治搏杀的热点，总有人想像六十多年前那样，把战争的火药桶在这里再次点燃，让中国人民被迫又一次做出自己的抉择。历史告诉我们，战争从来就不是单靠和平的意愿就能避免的。而赢得和平的最好办法，就是赢得战争，或者起码具备赢得战争的能力。

所幸的是，我们这个民族并没有如我们的敌人所愿那样令人绝望。习主席用千钧之力反腐，正在使灯红酒绿、歌舞升平中昏沉的国人猛醒；而有史以来最强军改，则正使我们这支从井冈山走来，爬雪山，过草地，历十四年艰苦抗战，经三年解放战争又三年抗美援朝，赢得西——北——南三场边境战事的军队，重新迸发出威武之师、胜利之师的血性和胆气。这是民族之幸，亦是国家之幸。

作为黄继光、邱少云、杨根思的后来者，最高统帅“能打仗，打胜仗”的要求，不光是号令在全体官兵口中复诵，更是血液，在这支军队的脉管中奔流。

当黄继光连的官兵在晚点名时，齐声替他们的英雄前辈答“到”，当一支支重新建制的部队从习主席手中庄严接过军旗，当又一艘航母缓缓驶向波涛万顷的大洋，当歼-20、运-20陆续飞进人民空军的战斗序列，这支曾经所向披靡的军队，正在用有形无形的信号，向他的所有潜在对手宣示：犯中华者，虽远必诛！这就是说，任何与他较量的对手，都将被中国军人留下永久的疼痛。

让对手永久疼痛，是这支军队的永久光荣。

原载《解放军文艺》2017年10月

彭德怀昆仑山之行

王宗仁

国防部长千里迢迢要去看望几个退伍兵

1958年10月19日中午，提前降临的第一场雪三天前悄悄地落到了昆仑山中。雪后的高原，太阳出奇的明媚。天高云淡，本来离格尔木很近的昆仑山，这时看起来却显得很远。公路上的雪已经被来往的汽车飞轮碾飞了，袒露着湿漉漉的路面。天空中仍有被微风从山洼里卷起的雪片雪粒在飞舞，久久不肯落在地上。此时，正在柴达木盆地视察的彭德怀元帅乘车离开了格尔木，行进在去昆仑山中纳赤台的路上。

此次昆仑山之行，不是青海省安排的，而是彭老总自己执意提出要进一次昆仑山。陪同他的兰州军区司令员张达志中将和青海省副省长孙君一，还有青藏公路管理局局长慕生忠，都劝他不要进山，甚至车已经开动了，还在轮流着劝。

彭老总没有正面回应这些规劝和恳求，却所答非所问地说："古时候，白蛇娘娘到昆仑山盗灵芝的传说，你们还记得吗？我们这次进山如果能采到灵芝草，大家都会长生不老，这么好的事上哪里去找？"

车上的人都笑了。彭老总又说："我们今天要去的纳赤台，传说不是文成公主当年梳妆打理自己的地方吗？我要不去看看那位皇帝千金待过的梳妆台，她在九泉之下也会提意见的！"说着，他哈哈一笑，才露出了他此行昆仑山的真实打算："去纳赤台是我早就考虑好了的，此事在我这次柴达木之行的计划之内。"大家既觉得好奇又感到是个重要的问题，正想着探问一番。倒是彭老总自己给大家露了一点秘密，他说："纳赤台有个硼砂厂，硼砂厂有三个还是五个工人——我记不清了，他们是从山东退伍的海军战士，趁着这次来柴达木工作，我要去看看他们！"

国防部长千里迢迢去看望几个退伍兵，这情够深了，这意也够浓了！到底是怎么回事呢？

元帅竟然牢牢记住了这几个脱下军装的兵

原来，头年春天从格尔木纳赤台硼砂厂直寄北京国防部的一封来信，摊放在彭德怀的案头，信上写着国防部长亲启。多大的事啊，还要彭老总亲启？信是几个退伍战士写的，反映的都是他们吃喝拉撒睡日常生活中存在的一些不尽如人意的问题。

你如果关心群众疾苦，它就是大事情；你假如睁一只眼闭一只眼听任它存在，也不会饿死人。彭老总看了这封来信，记住了这个硼砂厂职工生活是需要领导去关心的。

再说那几个写信的退伍兵，从内地初到高原很不适应这里艰苦的生活，带着情绪写了这封信，反映的情况虽然基本真实，但难免有些夸大之辞。信上说，昆仑山这个地方太艰苦，终年积雪不化，冰冻三尺。房屋简陋透风露雪，缺柴少煤饭生菜冷。还说他们的工资也不高，那么一点钱到手后，想给父母寄些零花钱，连个邮局都找不到……出出怨气发发牢骚而已，创业的人谁能不遇点艰难。信发出去了，气总算出了一半，他们该干什么还照样干好。昆仑山日出日落，不冻泉月辉月晕，生活依旧向前走着，创业的日子平平淡淡又蛮富挑战性，几个退伍兵做梦也没有想到，他们发牢骚的信真的会让彭德怀元帅看到，而且他竟然牢牢地记住了这几个脱下军装的兵。

雪后的青藏高原变得异常寂静，雪山、冰河、戈壁都在倾听阳光的诉说。

总会有耐寒抗旱的植物可以在昆仑山扎根的

汽车在山中的一块平地上停下，纳赤台到了。彭老总先后走访了砖厂、养路道班后，问同行的人：硼砂厂在哪里？走，咱们去看看。大家已经知道了他的心愿，便指着一个山坳里几排矮矮的泥草压顶的小屋说，那就是硼砂厂。

彭老总踏碎地上还未完全化掉的积雪，疾步前往。路上，他俯身抓起一把沙土，在手心揉揉，沙土从指缝间落下，随风而去，他身上也落了些许尘土。他说：“这里果然干燥得很嘛，荒凉，风头也蛮厉害，一棵草都看不到，难怪初来乍到的战士生活不习惯。”他招招手，让硼砂厂的一位领导来到他身边，嘱咐说：想方设法种些树，树活不了，就种些草，总会有耐寒抗旱的植物可以在昆仑山扎根的。环境慢慢地好了，人心也就稳了！

建起不久的硼砂厂条件确实比较艰苦，真像那几个退伍兵信上写的那样，“昆仑作墙山洞当房”，创业难啊！彭老总看到好些工人还在临时搭起的帐篷里作息。他出了这个车间又进那个车间地参观，和工人交谈，说的多是一些家常话。他不时捧起一把白生生的硼砂，说，这个东西可是宝贝疙瘩，稀有矿藏，我们要搞尖端科学离不开它。他鼓励大家说，你们是在生产像金子一样重要的东西，责任重大。

彭老总竟然过目不忘记住了他

他在一个车间和厂里几个跟班劳动的负责同志握手时，突然眼睛一亮，愣住了：“是你呀！什么时候到了这里?”原来这是一位转业军官，几年前在北京举行的抗美援朝庆功会上见过彭老总，还给军委领导汇报过自己的战斗事迹。彭老总竟然过目不忘记住了他。

这位转业军官很激动，在首长面前又有点拘束，他说：“我们是按照您的命令集体转业来高原的。”彭老总说：“好嘛，你们在朝鲜战场上是英雄，来到昆仑山创业也会成为好样的。现在西北建设急需人，你们肩上挑着很光荣的担子。”彭老总还说：“我真没想到会在昆仑山见到你这位老战友。”接着，他问起给他写信的那几个同志：“他们的思想疙瘩解开了没有？眼下这里的条件确实差了点，可你们正用双手改造它，还怕它不变吗？会越变越好的。”转业军官忙说：“他们都很年轻，心血来潮就写了那封信，我还批评了他们呢，现在他们都能安心在这里工作。”彭老总说：“不要批评，他们反映的情况还是真实的嘛。要教育他们用自己的双手改变艰苦的环境，先苦后甜嘛。在这样的条件下才能锻炼人。你们领导要给大家做出榜样，大家爱你们了，也就爱昆仑山了！”

接着，彭老总说：“我想见见他们，今天我能来到这里，就是因为他们写的那封信牵的线。我来了不见写信的人，情理不通嘛。”转业军官说：“好的，他们也想见首长呢！”

“不要丢掉人民军队的光荣传统”

这时，窗户底下有个小同志探头探脑地朝屋里张望，转业军官对彭老总说：“他就是给你写信的其中一个小战士，听说你来了，他就等着想和首长说句话，可是一直不敢进来。”彭老总笑笑说：“让他拿出写信时的那股勇气，来啊！”转业军官向那个小同志招了招手，他就进了屋。彭老总伸出手要和他握手，他还有点胆怯，吐了吐舌头，直往人群里退。彭老总笑着说：“怎么，害怕我？怕我怎么还给我写信？”他像拉家常似的和小同志聊天：“你们在信上把这里形容得很可怕嘛，连气都喘不过来，是这样写的吗？”小同志握着首长温暖的手，很不好意思地回答：“那是刚进山的时候，现在已经慢慢习惯了。我扛起一袋硼砂跑步装卸，没有一点问题了。”

彭老总指着堆满车间白亮亮的硼砂说：“国家建设需要这样贵重的矿藏，你们现在吃点苦值得。你知道《白蛇传》里那个白娘子到昆仑山来盗灵芝草的故事吗？说不定你们这个车间就是长灵芝草的地方。你们的工作干出了成绩，大家都来学习取经，那个白蛇精说不定也许会被你们吸引来取经呢！哈哈！”

临别前，彭老总再次对那个小同志说：“我是国防部长，你们是退伍军人，咱们都是兵，革命战士。我了解你们。谁能没牢骚，谁能没怪话，说出来比憋在心里好，发泄一下就轻松了。我理解你们的心情。今后有什么想不通的事，还可以给我写信。但是，我希望你们不要丢掉人民军队的光荣传统。再有，给我写信的其他几个同志，今日没有见到他们，你回去转达我向他们的问好。……”

几个退伍兵又给彭老总写了一封信

写完彭老总这次昆仑山之行，我的心一直无法平静。想说的话很多很多，却不知说什么好，也不知从何说起。大约是彭老总离开昆仑山纳赤台两年后，我去硼砂厂采访，见到了那几个退伍的战士。他们谁也不提当年的事。倒是那位转业的军官给我透露了一个消息：前不久几个退伍兵又给彭老总写了一封信，报告他们在硼砂厂工作干出了新的成绩，都获得了“先进工作者”荣誉。信写好后，却不知寄到哪里。当时彭老总已经不是国防部长了，他到了哪里谁也不知道。他们只得在信封上写：北京，彭德怀收。

几个兵坚信，这信彭老总一定会收到的。彭德怀的名字，谁还能不知道？

满是尘土的脸

李国文

那是1941年1月11日，死里逃生的人是不会忘记的。一位在新四军工作过的老同志，用他的日记再一次为我证实，那是日本侵略者对苏北新四军军部所在地——盐城的第一次大轰炸。

凡在灾难深重的年代生活过来的人，没有领教过敌机空袭滋味者，大概不多。在抗战期间，有些地区，日寇的铁蹄也许未曾践踏过，但日本侵略军的飞机，却是在大部分国土上空肆虐过。狂轰滥炸，给中国人民造成了巨大的灾难，那罪行也是罄竹难书。

在儿时记忆中，对于“八一三”淞沪会战，只有上海市区那颗落在大世界游乐场门前的炸弹，是唯一的印象了。至于后来广为流传的四行仓库八百壮士的英勇事迹，因为离我家住处太远，只能从事后的报道和文学作品中获知详情。对于战争的直接接触，却是随着我家在太平洋战争爆发前，从已成“孤岛”的上海，逃难到老家江苏盐城郊区才有的，而且，那是险些送掉性命的一次轰炸。

逃难到老家以后，我就在离城区不远的一座村子里的小学读书。那时的盐城，是我党盐阜根据地的政治文化中心，抗大、鲁艺，还有从大江南北撤到苏北的新四军战士以及各地汇集来的爱国青年，到处回荡着嘹亮的歌声，到处书写着革命的口号，到处充满救亡图存、抗日爱国的热烈气氛。一切井然有序，充满生机。

记不清是什么原因，选上我代表学校到盐城参加一次小学生演讲比赛。带我同去的，就是我们那所“完小”的校长。那时候，从村里到盐城去，交通工具是船。一路上，在桨声和帆影里，校长帮我复习讲稿，反复朗读，一直到背诵得滚瓜烂熟为止。

现在，还依稀记得演讲稿词句的铿锵有力，可见，那时的抗日爱国情绪，是多么高涨了。那应该是我的作文，但肯定经过语文老师多次改动，再加上校长先生的得意手笔，显然像一篇社论。为了学校的荣誉，校长先生精益求精，进城的当天晚上，还带我到他朋友那里，大概也是些教育、文化界的人士，请他们予以辅导，从文字到语气，从表情到动作，一边彩排，一边修改。校长平素是不苟言笑、严肃得让人不敢亲近的人，在煤油灯下那张冷冰冰的脸，对那时的我——一个小学四年级的学生，是很有些忌畏和压力的。

第二天，也就是 1 月 11 日，虽然是冬天，却是一个风和日暖的“小阳春”天气。在即将进行正式比赛时，十一架敌机突然从东台方向掠来，在城区上空，向新四军军部和抗大狂轰滥炸。人们虽然多年抗战，但总觉得战争离盐城尚远；虽然偶尔也有敌机飞来，但只是些侦察机；虽然响起过空袭警报，但从未经历过炸弹爆炸的场面。这猝不及防的突然袭击，使全城陷入一片混乱之中。集中在抗大分校准备比赛的人们，只好四散逃生。

敌机飞得很低，轮番地进行机枪扫射和投掷炸弹。那种前所未有的恐惧，不但让年幼的我浑身颤抖，就连校长也惊吓得不知如何是好。他死死地抓住我的手，想拖着我走，然而，我的双腿像软了一样，怎么也迈不开步。他跟我一样，虽然打算冲出重围，离开日军轰炸的目标地区，双腿却好像被什么绊住了，无法行动。纷纷逃命的老百姓，像潮流般涌过来，突然，一枚炸弹落地，离我们也就半条街远，那爆炸的强烈气浪，把人们掀得东倒西歪，我和校长失散了，我被挤到了一座庙墙旁边。

我仰着脸，看见一颗颗像热水瓶大小的黑影，从天空向地下坠来。尽管吓昏了，但我明白，那就是炸弹，就在自己头顶上。这时，第二波炸弹又在左右响起，比上一波的爆炸力更强，爆炸点更近。那些被炸起来的砖头瓦块，如同弹片，或穿墙而过，或从天而降，不断地跌落在人们身上。我力竭声嘶地呼喊着校长，校长也以超过炸弹呼啸的声音，在喊着我的名字。就在他听到了我的回答，也就是那一串炸弹落在庙里的时候，他扑过来，用自己的身子挡住我，那些被炸弹震塌的庙墙，飞起的残砖断瓦，沉重地跌落在他背上时，他还努力弓起身子支撑着，不使我受到任何伤害。

这位校长，是我一生中，所有给予我教诲的老师当中最难忘的一位。他是很严肃的人，是不轻易流露感情的人，从未见他笑过。然而，在那生死瞬间，他跌跌撞撞奔跑过来，扑压在我身上时，还用手护着我的头，一再说：“别怕，有老师呢。”那时，我觉得他是世界上最强的人，也是最能给我安全感的人。当时，哪怕是真的弹片砸来，他也会毫不犹豫用生命来为我承受。

飞机投完弹飞走了，空袭警报解除，人们终于从堆积在身上的泥沙尘土中挣扎出来。师爱的力量是无敌的，他四下张望，突然紧拉着我，说声“快”，就一把抱住我，往空地跑过去。就在跑开的那一刻，身后的庙墙“哗啦啦”坍塌下来。如果没有校长的警觉，我俩就会被压在那堵墙下，给活埋了。站在残垣断壁中间，面对四处燃烧的房屋，看到那一片依然碧蓝的天，第一次面对死亡威胁的我，这才知道，什么叫“死里逃生”。校长望着我，我也望着校长，他难得地先冲我笑了一笑，接着，泪水夺眶而出。他紧抱着我不放，生怕我再跑得无影无踪。逃过一劫，理应高兴。再想想，实在是后怕呀。

那年，我11岁。校长姓左，名山樵。那张满是尘土的脸，至今，犹在记忆之中。

原载《河北日报》2017年9月22日

万鞋墙

梁衡

陕北多山，千山万壑。有村名赤牛洼，世代农耕，名不见经传。近年有退休回村的干部老高，下决心搜集本地藏品，建起一农耕博物馆。我前去参观，不外锄、犁、耧、耙、车、斗、磨、碾之类，也未有见奇。当转入一巨大窑洞时，迎面一堵高墙，齐齐地码着穿旧、遗弃了的布鞋。足有两人之高，数丈之长。我问："有多少双？"答道："一万三千双。"我脱口而出："好一堵万鞋墙！"

这鞋平常是踩在脚底下的，与汗臭为伴，与尘土、泥水厮磨，是最脏最贱之物。穿之不觉，弃之不惜，几乎感觉不到它的存在。今天忽然集合在一起，被请到墙上，就像一队浩浩荡荡的翻身的奴隶大军，顿然感到它的伟大。鞋有各种大小、各种颜色，这是乡下人的身份证，代表着男人、女人、大人、孩子。但不管什么鞋，都已经磨得穿帮破底、绽开线头，鞋底也成了一个薄片。仔细看，还能依稀辨出原来的形式、针脚、颜色。这每一双鞋的后面都有一个故事。从女人做鞋到男人穿它去种田、赶脚、打工等，一个长长的故事。我们这一代人都是穿着母亲的手做布鞋长大的，又穿着布鞋从乡下走进城市。每一双鞋都能勾起一段心底甜蜜的或辛酸的回忆。这鞋墙像就是一堵磁墙，又像一个黑洞，我伫立良久，一时无语，半天，眼眶里竟有点潮湿。同行的几个人也突然不说话了，像同时被击中了某个痛点，被点了哑穴。大家只是仰着头细细地看，像是在寻找自己曾穿过的那一双鞋。半天，陪同来的辛书记才冒出一句："老高，你怎么想出这么个主意，怎么想出这么个主意！"

鞋墙下面还有鞋展柜，展示着山里鞋的前世今生。有一双"三寸金莲"，那是旧社会妇女裹脚时的遗物，现在的女孩子绝对想不到，妙龄少女还曾以美的名义受过那样的酷刑。有一双特大号的布鞋，是本村一个大汉穿过的，足有一尺长。据说当年他的母亲很为做鞋犯愁。有一双新鞋底上纳着两个“念”字，这种鞋是男女的信物，一般舍不得沾地。有名“踢倒山”的牛鼻子鞋，有轻软华丽的绣花鞋，有雪地里穿的毡窝子鞋，也有黄河边纤夫拉纤穿的草鞋。等等，不一而足。这是山里人的才艺展示，也是他们的人生速写。

在回县里的车上，大家还在说鞋。想不到这个最普通的穿戴之物，经今天这样一上墙，竟牵动了每一个人的神经。一种鞋就是一个时代的标志。中国革命是穿着草鞋和布鞋走过来的。当初，我国建第一个驻外使馆，大使临行前才发现脚上还穿着延安的布鞋，才匆忙到委托店里买了一双旧皮鞋上路。大约在二十世纪六十年代以前，北方农村的人一律穿家做的布鞋。小时穿妈妈做的鞋，成人穿老婆（陕北人叫婆姨）做的鞋。马克思说：“人和人之间的直接的、自然的、必然的关系是男女之间的关系。”布鞋是维系农耕社会中男女关系和农民与土地关系的一根纽带。做鞋也成了农村妇女生命的一部分，从少女时学纳鞋底开始，一直到为妇为母，满头白发，满脸皱纹。一针一线地纳着青春，纳着生命。遇有孩子多的人家，做鞋成了女人的沉重负担。男人们很珍惜这一双鞋，夏天干活则尽量打赤脚。出门时穿上鞋，到地头就脱下来，两鞋相扣小心地放在田垄上，收工时再穿回来。每年农历正月穿新鞋是孩子们永远的企盼，也是母亲笑容最灿烂的时刻。要说乡愁、亲情、家忆，布鞋是最好的标志。在大家的议论声中，我提了一个问题，请说出自己关于鞋的最深刻的记忆。同车的老安，一个退休多年的老干部，他说：“我记忆最深的是小时候的一年正月，刚换上新鞋，几步就奔到大门外，不想一脚踏到冰窟窿里，新鞋成了两团泥。回家后，我妈气得手提笤帚疙瘩，一直把我追到窑畔上。”一车人发出轰然的笑声，每个人的心底都美美地藏着这样一个又甜又酸的故事。

鞋不但是人情关系的标识，还是社会进步的符号。有人说，看一个人富不富，就看他家里地上摆的鞋。我是1963年进大学的，同班有一位从湘西大山里考来的同学，赤着脚上课。老师问，为什么不穿鞋。他说长这么大，就没有穿过鞋。1968年大学毕业，按那时的规矩，我到内蒙古农村当农民劳动一年。生产队饲养院的热炕是冬季的晚上，村民们聚会、抽烟、说事的热闹地方。腾腾的烟雾和昏暗的灯光中，炕沿下总是一大堆七扭八歪，又脏又瘪的鞋。其中有一双就是我从北京穿来的，上面已补了十三个补丁。就是后来当了记者，走遍了黄土高原的沟沟壑壑，也还是一双布鞋。遇到下雨，照样蹚泥水，一步一响声。采访后回到住地的第一件事，就是到伙房里烤鞋。九十年代我已在北京中央国家机关工作，那时的会议通知常会附一句话：请着正装。“正装”什么意思？就是要穿皮鞋。

那几天在县里采访，虽还有许多其他内容，但是脑子里总是转着那些鞋。立一堵墙以为纪念，是人们常用的方法。最著名的如巴黎公社墙，犹太人的哭墙，还有国内外经常看到的烈士人名墙。但集鞋为墙，还是第一次见到。鞋虽踩在脚下，不像帽子风光，却要承一身之重，走一生之路，最是苦重，也最易被人忘记。

我们常说“慈母手中线，游子身上衣”，却很少人说到“游子脚下鞋”。做鞋，首要是结实。先要用布浆成“衬”，裁成帮，裹成底。将麻搓成绳，锥一下，纳一针。记得幼时，深夜油灯下，躺在母亲身旁，是听着纳鞋底的嗞嗞声入睡的。现在市面上已找不到人工布鞋了，那天我在县里托人找了一双，不为穿，是想数一下一双鞋底要纳多少针。你猜多少？两千五百针。那堵鞋共有一万三千双鞋，你算一下总共要多少针呀。每一个人都说自己的事业轰轰烈烈，走过的道路艰苦曲折，又有谁想到脚下千针万线的慈母鞋呢。

鞋墙不朽。

原载《光明日报》2016 年 11 月 4 日

我的杨家岭

刘成章

本来是陕北高原上一道普通的山谷，东边的山顶上却还有生了苔藓的倒了或站着的石人石马，述说着历史曾在这儿闪烁过一些什么。就在这道山谷里，一直生息着十多户扛犁牵牛的庄户人，如长了一些随处可见的黄蒿和酸枣。在一个大时代的风云际会中，几乎在一夜之间，这儿却齐臻臻地出现了许多伟大人物，如满目耸起了千丈大树，霜皮溜雨，黛色参天，风摇着它们的光影时，整个神州都会感到晦明的变幻。这便是延安杨家岭了。

作为一个小草似的小学生，在稍后的一些日子，我有幸在这儿生活过好几年。

我和同学们每人扛了两三个课凳，或者两人抬了一张课桌，从刘万家沟的延安二保小出发，汗流浃背地走了近三十里路，来到杨家岭。一路上我们碰见的人，都好奇地望着我们，不知这些公家娃娃在干什么，也许会联想到蚂蚁搬家。杨家岭当时是延安一保小的驻地。当我们把课凳课桌从肩上放下来的时候，延安一保小、二保小就随之在历史上消失了，两校合并成一个新的学校——延安保小。

我以十二岁少年的目光环视着杨家岭：被战争破坏成废墟的中央大礼堂，依然十分雄伟；部分损毁了的中央办公厅的造型如飞机的“飞机楼”，也显得气度不凡；山坡上一排长长的石窑洞，整齐而又敞亮。阳光暖暖地洒了一沟，把石头都照得像上了些釉子。原一保小的同学们热情接下了我们手中的桌凳，放到早已安排好的地方，然后玩耍去了。他们滚铁环、弹珠珠、翻双杠，这些就不用说了，最特别的是“顶拐拐”。“顶拐拐”不借助任何玩具，只用分开的两手把左腿扳成一个三角状，用成了锐角的左膝盖与同样是此种姿态的同学互顶起来，右腿则支撑着身体，跳动着。

我们第二天就在领袖们当年住过的那一排石窑洞里坐下来了。杨家岭应能感到，这里多了一些孩子圆溜溜的黑眼珠，其上下的睫毛总是在眨眨闪闪。

我太喜欢这里的石窑洞了，它简直是奢侈的教室。我们原来在刘万家沟时的教室都是低矮寒碜的土窑洞。学校计划让我们二保小来的五年级，与这儿的五年级合并为一个班，但合并前要检验一下我们的水平。于是老师出了语文题考我们。题目中有邹韬奋文章中的一些成语，比如“颠沛流离”“甘之如饴”等等，让我们解释。我们几乎百分之百地如坠五里雾中，抓耳挠腮，回答不出。我们从未学过这类东西。我不由再次注目杨家岭了。我立时感到这儿的文化再不是“东山上点灯西山上明”了，这儿的文化非常深奥。要想在杨家岭得意扬扬地学习并玩着，是需要一种高度的。结果，我们只能被插入四年级。

其时，边区时代已然渐行渐远，但它把这浑厚的土地，内含新鲜汁液的梨树和木瓜，以及传统气息，悉数留给我们。我们自己种起了蔬菜。

从杨家岭沟里走出来，再沿着山根向城里的方向走去不远，有一处从石缝中渗出的水源很足的山泉，那儿就是我们班的菜地。我们种了西红柿、黄瓜、茄子和辣子。肥料是从学校的厕所里抬去的茅粪。那茅粪滴滴答答地洒了一路，味道很有点臭臭的，而我们走得趔趔趄趄，也显得丑丑的。但臭臭的和丑丑的加起来，未尝不是一首绝妙好诗。由于水足肥饱，我们的菜蔬长得非常可爱。我们总是在那里一边吃着西红柿或黄瓜，一边欢乐地浇水施肥。我很喜欢看一勺勺茅粪浇到渠水里去，随着水流急急地向菜根们奔去；菜们好像立时唰唰变着颜色，很是动人。收工的时候，我们总要抬了满筐子的菜蔬，送到灶房。

也像边区时代一样，每天早晨和傍晚，我们都要以班为单位集体歌咏。差不多每班都有一两个指挥人才，十分帅气地抡着嫩胳膊，很有几分冼星海当年指挥《黄河大合唱》的样子。除此之外，拉胡琴，弹三弦，吹笛子，蔚然成风。乐器大多是自造的。我就曾从延河边抓了一条花蛇，剥下它的皮张，做了一把音色极好的二胡。每天晚饭之后，艳红的夕照之中，杨家岭的山山峁峁、旮旮旯旯，都有同学们在神气十足地歌唱、演奏。杨家岭简直成了一个音乐谷。

每当元旦或者春节，我们都要去延安市区演秧歌，这也应是边区时代风气和做派的一种延伸。我在秧歌剧中扮演过不少角色。要是秧歌剧曲子不好，我们的教导主任王老师就信手另写出一批，我因之对他肃然起敬。我从此嘴里常哼哼着，很想自己也能哼出一支好听的曲子。

我们的同学有的六七岁，有的已经十六七岁了，多是烈士或有一定资历的干部的子女，也有革命队伍中的伙夫或马夫的子女，这无疑透露出一种平等。那时低班还配有保姆，就住在教室窑背上靠山的土窑洞里，我们高班宿舍在最高的山旮旯里，每天由两个值日生给山上抬去洗脸水和饮用的开水。我们宿舍周围没什么好看的景色，但我们的班主任杜老师是个能人，他把一颗颗吸去蛋清蛋黄的鸡蛋壳涂抹成鲜艳的什么水果，高高悬挂于荆棘枝上，照得我们单调的心灵有光有色。

就是这个杜老师，一次在课堂上讲了叶圣陶的《古代英雄的石像》后说，希望我们的同学们中间将来也能出现一两个作家。后来，杜老师倡导我们班办起了名叫《火星报》的壁报，并不断督催我在壁报上写文章。

那些年，解放战争还在进行中。当解放了拥有大型纺织厂的宝鸡之时，上级特别关怀我们这些孩子，在大家都穿劣质粗布衣的情况下，给我们每人发了一身蓝色卡其布制服。我们当然很得意，常常穿着那衣服在街上显摆，总能吸引不少目光。穿脏了的时候，我去杨家岭沟口的延河畔洗，谁知一不小心，衣服竟被激流冲走了。我怎会甘心失去它，硬是顺着水流的方向冒险蹚入下游的深水区，水都淹到胸前了，但还是没有找到，好多天闷闷不乐。谁知当我完全将它忘却了的时候，杜老师却拿来一件衣服，在我眼前晃了晃。我一看，正是我的呀。杜老师笑眯眯地对我说："衣服肯定是要归你的，但是有个前提条件，你要认真写一篇文章，给《延安报》寄去。"于是，我便写了一篇题名为《我真佩服田双》的文章。不料刚过几天，文章就发出来了，还寄来了一些稿费。这事在学校震动可大了，于是一些同学找上我来，组织了一个通讯组。

延安的夏天有时酷热难当，但是已成废墟的中央大礼堂凉风习习，是练习写作的好去处。那儿四壁高如悬崖，空空的顶上是天和云彩；里面没有桌椅，却长了半人高的蒿草，时有麻雀和燕子啼鸣着飞来飞去。我常和通讯组的同学钻进大礼堂，随手搬几块砖坐下，分头写作或是一起讨论。有时蚂蚱还会猛地跳到我们的怀里，仿佛也想说点什么。

那是在草丛之中，诗意之中，浪漫之中。许多草是开了花的，有的上面还颤着雾般的蜂翅，愈显得诗意和浪漫。

不久我们的稿子接二连三地在《延安报》上发表出来了，有报道，有短文，也有诗歌和快板。

其时，那座飞机楼——国宝级的建筑，学校却是用来做灶房的。柴烟、蒸气和香味，常从那儿飘漾而出，游走在杨家岭的角角落落和我的呼吸道中。飞机楼前面的院子，那应该是世界上最著名的院子之一。人们说，在1942年的某一天夜晚，这里曾经高挂过一盏汽灯，出席延安文艺座谈会的作家艺术家们，在灯下聆听过毛主席的总结讲话。而此刻，它既是我们的操场，又是我们的饭场，每次开饭的时候，我们就集聚在这儿用餐：每班蹲作一圈，圈里放着菜桶和筐箩，筐箩里盛的是作为主食的馍馍或肉卷子或小米干饭。抬头看天，有时候蓝得虚虚幻幻，有时却有黄风刮过，发出一阵阵哨声，但这些都不能左右我们的食欲。我最喜欢吃的当然是肉卷子了，那是剁成丁丁的猪肉和大葱，用发面卷了上笼蒸出来的。至今想起来，仿佛在回味一个美梦。

有一天我们正蹲在这儿吃饭，霍校长兴冲冲地走来了，让我和通讯组的另一个同学饭后到他的办公室。霍校长的办公室就是毛主席住过的那孔窑洞。霍校长说："你们发表在报上的文章我都看到了，现在，连报社都表扬你们了。好好写!"其实我们已经知道了，《延安报》以编辑部的名义发表短论，号召全地区通讯组向我们学习。随后，他给我们每人发了两支铅笔和一个硬皮本子。我们能体会到那是一种庄严的奖励。那时候，一切都朴素简洁得让人终生难忘。

越过我们的当年向前看去——许多著名文学家都曾是杨家岭的常客；许多秧歌队都曾在杨家岭闹得热火朝天；《白毛女》的首演地也是杨家岭。杨家岭有着厚重的艺术积淀，那积淀无形中在我当年稚嫩的细胞里蠕动和发散。我之后之所以能走上文学创作的道路，一路上长出的棵棵草儿，开出的朵朵花儿，我常想，其中的一些定力、悟性和尚可称得上翠艳的东西，至少有四成是得之于此。

原载《光明日报》2017年5月26日

延安插队片忆（三题）

叶延滨

和我睡过一条炕的马德

马德这个名字联系着的是延安插队的事情。快半个世纪了，许多重大的事都忘记了，比方说那时开的什么会，报纸上一版一版的大文章，都不记得了，都变成一种滋味，印在心里。它们伴着样板戏的锵锵音乐，说你小子别狂，那年月你只不过是个接受改造的小知识青年而已。

知青记忆中，不会忘记自己值几文大洋。城市户口变成农村户口，注销，然后给 150 元安置费。值 150 元。所以现在更年轻的一代写字的人，笔下说起知青来，都不屑。我也理解，因为他和女朋友看一场“知青题材”的电影，花了 150 元买了张情侣座票。一个半小时，不值，不好看。两代人能没有代沟么？同是 150 元，用处就这么不一样。

当年马德对 150 元很满意。多捞了一笔。马德在北京大街上当“佛爷”（六十年代坊间黑暗语，指掏兜儿的小偷。）被雷子（警察）当场捉住。在送去劳教还是下乡插队两者之间，学校做了工作，让他跟着我们村这一拨到了延安。他高兴，他那 150 置家费，算是不用上街去掏兜就得的一份外财。

一拨到这村，另一拨到那庄。不知是谁手上的红蓝圆珠笔，把马德和我与另两位拨到一条大炕上。一条大炕上共同生活了一年半，这种缘分，一生中也难有几人。所以，马德就让我一回回地返回延安插队的岁月。

马德的模样很容易让人记住。牙长，门牙因为打架让人打掉了一颗，镶了一颗像是不锈钢做的假牙，白铿铿地亮，地道的“铁嘴钢牙”。眉梢上有个刀疤，把眼角扯着向上吊起。一颗钢牙，一只吊眼，这两个道具打扮出的马德，像是个准汉奸。

“哥们，到菜市口问问，钢牙是谁？吊眼是谁？不知道就不是江湖上的人。”我插队的这道沟，从沟口到沟尾，五个队，队队的知青里，都有一两个“进过局子”的。提起钢牙，都知道，说起吊眼，也知道。但从北京到了这山沟里，才知道钢牙吊眼是同一个马德。于是都来认门，让队里热闹了几天。有提酒瓶来的，喝醉了，把酒瓶一敲，扎出一炕的血花子。有提镢头来的，一照面，二话不说，当场就把一只胳膊砸断了。等到队长叫来民兵连长，一推门，打人的和被打的正喝在兴头上：“送我进医院呀？不用！给家里打个电报，邮一只新胳膊来就行啦。”

马德有许多违法的爱好，只是那年月也没个什么法律，就是三天两头的“文件”“通告”维护着世间的秩序。公告和文件总是用大概念来对大概念：“广大贫下中农，工人阶级，人民解放军……对地主，富农，反革命，坏分子进行改造……”马德爷爷是贫农，父亲是工人，哥哥是解放军的班长，这样一来全部公告都好像对他不管用了。他听谁的？听一个叫吴大力的话，在学校吴大力是工宣队指定的帮教员。吴大力插队到了这个村，马德也跟来。

吴大力是个女生，高中，高个儿，像个摔跤运动员。马德听她的话，就像亲姐姐。有一回，另一位知青说：“吴大力这名字真准，吴夯，长得就像个夯嘛！”话音刚落，马德的拳头就夯在他的脸上。

马德刚认识我时，不理我，给我七个字的评语：眼镜，书呆子，没劲。自从发生了下面这件事后，他特别佩服我，处处给我高度评价，以至于共同在一条炕上睡了一年半，他就从不与我发生摩擦。他对我的友情仅次于吴大力。

那天，收工早，大家在羊圈外的平台上散心。马德手上抓了一把炒黑豆，朝天上丢一颗，仰脖一张嘴，咬得咯嘣一响。这把戏逗得一群后生跟他学，谁也没有他那本事。马德扬扬得意冲我说：“眼镜，你行么？”我看他太得意，说：“我扔，你也行？”“怎么不行？来三个！”马德把三颗黑豆放在我的手心。我想了一下，一颗，两颗，三颗，他都用嘴接住了。他刚要咧嘴笑，我随手朝空中扔了第四颗。马德没来得及想，一口咬住。嘴一闭，脸色就变，把嘴一张，又紧闭上。他强打笑脸，自己往嘴里丢了两颗黑豆，咯嘣嘣地嚼起来。

后来，我们有这么一段对话：“眼镜，你敢让我吃羊粪蛋？不怕我花了你？”“钢牙，你给我几个豆，三个。对呀！那三个都是黑豆吧？第四个，谁叫你咬的？”“你捉弄我？”“我试你的功夫。”说到这，马德眼一亮，伸出拇指。

……马德是我们这村第一个出去当工人的知青，根据当时阶级路线，他是贫农的孙子，工人的儿子，解放军的弟弟。

他走了。村子里像少了一半人，安静了，也空了……

记忆碎瓷片样坚硬

我记下的只是故事残片。因为它们像床垫下的豌豆，常常硌醒我的记忆，又无法敷衍成一篇单独的故事。也像一堆碎瓷片，破碎而坚硬 ……

当知青插队时候，会有乞丐在窑洞外走过。知青的狗像警卫，汪汪吠走他们。不久以后，知青窑洞前不再有乞丐经过。某日，村里的老乡过生日，请我去他家做客。陕北农家吃饭，一般情形是蹲在院里捧着一只大碗，或粥或面汤，呼呼拉拉了事。正式的吃饭在炕上，火炕中间摆一矮桌，大家盘腿围坐在一起。男人坐在里面，女人倚着炕沿，一条腿曲坐在炕上，另一条腿支撑在地上。尊卑有序，穷富一样。走进窑洞，主人便招呼，上炕！上炕！这是敬语也是实在邀请。刚动了筷子，听见门外有乞丐摇响骨板。倚坐炕沿的女人便放下碗，迎出门去。不一会儿，一老一少两乞丐进了门。“哪儿的?”“绥德的，遭下年馑，没办法了。”男主人站起来，弓下身子说：“上炕！上炕!”两个乞丐把讨饭的布袋放下，手在衣襟擦了几把，脚后跟一蹭，两双破布鞋摆在炕沿下。他俩爬到炕桌前，抓起筷子就夹菜。我有些回不过神来，呆呆地听他们聊天。主人说：“我也是上头米脂寻吃食寻下来，到了这沟安下家。这村原先五户人家，现在十九户人家，都是寻吃食，从米脂绥德下来的受苦人家。啊，现今二十户了，知青点还有几个娃。可怜娃们从城里到这沟里寻食，恓惶得很。”那个晚上，我才明白，在这个偏僻山沟里的农民眼中，我也是个乞者。

也是插队时，某日在延安给知青点办点事，办完事天色已晚。不能再摸黑走三十里夜路回村了。只好到县政府的“知青办接待站”过一宿。知青接待站在知青办公室旁的一个院子里，一排四孔的空窑洞。进了窑洞，一侧有一通青砖砌成的大炕，炕上铺着苇秆编的炕席。炕席上散落几块砖头。电灯坏了，拉不亮。天气不冷，已有两三个早进来的人躺在炕上了。还没睡着的那人，嘴上叼着报纸卷的蓝花烟。烟头暗红的火光和他嘴里吐出的呛鼻烟气，让人感到窑洞惯常散发的人气。我摸到一块砖头，解开扎在头上的毛巾，垫在砖头上当枕头，和衣躺下。半夜里醒了，走出窑洞，冲着树根撒尿。夜风很硬，让人打了个寒战。抬起头望满天的星星，像刚被擦过一般晶莹明亮。月光像水，泼在身上，从头到脚感到高原夜晚的凉气。回到大炕上，蜷曲身子也躲不开寒意。睡不着的直接后果是肚子饿。饥饿像一只猫用爪子挠人的心肝。想起村里老乡的口头禅：傻小子睡凉炕，全凭火力壮。我真是一无所有了，除了还有一点年轻人的“火力壮”。我对自己说，你头下无枕，身上无被，兜里无钱，腹中无食，就剩一口热气，到这个份上了，还能更倒霉吗？真好像悟出什么，对自己说，睡吧，天会亮的。想到这里，居然又睡着了。天亮时才被躺在这条大炕上的另外一个人吵醒了。这个人不是知识青年，穿当地农民的大折裆裤子，白汗衫已经成灰褐色。他正把一个褡裢搭在肩膀上，褡裢里鼓鼓地装满东西。他没有理我，径直走出窑洞。我又躺了一会儿，直到阳光穿过窑窗的破纸射在脸上。我起身，心想，太阳好，对谁都一样。回头望一眼大炕，又想，光板冷炕好，不招虱子。想好就心情好，于是揣着好心情往外走。走到窑洞外，看见刚才那个人，正靠在墙边，把一大块土布铺在地上，然后从褡裢里倒出一堆干粮。倒出的东西，有馍馍、窝头、烧饼……他把这一堆干粮摊开在太阳下晒。原来他是一个乞丐，这些都是他讨来的吃食，没吃完，攒下来的。时间长了，有的都生出霉点。哎呀，我和一个乞丐在一条大炕上睡了一夜，不同的只是他带着一褡裢干粮而一脸满足，我饥肠辘辘只揣着一个好心情。

与乞丐同桌讨食，与乞丐同炕而眠，境遇甚至不如乞者。这曾让我觉得不堪的记忆，把“知识青年”身份残存的那一点自尊撕成碎片。自那以后，不敢轻视乞者，也绝不与各式各样的乞者为伍，哪怕是锦衣玉食的高级乞者，皆因有那一餐一晚的经历……

一条狗叫达尔文

我写过一首关于狗的叙事诗《达尔文的故事》，写这首诗，是因为总会在眼前浮现出它那一双忧郁的眼睛。我与这条狗是在长途汽车站认识的。那是“文革”中插队的年月。陕北初冬，收完了庄稼就没有什么农活可干了。北京的插队知青纷纷回城探亲，我送同村的知识青年到了公社长途车站。车一辆又一辆地开走了，车场一下子变得空旷冷寂，阵阵寒风卷起散落的黄叶，还有我，还有一条狗。

这条狗是知青养的狗。在陕北，知青养的狗和知青一样，很容易被识别出来。农民养的狗，不咬自家人，但对其他人，特别是陌生人，不管是谁，都会汪汪叫。知青养的狗，不咬知青，不管是哪村哪庄的知青，它都会迎上去摇尾巴。这个现象让当地一些人很不爽，我曾写过一篇《狗鼻子》议论过这件事。看来，这条狗的主人回北京去了丢下了它。我也没有回城，父母都在“牛棚”里挨批判受审查。我看了这狗一眼，它也用忧郁的眼神看着我。“回去吧！”我对它说了一句，转身离开大路进了沟。我的生产队知青点在这条沟里，距公社有小十里山路。不一会儿，我发现那条狗没有回它自己的家，它远远地跟着我，低着头夹着尾巴也进了沟。我停下，它也停下。“你走错了，回你的家去。”它不叫，只是用忧郁的眼睛望着我。我拾了一块土疙瘩吓唬它，它也不躲，仍然用那双忧郁的眼睛望着我。它的两只眼睛好像能说话，像个绅士，所以叫人能记住。天色暗下来，月亮升起来，月光下的冬夜，凄清而寒意四散。月光把拖在地上的人影渐渐缩短，把另一条狗的影子悄悄靠近人影，等到一声又一声的狗吠从村子里传出来，我对这条狗说：“到家了，别怕。”……这条狗从此成了我的伴侣，我给他取了一个名字“达尔文”，因为那双忧郁的眼睛。这个冬天，因为有了达尔文而多了几分温暖。

想起这双眼睛，是因为爱护动物的讨论引出的“善良”话题。常听到收养被遗弃动物的好心人的故事，在公园里散步也会看到每天都有人给流浪猫喂食。善良是一种美德，行为是利他和施与。而我以为，就我这个修行不足的书生而言，善良首先是因为“对自己”，“为自己”，有利己的原因。就说这个忧郁眼睛的事吧。那时我正烦着呢，它不就是一条丧家狗嘛，它跟我走，我又跟谁？这些念头让我一次次轰它走！但是，走着走着，我想：没有主人的家它肯定进不去了，它会怎么样呢？会被人撵，会被人打，还会死掉？它跟着你，相任你，你却不管？我最后收留它，是我确信，如果不收留它，我这一晚上会做噩梦。对动物如此，对人也一样。常言说“与人为善”，我以为这首先是自我的一种需要，让自己“心安”！在这个世界上做男人，还是个做事情的男人，会遇到各种事情。帮人一把，有时可能会一把拉起一条落水狗，最后被狗咬一口；让人一步，也许你好心让的那个人会得陇望蜀，得寸进尺……所以，对小狗小猫做点善事相对容易，当真事事“与人”为善，也许最后还落一个“东郭先生”名号，被人说是“农夫与蛇”的现实版。有时很让人纠结。

人其实是在两个世界里活着的，一个是充满现实利益的外部世界，一个是属于自己的内心世界。有的人在外面风光倜傥而内心不得安宁，有的人日子坎坷多舛内心平静安详。善举是人们看得见的利他行为，善良是心宽安宁的自我感受。在处理各种“与人”的事情时，我对自己定出底线：不要做自己都看不起自己的事，不要做夜里睡不着觉的事，不要做无法坦然面对各种猜疑非议的事。做事要做得让自己心安，让自己心宽，让自己心净，这样做的事也能够与人为善了。有这样的心理底线，与人为善会成为一种习惯，能让一步让人一步，能拉一把拉人一把，能忍一下忍耐一下，这个世界多一些和平安宁。也许有人较真说：“你拉起来的是条落水狗，上来就要咬你怎么办?”其实真的遇到这样的事，再找个棍子也不迟。如果把需要帮助的人都当成骗子，把老太太跌跤都当成预谋讹诈，人心也太窄小了吧？善行是一种值得肯定的行为，千万富翁散尽钱财为慈善，拾荒穷汉收养弃婴如己出，都是了不得的慈善奇人。对于如我这样的普通人，面对事情发生，拉一把，让一步，忍一下，成为一种习惯，人心向善也就成为一种社会风尚。

再回到“忧郁的眼睛”这个故事吧。那个冬天因为有那条狗做伴，不再漫长而孤寂。我甚至想，不是我收留了这条被主人遗弃的狗，大概是这狗看见我在车场茕茕孑立于风中而找上门来？半年过去，春暖花开，有一天“达尔文”躁动不安，呜呜地低吠，晚上出走了，再也没有回来。后来据老乡说，那天有几个外庄的知青从村头路过。我知道了，那里面有它的老主人。好狗恋旧？好心没好报！是的，开初我也这么想，然而，事件过去越久，回想起来越有一种让自己感到温馨的安慰，善行不是生意，也不是交易，善行出于内心而不求回报，善行是你给这个世界的祝福，而这个祝福也让你的内心宁静而幸福……

原载《作家》2017年8月号

海风下

何向阳

阳光直射到书桌上时，电话响了，友人在电线那端讲，写一写椰子树吧。我答，椰子树哪能写得过你呢?！我从文中知道椰子树之于友人，是与母亲一样的，三年困难时期出生的他，母亲没有足够的奶水，襁褓中的友人之能存活，全靠的是椰子汁的养育，所以椰子树之于他的意义非常，它根本不是外人眼中的观赏植物，而是他或者那一年代人的救命恩人。放下电话，窗外便换了风景，那高大挺直的椰子树扑面而来，阔大灵动的叶子像是召唤呢。椰子树在等着我，世上任何等待都是不能慢待的，何况是一棵树。赶忙订了机票飞到海口，再辗转坐车到文昌。海风下的椰树和我想象中的一模一样，朴素如它，才能长出丰满的果实啊，阔别多年又见面了的朋友。

与朋友相处的七月，外面火一样的热，但只要站到椰子树下，便有沁人心脾的清凉，而现在的我，已修炼到了无论走在哪里的大街小巷，只要闭眼想一想它，都能得到这份天赐的清凉了吗？只要世上有人能够做到，我也会做到的吧。

从我七年前第一次来海南至今已经来海南不知道多少次了，但是到文昌椰林我记得很清楚，是第四次，每一次的感受都不一样的。第一次来是文化名家的采风，从东线兼顾中线，坐汽车一天一个地方地走，对于海南的地理有一个基础的了解，得益于这次十多天的行走，每天晚上到一个新的地点休息，于我又好似找到了10年前走黄河时的感觉，2010年的海南纵贯北南的行走，虽与2000年横跨八省的黄河之行相比，条件好到不知哪里去，有同行近20人，有组织和接应，但途中还是不断有人离队飞回北京，不是因为艰苦，而是大家手头都有要完成的事，而第一次到海南的我深受这里的不知什么力量的吸引，诸事放下，从海口一天不落地走到三亚。最难忘的两个地方，一个是保亭，一个是文昌。保亭在深山，因温泉得名，那日大家去呀诺达，我身体不适回山中住地，在正对七仙岭的阳台上的温泉池中泡一小时出来，浑身是汗，将身体中的寒气逼出大半，感冒自愈。对于保亭的感激是在心里藏着的另一个原因，仍然来自于身体，从保亭再到三亚，在亚龙湾已是夜晚，海滩已无游人，我仍记得散步时的心情，是爱着那个时刻的。而12月从三亚回京后的2月，我就有了身孕，心下一直觉得是海南温泉的赐予，我的孩子，或来源于那晚与七仙岭上的月亮对视时的秘密交流。是那温暖的水驱散了我身体中的冷寒，而允诺我此生做了母亲。文昌在海边，东郊椰林撒满海滩，据说邮票上的取景就在此地，而我们到时已是掌灯时分，穿过浓密的椰林长廊到达散落在细沙之上的小木屋时，能看到椰子树在夜风中起舞，初见的印象并不亲近，还觉得有些黑黢黢的，入睡前几位同行去海边散步，回头岸上的椰树，神秘庄重，仿佛陪伴，给初来乍到的夜行人的这种安慰是踏实可靠的。一人一个木屋，晚上临睡还有些不安，也不敢关灯，想想不妥，又不敢开灯，门锁也检查了又检查，还把椅子桌子搬来放在门后，结果灯关掉之后，将自带的手电放在枕边，结果第二天醒来时手电光已变成了昏黄，第二天一大早，下木楼一看，原来我们就住在椰子树林里。对着自家的小气真的不知该说什么好，好在椰树从来不计较的。但不计较不意味着它不知道啊。所以我的脸红红的，便跑到海滩上看涨潮，还是晚了，潮水已落，沙是湿的，一点点记录着我的脚印，好像忏悔一般，现在写下这些文字的我，还在脸红，觉得是愧对了朋友的护佑。

第二次到文昌是应邀讲课，住在一个临海的宾馆，推窗见海，这个宾馆好像就是为培训用的，主楼一座，前面还有散落的五栋别墅，上写专家楼，但不大住人，整个建筑群在乡村鹤立鸡群，也有点前不着村后不着店的意思，周边也没有其他宾馆，更无超市，出门也无摊贩市场，因不是浴场，交通不便，游人也很少来住，一到晚上，从阳台望去四围一片黑暗，遇到停电，店里有自动发电的装备。一片黑暗中，躺在床上，安静到只有海水涨落的声音。讲课的间歇，一晚，组织者突然提出要晚饭后去散散步，我们一群人，大约十来个吧，跟着组织者走，出发时还有些天光，走出去天就全黑了，而四周更黑，乡村的路没有路灯，我在后面根本看不到前面的人，只听到组织者与来访者的问答，问答的间歇有长久的沉默，我的问题是何时返回，没有人答，因这问并未发声，头顶的椰树仍在黑暗中沉默，没有风时的静默，有密布的沉闷，有人咳嗽了一声，仿佛是回的信号，我想要是这样走，在黑得连背影也看不见的密林中，是一定要迷路的，我以一个外乡人的思维想，这密不透风的椰林之夜，为什么它的静谧里有一种深在的不安呢？还是安全地看到了路的尽头宾馆门口的灯光，我们加快了步子朝它走去，几乎是扑进了那昏黄而宝贵的光之中。后来再来，在白天我多次坐车或步行穿过由两边椰子树搭建的“长廊”，在长廊中走，往两边看，都是遮天蔽日的椰林，有的长在水中，有的已被海风改变了形状，有的，倒下了身躯，却在另一处空隙里又伸长了脖子，往高处长，有的被台风连根拔起，露出了根，但躺倒了还活着，树叶是绿的。每次将目光投向那密如迷宫的椰林时，我有说不出的不安，我想这不安，来源于一种我不愿承认的恐惧，是一种对于野生的、自由的恐惧，那恣意失控地生长着的，或许是我渴望的，可能也正是我的前生，但已被知识、文明删改后的我，已被规训后的我，当看到自己的原初的本来时，难免有一种莫名的慌乱，它打乱了节奏，不按常理出牌，更关键的，它提示你，嗨，还有一种更真实的也更美好的存在。而这存在原本就是你，只是你变了。你变了，变得已不是你的本来，在你向他者的变化中，你遭遇到了原来的你，它像朋友一样站了出来，嗨，我在这里，你要往哪里去？

我要往哪里去？一直的，我不以为这是个问题。我要去的，不就是众人要去想去的吗？往往是，当你不觉是问题的时候，问题就来了。这次，是一棵树。果然，这次回去，身有小恙，现在想来，它已经提醒我了。不仅让我看到了黑暗，也给了我净化的可能。只是我没能及时停下来聆听调整。但是椰子树收取了我的心绪，比如我们不断抱怨的一件事，比如我们暗自喜欢的一个人，即便在黑夜里，即便只发生在心底，又哪里逃得过它的法眼。不说话并不意味着不觉察。树犹如此。我想那个从文昌回到海口的夜行路上我的心中所想一定是被椰神听到了，它在用它的方式提醒我身为人母的责任，就像它用它的“乳汁”养活了一代人一样。它不言不语。等着我明心见性。收取我一刹心念的椰子树啊，你一定也能够看到我的转变，一定也能原谅一个人的迷失。讲课间歇，照例是围坐聊天，照例是友人讲得多，有一句话我还记得，是，“你的心不在心里”。这句话我不甚了了。心不在心里，又在哪里？心在心外。如此分心，长此以往，身体又怎能不受牵累？椰树的洞察是如此犀利，但的确也是刀下留人，椰树的善良我常听人讲起，说椰子从树上落下时从未砸到过人，在南山寺听一位居士说，椰子有两只眼睛和一个嘴巴，你知道不？我惊异于自己，从来没有观察到，相比于人类的粗枝大叶，椰子树可是纤敏心慈呢。它几乎是全部地献出，毫无保留。椰子汁可以营养我们的身体，椰子水可以清解身体的燥热火气，椰子肉可以入馔，椰子壳可以制碗和多种器皿，满足人类日常所需，树棕还可以用来打藤床。而老椰子树木还可以盖房子。椰子树的成长也非常泼皮，不用人操心，它的椰子掉下来，到树下，或者是风将它带到另一个海岸，它仍能从那个硬如岩石的壳中挤出一束新绿。再过二十年又是一条好汉。我多次惊异于它的再生力，这种生命可以打倒但终摧毁不了的倔强，是我们人类应向它致敬和学习的。但我们人又为椰树做过什么吗？我们将它的椰子砍下来，制成椰子水，椰子汁，椰子糖，椰子粉，椰子糕，椰子工艺品，凡此等等，椰子一树，成就了多少厂家品牌，养活了多少人口，我们吸了它的“血”，吃了它的肉，剥了它的皮，把它搬离了它本该在的地方，但它说过什么吗？不还是一个劲地长，一个劲地给出。椰子给我们人类的，除了它身体的全部，还有给如我这样迟钝的人的心性的启悟。它简直像母亲一样地付出，只是付出，而不求回报。椰子树在海南是女性的，有村姑之称，是说她的朴实天性，但我觉得她更像人类中的母亲，无私地贡献着她的乳汁。

没做母亲时，我并不知生了孩子之后，母亲的乳汁是会自然分泌出来的，虽然我也是吃母亲的乳汁长大的，但如若我没有做母亲，我将永远错过对于人类的最伟大角色的认知，凡事必得亲证方可证悟真理，这也是一种实修。六年前躺在协和医院国际医疗部的产床上，我惊喜于我的孩子的出生，一个如我这样在生活中算不得聪明的女人，能孕育自己的孩子真的是一件奇迹；而更惊喜的是三天之后乳汁的分泌，身体仿佛是天然知道这新发生的转变，身体知道有一个孩子要活下去，母亲的天职就是给他自己最好的东西。人说乳汁是最干净的“血”，它由为母的气血转化而来，它是天然的，和思想意识或后天训练都无关系，天生的，母亲怀着孩子时，是用脐带供养孩子，而生下孩子后，则是用乳房给出自己最好的营养。所以生孩子不是我们在书本故事中看得那样简单，当概念只是概念，它只是知识，当概念走下纸面而成为实践时，才是真的修行，而从修行得来的东西真的是终身受用。

这可能就是一个人的“心回到了心里”，心外无心，心不在知识里，不在意识里，当然就不在思想里，心在心里，不在大脑里，凡经大脑认定的必是后天成就，而人最可贵的当是天然，不经思想的天然的善，或者称作天真的真，该是世上多么可贵的东西。所以我们讲的养生之养，说到底是养身体中的原初之心，初心，是不受污染的，是洁净而良善的，但说到初心，往往又会导入到意识的我执中去，初心又不是初心了。说到这里，可能会有些绕。也许这样的一段话可以启发，在我们的身体里住着一个“神”，“它一直在爱我们，我们顺着它的意思，就会过得比较好；如果我们不顺着它的意思，它就会提醒我们，给我们一点麻烦，而这些小麻烦正是为了提醒我们从错误中归来”。人真的不能也不必掌握他人的命运，但可以掌握也必须掌握的是自己，从心出发，而不是从角色出发，其结果大为不同。成为一个真正的母亲，就意味着全方位地付出，不求回报地付出。而人类所继承的这种自然界的天性，也只有在母亲一职上体现得最为完整。

而不求回报的无私的品性，我们人类做得可远不如一棵树。椰树有嘴巴，但它真的是少言寡语，不解说不意味着不懂得。在事功与功利的人群中待久了，真的是应该不断地返回椰子树林，看看它们的身姿，听听它们的细语，学到它们的精神，然后借那高高的树干不断提纯自己的文字，将之化作一壶慈悲，椰汁一样地养人身心。

德国艺术家博伊斯从蜜蜂的工作中看到让人类认识到自己的神圣力量，从而谈到自然界与艺术家的创造的相似性，他说，“如果你拿一块蜂蜡，你拿的其实是血、肌肉和骨骼中间的产物。它内在的穿过人类这个蜡的阶段。蜡里所拥有的，其实就是力量里所具有的……工蜂从植物身上采集回来的花蜜，在自己身上转制成蜡，筑美妙的蜂窝。而人类头部的血液细胞做的也是同样的工作，从头到整个身体。如果您注视一根骨头，里面到处都是坚强的六角形细胞。在身体里循环的血液，做的就等于蜜蜂在蜂窝里的工作”。

生命脆弱，但支撑着生命传承下去的，也不复杂。自然恒久不变的秘密，或者正如英国诗人斯温伯恩《被遗弃的花园》诗中的一句：

只要有阳光与雨水，这些都将继续存在；
直到最后一丝海风在所有这些之上
翻动着海水。

也是在椰子树下，也是一个夜行的路上，友人开车，我和另一位朋友坐在车上，穿过暗夜中的椰林，说着说着，那句话由友人先说了出来，“我就是一棵椰子树啊！”黑夜里这句话像一束光，突然照亮了我在故乡的老房子，在我和母亲住过的卧室里，在卧室的靠南窗的床头柜上，一直放着一个用椰壳做的女孩头像。那时，我上大学一年级住校，第一次离开父母，虽在一城，但一周也只能见一面，妈妈一天买回来“她”，搂着我指给“她”，说：你看“她”——多像你！

我到现在——在这个穿越椰海的夜里，在这句突如其来的话语中，才真的明白母亲当年的意思。

雪峰山

何立伟

我们在队长家里住了一宿。四层楼，上头还有大天台，天明上去时山风一吹，冷得脖子顿时短了一截。地上有沥青填了拆缝，灰湿的地面上宛若弯曲爬了一条大蟒蛇。张卫拿相机拍下它，晨极静，快门声清楚听得见。他喜欢拍有形式感的图像，线条在画面中有几何感，抽象得相当哲学。脸是湿的，不知是细雨还是雾气。凉，人于是清醒得过分。电线绞着，横在眼前，延伸出去不到一米，就什么都看不见了。水滴晶莹，吊在电线上，仿佛是一串玻璃珠，老匡调焦对准它，按下快门。老匡拍慢照，取景极严谨。张卫喜欢拍雾，所以我们就住在山顶上，也所以我们要起早床。结冰的天气，昨晚盖两床被子还一身抖，上牙碰下牙，响了大半夜。我说雾有么子好拍的。听得老匡笑。张卫不答白，又听得他那一边快门响。雾有么子好拍的，我喃喃重复了这句话。我的意思是我想下去接着困觉。四下里是白色的，浑浊，但是静极。我说你对着一张纸来拍，就是拍雾。张卫和老匡就笑了，那笑是湿湿的，同时模糊。

雾一直不肯散，一直稠稠的那么白里透着铅灰。我先下楼，他们还在天台上拍雾同雾里能见度很低的东西。一楼队长亲自做早饭，止煎荷包蛋，好香。柴火灶，火一团团从灶洞口蹿出来，队长的脸一阵一阵红得发亮。老罗早已坐在灶屋间板凳上，手里端了一碗酒。呷酒是他人生第一件事，才不管你们这里那里拍照片。他穿了美式海军陆战队紧身棉袄，看上去像是一个逃兵。逃兵说，你试试队长屋里的辣椒萝卜。这才看见他面前八仙桌上有一只碗，里头是他说的辣椒萝卜。他用这东西下酒，口里嗞嗞抽气。我拈起一条送到舌头上，立即两眼紧闭，半天睁开，大叫一句：咦呀！亦是嗞嗞抽气。蛋煎好了队长接着下面。楼梯响，张卫同老匡下来了，队长娘子也进来了。她刚刚开车送崽去山下头的学校。昨天晚上，她陪崽做作业，一直陪到零点。而她老公陪我们扯谈，天上地上也一直扯到零点。张卫说老罗你也不上去看看，雪峰山的雾真的好看。老匡说就是就是，出来就是看风景的噻。老罗呷一口酒，说，怕冷，没你们身体好。队长说呷面呷面。几菜碗面就摆上桌了，队长把荷包蛋夹到每只碗里，一碗两个蛋。猪油面，又香又热，有辣椒萝卜咽，几筷子就下去了。吃饱没？队长问。我们答吃饱了吃饱了，咯大一碗。队长说没吃饱就再下，好东西没有，面还是尽量。我们又说吃饱了吃饱了。雾没散，窗子还是棉花样的白。我们就在灶屋间聊天，队长娘子给我们一人泡了一杯她自己种的茶，有好闻的柴烟味。队长娘子说起自己的崽，读初三了，高中要到长沙读就好。你们帮得上忙不呢？老罗说，搞个把人读书还是冇问题，教育局我认得人。队长娘子说真的呵，那我今天就遇到贵人了来。老罗也不是吹牛皮，他人面广，各路神仙都认得倒是真的。而且就如同他喜欢呷酒，他也喜欢跟人帮忙。队长就进到里屋，一会儿进来，手里拿了本子和笔，在油腻腻的八仙桌上写字，一笔一笔，用劲，写得慢。写完把那一页扯下来，递给老罗，说那就拜托来。上头写的是他崽的名字，年龄，性别，及联系地址同电话等等。老罗看一眼，折好，递进海军陆战队棉袄里头的口袋里。老罗说，你记我的手机啰。队长又一笔一笔用劲记下。贵人，队长娘子说，贵人，真的是贵人。我何解咯样好的命！队长就说你们带点我屋里的萝卜干还有菌子回去好啵？山里头也没有别的什么，就有点土特产。我们全体摇手，说谢谢谢谢谢谢，一副不拿老百姓一针一线的样范。

张卫出去解溲，进来说，看得清路了，走吧。我们就起身。老罗说，还有两口酒，等我呷完再走噻。就等他呷完。他呷酒，三两可以呷得四五个钟头。

终于把车窗摇下来，跟队长并他娘子告别，队长娘子说拜托来拜托来。队长说莫啰嗦啰，他们会记得的啰。老罗喷着酒气说，记得啰，回去就跟你联系。队长娘子说，我会跟你打电话的。队长教育她道，你急什么噻。老罗说，好啰我会上紧的啰。队长娘子好动容的样范，说，我崽的前程就靠你们几位贵人来。

车子开动了，队长的四层楼的屋子同他门前的一棵大树被游动的雾气从地球上抹掉了。老匡说，农村里头的人，就只有靠读书一条路可以成为城里人。转头对老罗说，你答应了帮忙，那就一定要帮来。老罗拖长声音说，小菜啰，搞个把人读书。车开得慢，因为雾散得慢。渐渐世界显出了本来面目。我们又开始讨论摄影。老罗不说话，他对此不感兴趣。但我们在说各自喜欢的摄影师，我说的是弗兰克，老匡说：寇德卡，张卫说：杉本博司。后来老匡也说他喜欢杉本博司，我说我不喜欢，太理性了，我反而喜欢感性一些的荒木经惟。在我们争论的时候老罗掀开了瓶酒盖，并且说，卵味。拿酒瓶的手有些轻微的抖，那是酒精中毒的征兆。

到山顶的时候，天光大白，四野青蒙，我们下车，连忙把衣领竖起来。有风，脸仍是凉得痛。巨大的高压线铁塔立在跟前，五线谱在天上。我们慢慢走，隔了好久，有辆货车经过，轰轰的声音从身后一直移到身前，轰了好长时间。声音消失时，世界更显得静。前面一个像是给路人歇憩的凉亭，有顶，有三堵墙。走进去看，一地垃圾，尿臊味极浓，墙上呢尽是黑炭涂鸦，画的男女那要命东西，我们就笑，晓得性压抑在山里是几多严重。老罗戴眼镜，却比我们眼尖，发现上头一行歪歪斜斜的字，也是拿黑炭写的，就结结巴巴念，拼出了如下一句话：

妈妈，要过年了，远方的儿子想你呀，妈妈！

接下来还一句，显是同样一个人写的：

天上好多云。

念完，突然我们都沉默了。

张卫把它拍了下来。老匡也拍了。我没有拍。我记下了，在心里头。

后来我们在雪峰山顶上走，看见高压线桩，看见远处的屋子，看见公路像蟒蛇一样蜿蜒，好长的时间都没有再说话。

风早住了，脸仍是凉得痛。

天堂的日子

阿　成

内人不在，便到女儿家小住几日。女儿的家在一个闹市区。那一带的周边除了一所大学，最热闹的莫过于那条二百米左右的坡路了。坡路两侧净是摊贩和菜床，浏览其货，可谓是应有尽有。一条坡路走下来，生活的必需之类大约就可以购置全了。停停走走，到了坡路的顶端，便是这座城市最早的主干道之一了。因之最早，无论做怎样的改造，如同老年人的衣服，那种老式的风度无论如何是抹不掉的。主干道的道路两旁，同样被各种商场、酒店、邮局、餐馆所挤占。然而这还不是全部内容，女儿很内行地告诉我，在这条主街的副道上，即小街小巷里，还隐藏着六七家不为人知的老字号的微型餐馆。据坊间传说，这些小餐馆原本是在热闹鼎盛的道外区。说到“道外”，先前曾有这样的一个说法，城里的道里区是“人间”，南岗区是“天堂”，而道外区则是“地狱”。“天堂”的主干道两侧自然是容不下这些名不见经传的小餐馆了，所以，这些道外来的老字号只能选择那些背街背巷安顿下来，悄然开张。因了小餐馆之小，每家挂的招牌也极其通俗、简单。

有道是“胡天八月即飞雪”。一早起来，天儿已然有些阴沉了。倏忽间，天上竟飘起了零星的小雪。正所谓气候与美食从来是携手并行的。顺便说一句，女儿也是一个年轻的美食家。按说“时尚之人”与这些老字号的餐馆，尤其是小餐馆并不搭界。女儿说，这些小餐馆也是她某天晚上出来散步时偶然发现的。并事先提前提醒我说，咱们要去的这家小馆儿，客人多，服务态度不是很好，一副你爱吃不吃的样子。我说，这反倒是道外的风格了。其实不是人家态度不好，而是东北人豪爽个性使然，并不论男女，说起话来自然就很冲。但是，无论如何比之大酒家的服务生的假笑要好受得多。

女儿领我去的地方是砂锅油饼店，招牌也就是这么简单。女儿问我，愿不愿意吃这种老味道。我说，好。太好了。

果不其然，这家专事砂锅油饼的小馆儿，凹在一个不显眼处，倘若稍不留神人已经走过去了。由于女儿事先说要晚去一点儿，躲过晌午的饭口，清静些。然而不然，我们进去的时候里面的客人依然很多。恰好有二位刚用完餐，腾出两个空位。女儿要的是酸菜狮子头砂锅。这倒是南北混搭。只是不知道是怎样的一种味道，我就没必要冒险了，要了一份普通的砂锅豆腐。老板娘看上去五十不到的样子，精力充沛，动作麻利。我倒是未看出她态度怎样的不好，反而觉得她的态度颇有一种家庭的氛围。老板娘说，主食有油饼和米饭。我想了想说，还是油饼吧。老板娘说，你们二位有一斤油饼就够了。我说，那好，就要一斤油饼。

不到五分钟，砂锅和油饼就上来了。砂锅的汤还翻滚着，一定是在灶台上早就热着了，用汤勺咂一口，果然是存在记忆中的老味道。只是略微有一点点咸。然而这才是东北人的口味呀。在我们父女俩用餐的空间，老板娘还特意过来问，需不需要加点汤？显然，她一直在注意着我们。是啊，称职的老板娘总是要眼观六路耳听八方。说句笑话，组织部的干部都应当先当老板娘，然后再当干部。这样工作就会干得更好。我说，谢谢，不用了。过了一会儿，老板娘又顺手把别的餐桌上的客人剩下的餐巾纸包放到我的桌上。呵，正好可以用来擦一擦抓饼的油手。

外面的雪还在飘着，拉开看，很像一台老式话剧的布景。总之，这顿砂锅油饼吃得很舒服，一额的细汗。一算账，价钱也很便宜，不错。

父女俩顶着精巧的雪花往回走的时候，女儿似乎有感而发，说，看来什么事都是看人下菜碟啊。我说，此话怎样？女儿说，这个老板娘很会看人哪，又要给你加汤，又给你送餐巾纸。知道吗，这里的餐巾纸包是要钱的。我在这儿吃过几次，从未见老板娘的服务这么好。我笑着说，同辈分人总是通着心的。

回去的路上，于纷纷扬扬的雪界里，我突然有了种喝酒的欲望。便拐进了一家便利店，睃巡之后，选中一瓶。便利店的老板也在五十多岁的样子，他一直在注视着我。我便冲他一笑。他也冲我一笑，还眨了一下眼。我知道这是喝酒人之间会心的一笑了。然而，老板并不知道我其实是不能喝酒的，即便是喝半两也会满脸通红。是啊，这让人喝酒的欲望除了要有好心情，与这下雪的天气总是有些关联的吧。仰头看着这满天飘飘洒洒的小雪，心想，天堂里的日子大抵也不过就是如此罢。

花 袭 人

格 致

当院子里落满了雪花，当那些姹紫嫣红被积雪覆盖，当我的眼前一片绿叶都没有了的时候，我才渐渐醒悟，我在刚刚过去的夏天伤害了小琴。

小琴家东侧是道路，西侧是我家。道路不能成为邻居。我是小琴家唯一的邻居。我这边东侧是小琴家，西侧是玉米地。玉米地不能成为邻居。小琴家是我唯一的邻居。

春天，小琴在院子里种菜。春天，我也在院子里种菜。我和小琴之间，小琴的菜地和我的菜地之间，只隔着一段原木垒成的围墙。原木与原木之间有很大的缝隙。这个缝隙小狗能伸出去嘴，但不能伸出去头。透过墙缝，我看见小琴只种早豆角，并且垄上覆盖着塑料薄膜。那层塑料可以为脆弱的种子挡住春天的寒风，并有效挽留泥土的热量。小琴的早豆角会成熟得很早。小琴就那么急于吃到早豆角吗？我种豌豆、辣椒、西红柿、土豆、蒜、鬼子葱……我没有使用塑料薄膜。我不喜欢那东西。面对蔬菜的成长，我有耐心等候。我不着急。果然，小琴的早豆角都破土（还要破塑料）而出，我的菜地还一片沉寂，所有的种子都很沉得住气，一点儿动静都没有。这让我想起了童年那个隐藏与寻找的游戏。后来我沉不住气了，悄悄扒开泥土查看：还好种子已经发芽，但那芽细小、胆怯，陷在泥土里像个井底之蛙。待它从泥土中爬上来，我原来准备的那些耐心显然不够用。我盖上泥土，知道自己着急也不能帮助它。一个月后，小琴的菜地已经长成绿叶的海洋，绿叶间隐约可见白色的花儿——人家的菜都开花啦！仅有的几只菜粉蝶，也在小琴菜地的上空盘旋，样子像喝醉了。有诗人说菜粉蝶像白色的药片。就那么几朵小白花，就高兴成这样了吗？那几只菜粉蝶也忒没见过世面了。我的菜地菜苗还盖不住泥土。菜粉蝶一只也没有。小琴家的菜苗长得都一样，并且没有一棵草，整齐干净得像一个军营。我的菜地没有秩序可言，菜苗高矮不等，野草见缝插针。有的阔叶，势力向四周蔓延；有的爬藤，致力于站得高看得远。热闹得像一个露天集市。我对小琴在菜地里只种一种蔬菜很迷惑，她就那么爱吃早豆角吗？

面对一块菜地，我和小琴的做法相去甚远。我无法理解，在众多蔬菜中，她为什么对早豆角情有独钟？并能把所有注意力都倾注在这一种蔬菜上而不分心？她对男人是否也能持有一样的心念，认准一个从此心无旁骛，任喧哗人间在身前身后云卷云舒？相比之下，我的心念杂草丛生，我无法把所有的注意力集中到一种蔬菜上——我种了十几种蔬菜。若不是气候和菜地面积所限，我会把南方的蔬菜也种到我的菜地里。这样一看，我比小琴贪婪！我甚至不能把精神集中在蔬菜上，我在那些蔬菜的基础上又分出了一部分精神种了花卉。其实我还想种竹子。北方的榆树柳树很好，但在院子一侧若有一片竹林，墙角有两棵芭蕉，那我就不缺什么了。现在，我的院子里有柳树榆树，没有竹子和芭蕉，我的生活有很大的缺憾。蔬菜怎么能安慰我呢？十几种蔬菜也不能安慰我。精神之我是个饕餮兽。这么多年我一直被它左右和折磨。它使我的人生苦不堪言。我喂养它，蔬菜是不够的，还要鲜花；柳树榆树是不够的，还要竹子和芭蕉。

我第一次得到一块泥土，并拥有播种的权利。我想知道我种什么就能长什么吗？我种多少就能收获多少吗？因此我在播种的时候心里并没有多少底。我离那种理智的播种还有很大的距离。其实我并不会种菜。很多常识都不懂。我站在我的菜地里，就如同一个贪玩的孩童面对考卷。我能独立完成的考题很有限。好在这考试是开卷的，在我遇到难题的时候，我就看见了我的邻居小琴。她是菜农，种菜是她的专业。就蔬菜的栽培、株距、灌溉等问题，隔着木头墙我向小琴请教。小琴果然什么都知道，并且很高兴我在种菜方面如此无知。她愿意帮我，诲人不倦。同时她也知道了我都栽种了哪些蔬菜。我没有种早豆角，这让在我面对她的时候，感到很对不起她。我们两个住得如此之近，但在种菜上竟没有重合的部分。她针对我没有种她喜欢的早豆角，没有多说一句话。在种花的时候，我没有向小琴请教。因为我看见小琴家的院子里没有一株花。我猜她不喜欢种花，因此也就不会种花。就有女人天性不喜欢花啊朵啊的，比如书上的那个薛宝钗。因此，我在种了蔬菜之外又种了花卉小琴不知道；我都种了什么花她更不知道。

当我院子里的花朵次第开放的时候，小琴的早豆角已经长到筷子那么长。原来小琴家院子里的蝴蝶，现在都越过木头围墙，飞到我的菜园子里来了。它们旋转盘旋，特别高兴。其姿态不是喝醉了，而是在跳舞。当它们玩累了，每只找到一朵喜爱的花儿落下来休息。毛茸茸的腹部剧烈起伏。我没想到我菜地的土质这么优良，种下的种子都能发芽，并快速长大，然后开出花来。我担心一部分种子会不发芽，花种子就撒多了。等开花的时候，花朵拥挤不堪。连盲人从此路过，都会感到一片红光。我的菜园子，在那些花儿都长大之后，菜园子已经不是菜园子，叫花园也行的。我把菜地种跑题了。

小琴不计较那些蝴蝶的去留。蝴蝶在的时候，看不见她高兴；蝴蝶走了，看不出她扫兴。我则不然，蝴蝶来了，我认为是一件大事。没有蝴蝶，花园就像睡着了。蝴蝶是花园跳动的心脏。小琴也不受这边花朵的打扰，她细心地把豆角摘下来，整齐地码放在柳筐里，还要在上面盖上湿毛巾。然后一筐一筐地运到集市上卖掉了。原来小琴并不爱吃早豆角。原来小琴并不急于吃到早豆角。原来小琴是为了不认识的人早点吃上早豆角而忙了一个春天。

我种了那么多蔬菜，没有想到要把一种蔬菜拿到集市上出卖。当然我不好意思拿出去卖。我的蔬菜品相不好。单说西红柿，找不到两个一样大的。它们谁也不像谁。每个都是自己，个性体现在形状上。我种了那么多花，也差不多只我一个人看了。小琴是可以看的，那木头墙有巨大的缝隙。但是小琴不爱看，她沉浸在她的早豆角里，似乎看不见其他。她从未停下脚步，多看我的花儿一眼，更没有就某一朵花发表言论。对此我除了疑惑外，还很失落。我种的花儿没有谁不是用力开放的。它们小心翼翼把颜色包裹住，然后突然展开，这时候花儿想听到一声惊呼，然而却只有风声。我是不吝惜惊呼的，但我的花儿实在是太多了，我打个盹，就开出一大片新的花朵。我忘了惊呼，只能呆看。让我感到一丝安慰的是那几只兴奋的蝴蝶。它们的翅膀，很好地烘托出了花园的繁华气氛。

我也是太过分了，几乎把院子弄成了一个大花园。我的这种作为，在旧街村可能很出格。和小琴家的菜地一对比，才发现我把菜地种得已经跑了题。小琴对于我的跑题一直保持矜持的沉默。但是来她家串门的村民看见了我的花园后没有沉默，尤其是女性村民，不但看见了，还给予了评论：是和别人家不一样啊，在菜地中间种花。木头墙外，小琴家院子里，三两妇女在窃窃私语。我能听见，是因为我正在花丛中薅草。我低头干活，假装没听见。有一次，围墙的外面，有人大声问：那个爬藤的红花是什么花？从说话的声音，我感到这个问题是需要我给予回答的。我立刻从花丛中抬起笑脸：茑萝。那女子又说：真好看啊，等秋天要点花籽。我说花籽有的是啊。接下来我想说：就怕你没地方种啊。其实这种藤蔓花卉不占地方。我是种在竹篱笆下的。但我看见小琴家的木篱笆下种的都是晚豆角。街对面那家铁栅栏下种的是苦瓜。

小琴似乎是把所有注意力都用在了早豆角上。似乎是对木头墙西边的事情不感兴趣。多轰轰烈烈的开放她都好像没看见。多么色彩纷呈云霞落地她都无动于衷。但是西风携带着花粉和花香，每天穿越过木头围墙的缝隙，在她的院子里沉浮、旋转。不喜欢种花、看花的人，也应该不喜欢花的气味。花香持续地刺激着她的神经。并且这个刺激挥之不去，躲避不及、无处不在。我不知道她是怎么忍受的。

关于花朵的话语，都不是小琴说的，都是来小琴家的村民说的。针对花朵发表言论的不是小琴，想种茑萝的人不是小琴。要种子的也不是小琴。

小琴卖完了早豆角，我以为她要休息几天，会有闲工夫看看一墙之隔的花园了。我是多么希望她停下来看看我的花儿。我种的花儿太多了，而看花的人太少了。接下来小琴是休息了几天，但除了到院子里拿东西，其余时间她都待在屋子里。可惜那么一院子花就我和小白欣赏。小白作为一条猎犬，只对快速移动的东西感兴趣。植物不会横向移动，只能枝叶向上，根须向下。这也是移动，但因速度太慢，它也提不起兴致。还有，我忽然想到，狗都是色盲。那么小白等于看不见花儿。几天后，小琴终于出现在院子的菜地里。她又开始播种了。她拔掉了豆角秧，然后平整土地，又勾上垄，种上了大白菜。她种大白菜我并不知道。当她的大白菜又长得像做间操的学生一样横平竖直时，我才知道那些天她都忙的啥。头伏萝卜二伏菜。小琴在头伏就种上了大白菜。这次我知道小琴不是因为爱吃大白菜，也不是急于吃到大白菜。她可能还是在为陌生人忙碌。

小琴家的院子里，春天是早豆角，夏秋是大白菜，没有一株花草。在菜地的边上，是可以种几棵花的，并不影响蔬菜的成长和在集市上的价钱。但是小琴没有种。当我的院子里大片的美人蕉、金盏菊、薰衣草、凤仙花、虞美人、小丽花、草本牡丹、寒根月季、牵牛、金丝荷叶次第开放的时候，小琴一定是看到了。木栅栏的缝隙是那么大。她每天也会被那些东风带给她的花香环绕，但她没有对那些鲜艳的花朵说过一句——好话或坏话。她采取视而不见的态度：在院墙外针对花朵窃窃私语的不是她；询问茑萝的名字的不是她；索要花籽的也不是她。小琴是那种不喜欢花卉的女人。

我对小琴好奇起来。听到关于她的闲话我就伸长了耳朵。从旧街村民口中获得的信息有这些：小琴家的房子，是政府给盖的。小琴家只有三亩地。知道了她家有三亩地后，我给小琴算了一笔账：一亩地亩产 2500 斤玉米，玉米一斤 8 角钱，三亩地年收入是六千块钱。

三亩地和六千块钱似乎有理由让我把疑问解开一大部分。计算的结果出来了后，我就明白了小琴家的菜地里为什么不种一棵花？菜苗为什么长得那么整齐？不长整齐不行啊。那些蔬菜——早豆角和大白菜。是她把年收入从六千往上增加的关键所在。而这件事又太重要了，她投入了所有的精力和体力还有智力。而种花，使院子看上去好看，有诗意，是我这种不需要把蔬菜码放到基本收入之上的人才干的事情。所以种花，不是院子里有没有地方种的问题，而是心里有没有地方的问题。因此不是小琴家的菜地没地方种花，而是她的心里没地方种花。如果我是小琴，也会在院子里先种早豆角，然后在头伏就种上大白菜。我可能嫌白菜豆角卖不出钱来，会在院子里砌上猪圈、羊圈、鸡圈，直到把院子变成养殖场。直到院子里臭气熏天。我每天穿着靴子，喂猪、喂鸡、喂羊，除粪。花朵，我不是没地方种，而是想不起来世界上还有花朵。

那么，一墙之隔的花朵，让小琴想起来世间的花朵。但她和花朵似乎已经远离，就算挨近，也永远隔着一道围墙。当院子被冬天的大雪覆盖的时候，当我的院子里所有的花朵都凋谢的时候，我才意识到，我的肆意种花的行为，对邻居小琴构成了伤害。我还不知道对这个心里已经没地方种花的女人伤害有多深。

当我的院子飘舞着雪花，当一切被大雪覆盖了以后，我才渐渐看懂了小琴对待花朵的态度。那些花朵伤害了她，她不看，不说，试图用这种冷漠的态度把花朵推远，就像推远一把逼向她的利器。

原载《红岩》2017 年第 2 期

时移世易（二则）

尧山壁

福兮祸兮

清明祭祖，上坟回来走到堂弟家，正好北庆他孩子小姨也在。小姨也是一方名人，性格开朗，还能喝几杯。我从背包里取出好酒好菜，摆好斟上。要在以往，他俩早就迫不及待，抢着一递一杯喝上了。今日可倒好，泥坑酒、魏庄鸡也没有吸引力，二人耷拉着脑袋，比着一递一声地长吁短叹。其中缘由我也略知一二，不过听出来今天是旧怨又添新愁。

堂弟“文革”后期结婚，几年生了两个千金。赶上联产承包，分到十亩好地，三处地块离机井都不近，每逢浇地就愁上心头。庄稼一枝花，全凭水当家。农忙时节歇人不歇井，抓号排队，夜里浇地是常事。看人家上阵父子兵，自己孤零一人，两个丫头不便出工，连个替换人手也没有，做梦都想要个男孩儿。那年月计划生育抓得正紧，公社大队两级小分队，挨门挨户搜查，追得鸡飞狗跳，抓住育龄妇女就送学习班，摁住像劁猪一样结扎，一片鬼哭狼嚎。正好小姨地区卫校毕业，分到公社当计生员。姐姐抓进学习班，姐夫哀求她手下留情。开始小姨不答应，架不住姐夫哭天抹泪，磕头作揖，心一软手就软，经姐夫指点，只在肚皮上划了个口子，趁流血缝了几针，根本没动输卵管，留了后手。

事也凑巧，一年后姐姐就生了个宝贝儿子，姐夫乐不可支，取名叫豵儿，我们那一带，公猪叫豵儿，母猪叫老海。别说农民没文化，这个字还是古音，《诗经·豳风·七月》就有“言私其豵，献豜于公”。豵就是小公猪。事情败露，做了假手术，姐夫重罚，小姨也被开除回家，丢了饭碗。堂弟内疚，欠下天大人情债，一辈子做牛做马也偿还不了。还不还也得还，年年养两口大猪，一口老海每年两窝小猪，卖了钱全交给他小姨。再养一口膘猪，过年杀了，除了猪头下水，好肉全都奉供小姨家。

豵儿招人喜欢，虎头虎脑，脑瓜后边留一撮九十毛，摇来摆去像小猪尾巴，摇着摇着就长大了。豵儿与猪有缘，从小就给猪挑菜、拌食，劳动给爹帮手，人也勤快。初中毕业爹就叫他辍学回家，夜里浇地带上，找着有儿子的感觉，心满意足，捏着脖子学张淑敏，唱梆子《龙江颂》，村里都能听到。可惜好景不长，高兴没几年愁就上来了。从前说三十年河东河西，如今生活节奏快了，二十年世道就变了，乾坤倒转，不重生男重生女了。

由于像堂弟这样的大有人在，眼看着下一代男女比例失调，有人测算我们家乡那一带为一点二比一，就是说一百个小伙子就有二十个要打光棍。随着农业现代化发展，农活减少，农民进城打工。女孩子只要不缺胳膊少腿，总能在城里找到对象，不少小伙子尽管聪明伶俐，还得回家依靠父母。形成农村男多女少，阴阳失衡。物以稀为贵，对男方财力要求飙升，三万、五万、十万、二十万，打着跟头往上翻，上不封顶。订婚“三大件”，从自行车、缝纫机、手表，电视机、电冰箱、摩托车，一下子跃升为“三小”，城里有小楼、家里有小车，外加一个年纪轻的小婆婆，进门就有人伺候，省了雇保姆。一时间婚介火爆，媒婆走红，婚托遍地。听说谁家有女出嫁，不管年龄大小、模样丑俊、寡妇活头（离异者），上门求婚的排成队，一般都开小汽车来，开摩托的自觉往后排。有阅历的家长出来挑选，往往看不上开新车的，名牌儿旧车打高分，车旧说明发家早，家底厚。

按过去的标准，堂弟也算殷实之家。豵儿辍学那年，用几十年的积攒盖了五间新房，三明两暗，置买了家具，万事俱备。可是一年又一年，空有梧桐树，不见凤凰来，新房等成了旧房，隔年粉刷一遍，刷了几次不刷了，堂弟说犯了一个“白”字，白等。豵儿眼看二十五岁了，到了农村青年结婚年龄的上限。堂弟夫妻百爪子挠心，连外出打工的两个女儿，也都省吃俭用往回寄钱，但是对所需高额费用也不过是杯水车薪。豵儿等不下去了，也跟着大伙儿外出打工，除非春节不回家，回来就一头扎进屋里不出门。或者一群光棍凑到一起喝酒，喝醉了五音不全地唱，唱得爹娘更加心酸。

这一回轮到他小姨内疚了，都怪当年自己没了主意，听了姐夫的教唆，虚晃一刀，却留下如此深刻的伤痕。果然是福兮祸兮，自己丢了饭碗不说，在家里开了个诊所，也不少挣钱。可是这句话应在姐姐家里了。冤有头债有主，自己倒欠下一笔天大的人情债，一辈子做牛做马也偿还不了。还不了也得还，起早贪黑开诊所挣的钱，舍不得吃舍不得花，一笔一笔往姐夫家里送，还得三天两头去安慰、开导。明知一座小楼一辆小车是个不小的数目，何况姐姐年岁也不小了。

石窝窝

石窝窝感觉是在做梦。这才几年的光景，他一个脸朝黄土背朝天的农民，说变就变成了四体不勤的市民。一年两季庄稼的土地，呼啦啦蹿出一大片山峦一样的楼群。他这个曾经的乡级劳模，英雄无用武之地了，连使用过的锄头、犁耙，老伴的纺花车、织布机都有人收购，说是就要成为文物了。打从小平房搬到高楼上都半年多，每次看到这个 18A 的门牌还都认生：这是家吗？站在窗前往外看，还是头晕，腾云驾雾似的。

做梦都没想到，二十多里外的城市，像乡下馍馍的酵子，可劲地膨大。小村被裹了进去，从农村、城乡接合部到城中村，没用几年。开发商跑马圈地，他们吃肉也给老百姓喝汤，一座庄稼小院换了三套单元楼房，外加 50 万元人民币，住一套出租两套，铁杆庄稼，旱涝保收，月进 4000 多元，顶上一个处级干部。前几年还发愁，儿子没考上大学，靠谁养老，现在把心放在肚子里了，指望不上儿子，指房子，老来福。

对于这次城中村改造，开始他也想不通，心里嘀咕了多半年。靠出租房为生，过去叫“吃瓦片”，可是有前车之鉴呀。本家有位六叔，1949 年前在市里开饭馆，家大业大。后来六叔没了，六婶不会经营，把十几间门脸租出去，一年二百大洋，享了几年清福。冷不丁呼啦啦大厦倾，房子没了，自己也被冻死。这件事想起来就打寒战。能不后怕么。

一场变革太过突然，思想准备不足，失去土地，农民下岗了，自谋生路。年轻人紧跑几步还跟得上，文化不高，去打工，干保安，当快递。上年纪的跟不上，月月跑银行，领几百元养老金，衣食不愁，没营生可干，吃了睡睡了吃。还保持农村那个习惯，不吃独食，开饭时间，端着大碗下楼梯，凑在一起，叫作饭场。边吃边聊，说说笑笑，道听途说，国家大事。饭场就在小区花园凉亭下，被都市报的记者看见了，觉得很新鲜，起了个洋名“众议院”，后来又升了一级叫“参议院”，一日三餐的餐。“参议院”的议题，永远从石窝窝开始。石窝窝降生的那年，初级农业合作社升作高级社，统购统销，常年吃糠咽菜，窝窝头成了农民的理想。如今成了市民，窝窝头也下岗了，一天三顿大米饭白面馍馍。可他石窝窝还不满意，说城里的馍馍太暄，棉花瓤子一样，手一攥就没了。还一块钱两个，放开肚皮，一顿能吃五块钱的。吃馍馍就吃强面的，杠子压的。有人说不怕硌了你的牙，有人说那你就吃面包。石窝窝说面包更暄，吃在嘴里就像老棉花套子。

一般老头老太太，慢慢适应了城市生活，吃了喝了，拿一个马扎，坐在马路边看风景。石窝窝坐不住，毕竟是劳模出身，没事就溜达，见门就进，见人群就凑，连闻带问，摊上了许多好事。比如超市，每天早九点开门，先处理头天剩下的面条，怕酸了，一块二角八一斤，便宜一半。蔬菜柜上，隔两天下午七点处理一次，刚打蔫就打折，有时一两折，或者论堆儿卖，比自己种菜都合算。有些卖保健品的，定期搞推介会，进门就发鸡蛋，七个八个，石窝窝不听讲领了就走。召集会的改了规矩，散了会发。石窝窝就得耐着性子坐下去，为了那几个鸡蛋。石窝窝消息灵通天天挺忙活，天天有收获，白得的鸡蛋吃不完，攒起来腌咸蛋。有时也带到“参议院”，大家分享。有人故意逗他，要饭吃要来的，咱不吃。窝窝忙分辩，不是，要饭吃得靠门框，喊人家爷爷奶奶。咱这是有人下请帖，大闺女们又拉又拽，喊咱爷爷呢。时间不久，小区的闲人们都出动了，跟着石窝窝去创收。

天天排队，天天开会，跟进的人越来越多，农村人叫手稠了，石窝窝跳出来，找到另一份工作，给建筑商发广告，一天发出去 500 张，给 50 元工资。8 开的 16 开的画片，印刷精美，花花绿绿，一张成本七八元。开始石窝窝还舍不得发，看着谁都不像有钱的，半天还没发了 100 张。同行告诉他，不能那么认真，落叶纷纷，大海捞针，老板说上钩的人有概率，只管发就是了。石窝窝开了窍，溜溜达达，见人就发，天女散花，500 张不大会就发光了。一天 50，十天 500，一个月 1500 元，顶过去一个民办教师呢。发着发着有了发现，这印刷精美的广告，人们并不喜欢，有人躲着，有人不接，有人看一眼随手扔在地上。扔得他心疼，七八元一张呢，回过头又一张张捡起来，摞起来三百多张，攒多了卖废品，一斤四角五，又一笔收入。有人说他，脱了裤子放屁，干脆领过来就卖到废品站是了。石窝窝连忙摆手，那可不行，咱农民办事也有底线，我发是一种劳动，捡也是一种劳动，公私分明呢。

原载《天津文学》2017 年 8 月

老街坊

李培禹

如果有一趟列车，声言将穿过时光的隧道，载你回到童年；而且车厢里已然坐满了曾和你一起玩耍、长大的伙伴，现在还给你留了个座位，你来不来？

来！我就是怀着一种莫名的兴奋，匆匆往这趟列车上赶呢。

其实，“车厢”是刚刚建立不久的一个微信群——赵堂子小大院一家亲。赵堂子是北京的一条小胡同，它在北京城三千六百多条有名字的胡同里，实在排不上号，因为它确是小胡同，从东到西也就一二百米长。然而，这条小胡同却有着与众不同之处——它的西口向南有一个方方正正的小大院。为什么叫小大院？因为它不大也不小，正好装下了胡同里十几个、二十几个，最旺时达到三十几个孩子的童年。

我们这趟列车的列车长——群主，是刘校长。尽管他早退休了，但在赵堂子胡同老街坊们的心目中，他永远是校长。丁酉鸡年春节刚过，校长在群里一呼：咱们聚聚吧。立时像炸了锅，活跃者不说了，平时以“潜伏”为主的人也积极发言：支持！拥护！校长万岁！可我们的赵堂子胡同十五年前就因道路扩建拆迁，消失殆尽了，到哪儿去找我们的小大院啊？有高人响亮地提出：“胡同没了人还在，邻里重逢格外亲！”是啊，人还在，没有什么能阻挡住思念、怀旧、亲情的列车开出站台，驶向我们的心绪共同指向的那个终点。

“终点站”到了，它就设在与原来赵堂子胡同相连的东总布胡同里的一家餐馆。女老板也是胡同里长大的，敞开大门欢迎老邻居们来聚。

我爬上二楼或说我登上“列车”时，车厢里已经有点“人声鼎沸”的劲了。映入眼帘的横幅上写的是“胡同没了人还在，邻里重逢格外亲——赵堂子胡同老街坊自发叙旧聚会”，好让人感动！

“呦，三哥来啦！”认识的和已然认不出的童年伙伴抱在一起。我说，今天都用小时候的称呼好不？好好！一致赞成。可紧接着问题来了：狗三儿、狗四儿，还叫得出口吗？当年我看着长大的小哥俩儿，如今一个是警官学院的领导、一个是农业银行的处长。还有，当着孙辈儿的面儿，二秃儿、三秃儿、四秃儿叫着，也不妥吧？于是，临时约定，凡无伤大雅的仍叫原名儿，如我，便称“小三儿”，那几位则由各自根据自己的辈分“酌处”，可称哥或叔了。

大顺子、仉虎哥（小时伙伴们故意叫他几虎）肯定是第一拨到的，加上如明三哥（原三秃儿），正忙着在刘校长的指挥下搬电视、接 DVD 机、贴对联。看着几位忙乎的身影，小英子说，瞧瞧，干活的还是他们几个啊！大顺子壮年时是开出租车的，早出晚归，辛苦挣钱，但小大院的街坊只要有事，就 BP 机“扣”他，顺子立马赶到，从未收过邻居们一分钱。这“宋大成”式的顺子有好报，胡同里最漂亮的姑娘小青嫁给了他当媳妇儿。只见他们几个登高挂横幅时，扶梯子、抱腿的，是胡同里当年的美女爱华、宝荣、小点儿，还有何家小妹、刘家小妹，我们小胡同里邻里情深的一幕，温情再现。

“车干来了!”车干本名叫周轩，小时候不认得“轩”字，我们都叫他周车干。现在廊坊一所高校任教的他，是一早赶过来的。虽然他已戴上高度近视镜，头发大都泛白，我还是一眼就认出他来了。而且，小胡同的街坊们都认出来了。车干比我大两岁，可算是命最苦的孩子，今天才确切地知道，四十多年前他每天清晨挥着比他还高的扫帚扫大街时，只有十三岁，一扫就是三年。为了多挣点钱，他除了清扫赵堂子胡同外，还包下了相邻的阳照胡同。那时，寒冬的清晨，天还漆黑，我曾被他“哗哗”“哗哗”的扫街声吵醒过。早起背着书包上学，在昏暗的路灯下，还看到过临近收工的他，头上冒着热气憨笑的样子。

他失学苦干，是为了供家里一个妹妹、两个弟弟上学。后来，去云南插队的他，曾挑着一担沉沉的青芭蕉回到赵堂子胡同，他要答谢老街坊们对他离京后继续给予他弟妹的关照。那年我早已搬家离开了小胡同，弟弟打电话告我，周轩，就是车干，回来了，给大家送芭蕉，有你一份啊！我的眼泪差点掉下来……

此次重逢，最让车干想不到也最让他激动的是，第一个迎上前和他紧紧握手的童年伙伴，是郑苏伊。

苏伊是著名诗人臧克家的小女儿。臧老在赵堂子胡同居住生活了四十年，是这条小胡同老街坊们共同的骄傲。胡同里平民多不懂诗歌，他们却众口一词：“中国伟大的诗人臧克家!”因为他们中的许多人都能讲出与臧老亲近交往的故事，许多家庭遇到过的经济困难、孩子考学等各种问题，都得到过老诗人的关注甚至直接帮助。2004年元宵节臧老溘然长逝，那年赵堂子胡同已经拆没了，但老街坊们还在，他们组成吊唁团，抬着花篮到八宝山送臧老最后一程。这情景打动了作协的工作人员，他们把写着“老街坊”的花篮摆放在离臧老遗体很近的位置。

今天，与我一样在恢复高考后考入大学，从而改变了自己命运的周车干，披露了臧老的另一件善事。他说：“那时早上扫大街，都是空着肚子。臧老知道后，每天去早点铺买烧饼时，就是六分钱一个的芝麻火烧，都多买一个。他把热火烧塞到我手里，有时还要看着我咬一口，嘱咐我不要对外人说。”他激动地问苏伊：“我一直没说，你和家里人知道吗？”苏伊含泪摇头。这番话，点燃了大家对臧老深深的怀念。苏伊说，那时院儿里的海棠熟了，我和你们一起爬上树，真够淘气的。我爸在下面喊着：“注意安全，别摔着呦！”哈哈，太难忘了。

海棠树、臧老的故居和赵堂子胡同的小大院，荡然无存了。然而人还在，情依依。聚餐喝的什么酒、吃的什么菜，没人管了。大家完全沉浸在难忘的往事之中。

我不禁想起十五年前，东城区南小街赵堂子胡同拆迁在即，老街坊们都为一户特殊的人家犯起愁来。这就是靠街道“低保”维持生计的特困户“二嫂子”。这位善良、勤劳的农村妇女，含辛茹苦地把一个抱来的哑巴孩子拉扯大，同时也带大了胡同里的好几个孩子。我的小侄儿李根，就是她带大的。一次李根向我汇报他会背儿歌了，一张口竟是浓重山东口音的“笑（小）老鼠，上等（灯）台，偷右（油）吃……”我赶紧叫停，还埋怨了“二嫂子”几句。

拆迁那年她已过七十岁了，邻居们仍习惯性地称她“二嫂子”。“二嫂子”丈夫因病去世，哑巴儿子又下岗，住了几十年的那间不大的小屋还不是她的房产，如今这一拆迁，老太太住哪儿去啊？起初，热心的街坊们决定集资，替“二嫂子”凑足回迁款。可街道和拆迁办说不行，只要房款按她的户头交，“低保”就保不住了，就得取消，“二嫂子”今后吃什么去呀？那些天，大家轮流上拆迁办，说的都是“二嫂子”的事。拆迁办的同志难免不烦，怎么一会儿来个刘校长，一会儿来个孙老师，一会儿又换成私营企业的韩厂长了？得，下来看看吧。两位同志来了，看了一眼，眼圈儿就红了。最后在拆迁办领导和邻居们的奔波下，“二嫂子”的难题解决了，由政府出面，给她和哑巴儿子在东四五条找了一处面积相当的新平房，并办妥了过户手续。这真是一件让人高兴的事儿。记得搬家前那天，七十岁的老太太剁了一上午的大白菜，包了一盖帘儿一盖帘儿的饺子，请家家户户来吃。

“二嫂子”去世多年了。席间，刘校长提议，向所有已故去的生养、哺育了我们的先辈们致敬。三十多人齐齐端起酒杯，场面甚是庄严。这边的举动早吸引了其他房间吃饭的客人，他们纷纷围过来，看明白了怎么回事儿后，称赞不已，有人还主动为我们拍“全家福”。他们说，咱们胡同的街坊们也该聚聚啦！

是啊，该聚聚了。胡同没了人还在，人在情义就在，街坊邻居们身上的真善美就在，相信这种传承会绵延不绝，一代代传下去。

原载《人民日报》2017 年 3 月 18 日

少年行(节选)

李　皓

铅笔、钢笔和毛笔

没有电脑、网络、手机的时代，我们的老师对我们写字的训练是极其严格的。然而，时至今日，一切都变了。

还好，小学一二年级的孩子还是用铅笔。用铅笔写字，力道颇费思量。用劲过猛，铅笔芯就折了；用力过轻，起不到练字的效果。而削铅笔，也算一门学问。铅笔芯外层的木质部分，要削怎样的坡度才适合写字？陡了，不利于握笔，写出的字也是歪歪扭扭；太缓，削出一个长长的铅笔芯，最易折断。铅笔芯的尖部，削得太尖，按到纸上迅速折断；削得太粗，写出的字迹极不美观。人的天分，在细节处，就是把握一把小小的削铅笔的刀片。天分高的人，会把铅笔削成艺术品，写出的字也是大大方方，中用耐看；天分低的人，能笨出花来，老师的教鞭也不管用。后来有了卷笔刀，让铅笔浪费起来，一不小心，就卷断了，再卷，仍然跟心灵手巧的学生削出的铅笔相去甚远。

1970 年代中后期，普通农村家庭，买一支铅笔也是需要斟酌的，那一分钱，恨不得掰成两半来花。所以，这“贵重”的铅笔，也能成为我们的礼物。“下乡青年”的女儿尹大平，二年级回大连念书，我们都舍不得这个长得个子挺高、不怎么漂亮，但身上有着城市气息的女同学，我们一人拿着一两支铅笔来到她家，默默地把铅笔放在她家的米柜上，一句话也不说，站了一会儿就离开了。从此，尹大平和作为礼物的铅笔，一并从我们的身边消失得无影无踪。

后来出现了自动铅笔，那细细的笔芯，轻轻一摁，一小截就没了。那样的笔，是断不能让学生练出一手好字的。而当下孩子的手拙，在我看来，与不削铅笔，不制作木枪、滑冰车之类是有着巨大干系的。

要使上自来水笔，我们在三年级还有一段蘸水钢笔的训练。现在的孩子，直接用上了一次性的油性笔。科技的发达，该让孩子们享受便捷，但他们的字同样也打了折扣。

钢笔杆只要一支，钢笔尖是可以换的。那样的钢笔尖，不能过于用力，力度大了，笔尖就劈了，且极易划破作业本。蘸墨水少了，写不上字，蘸多了，墨水就滴到本子上，搞得作业本花里胡哨的，极不美观。最要命的是墨水瓶经常被碰倒，倒在书本上、桌子上还好，洒在衣服上，是常有的事儿。那时的孩子，也没几套衣服，洗掉了还好说，洗不掉还真是让人难为情。我妈给我做了一件的确良白衬衣，没新鲜几天，就被同学溅上了墨水。妈妈心疼得不得了，把我打了一顿，边洗衣服还边数落我。可同学的妈妈来道歉的时候，妈妈竟然装得跟没事人一样：不要紧，不要紧……

四年级开始学毛笔字，乡下人也叫墨笔字，写大仿。爸爸给我买了一捆质量不怎么好、类似烧纸那样的纸张给我练字。我买了一本沈尹默的字帖，无师自通地瞎练一通。春节，就大胆地给自家、邻居家写对联，名声在外，颇有些沾沾自喜。这样断断续续练了些年，虽不敢妄称书法，但在中学里、部队上办黑板报倒是用得上了。前年与一干作家在洱海采风，看大家都不动笔，我自不量力上去挥毫一阵子，中国散文学会会长王巨才竟称赞我是“童子功”，心底下颇为高兴。想想那些所谓的书法家歪歪扭扭的“书法”，我又买来笔墨纸砚，装腔作势起来。

有人说，一手好字，是人生的财富。我想，不求达到书法的境界，但求对他人的尊重，也要工整而为之。由楷而行而草，恰如由铅笔而钢笔而毛笔，哪一个过程都不可或缺。

生炉子

某个早上突然变天，奇冷无比，下午竟然飘起了雪花。我不由得想起白居易的《问刘十九》：绿蚁新醅酒，红泥小火炉。晚来天欲雪，能饮一杯无。

酒是没喝上，倒是生炉子的往事，再次浮现在眼前。

第一次接触生炉子是上小学。那个装着七八十个学生、足有二百多平方米的三间大瓦房，没有暖气，四壁透风，生炉子是唯一的选择。在教室居中的位置，用三块砖把炉子垫起来，然后在炉子上方接上两节炉筒子，再打一个九十度的弯儿，用炉筒子一节一节连成烟筒，直到伸出窗外。为了固定住炉筒子，要在教室的四面墙上钉钉子，用铁丝将炉筒子固定住。那时没有什么农民工，七八岁的孩子们都是自己动手，在老师的指挥下完成安装炉子的“工程”。

生炉子也是个技术活，不是每个孩子都会的。女孩子自不必说，没怎么干过农活的男孩子也基本不掌握这门技术。而有的男孩子，由于家里人口多，口粮少，很小就成了半个劳动力。这样的孩子天生早熟，什么农活都会干。我们班的王忠臣就是这样的孩子，他很小就跟着父母姐妹干农活，有一手超过我们同龄人的“武艺”。

班级里除了有班长、体育委员、文艺委员、生活委员等等，还有“炉长”。在今天的孩子看来，这简直是个不可思议的职位。但王忠臣学习成绩不是很好，能有这样一个差事，他很得意，也很珍惜。

炉长必须保证每天第一个到达学校，开门，把炉子生好。等同学们陆续到校早自习的时候，炉子应该不再冒烟，教室里有暖烘烘的感觉。于是，王忠臣每天天不亮就从七八里之外的高洼屯出发，连跑带颠地赶到学校，天刚蒙蒙亮。

往炉子里装柴火，先要在底层铺上一层苞米茬子或者豆棍儿。苞米茬子就是玉米秸秆的根子，长在泥里，收割后人们将根子刨出来晒干，拍打掉泥土，垛在草垛一起，以备冬天做引火草。豆棍儿就是大豆秸秆的根子，处理方式与苞米茬子大体一致。铺上引火草，上面压上煤块儿，在炉子底层点火，在苞米茬子豆棍儿的助燃下，炉子里的煤就跟着着了起来。那个年代，学校的经济条件有限，很少买那些易燃的“块儿煤”，大多是“煤面子”。“煤面子”不容易引燃，加多加少是个学问，加少了炉子里存不住煤，加多了又不容易引燃，弄得满屋都是烟。为了解决这个问题，炉长想了个招，把煤面子加上水，再和上点有黏性的黄泥，天一冷，就冻成块状。尽管这种土法制造的“块儿煤”不怎么好烧，但至少与蜂窝煤有异曲同工之妙。

风向对炉子的燃烧起着至关重要的作用，风向顺时，炉子烧得通红；风向不顺，顶得满教室都是呛人的煤烟。即使炉子好烧，离炉子近的人烤得不行，窗边和墙角的同学冷得直打哆嗦……这样的环境，教室里依然能传出琅琅的读书声。

那时，少不更事的我们并不怎么懂得感激炉长，只觉得炉长有一个特权很值得羡慕：炉子不旺时，他可以不经请示，就随便走到炉子跟前，用火钩子捅捅炉底。或者偶尔有谁带饭，他格外勤快地帮助熥饭，一会儿看看热不热，一会儿看看煳没煳。

又一次，我带了几片切好的生地瓜片。上午第四节课，炉长就忙活上了，一会儿翻上一遍。还没等放学，地瓜片熟了，满屋的香味儿，同学们都没有心思上课了，我得意极了。

那天中午，我吃到了一生中最好吃的烤地瓜。

复课生

有好事的同学建了一个初中同学群，没几天，呼啦啦进来一百多人，可惜我认识的还真没有几个。看他们聊得如火如荼，我有些纳闷儿：你们都是啥时候成了亲同学的呢？

后来，群主组织了几次聚会，我方才搞明白，原来是有的人一再复课的缘故。套用鲁迅先生“世上本没有路，走的人多了，便成了路”的句式，那便是：同学本没有那么多，书念的多了，都成了同学……

复课生其实就是复读生，那是二十世纪八十年代校园里特有的一大奇观。

那时，城乡差别很大，光是户籍至少分三等：城市（城镇）户口、非农业户口、农业户口。前二者都是优等公民，一毕业就可以招工入伍就业；后者如果不能通过考学跳出农门，就只能一辈子“面朝黄土背朝天”了。

为了改变祖辈种地的命运，农村的家长不惜一切代价，让孩子读书，只要考上小中专、小师范，就可以成为国家干部，吃上皇粮、出人头地了。在这样一种扭曲的心理支配下，大量的复课生出现在初中校园里，与一届又一届的新生一起挤着中考的独木桥。

说来可笑，有的人光是初中就读了六七年，同班同学高中都毕业了，他还在“辛勤地耕耘”，为了一纸中专录取通知书，受尽白眼，依然屡败屡战，永不言弃。他们常常被乡人戏谑地称为“蹲级包”，意即复课的“惯犯”。

这样一来，叔侄同班，姐妹同班，哥哥和弟弟同班的情形，屡见不鲜，大家都是这样，也不觉得难为情。我们屯子也不例外，我的好几个本家叔叔，最后都成了我的同学。不过还好，他们最后总算考上了中专或者中师，十几年寒窗，一朝扬眉吐气。他们仰着头，挺着胸，忘记了自己的真实年龄。他们少则比我大两三岁，多则大五六岁，但看看他们的户口本，有的已更改了名字，有的哥哥变成了弟弟，姐姐变成了妹妹，有的年龄改得比我还小。

这并不稀奇，当时的户口簿都是手写的，一般都是小队会计所为。为了孩子上学，家长找来了，本乡本土的，低头不见抬头见，谁能不高抬贵手？没有互联网的时代，一切都无从考证，即使户口簿改得一塌糊涂，但关涉人家孩子前途命运的事情，没有人愿意多嘴，更无人举报。在那个蒙昧的年代，举报、打小报告是一件丢人的事情。面对恶俗，大家都选择了容忍和沉默。

让新生和复课生站在一个起跑线上，新生着实是吃亏的，那些考上中专、中师的，几乎没有新生。极少数成绩特别好的新生，目光瞄着重点高中和未来的大学，而那些盯着中专中师的新生，几无例外地都要走上复课之路。少则一年，多则三五年不等。邻居张家的大哥，学习极是勤奋，只是总不及第。等他考上中专那年，他的许多同学已结婚生子。我常常拿范进跟他开玩笑，他竟不发怒，多年的磨炼，脾气是极好的。

我在初三也复读了一年。第一年考中专名落孙山，第二年中专分数够了，志愿报的不好，没被录取，索性读高中去了。

三十年河东河西，复课生已渐行渐远。现在的孩子读大学考研究生都不稀罕了，现在的孩子名字、生日报上户口，就不能随便更改，这种规范比起当年的无序，真是大快人心。

我害怕的是，再次同学聚会，我喊着你初中时代的名字，你漠然置之。而你酒后吐真言，竟然说出了自己的真实年龄。你对我说：其实，我是你叔叔……

原载《文学港》2017 年第 6 期

北京的野菜

王　彬

北京有两种以“苦”著名的野菜，一种是苦荬菜，一种是苣荬菜。“荬”，在口语中，读“模”；“苣”读“曲”，简称“苦模”与“曲模”。

这两种野菜都是菊花科，但是细分起来不是一个属类。苦荬菜是苦荬菜属，苣荬菜是苦苣菜属。苦荬菜是一年生草本，苣荬菜则是多年生的宿根。在黑龙江，苣荬菜也叫作小蓟，是治疗肝病的中草药。但是专家不认可，因为它并不是小蓟，药效不一样而有假冒之嫌。

但是，虽然并非同属，苦荬菜与苣荬菜，还是有许多相似之处。它们的叶子，初生时都是贴着地皮，从根部向四面发射，仿佛粗糙而有缺口的绿色光芒。它们的花朵呢？也都是金黄色的，模拟太阳的光而努力地向四周放射，把棕色的土地一点一点灼燃。

春天的时候，苦荬菜和苣荬菜是北京人喜欢的食品，在公园绿地或者田角山坡，不免见到挖野菜人的身影，他们蹲在那里，用一把小铲子，把苦荬菜与苣荬菜挖出来，带回家用清水洗净，根部白嫩，茎叶新绿，蘸着酱吃，清脆爽口且有败火功效。对这些人，园林工人很反感，往往在绿地上放一个牌子，上面写道：“此处喷有农药后果自负”。然而，如果是非绿地，苦荬菜和苣荬菜就没有这种幸运，难以受到园林工人的呵护了。

有一年，我和妻子去怀柔山区的一个村子玩，那是一个半山区的小村子，原本寂寂无闻，有本事的农民都出山进城了。一个美国人发现这里打开窗就可以看到长城，于是买了一所农民的院子，将其改造为会所，在这里举办小型国际会议，每年到这里开会的人都要提前申请。我们去的时候，这个村子的农家院不再有人出售，凡是地理位置好的，基本都被改造，或者改造为旅社，或者改造为度假的别墅，颇有旅游景点的味道了。有一个农家小院被改造为饭馆，大门虚掩，我们推门进去，里面是一个细长的院子，有一排平房，一个石碾子和一丛粉红的桃花。我们来得早，不是饭口，大师傅还没有上班，寂静的屋顶上峭立一座砖砌的矩形烟囱，顶端出口用两块瓦片对接，拼出一个洁净的浅灰色的弧形，一只漂亮的喜鹊，踮起脚尖立在上面，“喈喈”鸣叫。突然想起了鲁迅，想起了《故事新编》里的《奔月》，“虽然并不笑，颊上也还有浅浅的酒窝”那样一句关于嫦娥的话。如果是乌鸦多好，可惜是喜鹊，不能做“乌鸦的炸酱面”了。这家饭馆以北京炸酱面做招牌，但是价钱昂贵，真的好吃吗？

我们找了一家高坡上的饭馆，这是一家四合院，四面都有房子，前檐安装落地玻璃，有大厅，也有单间，单间也是落地玻璃。这样，单间与大厅之间可以相互“透视”，“肝胆相照”。我们在大厅里坐下，服务员走过来问我们要什么菜，我看看菜谱，上面有清炒苦荬菜和地三鲜，便点了这两样。之所以点这两道菜是因为：一、我们从来没有吃过苦荬菜，来到这座小山村，尝尝这种久负盛名的野菜，不是一件有意思的事情吗？二、地三鲜有多种做法，食材不同，味道也不同，这家饭馆的食材有些特殊之处，怎样的特殊，现在已然淡忘了。青菜易熟，原以为可以很快吃到，却不料久候不至。等候的时候，蓦地看到院子里有一条可爱的棕黄色的大狗，伸出前爪拉大厅的门，将要拉开的时候，单间里的主人走过来，把门关上，不让它进去。大狗用爪子拍拍门，无奈地摇摇耳朵回到院子里。这扇门两面开合，既可以推也可以拉，凭大狗的爪子很难把门拉开，但是如果大狗站起来，把身子趴在门上“歪”一下，借助体重便可以毫不费力地进去。我很想把这个方法教给大狗，但考虑到主人的态度，这样的念头也就夏日流星似的一闪而过。大狗进不到主人那里，很不甘心，每当有食客进来，便奔跑过去，但总是在接近房门的时候，那门便霍地关上。反复了几次，大狗倏地瞄准一个机会，跟着吃饭的客人进入大厅，跑到主人所在的单间，蹲在门口笑眯眯地凝视主人。主人看看它，把它牵进去，大狗欢快地在桌了下面钻来钻去，但是很快便被驱逐出来。它做了什么让主人不高兴的事呢？在这家饭店外面，我们见过主人与这条大狗。主人和妻子、孩子照相，大狗兴奋地从汽车上跳下来，蹲在旁边高兴地看着他们。和主人在一起的，还有一对年轻夫妇和老年夫妇。我们判断这可能是祖孙三代，三个家庭组合。

比我们晚来的食客，点的菜陆续送上来了，而且有些已经吃完离开，苦荬菜和地三鲜却迟迟没有消息。我们问服务员，她说，今天厨师比往日少，忙不过来。我说，我们点的都是青菜最容易做，为什么难熟的鸡鸭鱼肉反而快呢？服务员支吾几句，便不说话了，只是答应我们再催大师傅。又过了很久，苦荬菜终于送上来，我吃了一口，极苦而难以下咽。又过了半天，地三鲜也终于送来，妻子说，今天不应该来这家饭馆，你点的都是便宜菜，人家赚不到利润怎么会给你做？我埋怨她为什么不早说，她笑道，我也是事后诸葛亮。你难道忘记了《圣经》里的一句话：盲人岂能领盲人，两个人不是都要掉进坑里了么？

这是我第一次吃苦荬菜，真的是这样苦吗？晚间睡觉时，想到白天的故事，突然觉得有些怪异甚至好笑，笑我自己见识不多，吃出了那种地老天荒的苦味。或许就是这样，否则怎么会以“苦”打头，而且还有诸如“苦碟子”“苦丁菜”之类的别称？

然而，事情似乎也并不那么简单。过了几天，无意中在网上搜到一则关于苦荬菜的文章，信手转录下来，作为一个小小纪念。依据那篇文章的说法，苦荬菜有多种吃法，可以凉拌、可以做馅、可以炒菜，也可以做汤，甚至可以泡茶而颇有风味。但是无论怎样，首先都要将洗净的苦荬菜放入沸水里焯一下，迅速捞出，洗出苦味，挤干水分之后待用。吃苦荬菜是要把苦东西挤出去的呀！这么一想，口腔里难免生出一丝苦味，而在苦味中突然忆起山村中那只漂亮的喜鹊与那条大狗，棕黄色可爱的大狗，喜鹊与大狗，你们还好吗？

原载《美文》2017 年第 2 期

姑苏的吃

孟昌明（美）

姑苏的吃食和吃法，经过数千年的流变和沉淀，已然是个美妙的系统，美食、美器、美工具，苏工的食盒美得像艺术品，围绕着“吃”，也能窥见姑苏式的精致——去十全街“张小泉刀剪”店看看，蟹八件打治得像书房的文玩。姑苏人什么季节吃什么饭食吃什么水果、土特产已经约定俗成，三虾面似乎就在那么个点上，贵也就那几天；而焖肉面也一定随风起风落的时令有红汤白汤的季节讲究，一道普通的家常菜没准会联系上明四家文、沈、唐、仇时代的文人雅集；观前皮市街的一个老人推车卖的糖粥可以让上海人坐着高铁周末来排长队，老夫妻俩粥熬得稠并且加了豆沙，或许还有桂花，卖完一桶收摊绝不卖第二回，我不知道这是否是饥饿营销的妙着；竹辉路老头古法炮制的酒酿会让好几位苏州生长的朋友们津津乐道——几乎所有苏帮菜宴席上都不会少的响油鳝糊和松鼠鳜鱼，还有颤巍巍入口即化的酱方好像都变成了苏州文化的经典符号，这些个大路菜有名有姓有位置，除此之外，不登大雅的藏书羊肉白汤火锅，蒜苗炒羊肚清清白白在寒风凛冽中会产生多少给我北方小镇思接千载的冬天遐想，而东山街头荷叶包，煮好的白切羊肉搁在面里——不能少的是碧绿生青的蒜末，面是粗面——我以为这是天下羊肉面的翘楚。苏州边上小镇藏书的羊汤每到冬季会成为苏州小巷深处的一道道景观，一年只卖一个冬季就把房租人工早赚回来，也就是白汤锅搁煮好的羊肉，根据喜好加羊肚、羊血和粉丝、大白菜，肉吃完可随时、随需要添加，最后就汤加碗面，桌上的青蒜末、红辣椒酱自个儿随意取，老吃客知道哪个位置的肉好，有的要切腱子，有的点名腰眼肉，脖颈肉，再就像许多许多地方买肉一样，吃哪补哪，羊肝是补眼睛的，羊腰、羊鞭是补肾的。抑或有想喝壶加了姜丝温好的老黄酒的主儿，一般会切些羊糕佐酒，羊糕做得好的亮晶晶若波罗的海的琥珀，三分厚，入口即有羊肉的厚实有汤冻的缠绵，再一盘青蒜苗爆炒羊肚——这不能不说是普通极了的一道——藏书羊肉齐活；而一水之隔的湖州吃起羊肉来更有一番豪壮，豪壮中也依然窥得见姑苏细腻的习气，只不过更加乡土和直截了当，硕大的铁锅装着整羊焖烧，用柴火，桂皮、大料、老姜、酱油、料酒放得足，吃的时候对着锅，佐大碗白酒，比起苏州的形式化精致，湖州乡下的吃法算得上豪放，而湖州朋友和苏州商家都说过本地羊肉的妙处以为天下无双，一样的羊汤却浓浓掺和着民间习俗的佐料。

姑苏的吃文化，影响着周边城市，甚至上海菜的影子里，依然不乏吴地的遗韵。

姑苏作家陆文夫写过长长文字说姑苏的吃，还听说过陆先生开过以姑苏菜为主打的馆子，松鼠鳜鱼切的菊花开了似的从油锅里出来装盘上桌，于我而言这是形式过于内容的花活，活鳜鱼我觉着清蒸远胜于油锅进过的松鼠式，而陆文夫似乎也说过一句挺朴素的经典，鱼，活就好，我当年给报纸写过一个关于喝茶的文字，我甚至在散文中套用了类似的一句，绿茶，新就好。即便陆先生已经作古多年，老苏州人提起来常常说陆文夫是美食家而往往记不得笔下的文学作品。

饮食男女离不开柴米油盐，民以食为天，不过说了人和饭食的基本关系，大江南北走遍，每个区域每个地方总有些饮食绝活，粤菜过去，川菜过来，湖湘的辣，徽菜的咸，云贵的野逸，鲁菜听说过的贵族身段依然在京城里有重要一席，正宗的满汉全席没有吃过却闻名遐迩，各地的乡土菜肴一时间成了人们吃腻大菜之后的返璞归真出仙入道，有万水千山走过海阔天空之后的安贫乐道、顺其自然的某些率性。

土生土长住在桃花坞的老苏州居家朋友请我吃饭，的确兴师动众，甜、咸，酸、辣，红烧、清炖，说是准备三日，野鸭馄饨端的好吃，虾仁炒得晶晶亮，吴语叫起来若普通话“欢迎”，一个豆腐花也搁了香菜榨菜虾皮紫菜鸡蛋皮，喜欢的还滴两滴辣油，不起眼的小吃就成了色香味齐全的风景，上口的妙处我不多说，一百个读者有一百个哈姆雷特；大名鼎鼎的“腌笃鲜”似乎上海的名气更大，而苏州家治似乎更精细，腌肉是山塘街一个门脸儿不大的小店七十多岁店主手上买就，高汤，冬笋块百叶结，还有莴笋块，白是白绿是绿的，鲜肉红白相间，大砂锅冒着热气儿端上桌，身后不远处有音箱漫不经心走着牡丹亭的游园中的“步步娇”，便一下子把“腌笃鲜”推去晚清民国的景深；再有蒋月泉先生的评弹“庵堂探母”在背后不紧不慢，空山秋叶般的老成持重又接地气，不知不觉亦让人觉得姑苏民宅之中砂锅笃着的大雅大俗、畅快通达，百叶塞肉我在南浔的小店吃过，而姑苏的并没有其特别之处，好吃无非是因为浓汤，大概是鸡汤，焖着，偶尔有几片极薄的冬笋片儿；红烧蹄髈混合黄豆，大快朵颐地入口却有了煮豆子那粮食香味的峰回路转——边上放一小碟腌制的香椿芽，却可以窥出姑苏的精致，北方人吃香椿芽大抵是春天香椿芽头儿蹿出来微微带点红，摘下来盐码一下，佐粥，而姑苏老食客的香椿芽似乎是麻油里浸过并微微发酵，乌油油抹在馒头上似乎更妙，一方水土一方人似乎在饮食上最能看出端倪。

姑苏的吃喝玩乐都有文人做文章的，纳入吴文化范畴就成了非物质文化遗产如此那般的有了规矩和章法，没有看过袁才子做的菜是否真的和他写的一样，倒是觉得姑苏文化人一旦说吃说喝时候自先有一套固定程式，我以为一个好的文化除了沉淀还要发展，你一定要有种别人不懂你自己也不一定真懂的形式或者架势去研究文化，一定会导致这样的文化结壳和式微，君不见姑苏的街头湘菜、川菜的位置愈来愈重，剁椒鱼头和毛血旺、夫妻肺片八零后们操着吴侬软语搓着——一如我常常对姑苏的老乡亲埋怨没有吃到真正好的苏帮菜，松鼠鳜鱼这样的花活计老苏州人吃不吃大概需要打个问号，活蹦乱跳的新鲜鳜鱼，不一定油炸才好——至少我会选择其他做法。

不一日玩古董收藏的“老苏州”登门，吃喝也讲究挑剔得和看古旧物件一样的朋友介绍我去吃他发现的一家藏在小巷深处的苏帮菜，老板原是个厨子，曾经在寒山寺边上开过二十多年餐馆，说是有几个拿手绝活，一试，果然不俗，蒜瓣红焖鳗鱼是招牌菜，响油鳝糊都是取鳝背，刀工火候都是上着，最得意是出锅时候的一小勺白胡椒粉，切实按着嗅觉神经走着，一般形容好吃的诸如色香味俱全这样的形容词其实不痛不痒；老板的油焖茭白也是上品，选太湖的食材用自己的手艺，水煮腰花是我每次必点的保留项目——吴语管腰花叫“耶忽”，腰花块儿肥厚、大，厚实而鲜嫩味美绝无没收拾好的异味。高油急火，嫩，脆，金花菜蚌肉不能不点，水芹炒香干也算得上姑苏“水八鲜”之一，荷塘小炒的配料是菱角肉、藕片和鸡头米，前面是铺陈，鸡头米是点睛，用手一颗颗剥出来的鸡头米粒粒圆如珍珠白玉，入口既糯又有咬头。最后一个葱油拌面，一个酒酿圆子都是姑苏常见的小食。荠菜馄饨、蟹黄汤包苏州几乎没有碰到不好吃的，而那些市民生活中稍微有点名气的小吃点心如“哑巴生煎”“王记烧饼”“二百六灌汤包子”，不小心就得排队；面对这些美味的食物，我会想到一个朴素的真理是那么透彻——民以食为天，要用一个有点俗的说法，人民的名义——天长地久的、丰饶的物质文明和有质量的精神财富的社会，就是亮堂堂的好日月。

说文谈史

诗使我变成孩子

李　瑛

《诗使我变成孩子》也许是我70多年诗歌创作生涯出版的60多种书中的最后一本诗集了。

这本书共收抒情短诗120首，绝大部分是2013年之后的新作。此外，也有十几首是前些年的旧作，都发表过，但由于疏漏，未及时收入当时编印的集子；近年来，热心的朋友和细心的读者发现了它们，来信相告，并附来剪报，建议将它们收入诗集以免散失。真要感激这些朋友和读者的殷殷深情。

这些诗涉及的生活面很宽，表现形式也不尽相同，但都是我这几年生活中的所闻所见、所思所想的情感投影，是我生活经历的诗记忆，是我的认识和发现。我曾经说过，我骄傲我们民族博大精深的古文明，深刻的思想智慧，深邃的哲学理念，崇高的人生精神，灿烂的艺术美学，它们孕育了我创作的基因；我也敬畏西方不同宗教、不同种族所创造的恢宏的精神世界，特别是晚近世纪以来，人文艺术领域所展现的新流派、新理念，表现上的新手法、新技巧，它们穿透时空的力量，又生动、又新鲜的审美元素，给了我巨大的启示。这些丰富的营养滋养了我，使我成长。

我有幸生活在这个轰轰烈烈的有声有色的大时代里，祖国腾飞、民族崛起，在朝气蓬勃的时代精神浸润下，生活中每分钟都有奇迹发生，人们的心灵世界变得更丰富、更生动活泼，也更复杂。由此常激发自己产生种种独有的人生体验和感悟，并敏锐地找到传达这种直觉感应的形式。我就是这样怀着难以抑制的创作欲望，观察、倾听和抚摸这个瞬息万变的世界并描绘它们的；或者也可以说，这个充满太多矛盾、斗争、欢乐、痛苦、恐惧和希望的世界，怎么也无法阻止我用满腔的激情来抒写它们，点染它们，歌唱它们。

感谢昆仑出版社的朋友们帮助我出版这本书。这不禁使我想起30多年前经历的一段难忘的往事。那是“文化大革命”后，我国进入改革开放的历史新时期不久，百废待举，文学界忙于恢复重建。1982 年 4 月，总政文化部和中国作协联合召开军事题材文学创作座谈会，在此前后，时任总政文化部部长的刘白羽激情满怀地多次找我商谈加速推动军事文学发展的具体举措，在解放军艺术学院增设了文学系，在解放军文艺出版社增办了大型文学期刊《昆仑》，并成立了昆仑出版社；接着又设立了“中国人民解放军文艺奖”；为开阔部队作家襟怀和视野，又商同作协制定了军地作家定期组团互换采访的机制。在不太长的时间里，部队涌现出许多优秀作家和一批批好作品。记得当时，我为《昆仑》期刊写了一篇“创刊献词”——《巍巍雪峰》。出版社的朋友对我说，你也给新建的昆仑出版社一本诗集吧！我当即答道，“好，谢谢你！一定！”之后不久，我便调离了解放军文艺出版社到总政文化部工作。转眼，30 多年在忙忙碌碌中度过了，匆忙中的我，虽不时记起却始终未能履约，想起来深感愧疚。

漫漫人生路，如今不知不觉中我已年逾九十，这里，就让我把我一生中最后的这部书稿献给昆仑出版社吧，以此履行我 30 多年前我所做的承诺，尽管已是太迟太迟了。

代表着人类最高智性的诗歌呵，既然历史选择了我来到今天，我便想把表现它作为我最初的也是最后的创作来完成。我既尊重自己的感觉，也尊重自己的理智，我常默默地告诫自己：按照诗的规律来进行艰辛的严格的创作训练吧，不要作狭隘的简单化的理解，现代化并不是西洋化，民族化也并不是古典化。在纵的继承和横的借鉴上，在创作实践上，作潜心的探索和尝试吧。积极地拥抱生活吧，它会激起你不绝的创作冲动和灵感，引发你的领悟，从社会到历史。走向大自然吧，去寻找自己的位置，在认识人的崇高和大自然的永恒中发现自己的美和与自己共生的生命和事物的美。加强诗的想象吧。在诗的内部和外部，注意韵律节奏的和谐和平衡吧。记住：限制会使诗获得更强的生命，完全放任的自由会使诗死亡。

毫不讳言，我是怀着使命感来写作的。读者朋友们啊，我写出的这些我个人心头的秘密，能给你们一些有益的东西么？我不敢企望它延伸到语言之外的力量能使人的心灵在潜移默化中变得美和崇高，我只想说，它们若能使你们有所启迪，看到我们生活的这个世界的自然和真实——像孩子的眼睛看到的那样，这就够了。

原载《光明日报》2017 年 9 月 15 日

万物生长

赵本夫

由人民文学出版社出版的《天漏邑》，是我在《无土时代》后的又一部长篇小说。从萌发、构思、准备，到最终完成写作，差不多用了十年。两年前开始动笔时，仍只是有个大体走向，有一群人物在弥天大雾中若隐若现，故事怎么开展，会有哪些场景、细节，人物会做什么事、说什么话，一切都还朦胧着。这也是我一贯的创作方式。如果一切都想清楚了，列出大纲小目，然后进行填空式写作，会让作品失了气韵和灵气，显得僵硬而寡味。作品内涵也会直白浅露，这是我不喜欢的。我喜欢即兴发挥，但凡神来之笔都是这么出现的。在《天漏邑》中，不少细节、人物语言，上一分钟还不知道，写到那里时就突然出现了。比如《天漏邑》中的“乍册”，由一代代哑巴制作刻写，之前并无预设。但千百年来，这么一山洞珍贵的竹简由什么人制作刻写，记载的事项是由什么人决定的，总要有个交代。当写到一枚古代竹简被人失手损伤，看守山洞竹简的哑巴墨盒叔勃然大怒时，我立刻明白了：就是一代代哑巴制作的！后来专家祢五常听说后目瞪口呆，觉得匪夷所思：这么重要的一件事，延续三千年，相当于村史，哪些该记录在案，哪些不能写，怎么能交给一个哑巴去做呢？但还能是谁？只能是哑巴！一个几千口人的大村庄，并不缺少哑巴。由一代代哑巴充当“史官”，不受干扰地独立记载，这符合天漏邑的行为方式。书中类似的地方还有很多，皆是即兴而来。但创作的即兴发挥是有前提的，就是要顺着作品走、顺着人物走。还有就是作家的积累，所谓厚积薄发。如果对社会生活漠不关心，对自己以外的任何物事都无兴趣，知识的累积不够，一脸苍白坐在书桌前冥思苦想，不会妙笔生花。

《天漏邑》是一部好看的小说，希望读者能够获得阅读快感。这也是我一直追求的。曾听有人宣称：“我的小说不好看，是写给三百年后的人看的。”但我不是。我希望先让当代人喜欢。看的人、喜欢的人越多越好，以后的事只能让作品说话。让读者喜欢，不是一件羞耻的事。当然，有人不喜欢也不是一件羞耻的事。就像做人一样，谁能让所有人都喜欢呢？《天漏邑》的写法并不花哨，可以说很中国化，有奇谲的故事、鲜活的人物、迷人的悬念。我希望随便打开一页，就能吸引人读下去。就像演讲，你不能吸引人坐在那里，再重要的话也没人听。

改革开放以后，世界上几乎所有优秀作品，都已摆在中国作家的书架上。小说写法很多，并无高下之分，适合就好。如果内容空洞，玩什么花样都没用。

包括《天漏邑》在内，我的许多作品都有奇人奇事。有评论家称为“绝活”，认为继承的是中国传统文学的风格。也有人不以为然，说描写庸常生活才更为真实。可见一件事要取得共识多么不易，也说明百花齐放多么重要。

关于“奇”，我有自己的理解。社会生活有显性和隐性两部分，显性就是我们每天都看到的庸常生活，看似秩序井然，按部就班，平淡无奇。其实，人们的内心深处，都有个小宇宙，希望过一种不寻常的生活。几乎每个人内心深处，都有盼望奇迹发生的隐秘，大大小小，五花八门。在某种程度上，正是这种渴望奇迹的隐秘，成为我们生活的原动力。它让我们坚强，让我们隐忍，让我们不断学习，让我们不断完善自己，让我们不懈追求、拼搏奋斗，最终实现梦想，让奇迹发生。文学作品把这些东西表达出来，也许才更为真实。而我们看到的那些生活表象，却未必都是真实的，因为很多都经过了掩饰和伪装。更何况，在天地人间，隐藏着多少我们还不知道、即使知道了仍不能懂得的奇妙事物。一直有个观点说，人类文明是地球上最高级的文明。何谓文明？《辞海》里说：“文明指人类社会进步的状态，与野蛮相对。”就是说，文明二字是有专指的。我有时想，人类不要那么自恋，把文明的含义延伸一下，扩大到整个自然界行不行？自然界的一草一木、一鸟一兽，在亿万年进化的过程中，不也在进步吗？还有自然界的风雨雷电、万物万象，也都有自己的生成过程。想一想都觉得奥妙无穷。如果这么看，我们就会发现，世上最高级的文明，其实应当是自然文明。人类只是自然界的一个物种，人类文明只是自然文明的一部分，而已。人类的仿生学，大概就是这么来的吧。天地人间奥秘奇诡无穷，无论自然科学、社会科学，每一点进步，都是对这些奥秘的一次破解。这么说来，“奇”就已不仅是形式，是载体，而且更是内容和本质了。其实，即便是日常生活中，“奇”也是无处不在——我们每个人来到这个世界上，不是奇迹吗？吃饭时碗里每一粒米产自哪里，怎么会来到我们手中，不也奇妙吗？只是我们没往深处去想罢了。

我们应当相信这句话：大千世界，无奇不有。

这里我要说到《天漏邑》的内容了。这是我在小说创作中，除了追求好看之外，更加看重的一个东西，就是作品内涵的丰富性。小说不仅应当好看，还应当耐看。在《天漏邑》新书发布会上，人民文学出版社用了这样的推荐词：小说是“从一个村庄的田野考察引出的超现实文学力作，赵本夫向自然秘境与文明演变发出的终极叩问”。在作品介绍中还有一句：“一部人性、文明与自然的‘天问’。”这让我受宠若惊。不敢说作品达到了这样的境界，但我在写作《天漏邑》时，的确带着求索的心态，涉及自然异象、历史演变、社会人生、人性残缺、罪与非罪、忠诚与背叛、惩罚与宽恕等等。作品是现实的，又是超现实的；是形而下的，又是形而上的。我希望它有寓言的品格。涉及这么多复杂深奥的问题，我当然无法给出答案，我只是一个求索者。但提出问题总是好的。在人类认识自然和社会的过程中，提出问题永远比解决问题更重要。因为叩问是前提，提出问题就有可能解决问题。如果不能提出问题，问题就永远无法解决，因为你认为那不是问题。

这并不意味着解决问题就容易。按照一般规律，人类每解决一个问题，就会出现两个以上的问题。于是我们看到社会人生会有诸多无奈和不如意。其实这是常态。没有谁能让人间没问题，也没有谁能做到人生无憾。但我们既然来到世上，就别想离开地球。《天漏邑》中的专家祢五常说，他不想一切归于虚无而无所作为，无奈不是终结。他并不欣赏那些所谓的“世外高人”，他认为真正的高人还是在世上。因此，宁愿仿效一个大街上捡垃圾的老人，去做点什么。

阅读文学作品是一件快乐的事，没有人会为了沉重去看小说。所以，我经常会把小说写得好玩、幽默。如果读者阅读《天漏邑》时，能感受到片刻快乐，我一定也是快乐的。如果能从作品中找到自己感兴趣的话题，那就是意外收获了。

郑伯克段

李敬泽

公元前722年。《春秋》纪事首年。

这一年，鲁国的国君惠公薨逝。已被立为太子的嫡子姬允此时大概只有两三岁，于是由他的庶兄，已经成年的息姑摄政。按照周朝的传统，摄政者享有君王的尊号，息姑就此成为一代鲁公。鲁国的始祖，那位神秘的周公，也曾是摄政者，他是华夏文明历史上最初的“总设计师”，制礼作乐，规划了这伟大文明的基本架构。在他的兄长、周朝开国的武王崩逝后，周公扶立年幼的成王并临朝摄政，后来，成王长大了，他把一个秩序井然的天下交还他的侄子。

——天下事，竟可如此完美。这是政治，也是伦理和亲情，是历史，也是律法，周公所做的一切将被持久地追慕和模仿。

当息姑登上君位时，他并不知道他恰好站在了一个凶险、壮阔的大时代的门口，他并不知道，一切坚固的事物即将烟消云散，他确信，他将像伟大的周公那样善尽职责，然后，把一个好的鲁国交还给他的弟弟。

于是，这一年便是隐公元年。在欧亚大陆东端，大地正从漫长的严寒中复苏，气候变暖，雨量丰沛，黄河流域恍如江南。但夏虫不可语冰，彼时的史官无法观察人类生活条件的长时段变化，天地周行，岁月清寂，他端正地记下那些应该发生的事，然后耐心等待不该发生的事。两千七百年前，天下事少，史官为之白头。终于，到了这年夏历五月，风骤起，传来大事一件，史官披衣坐起，在竹简上写下六个字：

“郑伯克段于鄢”。

是的，就这六个字，禁欲、淡漠。文字神圣，史官便是祭司，在他看来，繁复嘈杂的记述会扰乱在文字中、在人世间暗自运行的天道。

郑国的国君在鄢地击败了一个名叫段的人。

为什么称“郑伯”，为什么用“克”字，为什么叫“段”？后世的解经者们推敲每一个字，在每个字中领悟微言大义。

左丘明则在这个标题下讲述了一个故事。这是春秋的第一个故事，左氏的讲述后来被收入《古文观止》，开卷第一篇。在现代，世事翻覆无定，但《郑伯克段于鄢》一直在，照例被收入各种教科书。后世的中国人，只要是读过书的，大概都记得这个故事。

“初，郑武公娶于申，曰武姜，生庄公及共叔段。”

——郑国国君武公迎娶了申侯的女儿。申国与郑相邻，在今日的河南南阳，后被楚文王所灭。申侯姓姜，这位武公夫人在史书上就被称为武姜。武姜生了两个儿子，哥哥就是后来的郑庄公，弟弟名段。至于他为什么又叫共叔段，后边会说到。

“庄公寤生，惊姜氏，故名曰寤生，遂恶之。”

——何为“寤生”？后世注家各执己见，众说纷纭。一说是生于白昼，但白天生孩子很好啊，怎么会惊到妈妈？另有一说是，这孩子一生下来就二目圆睁，这倒确实有点吓人。吵来吵去，主流说法是，“寤”乃“牾”之借字，逆也，足先出，这在春秋时代的医疗条件下，很可能会要了娘的命。

于是，给孩子起名就叫寤生。这名字起得真是不好，它时时召唤着母亲的伤痛记忆，它将时时提醒这个孩子，他是多么艰难地来到世上，他是不顺的，孝者顺也，难产的寤生从一开始就违逆着母亲。

然后，娘的心就偏了，都快偏到右边去了：“爱共叔段，欲立之。请于武公，公弗许。”

老公老公，把家业传给小段吧。

武公当然不答应。心偏也偏不过天理去，周公礼法摇摇欲坠，但其中包含的制度理性，任何头脑不糊涂的人都能想得明白。君位传承，必须坚持嫡长子优先，首先是嫡子，比如鲁国的姬允；如果有一个以上嫡子，那必须是嫡长子，比如寤生。别跟我说小儿子或者小老婆所生的大儿子更聪明、更贤能，问题是，如果没有金石般清晰不移的规则，没有政治共同体无可争议的预期，仅仅凭着高度主观的贤能原则，你说你贤能，我说我贤能，每一次君位的更替都可能酿成可怕的分裂和混战，其代价远远高于君位上坐着一个废物或疯子。

更何况，寤生显然是一个聪明的孩子。

寤生终于成为了郑公。妈妈很郁闷很委屈，妈妈要为她所爱的小儿子争家当。

——“为之请制”。寤生啊，把制这个地方封给段吧。那是今日的河南荥阳市汜水镇，后来是三英战吕布的虎牢关。寤生细细想了想小段站在虎牢关上的场面，苦着脸说，不行啊，“制，严邑也”，地势险要，不能让小段闪了腰，“它邑唯命”。别的地方随你们挑。

母子俩对着地图瞧啊瞧，最后说，我们要京。

好，给你京。

于是，段成了京地的主人，从此江湖人称“京城太叔”。

京还是在今之荥阳，虽说不像制那样地当要冲，却是莽苍苍一座大城。大夫祭仲慌忙来劝：使不得呀，京城太大，“君将不堪”，那太叔迟早作乱！

寤生叹口气：有什么办法，我娘非要给他。

祭仲急了：“姜氏何厌之有！”她恨不能整个郑国都归了小儿子！“无使滋蔓，蔓难图也！蔓草犹不可图，况君之宠弟乎？”防微杜渐啊，先下手为强啊，老虎养大了可就晚了！

寤生沉默，然后一张嘴就是一句流传千古的名言：“多行不义必自毙，子姑待之。”

好吧，这句话我们记住了。面对世间的不公和不义，我们说服自己，上天自有盘算，即使是恶，也如生命一般，会自然地走向衰败和朽坏。

多行不义必自毙，请相信，请等待。

“京城太叔”，多么炫目的名号。叔是弟弟，丈夫的弟弟是小叔，而太叔乃是大叔，是尊贵的，一人之下万人之上，是国君的第一个弟弟。那些年里，太叔段是郑国最耀眼的明星。《诗经·郑风》中，《叔于田》《大叔于田》，歌唱的都是这位小段。《叔于田》中，两千七百年前的一个女子以粉丝般的狂热追捧着她的偶像：

> 叔于田，巷无居人。岂无居人？不如叔也，洵美且仁。
> 叔于田，巷无饮酒。岂无饮酒？不如叔也，洵美且好！
> 叔適野，巷无服马。岂无服马？不如叔也，洵美且武。

——她站在村头，遥望着纵马行猎的小段，那人儿，多么美，多么好，多么英武，当他出现时，当他在原野上奔驰，巷子里就再也没有男人，世间就再也没有男人，因为他们“不如叔也”他们是“叔”脚下的微尘，在这痴狂、沉醉的眼中，只看见这天上的、云端的男人。

好吧。如此的太叔段，他如同神，万众仰望，他如神一般浩荡、华美、纵情：

> 叔于田，乘乘马；执辔如组，两骖如舞。叔在薮，火烈具举，袒裼暴虎，献于公所。将叔无狃，戒其伤汝！（《大叔于田》）

——“看名王宵猎，骑火一川明”！（张孝祥《六州歌头》）这位太叔，他驾着四马的战车，马缰如丝带飘拂，左右两边的马如飞如舞，太叔飞身下车，扑向林莽，火炬遍地高烧，太叔赤裸着身体，胸大肌肱二头肌背肌和八块腹肌在熊熊火光中闪亮，他是一匹猛兽，他赤手搏虎，他竟制服了猛虎！

太叔啊，求你不要这样，小心它会伤害你！

——这是一个春秋巨人。我们看见了与《郑伯克段于鄢》完全不同的段。在《左传》的叙述中，这个段面目模糊，他甚至是软弱的，他只是母亲的宠儿，在野心和贪欲的支配下妄动。而在《叔于田》和《大叔于田》中，你看到这个与猛虎相搏的人，这个具备一切男性美德的人，他的身体如此强大，他的气概碾压群伦，他的问题不是贪婪，而是无节制，他不知何为危险，血气翻腾，他会轻率跨越人类生活的一切界限，以至于即使是倾倒于他的人也不禁担心：“将叔无狃，戒其伤汝！”

显然，太叔段听不见这微弱的声音。此时，春秋的大时代刚刚开始，大地上即将出现无数这样的巨人，他们在一个崩坏的世界上、在原野和丛林中闯荡，他们将擒杀猛虎，或者自己成为猛虎。

太叔段行猎的范围必定不止于京城，京太小，一只虎的领地应在一百到四百平方公里。太叔逐猛虎而行，他到了郑国的西边和北边，他直接向西边和北边的官吏发号施令，完全不顾那里并不是他的封地。

大夫公子吕跑去向寤生抱怨：“这个国家到底谁说了算？您到底是怎么想的？要是想让位给他，那您早说，我赶紧去伺候新主子。否则就赶紧动手，再拖下去，人心就乱了。”

寤生不动，回答道：“无庸，将自及。”

事态继续发展，太叔段公然宣布，西边和北边那些地方从此便是我的地盘。公子吕真急了：“可矣，厚将得众。”

寤生还是不动：“不义，不暱，厚将崩。”

终于，公元前722年周历五月，消息传来，太叔段已经做好了一切准备，将要偷袭国都，他们的母亲武姜将作为内应，打开城门。

是的，不能等了，庄公寤生说：“可矣。”命公子吕率战车二百乘直扑京城。

令人意外的是，万众仰慕的太叔段，他实际得到的支持竟如此脆弱，也许是“不如叔也”，所以“巷无居人”，当国君的大兵杀来，他的军队和国人竟立时土崩瓦解。段仓皇逃往鄢陵，那是如今的河南鄢陵县，郑兵追杀而来，“克段于鄢”。周历五月二十三日，段逃往共国——位于河南辉县的一个小国。从此，他不再是太叔段，他成了共叔段。

春秋史上，“郑伯克段于鄢”其实并非大事。但是，它位居《春秋》开端的醒目位置，成了大时代的先声：维系宗法制家庭、社会和国家的礼制和伦理正在崩坏，君不君、臣不臣、父不父、子不子，春秋二百四十二年，相斫相杀，正始于寤生与段这君臣兄弟之间。

春秋公案第一桩，大家都来评评理。庄公的君位无可置疑，段的反叛铁板钉钉。后人对此插不进嘴去，大家重点讨论的是庄公寤生的动机问题。

的确，在左氏的叙述中，寤生像一个处心积虑、阴鸷冷酷的猎人。他耐心地等待着，等待着他的猎物和对手犯错误、犯更大的错误。他本可以尽快行动，制止段的悖逆行为，这样至少可以避免最后的悲剧。但是他不，他似乎是在期待着，端坐于此看着段走向预设的陷阱。

《左传》中，在讲完这段故事后，对于《春秋》经文何以称“郑伯”做出了解说：“称郑伯，讥失教也；谓之郑志。”这是对庄公寤生的道义谴责：你是郑伯呀，你是国君，你是兄长，你本来有义务，也有机会教导你的臣子和弟弟，但是你就这么心怀叵测地等着。杜预《左传注》更直截了当地断言：“明郑伯志在于杀。”孔颖达《左传正义》引服虔的话进一步提出指控：“公本欲养成其恶以加诛，使不得生出，此郑伯之志意也。”

所谓“志”，所谓“志意”，说的是人心中无法言喻的隐秘动机，所以，无论《左传》还是后来的论者都做了诛心之论，他们指着庄公寤生的鼻子喝道：你是不是这么想的？你从一开始就存心除掉你的兄弟！

《郑伯克段于鄢》，好文章也。结构如此严密，逻辑如此清晰，起承转合，间不容发，层层推进，一气呵成。但问题是，写得太好了，左丘明写得高兴，自己忘了也让我们忘了，他在此叙述的事件，时间跨度长达三十几年，如果从寤生即位算起，也长达二十二年。如果把这文章还原到三十年二十年的岁月里，还原到一天又一天树叶般数不清的日子，你难道不觉得，它过于严密、过于清晰？

寤生即位时年仅十三岁，段只有十岁。现在，母亲姜氏为十岁的弟弟要求封地，十三岁的寤生怎么办？在后世的理解中，“多行不义必自毙”这句话老辣阴忍，深藏杀机，但也很可能只是当时的人们自我安慰的成语，少年寤生无奈中随口说出，然后被载入《左传》，从此获得著作权。相比之下，“姜氏欲之，焉避害？”这倒很像他自己的话，他面对着偏心的妈妈、娇纵的弟弟，他是长子，现在是这个国这个家的主人，他能怎么办呢？好吧，给他们，让妈妈高兴。

然后是漫长的二十二年，无论段的行为还是寤生的反应，必定不会像《左传》所述那样具有紧锣密鼓的戏剧性，那不是一场戏，没有人用二十二年演一场结局未卜的戏。在春秋时代，二十二年已经长过了大部分人的寿命，庄公寤生，他要用二十二年等待他的弟弟犯下不可饶恕的大罪，他真是太有耐心了。况且，现有的叙述出于后设的、马后炮式的视角，庄公寤生是胜利者，由此倒推，人们揣度他的志意，使他的言谈和行为导向最终的结局。但是，让我们回到那漫长的二十二年，庄公何以就那么有把握他一定会在最后摊牌时获胜？无论当时还是后世，国君面对一个心怀叵测的反叛者，常常不堪一击，他怎么能够断定日益坐大的段不会是最终的赢家？“不义，不暱，厚将崩”，如果庄公寤生真的这么想，他就太天真了。

郑庄公，这个名叫寤生的孩子，他一直在逃避，在拖延，这个拖延症患者，他不是在等待时机，等待果子熟了，从枝头落下，他只是不愿作出那个困难的决断。他期望的是，岁月会把事拖凉、拖没了，最终的结局、摊牌的时刻或许永远不会到来。

因为，万一到了那个时刻，他不能想象将如何面对母亲。这个女人，他活在她所赐之名里，就像在“寤生”这个题目下作一篇文章，母亲是出题者，寤生是作文者，他多么希望让母亲满意，虽然他知道母亲永远不会满意。他是寤生者，他的两只脚先来到这世上，从此逆水行舟，世道艰难。他是逆的，他是命里注定的忤逆者，他伤害了母亲，他和这人将互相伤害。他多么希望一切都是顺的，天地有恩，人世有情，可是，世间的恩情纷乱难治，他拒绝把制交给段，因为他不能负了、逆了把社稷、把郑国交给他的父亲。但在拒绝母亲的同时，他就退却了，他让母亲失望了，他将不断妥协和退却来弥补这亏欠，补救这不顺。他嫉妒他的弟弟，他千百次地想过，如果段在这世上消失，那就是海晏河清、天下太平，但是，那同时也是天塌地陷，他将失去他的母亲。他无数次深怀恐惧和罪感地想象自己降生时的情景，喷溅的血，绝望的嘶喊，他是未遂的凶手，他差一点就杀了他的母亲，现在，如果他把段从母亲怀里夺走，他就把母亲再杀了一次。

由此，我们才能理解庄公寤生的狂怒，他一再退让，他被逼到绝处，他不得不做下了自己最怕的事，他粉碎了段的叛乱，立即派人把母亲武姜押往城颍囚禁，他嘶喊着，发出决绝的誓言：

“不及黄泉，无相见也！”

除非到了地下，此生决不相见！

这是极不理智的行为。无论当时还是后世，如此对待亲生母亲都是绝对的人伦惨剧和舆论灾难，即使秦始皇这样心如铁石的人也不能承担。

此前的一切绝非庄公寤生处心积虑的结果，如果是那样，他一定会想好怎么处置母亲。但是，他显然没有想好，他不敢想，他只是忍耐、拖延，他拖了二十二年，他以为终究会拖过去，谁想到，他还是不得不面对最怕的结局。

那一日，黄昏日落，忽然，庄公寤生登上了城墙，众人愕然，他们不知道他来干什么，没有人敢上前说话。寤生独自走到城墙的垛口，他望着渐行渐远的囚车。

他哭了，他是一个受尽委屈的孩子。

然后，有一天，将军颍考叔拜见庄公。君臣宴饮，颍考叔把大块的肉拨到一边，留着不吃。庄公寤生看在眼里，问道：怎么不吃肉啊？颍考叔回话：“小人有母，皆尝小人之食矣，未尝君之羹，请以遗之。”国君家的炖肉我娘没吃过，带回去给老娘尝尝。

一番话锥心刺骨，庄公寤生怆然泪下：“尔有母遗，繄我独无！”

——即使是古文、即使隔了两千七百年，你也能听出其中的委屈、伤痛：你是有娘的，天下人都有个娘，只有我呀，我是个没娘的！

然后，庄公寤生，这孤独的君王，把他最脆弱、最纠结的深处敞给了颍考叔，“公语之故，且告之悔”，这里边是多少年的郁结啊，是的，他爱他的母亲，比段更爱母亲，从他生下来，到现在，三十五年了，这三十五年他要做的只是一件事，让母亲欢喜，让母亲知道，他是多么爱她。但是，母亲决心夺去他的君位，她是在告诉他，他不是她的孩子。

现在，段跑了，他回不来了。我的母亲，她在城颍，我已立下誓言，再见除非是在地下，在黄泉！

颍考叔注视着他的君王，他正是为此而来，他将给出一个主意，一个戏剧性的、极具心理治疗效果的解决方案——好吧，那就挖一条深深的隧道，让你和你的母亲在地下相见。

隧道幽深、黑暗、潮湿，无穷无尽，如同巨大动物的腹腔。任何人在这黑暗的地下都会感到恐惧，那是身陷幽冥，如同死亡。在春秋人的想象中，这就是死亡，是永恒的黑暗。庄公寤生擎着火炬，在大隧中独自走去，他拒绝随从，他要一个人走进去，火光在隧壁跳跃，他惊异地注视着隧壁上用铜锸铲出的泥土的纹路。他从未如此宁静，他慢慢走着，他感到自己正越走越小，小如婴儿，小如浮游生物，直到，在前方，无尽的黑暗中一点火渐渐亮了，渐渐近了。

“大隧之中，其乐也融融。”

这是寤生的咏唱。

“大隧之外，其乐也泄泄。”

一个女人的声音应和着。火光照亮了这个女人，她站在那儿，她是那么美，那么慈爱，她是母亲，爱他的母亲。

寤生重新生了一次。

公元前 722 年的事件，决定性地释放了郑庄公寤生。此后，我们蓦然看到一个精力旺盛、果敢强悍的君王。历史猝然加速，在这混沌的、昏昏欲睡的春秋早期，一切都被庄公唤醒。

但庄公寤生不仅难产，而且生错了地方。那是郑国，其国都在如今的河南新郑。比起其他诸侯国，郑国只是后起小国，庄公的祖父桓公是周宣王的少弟，始封于陕西。从祖辈起这个家族就显示出生存于乱世的非凡能力。宣王就是“防民之口，甚于防川”的那位，桓公看出大事迟早不好，早早在东部安排了退身之地。然后，庄公的父亲武公在西周覆灭的大乱中，灭掉了若干小国，生生挤出了一片大地，把郑国搬到河南。因为辅助平王东迁，他还获得了周王朝执政的卿士地位。

郑国生于乱世，危如累卵。打开地图，你会发现新郑居天下之中，四通八达，在现代此为大幸，在古代这叫作四战之地，八面来风，四面受敌，没有战略上的回旋余地。后来的春秋史上，郑国所能做的就是在虎狼环伺中机敏地生存下去。此时还是春秋早期，虎狼还没有完全醒来，庄公寤生得时代之先机，他清晰地看到：“王室而既卑矣，周之子孙日失其序”，人心散了，天下乱了，生何难，死何易，郑国随时都会烟消云散。终其一生，寤生反复谈及他自己的死和郑国的亡，这个人身上有深刻的悲凉，这个难产而生的人，他过的是借来的日子，生活对他来说就是一场必定散去的筵席。

——如此悲凉才能如此炽热。庄公寤生成为了一个重要战略原则的发明者：劣势之下，最有效的防守就是进攻，不能停，停下就要挨打，要动起来，抢在挨打之前打人。

风乍起，庄公寤生搅乱了春秋早期的格局，使中原和东部各诸侯国陷入混战。在与宋国、卫国、陈国、蔡国的频繁战争中，他建立并主导了与齐国、鲁国的联盟。庄公寤生在较小的规模上预演了、启示了后来齐、晋、楚的霸业。

公元前712年，隐公十一年，庄公率齐、鲁、郑联军攻伐许国。这是一个与郑国毗邻的诸侯国，其地在许昌一带。夏历五月二十四日，在太庙举行授兵大典。春秋的战争是贵族战争，打仗是高贵的事，是精英的专有权利，按照传统，开战之前要举行庄严的仪式，把平日存于太庙的战车和兵器授予高贵的武士。

但这一次，就在授兵大典上，武士们先打了起来。那位颍考叔，按说是位心思深长的君子，但春秋时甚少没脾气的君子，君子大多是身体壮敢打架，他和另一个将军子都为争一辆战车起了冲突，颍考叔拉起车辕就跑，子都拔戟便追，大街上跑了十几里，二人累得瘫倒，只好作罢。

这件事若到此为止也上不了《左传》，问题是还有下文：战场上，颍考叔果然骁勇，一手擎着大旗，头一个登上了敌方城头——就在此时，城下纷纷乱军之中，只见箭似流星，一箭正中，可怜那颍考叔栽下城头！

这是战场打黑枪啊，从古至今都该杀无赦。庄公寤生很生气，城是攻下来了，但这事不算完，传令三军，站好队，端着猪、狗、鸡，一起诅咒那打黑枪的王八蛋：谁干的谁干的，让丫不得好死！

谁干的？大家都知道，子都干的。

寤生是在装糊涂。领导真糊涂时，你可以劝，比如颍考叔就出来劝了；但领导装糊涂时，你不能劝，比如此时，全军念念有词，没一个人出来指证子都。

为什么呢？因为子都是世上最美的男人，有郑国小曲为证："山有扶苏，隰有荷华，不见子都，乃见狂且。"（《诗经·郑风·山有扶苏》）那意思是，只要心里想起子都，这世上就"巷无居人"了，别的男人就都没法看了。

大家你看我一眼，我看你一眼：谁干的谁干的？让丫不得好死！

就寤生的成长经历而论，他和子都若有什么特殊关系也在情理之中。但眼下这件事不公不义，后来京剧里有一出《伐子都》，就是大家编来出气的。那戏里子都被颍考叔的鬼魂附体索命，武生子都，俊美如妖如神。

当然，装糊涂，说明寤生是个明白人。此一战，郑国占领了许国，嗓门很大身体很差的好汉们“灭了它灭了它”喊成一片，但寤生不，他善待许国的公族，并且特别交代占领军头领：

“寡人有弟，不能和协，而使糊其口于四方，其况能久有许乎？吾子其奉许叔以抚柔此民也，吾将使获也佐吾子。若寡人得没于地，天其以礼悔祸于许，无宁兹许公复奉其社稷，唯我郑国之有请谒焉，如旧婚媾，其能降以相从也。无滋他族实逼处此，以与我郑国争此土也。吾子孙其覆亡之不暇，而况能禋祀许乎？寡人之使吾子处此，不惟许国之为，亦聊以固吾圉也。”

“凡而器用财贿，勿置于许，我死，乃亟去之！”

这一年，庄公寤生四十五岁，在位三十二年，在春秋，已是垂垂老矣。他这一番话是春秋史上最动人的政治言说，有政治家的明智、远见，有饱经世事的透彻、苍凉。我亲弟弟跟我都不是一条心，许国人怎么可能跟我一条心？争这一块许地，是为了战略上的缓冲。这块地好比是借来的，迟早得还回去。我死之后你马上收拾行李撤军，许国还是许国人的许国。

庄公寤生，他知道，世上山高水远，他所做的一切，终究是经不住风霜雨雪，经不住生老病死。他和他的弟弟不同，他有节制之德，在最放纵的时刻也不失分寸。

也是在这一年，公元前712年，鲁隐公迎来了悲惨的结局。他已经摄政十一年了，他一直谨遵礼法，他眼看着他的弟弟姬允渐渐长大，他已经盘算着在泰安附近另建宫苑，归政于弟弟，然后，优游山林，颐养天年。

但是，这一年某个寒冷的冬日，大夫羽父向他提出了另一种选择：我替您杀掉姬允，这样您就是名正言顺的国君，您不必承担篡逆的恶名，然后您将一直坐在这里，而我，将成为执掌国政的太宰。

隐公惊骇地注视着这个人。他一直信任羽父，在他统治期间的史册上，羽父是经常出现的名字，这一直是一个忠诚、明智的臣子，但是，现在，他站在这里，他的话如此残忍卑鄙。

隐公并未动怒，他只是感到蚀骨的疲惫。靡不有初，鲜克有终。他想，如果我是这样的人，这件事十一年前我就做了，何必等到今日。

他闭上眼，用微弱的声音说：

“借来的东西，我终归要还给人家。”

寂静。他知道，羽父默然地退出去了。

隐公真是累了，他竟不曾想到，此等弑君大事是不能说也不能听的。现在，对羽父来说，真正的危险是隐公会把他的提议告诉将要亲政的姬允。

说的人是白说了，听者却不能白听，这年十一月，羽父指使人刺杀隐公，拥立姬允亲政，是为桓公。

隐公，他的谥号为“隐”，这不是一个美谥，这是隐晦、隐没。这个一生遵从周公之礼的人，被他的时代灭了口，被摒弃和遗忘。

然后，鲁桓公五年，公元前707年，春秋史上一次标志性的战争开始了。这一年，庄公寤生五十岁，五十而知天命，他的天命就在于撕下温情脉脉的面纱，断然宣布一个全新时代的到来，这是最坏和最好的时代，是王纲解纽、礼崩乐坏的时代，是天高地阔、龙腾虎跃的时代，是毁灭的时代，是创造的时代，是华夏文明的轴心时代，是这个文明永恒守望的血气方刚的少年时代。

在此之前，公元前720年的周历二月初一，日全食。三月二十四日，周平王驾崩。五十一年前，父亲周幽王被犬戎所杀，他在天崩地裂中匆忙即位，立即面临根本抉择，他可以横下一条心，留在镐京，那伟大的城，那制作了周礼，君临天下的地方；但是，这就意味着他必须勇敢地面对戎狄的压力，他身上流着文王武王的血，但这血已如此淡薄，他怯懦地把祖宗之地赏给了小小的秦国，绝尘而去，逃往安逸的成周，那是周公在东部建立的陪都。他放弃的是先王的基业，更是中国史上宰制天下的战略要地，从镐京、咸阳到长安，帝王之业席均起于那片平川和高原。从此，西周成了东周，周朝不再伟大。

但继位的周桓王竟不知东周不是西周，一上来就和庄公寤生翻了脸。当初平王东迁，郑国是主要的支持者，武公和庄公都是秉持东周国政的卿士。为了维持这种关系，平王甚至低声下气地与郑国交换质子，把当时还是太子的桓王送往郑国。这段屈辱的经历显然影响了桓王的判断，周郑关系急剧恶化，在经历了诸如郑国抢割了周王的麦子之类如同土豪打架的一系列冲突之后，公元前707年，桓王宣布，剥夺郑庄公的卿士之位，双方彻底决裂。

这年秋天，桓王率周、蔡、卫、陈联军伐郑。周王征讨诸侯在西周是常事，在春秋却是首次。古老的传统和记忆被唤醒，郑国和郑庄公面临着生死存亡的考验。

只有战！庄公寤生起倾国之兵在郑国境内的长葛迎战王师。天下屏息，这不仅关系到一战成败、一国安危，这关系到东周王室是否还有能力行使天子之权。

王师大败。混战中，郑将祝聃一箭射中桓王左肩。

——那一刻，乱军之中，庄公寤生眼看着那支箭向着战车上、王旗下的周王而去，他觉得他要窒息了，他觉得这支箭竟如此之慢。

然后，他看见那箭射入周王的肩头，发金石之声。

这是天地为之惊、鬼神为之泣的一箭。庄公寤生，他知道在那一刻，整个礼乐天下都被这支箭射中了。

祝聃纵马欲追，寤生止住他："君子不欲多上人，况敢陵天子乎？苟自救也，社稷无陨，多矣。"

此夜，寤生无眠。披衣观天，感慨万端。命祭足携酒食前往周营，探视天子，抚慰群臣。

——他不是为了祈求宽恕。他只是为了此心稍安。他终究是逆的，他逆了母亲，现在，他逆了天子、逆了天！他差一点杀了母亲，他也差一点杀了天子。天乎？命乎？白露为霜，四野沉沉，他一个人，跪在那儿，仰望幽深的夜空，他想，再也没有火光迎面而来，从此后，这世上，所有的人都孤独无依。

六年后，公元前701年夏天，庄公寤生薨。

原载《当代》2017年第4期

陶人：远古之神（节选）

杜卫东

一

历史的真相总会显现，就像潮水退去礁石一定会裸露。

这一天—— 2012 年 5 月 23 日，中华民族共有的先祖注定要穿越幽深的时空隧道，来和现实拥抱了。

它是一尊陶人。五千多年的云卷云舒、花开花谢；五千多年的世事变迁、风云际会，它一直潜身在厚厚的历史尘埃之中，注视着中华文明怎样从远古走来，一路筚路蓝缕、栉风沐雨；一路卧薪尝胆、披荆斩棘。

距离这尊陶人生成的日子已经过去了近两百万个日日夜夜。那一天，春天尚未走远，夏的脚步还有些蹒跚，从远古驶来的历史车轮，却已碾压过了石器时代、青铜时代、铁器时代、蒸汽时代、电气时代而进入信息时代。结绳记事被电脑取代；石斧、青铜剑被航天母舰替换。或许，这尊陶人太企盼目睹人世间沧海桑田的巨变了，于是不惜以身碎为代价，也要比永远不见天日幸运。

那天—— 5 月 23 日，为实施中华文明探源工程，由中国社科院考古所与敖汉旗博物馆联合对红山文化聚落进行的测绘中，一个考古队员在一块刚刚深翻过的农田里发现了一块陶片。他弯腰拾起，内心即被深深触碰，他断定这不是普通陶罐上的残片。当他在周边的泥土里又找到两片带有嘴和鼻子的陶片时，血脉偾张，心跳骤然加快，他预感到将有震惊中外考古界的奇迹发生。

回到博物馆，这个队员小心翼翼地将几块残片拼对，陶片呈现出来的神情简直让他灵魂出窍。它的眼睛似乎仍在转动，它的声音呼之欲出，它好像有灵魂附体，目光如剑出鞘，穿越了堆积如山的日子，流露的分明是不甘、孤傲和一缕难以言说的诡异。王泽赶忙请来馆长，著名考古学家田彦国。老田同样惊诧不已，他以丰富的职业阅历当即做出判断，这应该是一尊典型的陶塑神像，很可能是红山文化考古学的重大发现。陶片的断裂处印痕新鲜，证明是不久前才破碎的，于是又叫上一个同伴，三个人立即驱车 130 公里，回到发现陶片的兴隆沟村。这之后历经两个月，费尽周折又找出了一百多块陶片，并从中筛选出了 60 多块估计与陶人有关的残片进行拼接、粘对。

尽管发现第一块陶片时，考古学家的灵魂就为之震撼。但是面对一尊用 65 块残片粘接、拼对而成的陶人，他们依然目瞪口呆！这哪里是一尊陶人，分明就是一位从远古走来的王者或者巫者——神秘高贵，气宇轩昂。

德国美学家莱辛在评论古希腊雕塑“拉奥孔”时，曾详细阐述过时间艺术与空间艺术的关系，认为造型艺术应当挑选整个“动作”里最耐人寻味和想象的“片刻”。制作这尊陶人的工匠早于莱辛五千多年，两人更是分属于完全不同的文化断代，但是他选择的“片刻”的确耐人寻味：陶人双手交叉，盘腿而坐；神态肃穆、安详，略带一些诡异；它的上身略微前倾，目光专注，嘴巴圆张，显然是在发号施令或者传道作法。与它对视，你似乎可以感觉到远古的气场扑面而来，像是氤氲在时间之河上的水汽、弥漫于历史隧道中的雾霭，诡异、神奇，还略带一股欲说还休的张扬。

分布于内蒙古西辽河流域的红山文化与中原仰韶文化同期，年代约为公元前 4000 年至前 3000 年。这尊陶人是目前所知第一尊、也是最大一尊能够完整复原的红山文化整身陶人。专家论证，它在距今五千三百年前，所代表的正是活生生的先祖形象，很有可能与祖先崇拜有关，或者就是五千多年前中华民族的共有祖先。

因此，这尊陶人被学界尊为“中华祖神”。

二

此刻，我们正肃立在敖汉旗博物馆敬放“中华祖神”的展柜前。

见到“中华祖神”的那一瞬，我也被震撼到了，仿佛被来自远古的石镞飞镖击中。历史，并不一定是教科书上呆板的文字，它也可以成为一尊雕塑，鲜活地站立在你的面前，与你对视、和你交流，尽管中间已经横亘着五千多年的烽火云烟。

田彦国馆长告诉我们，专家确定这尊陶人的身份是红山文化晚期的巫者或王者，有充分的依据：发现陶人的兴隆沟村是红山文化的核心区域，类似于现在的“行政中心”。进一步的考古发掘表明，有为陶人专门建造的房间，彰显其身份的尊贵。由中国社科院考古所内蒙古第一工作队队长刘国祥研究员和他负责组织的考古发掘队还发现了陶人额前的“帽正”和残断的胳膊，确认了陶人出自红山文化晚期的房址中。陶人戴冠并有帽正，这也是身份和地位的象征。红山文化时期，神权与王权其实是合二为一的。巫与神进行沟通，而巫一般是由王来出任。

好了，且让我们请出这位至尊的巫者，还原一次当时盛大的祭祀庆典。

远古时的祭祀活动像我们今天祭祖一样，有着严格的程序和庄严的仪式。王或巫据此代天而言，传导神的意愿。那时候，社会管理的职能主要通过祭祀活动运作和体现。天地生成万物，祖先繁衍子孙，祭祀的内容既有对天地、亡灵的祈祷，也包含图腾崇拜和生殖崇拜。

一块突起而平缓的台地，依山傍河。天苍苍、野茫茫，辽阔的草原上暮霭四合，夜色初降。巫者居中而坐，神色庄严而诡异。此刻，他已经变身为神，履行着与神沟通的职责。尽管他和匍匐在他面前的先民们一样，上身赤裸；但是他的长发不是披散在肩头，时而遮住面颊，而是戴着用兽皮做成的帽子，长发盘折，用一条美丽的皮带捆扎得一丝不苟，形成横向的发髻。特别显示他尊贵身份的是帽冠正中，那一块用美玉制成的长方形“帽正”。中国古代形成过一套完整的衣冠制度，或许由此已见端倪。

祭祀活动开始，鼓乐齐鸣。这之前两三千年，红山先民们已经断骨为笛，今人用出土于八千年前的骨笛尝试各种不同的演奏指法，竟可以吹奏出精确的七音节古韵新调。乐声渐强，一支支火把依次点燃。先民们高举过头，随着乐曲跳起神秘的舞蹈，那是先民对祖先和神灵表达心中的敬畏。夜一挥手，为长天大地罩上了深黑色披风，一支支燃烧的火把成了披风上的豪华饰物。

巫者进入心造的幻境：云遮雾绕、紫气升腾。他开始与神沟通，一阵晚风吹过，打着尖厉的呼哨，巫者把它视作神的回应。他看到了云层背后飘然而至的神，端坐在云头之上，身后衬着七彩虹霓。神一说话，便如瑞风吹拂；神一挥手，便有甘露普降。巫觉得自己已经变成了手擎火种的智者，正引领着族人度向神点化的仙境……

祭祀完毕，巫飘然而去。先民们望一眼巫的背影，目光中充满敬畏。远古的祭祀活动，催生了中国最早的礼乐制度，也由此形成了孔孟儒家文化的最初源头。

三

时光如电光火石。倏忽之间，我们从远古回到现实。

“中华祖神”的出土所以令考古人惊喜，不仅在于它对研究先民的祭祀活动和社会生活意义重大，更是由于它的出土为中华五千年文明提供了一个实证。

我们说中华有五千年文明史，即便从夏以降也只有四千余年。所谓五千年，是将伏羲时代起始年定为公元前两千九百五十二年，以此推算，中华文明大约有五千年历史。不过，伏羲是神话传说，并非正式的国家概念，它是可以被构建的。没有实证，很难被世人认同。曾有很大影响的疑古派就认为，古史传说中所指的时代越久远，后人作伪的成分越多。因此，汉代以前的史书无不可疑，“东周以前无史”。后来出土了商、夏和新石器时代的诸多考古成果，此说才被否定，但争论并未止息。近年来一位通过电视走红的学者，以自己的研究和推论断言：中华文明上限不早于公元前一千五百年，再加上公元后的两千年，加在一起，中华文明不过三千多年的历史。

何为文明？学界认同的标准有四要素：铜器、城市、文字和原始国家。其实，距今约一万年前，中华文明便开始了它的起源历程。到了伏羲时代，也就是距今约五千年前，文明的四大要素已经在中华大地上不止一个地方显现，所以学界有“一体多源”和“满天星斗”说。仅以敖汉而论，西台遗址发掘出土了铸造青铜器的完整陶范，距今五千三百年，满足了要有冶炼场所的条件；草帽山祭祀遗址发现了刻画在陶器上的“米”字“十”字符号，很可能是中国最早的象形文字，距今五千五百年；城市的雏形可追溯到八千年前的兴隆洼文化遗址，四周有环壕围拢的100余间房址，布局有方，排列有序，总面积近七万平方米。在遗址中心区并排有两间140平方米的大房子，被学界称为是“世界建筑史上的奇迹”。原始国家的形成则可以从距今五千五百年的牛河梁遗址找到证据，该遗址由大型祭坛、女神庙和积石冢群址组成。泥塑残片表明，女神庙里的泥制女神雕像，小的与真人等同，大的是真人的两到三倍。庙内还有壁画、泥塑的龙和陶制的祭器。专家认为，如此庞大复杂的祭祀中心，绝非一个部落的力量所能建造和拥有，只能是更大的一个政治共同体崇拜共同祖先的宗教圣地。

如果把中华文明比作一轮喷薄欲出的红日，那时历史的天空云雾初开，霞光四射。随着敖汉人口增加，农耕文明发展，社会的礼仪和规范日渐完善，生产力水平进一步提升，用学界泰斗苏秉琦先生的话说，“文明的太阳”已经在敖汉冉冉升起。

那是一个早晨，也许是一个黄昏，重要的是在一间制陶作坊里，一件杰作接近完成 —— 一尊高度写实的雕塑神像。此刻，巫已还原为王，正庄严地端坐在铺着兽皮的木台上。王的姿势是工匠确定的，王也乐意接受，因为他们都认为，截取的这个“片刻”最为传神、最有威仪。

工匠在完成最后一道工序——为陶人镶嵌眼睛。透过稀疏的树叶，阳光在地面上铺了一层碎金。微风一吹，碎金晃动，变幻出不同的形状。本来，工匠可以用两颗美玉做眼球，但是为了更加逼真地还原巫者的神韵，他用了两粒陶制的球。眼睛镶好后，陶人立即被赋予了灵性，如同一尾放归江河的鱼，扑棱棱游向生命的深处。王对工匠的技艺十分信任，他知道，这尊神像烧制后将有等同于他的身份与威望。王并不衰老，但是在缺医少药的远古，为了氏族部落平稳运行，及早预备一个“备胎”并非多虑。他仙逝后，后世王侍神时，这尊陶人将被敬作神，平日则会置身于为它专门建造的房间里，以先知先觉的化身听取人们商议大事。在先民的观念里，死者始终与生者同在，王生前为王，死后就成了神。工匠制作的这尊陶人，鼻孔、嘴、肚脐、耳朵都是通透的，为的是便于逝者的灵魂出入。

工匠洗去手上的残泥时，绝对没有想到，五千多年后，他制作的这尊陶人将成为中华文明探源工程的重要收获，被炎黄子孙作为共同的先祖祭拜。

田馆长告诉我们，连最为挑剔的西方学界也认同了这一点。这之前，他们曾经认为红山文化没有进入成熟的文明社会，理由就是还缺少艺术。没有艺术，谈何文明？“中华祖神”无疑是价无可估的艺术瑰宝，它的出土令西方学界一片哗然，中华五千年文明史确是名副其实了。

面向神秘的“中华祖神”，我深鞠一躬，并在心中默默祈祷：

—— 愿天佑中华，生生不息、万世永续！

原载《人民日报》2017 年 1 月 11 日

司马迁的选择(节选)

徐　可

一

汉武帝天汉二年（公元前99年）的秋天，一股肃杀之气弥漫在京都长安城内。秋风萧瑟，草木枯槁，寒意袭人。

这一年，对太史令司马迁来说，是黑色的，他的人生从此堕入无尽的寒冬和黑夜；而这场灾难，又如凤凰涅槃一般，成就了人类文明史上一位百科全书式的文化巨人。

这年夏天，李陵率领五千步卒，从居延出塞，向北行军，行军三十余日，进展顺利，最后深入浚稽山一带扎营。可是不久，李陵所部遭遇匈奴大军围攻。他身先士卒、智勇果敢，杀敌过万。但由于叛徒告密、矢尽粮绝、后无援军，终于战败被俘。消息传来，武帝大怒，大臣们也见风使舵落井下石。就在这一片讨伐声中，司马迁站了出来，勇敢地为李陵作了辩护，在他看来，李陵置生死于度外，赴国家之难，这已经是非常难得的英雄壮举了。他深入匈奴腹地，以五千步卒对抗八万骑兵，并杀敌万人。如今事情已经无可奈何，但如此卓越战功，也足以向天下显示他的本心了。虽然他最后投降了，但我相信，只要一有机会，他还会重新报效汉朝的。

这一番话条分缕析，入情入理，有节有据。司马迁讲这些，没有丝毫私心。“仆窃不自料其卑贱，见主上惨凄怛悼，诚欲效其款款之愚。”“欲以广主上之意，塞睚眦之辞。”他想用这番话宽慰皇上的心胸，并堵塞那些攻击、诬陷李陵的言论。没想到，他的几句话如同一勺凉水倒进沸腾的油锅里，不仅没有降温，反而点燃熊熊烈火。汉武帝认为，司马迁为李陵辩护，实是讽刺李广利的庸懦无能，而讽刺皇帝宠幸的人，也就是讽刺皇帝本人。汉武帝大怒之下，当即把司马迁投入大牢。不久，又误传来李陵为匈奴练兵的消息，震怒的汉武帝下令杀了李陵全家，并判处司马迁死刑。

这一年，司马迁三十七岁，正在全力著述的《太史公书》（即《史记》）已经进入第七个年头。如果司马迁此时被杀，将是中华文明史上的巨大损失。

二

司马迁的童年是在故乡左冯翊夏阳县（今陕西韩城市）度过的。在父亲的指导下，他刻苦学习，“年十岁则诵古文”。二十岁的他已研习了当时所能见读的今、古文典籍，学问具备了坚实的根底。汉武帝元鼎元年（前116），司马迁开始壮游天下。他从长安出发，足迹遍及江淮流域和中原地区，所到之处考察风俗，采集传说。在汨罗江畔，他凭吊屈原投水自杀处，深为诗人的伟大人格与不幸遭遇所感动：“余读《离骚》《天问》《招魂》《哀郢》，悲其志。适长沙，观屈原所自沉渊，未尝不垂涕，想见其为人。”（《屈原贾生列传》）“想见其为人”这句话，在《史记》中至少出现了两次。还有一处是：“余读孔氏书，想见其为人。适鲁，观仲尼庙堂车服礼器，诸生以时习礼其家，余祗回留之，不能去云。”（《孔子世家》）当司马迁与屈原、孔子等古圣贤相遇时，他的脑海里浮现出传主的音容笑貌，不禁潸然泪下，低回不能去。他把自己的感情直接带入文中，丝毫不掩饰自己对先贤的追慕和怀想。他是带着感情来写传主的，而不是冷冰冰的。

元封元年（前110年），司马迁的父亲司马谈不幸逝世，弥留之际，要求儿子在他死后一定要接任太史的职务，一定要完成他生前未能实现的宏愿：继续孔子的事业，作第二部《春秋》。“余死，汝必为太史；为太史，无忘吾所欲论著矣。”面对赍志将终的父亲，司马迁俯首流涕，对父亲立下了庄严的誓言：

“小子不敏，请悉论先人所次旧闻，弗敢阙！”

司马迁深深地理解父亲的心愿。面对父亲的重托，他做出了庄重承诺，也做出了他人生中的第一次选择。这次选择，确定了司马迁的人生目标和价值标准。他立志要当一名历史学家，要写出一部伟大的史书。

元封三年（前108年），司马迁继任太史令。他“紬（读）史记、石室、金匮之书”，开始了庞大而浩繁的资料整理编辑。太初元年（前104年）正式开始著述。

正当司马迁全心全意撰著《史记》的时候，这场飞来横祸，使他深陷于生命的绝境之中。

三

司马迁被投入监狱后，很快以“诬上罪”被判处死刑。

据汉朝的刑法，死刑有两种减免办法：一是拿五十万钱赎罪，二是受“宫刑”。如果这两条路都走不通的话，就只有死路一条了。

司马迁又一次面临人生的选择，而且是生死抉择：是选择生还是选择死？他官小家贫，当然拿不出这么多钱赎罪。往日的亲朋好友也像对待瘟疫一样避之唯恐不及。

而宫刑是肉刑中最重的一种刑罚，也是最惨无人道的一种徒刑，仅次于大辟（死刑）。孔夫子强调：“身体发肤，受之父母，不敢毁伤，孝之始也。”所以，受过宫刑的人，被视为对祖先大不孝，生前受人歧视，死后不能入祖坟。宫刑不但给当事人的身体造成巨大伤害和痛苦，而且残酷地摧残人的精神，极大地侮辱人格，这是士大夫万万不能接受的奇耻大辱。作为一个深受儒家思想影响的知识分子，司马迁比一般人保有更高的个人尊严，当然不愿意忍受这样的刑罚。他说：“祸莫憯于欲利，悲莫痛于伤心，行莫丑于辱先，诟莫大于宫刑。”

既然无钱赎罪，又不愿苟且偷生，那么，现在就剩下最后一条路了：接受死刑。中国古代文人特别重视个人名节，把它看得比个人的生命都重要。宁可丧失生命，不能丧失名节。司马迁不怕死，事实上他也考虑过接受这一选择。“人生实难，死如之何！”牺牲生命，以“全其名节”，这是司马迁最好的选择。

然而，如我们所知，司马迁最终选择了接受宫刑，从此成为一个苟且偷生的废人，终生生活在奇耻大辱中。他之所以选择屈辱地活下来，是他想起了自己肩负的使命。他不能死，他的生命已经不属于他自己。

接受宫刑，司马迁经受了痛苦的灵魂挣扎，遭受了残忍的肉体虐待，承受了沉重的精神压力。他曾多次萌生自杀的念头，但一想到《史记》尚未完成，他便涣然清醒了，他告诫自己：无权选择自尽！（“《史记》草创未就，会遭此祸，惜其不成，是以就极刑而无愠色。”）他从古圣先贤发愤著书的榜样中获得力量，终于战胜了人生的大灾难、大痛苦、大屈辱，为自己寻求到了一条未来的战斗道路：隐忍苟活，发愤著书。“所以隐忍苟活，幽于粪土之中而不辞者，恨私心有所不尽，鄙陋没世而文采不表于后世也。”“发愤著书”，是司马迁选择“隐忍苟活”的唯一目的、唯一动力。为了实现父亲的遗嘱，为了实现自己的承诺，他以沉雄果毅的大勇主动接受奇耻大辱。宫刑对司马迁的肉体和精神都是一种莫大的摧残；但是对于司马迁思想的升华，却起到了莫大的推动作用。

同时，司马迁对于自己事业的正义性是充满自信的。他是个历史学家，他要通过写历史的方法，寓褒贬、别善恶，用自己的《史记》来显示自己的社会理想，他要用写历史的手段来达到改良社会、实现理想的目的。正是对事业这样的无比自信，促使他如此坚定地“述往事，思来者”，才使他如此急切地渴望着“藏之名山，传之其人”。如果一个人缺乏明确的理想，对自己所从事的事业没有坚定的信念，那他还会有什么行动的力量呢？

四

司马迁接受宫刑后，仍系狱服刑，直到太始元年（前 96 年）“夏，六月，赦天下”，司马迁方有机会被赦出狱。他以极大的毅力忍受着巨大的屈辱，全力以赴、争分夺秒地撰写《史记》。

李陵之祸，让司马迁重新审视他的撰述工作。他对汉武帝、对汉王朝有了新的认识，《史记》的编纂主旨也发生了重大变化，由原来的为汉武帝歌功颂德改为“究天人之际，通古今之变，成一家之言”。他秉笔直书，在称赞汉武帝功德的同时，也斥责了汉武帝“内多欲而外施仁义”，《史记》成为真正意义上的第二部《春秋》。

征和二年（前 91 年），司马迁终于完成了《史记》这部巨著。这年十一月他在《报任安书》中向知己任安通报了这个消息。现在，他已没有遗憾，没有牵挂，可以坦然走向死亡了。

这是司马迁人生中的第三次重大选择，也是他最后一次选择：死亡！他的使命已经完成，现在他可以慷慨赴死了，以死抗争，以死明志，以死洗刷汉武帝带给他的耻辱！第一次选择，是遵父嘱而做，确立人生目标。第二次选择，是被汉武帝所逼，在生死关头他选择了隐忍苟活，发愤著书。而第三次选择，则是他主动做出的，在没有任何外力的情况下，他主动选择了死亡。他不怕死，但是要死得其所，死得有价值，死得“重于泰山”。

《报任安书》是司马迁的一次总爆发，也是他勇敢地面对死亡的挑战！“要之死日，然后是非乃定。”司马迁决心用死来洗清那么多年来所受的屈辱，他要用壮烈的死来表明自己的心迹，让他和《史记》的价值真正地被人们所认识。所以现在，死，对他来说并不是一件可怕的事情，而是他心甘情愿接受的结局。“仆诚已著此书，藏之名山，传之其人通邑大都，则仆偿前辱之责（债），虽万被戮，岂有悔哉!”学界多数认为，正是这篇《报任安书》再一次触怒了汉武帝，致使他最终杀死了司马迁。

多年来，我曾多次阅读《史记》，我是把它当成伟大的教科书来读的。书中那些英雄给我无尽的遐思和启迪。“人固有一死，或重于泰山，或轻于鸿毛，用之所趋异也。”在中国，这句话因为一位伟人的引用而深入人心。在生与死、义与利、荣与辱之间，司马迁做出了人生正确的选择，他用自己的抉择完美地诠释了生命的价值。

原载《美文》2017 年第 7 期

中洲，大隐者的故乡（节选）

孤　岛

中洲，听名字，好气派，是世界第八大洲？

这未免太夸张了些。我所说的“中洲”，其实，一直隐匿在浙皖交界、坐落在千岛湖（原来为新安江）上游。那里崇山峻岭，沟壑纵横，溪流潺潺，一条由无数山泉合成的武强溪，像一条飘逸灵动的天龙，从浙皖山区盘旋飞流而出，跃跃而下，在汾口附近一头扎入千岛湖的汪洋深湖之中……

“中洲”，最早就是武强溪中间的一片沙洲。几百年前，一个姓程的安徽生意人，挑着担子经沙洲时，用柱棍闩肩歇了歇力，但想不到那柱棍却插入土中拔不出来。他就想：你这根柱棍不愿跟我走，如明年此时能发芽成活的话，我就举家迁居这里。想不到，到了第二年，它真的发出绿芽长出绿叶，变成一棵小树了。这位程姓商人兑现诺言，真的迁到这里，并定村名中洲。

中洲，是停泊在千岛湖上游的一只大鸟，隐逸山林的翼龙。

那里，恰恰就是我的故乡。

中洲的武强山、小峨眉山、丫叉尖（学名龙耳山）、白际山等给了我做人的骨气，给了我文学和书法的骨力，给了我对崇高的向往和艰难攀登的勇气。中洲武强溪的水，给原来的新安江现在的千岛湖注入了最初的源泉，给我们中洲人乃至遂安人、淳安人注入了激情和智慧，更是喂大了我的本真与仁善，让我敢于站在时代的肩膀上倾吐出澎湃的诗行，敢于以一介草民“笑傲王侯”……我不能没有中洲。没有中洲，我的肉体与早年的灵魂就无处停泊；古遂安、今淳安不能没有中洲，没有了中洲，就没有了最早建县的县城，县就成了空中楼阁，而失去了中洲武强溪的浪花，新安江和千岛湖就少去了多少灵气、色彩与欢笑？……浙江也不能没有中洲，甚至泱泱天下也不能没有中洲，若没有中洲这个长长大峡谷，连接起一条浙皖间的茶马古道，就没有徽商的通途，没有徽商胡雪岩从安徽到杭州再经杭州至上海的发达之路；没有中洲，中国的一些才德之士就失去了一个美好的归隐之乡；没有中洲，黄巢的军队，朱元璋的军队，方志敏、粟裕的部队将没有一个喘息之地，一个战后安静下来做梦的地方。

中洲更是和平时节的一条古老商道——浙皖赣三省间的内陆“丝绸之路”，烟草、茶叶、木材、药材等在这里白天或者夜间流动……而一堆堆的木材、竹子曾经通过竹排驾驶着武强溪的波浪运往远方以远的地方。

中洲也因为偏远深静，成了一个隐逸佳地。山坳里，隐逸着一座座村庄，一段段古老的历史，一个个人物，一个个神奇的故事与传说。

中国的大诗人中最早的隐逸者是陶渊明，有史地专家著文说，陶渊明《桃花源记》里的“桃花源”的原型可能就是千岛湖的中洲。且不去争论陶是否隐逸在此，而他的姑父洪绍大将军，却的的确确是将中洲当作他的功成身退的隐逸之地。在公元405年即东晋义熙元年，洪绍为建威将军，后随大将军刘裕成功讨伐南燕慕容超……后见皇室日衰，刘裕势盛，他又不愿依附刘裕，最后于公元417年（义熙十三年）辞官归隐到新定县木连村——即现在的中洲镇徐家村月山底。他带着他的继妻——陶侃的孙女、陶渊明的姑姑，在武强溪流域的木连村过着逍遥自在的生活，26年后驾鹤西归，遗体就埋在了离我们家李家坞村不到两公里的洪塘坞山里，他的侄子、大诗人陶渊明亲自给他写了墓志铭。

退隐中洲些许年之后，洪绍原配八子中的老五洪纂，还当过当地的始新县县令，《淳安县志》记载了这一史实。从此，在中洲的洪塘村和木瓜村，也有了代代相传的姓洪的洪家子孙。而据广东省花县官禄土布村清代洪氏修编的洪氏《万派朝宗》记载：洪绍在武强溪的家族不断繁衍扩大，后来一部分后裔南迁到江西、广东、福建一带，催育出无数的洪氏后代，像洪水一样汹涌澎湃。洪秀全即是洪绍的第十六世孙。

隐既是一种生命形式的结束，也是另一种生命形式的开始。

……2015年6月27日，我在边城乌鲁木齐，突然在“朋友圈”里看到这样一条微信“待你厌倦江湖，我陪你归隐山下”，我的心怦然一动，马上点赞。而发这条微信的人正是中洲镇党委书记杨武军先生。他看到我的点赞回复一句：“中洲欢迎大家归隐，那可是洪绍公向往之地！”我复言：“好，坐禅中洲，可与天地归合。”

“贵”不如洪绍，但“义”有可能比洪绍更显的另一名宋代的“士”余德明，南宋时曾与文天祥一起考入进士，文天祥中了钦点状元，后来还升为右丞相，而余德明则被封为翰林院编修。此时，元兵攻入大宋，文天祥保护皇帝撤到定海，兵败后为国捐躯……余德明当即谢绝元世祖的高官利诱，离京逃到了遂安，并逆河而上，直到武强乡凤凰岭叶村（现属中洲镇），才停下脚步隐居下来。元世祖知道后，曾多次派地方官来请，他就是不肯出山，甚至每年清明还要登上凤凰岭峰顶，面朝定海方向祭拜皇帝与文天祥。

余德明也从来不与元朝的地方官来往，称自己不是住在元朝“十三都”的叶村，而是居住在“野村”，一个在野者的乐园。他在生前选好自己的墓地，并定名为“野家陵”。是啊，一个国家都失去了的臣子，死后的灵魂就无处皈依，如野魂孤鬼。从生到死，他心里就始终不承认自己是元朝的臣民。这叫作“骨气”，这叫作忠义，这是中国真正的义“士”！

这个被余德明戏称为野村的叶村，到今天人口发展成两千多人，是中洲镇方圆几十公里的第一大自然村。这里的人少部分人姓叶外，绝大多数人都姓余，相当一部分是余德明的子子孙孙。

中洲武强溪谷地就是这样适宜隐逸修行的地方，也是储存“忠”“义”的可贵库地。

我出生在中洲的双许村，九岁被过继给我中洲李家坞村的大叔叔，从姓汪改为姓李，与叔父相依为命。

我的叔父，就是我父亲的大弟弟。我爷爷壮年累死、奶奶改嫁到李家坞村，他曾被卖到叶村给人当童养婿，后来被我奶奶召回到身边，姓氏也随了李家坞的李姓。姓随身转，名由辈排，是中洲山里人的历史习俗。

说起我迁住的中洲镇李家坞村的由来，又一个唐朝皇族李氏家族隐逸的故事在我眼前显影。古老的李家坞村虽是流落在中洲大山坳里的一个小山坳，村庄却建于宋元时期，村庄的起因也是因为避乱和隐匿。它距中洲镇政府才两公里半，但由于不在武强溪这个大峡谷的走向里，被一层层山冈遮住，更容易被人遗忘和忽略。末唐时代有一位唐昭王，为躲避王仙芝、黄巢的义乱之军对李姓皇族的追杀，让当了才一年皇帝的儿子唐懿宗改名“京公子”，从北方向南方逃难，从繁华都城逃向偏僻山野，先是躲到安徽歙县的黄墩，接着又躲到界田这个群山环绕之处。终于，从皇帝化身为“京公子”的李京安全生下了三子：仲皋、仲安、仲亨。仲皋又生三子，分别迁居三地，形成犄角之势，长子德鹏迁居祁门新田、次子德鸾迁居江西婺源的严田、三子德鸿仍居浮梁界田，史称“三田”李氏。如今李家坞村的李氏，就是江西婺源的“严田”李氏德鸾的后代。我家历经“文革”而保存完好的清光绪活字印刷版《严田李氏宗谱》，就详细记载了这一不为人知的历史。家谱上留下了许多名人的序跋，其中就有明朝书画名家董其昌，清代一品大员、大文豪沈德潜。

“严田”李氏德鸾，不久带领家眷从江西婺源迁到浙江中洲叶村里面数公里的乘凤源，接着，有相当一部分“严田”李氏又从乘凤源迁居到了现在的李家坞。就这样，中洲的李家坞成了大唐败落后皇帝后裔的一个归宿，一个李渊、李世民血脉躲避战乱的隐逸之地，在大唐的无比灿烂之后，皇族李氏躲开繁华和世人瞩目的目光，隐居深山，回归内心。

色即是空，空即是色。辉煌之后沉寂于山谷，皇家复归到平民。

就这样，一千多年恍然而过……李家坞的人年年除夕、初一，纷纷自发到村中间的李氏宗祠里，拜祭李渊的画像，表达对祖先的无限神往和忆念。

我为山坳里的中洲感到骄傲。

一个穷乡僻壤的弹丸之地，从古至今容纳了多少来隐逸的皇族和望族，多少大将与义士，多少文人与墨客。是一种胸怀和沉静，一种默许与宽博。

一旦有战争，中洲峡谷的茶马古道又成了兵家屯扎歇息的地方，黄巢的亲率大军就曾驻扎在离现镇政府一两公里远的武强山顶，地图上因而新增了黄巢坪、黄巾岭、洗碗潭等名词；朱元璋带兵来过这里，又给中洲新添了诸如“接朱营（后改为结竹营）”“啸天龙”“送驾岭”等一些地名，方志敏、粟裕率领红军第十军团在厦山村召开了该军团的最后一次会议，史称“茶山会议”……

是的，不管你是长期隐居的隐士，还是匆匆的过客，古今中洲都有一种胸怀和心态来接纳你，来默许与化解。甚至大儒朱熹来讲学，富商胡雪岩的商旅，中洲都一样平静地迎来送往，以一颗出世之心，山野的本真之性，真诚以待。

中洲就是中洲，貌有山河而不危，心藏胸壑却不险，以一颗中正平和之心，大隐隐于浙皖交界的偏壤，千年来始终如如不动。

原载《四川文学》2017 年第 8 期

嚼苦笋的陆修静

凌 翼

说到道教，不得不又折回到庐山。折回庐山的路径，依然绕不开鄱阳湖。远道而来的人，只有通过鄱阳湖才能看见真切的庐山。这不仅因为鄱阳湖湖面能够寻找到庐山的倒影，也能清晰地看见山壁上悬挂的飞瀑。庐山是众教荟萃之所，当然少不了道教。山越是神秀峻拔，所藏纳的思想越是幽深无底。庐山便是这样一座山，你舟行湖上，也能看见从山体透射出来的光亮。它会紧紧攫住你的眼目，就像瀑布从山体冲决而出，让你的脑洞大开，思想奔涌。

从长江上能够看见云雾之中，庐山忽隐忽现、似真似幻的神秘景象。进入鄱阳湖的腹部巡游，可瞭望庐山峰岭绵延，当得上巍峨、雄壮、瑰丽、幽深、险峻、灵秀这些词汇的赞美。

庐山当然是道人隐姓埋名的最好去处。唐代宰相之女李腾空和蔡侍郎之女蔡寻真在五老峰下炼丹修道，以丹药符箓解救世人；广为人知的吕洞宾也与庐山有深厚渊源，仙人洞便是他的修真之所；在庐山活动的周颠仙、天眼尊者、徐道人和赤脚僧，在朱元璋、陈友谅大战鄱阳湖时，曾指点和帮助朱元璋取胜。朱元璋在取得天下后，在庐山锦绣峰制“御碑亭”，亲撰《周颠仙人传》，并作《赠四仙》诗刻碑以记，诗曰：“匡庐之巅有深谷，金仙弟子岩为屋。炼丹利济几何年，朝耕白云暮种竹。”

在庐山隐居修炼的道士，值得大书特书者，莫过于陆修静。

陆修静何许人也？他在道教领域就像儒教中朱熹的地位一样，是南朝刘宋时道教之集大成者。

陆修静出身于江南士族名门吴郡陆氏，是三国吴丞相陆凯的后代。他生于晋安帝义熙二年（406 年），卒于刘宋元徽五年（477 年），相当于东晋末至南朝刘宋末。早年出家修道，遍游山川，云梦山、衡山、罗浮山、峨眉山均留有他的足迹。五十六岁来到庐山，“爱匡阜之胜”，构筑精庐居此修道，是为太虚观。他静心养神，采药炼丹，收徒布道，建道藏阁，潜心于道经和道教斋醮科仪的研究。他在庐山传道授徒达七年之久，一时庐山道教大兴。

他到来之前，庐山就有陶渊明、慧远为代表的儒释并兴景象。他步先贤后尘，又开创了庐山道教的兴起，使庐山形成儒释道三足鼎兴的局面。他以太虚观为基地，广收门徒，陆续扩建白云馆、朝真馆、炼丹井、捣药臼、洗药池等设施。随着太虚观的兴起，先后又有康王观、崇善观、咏真观、昭德观、白鹤观、广福观、太平观等数十座道观雨后春笋般崛起。一时，庐山道馆星云密布，被誉之为道教“咏真第八洞天”。

由于陆修静的影响和带动，庐山道教的地位和声誉不断扩展，逐渐成为名震大江南北的重要道场。四方高道，慕名纷至沓来，至唐宋时，先后有许坚、钱朗、孙晟、郗法遵等大批高道云集庐山，从而使庐山高道辈出，名声大震。

陆修静置身青山环抱之中，面对浩瀚经卷和当时道教的现状，进行了全面思索。庐山的幽静给他的思想增添了丰富的负氧离子。他大刀阔斧，改革道教积弊，制定道官晋升制度，禁止自行署职，实行按级晋升原则；他十分重视道教斋仪的作用，制定了“九斋十二法”的斋醮体系，使道教斋法不仅有了系统的仪式戒科，而且使斋戒仪范的理论更加完备。此外，他广收道经，对道教经典进行整理和分类，著书立学。他“祖述三张，弘衍二葛”，潜心道教理论研究，著述丰厚，给道教学界留下了极其丰厚的遗产。

泰始三年（467年），陆修静在朝廷多次征召之下，告别生活了七年之久的庐山太虚观，入住建康（今南京）崇虚馆。他在京城继续他的道教学术研究，“总括三洞”，校理卷数目录，于泰始七年奉敕撰《三洞经书目录》献上。《三洞经书目录》是最早的道藏书目著作，陆修静为道教经典的收集整理做出了重要贡献。陆修静的著述极其丰厚，共著录道家经书并药方、符图一千二百二十八卷。他还针对一些道教经典错乱糅杂，容易对后学产生误导之处，进行详细勘正。

陆修静尽管身处京畿，但他念念不忘庐山。刘宋昇明元年（477年），七十一岁的陆修静在建康景德观辞世。他曾于生前嘱咐弟子，死后要弟子们用布袋装殓他的遗体，直接抛入深山峡谷之中，与庐山的空气、山石、草木同穴。弟子们不忍，仍然寻得一方山地，葬入墓茔，由此有了“布袋崖”之名。

陆修静为道一生，创立了与北天师道相抗衡的南天师道。南天师道经他高足孙游岳和再传弟子陶弘景大力弘扬和传布，从而形成著名的茅山道派，大显于唐代。若要追究起来，实应归功于陆修静所著述的丰富而完备的《三洞经书》。这也是陆修静在死后能够获得比生前更崇高和荣耀地位的原因。他死后不久，刘宋朝廷便赐其谥号“简寂先生”。他在庐山的住所由此更名“简寂观”。

简寂观是庐山道教中心，在唐以前一直是庐山道教的重要道场，鼎盛时常住道士达五六百人，香火之盛，可想而知。唐宋时期，其影响力依旧不减，许多高道慕名来此修真问道，长居简寂观。这些高道，都身负高深道学和丹功，如钱朗就精于“补脑还元”之长生之术，许坚对《河图》《洛书》了然于心。北宋著名道家学者的陈抟老祖年轻时就曾游居简寂观，跟随许坚学习易经心法，深谙《河图》《洛书》之哲理。陈抟老祖是易学大师，在民间有广泛影响，但他的道法根源正是在庐山简寂观所得。

简寂观也是历代文人墨客光顾之地。如唐代张正见、韦应物、白居易、顾况、陈尧佐等游观后赋诗题赞。南宋初年，简寂观遭到金兵和李成之流的劫掠。南宋右丞相周必大曾写过游记，记述他寻访简寂观的情景。理学家朱熹曾知南康军，在参观破落的简寂观后，写下悲凉的诗句：“于今知几载，故宇日荒废。空余醮坛石，香火难复燃。”

到了明清两代，简寂观越渐冷落。到此观光的文人学士徒增感慨。清代戏剧大师李渔寻访简寂观后悲叹不已，以一副对联表达自己的沉郁之情，曰：“天下名山僧占多，也该留一二奇峰栖吾道友；世间好语佛说尽，谁识得五千妙论出我先师。”

时势迁移，咸丰年间又遭兵火损。抗战后，草木越深，观址仅有的古迹也多有埋没。礼斗石尚在，尚能勾起人们对往昔人事的云烟记忆。

陆修静不仅是一位道学家，他还精通琴律，清泉与松风将疲惫驱走，琴音与流云请来满天星月。历代诗人均有对陆修静和简寂观的追怀诗句，宋人王十朋诗曰：“萦迂草径少人行，忽有黄冠洞口迎。自笑荒芜陶靖节，更寻简寂陆先生。朝宗惟有坛前石，流水犹余弦上声。欲听金鸡上金阙，紫霄峰际白云横。”

当年，太虚观遍植苦竹，皆因陆修静独爱此物。苦竹长出苦笋但味却反而甘甜。这与著名古刹归宗寺所腌的藠头有异曲同工之妙，藠头虽然是盐所腌制，但味道却淡而适宜。这是北宋科学家沈括所著《梦溪笔谈》记录的事。这也印证了山中道观寺宇流传“简寂观中甜苦笋，归宗寺里淡咸菜”的说法。这句话应该是当年在简寂观修行的道士们品尝苦笋之余的趣谈。

苦竹是好东西，若借用朱熹的格物之法，外表看似清瘦有余，但细品则气节不凡；若是钻孔横吹则为笛，音韵可通仙界；苦笋或炖或炒，味美甘甜。

陆修静以苦竹为楷模，嚼着苦笋过日子，将浩如烟海的道经梳理完成，不可不谓苦差事，但正如苦竹所生苦笋，其味反甘。还是大诗人苏辙亲临简寂观留下的诗句，令人别有一番感受——

山行但觉鸟声殊，渐近神仙简寂居。
门外长溪净客足，山腰苦笋助盘蔬。
乔松定有藏丹处，大石仍存拜斗余。
弟子苍髯年八十，养生世世授遗书。

正如陶渊明喜菊、周敦颐爱莲一样，陆修静深爱着苦竹。这位对中国道教和庐山所产生的影响犹如慧远对中国佛教和庐山所产生的影响一样，重大而深远。

无论简寂观多么落魄，但钟爱苦竹的陆修静，已然是一位伟大的道士，他与庐山同在。

原载《中国煤炭报》2017年7月14日

枪挑紫金冠

李修文

谁要看如此这般的戏？新编《霸王别姬》。霸王变作了白脸，虞姬的侍女跳的是现代舞，到了最后，一匹真正的红马被牵上了舞台。说是一出戏，其实是一支催化剂：经由它的激发，我先是变得手足无措，而后又生出了深深的羞耻——所谓新编，所谓想象，在许多时候，它们并不是将我们送往戏里，而是在推我们出去，它们甚至是镜子，不过，只映照出两样东西，那便是：匮乏与愚蠢。

羞愧地离席，出了剧院，二月的北京尽在浓霾之中，没来由想起了甘肃，陇东庆阳，一个叫作小崆峒的地方，满眼里都是黄土，黄土上再开着一树一树的杏花，三月三，千人聚集，都来看秦腔，《罗成带箭》。我来看时，恰好是武戏，一老一少，两个武生，耍翎子，咬牙，甩梢子，摇冠翅，一枪扑面，一锏往还，端的是密风骤雨，又滴水不漏，突然，老武生一声怒喝，一枪挑落小武生头顶上的紫金冠，小武生似乎受到了惊吓，呆立当场，与老武生面面相对，身体也再无动弹。

我以为这是剧情，哪知不是，老武生一卸长髯，手提长枪，对准小的，开始了训斥；鼓锣钹之声尴尬地响了一阵，渐至沉默，在场的人都听清了训斥：他是在指责小武生上台之前喝过酒。说到暴怒之处，举枪便打将过去。这出戏是唱不下去了，只好再换一出。换过戏之后，我站在幕布之侧，正好可以看见小武生还在受罚：时代已至今天，他竟然还在自己掌自己的嘴，光我看见的，他就掌了足足三十个来回。

梨园一行，哪一个的粉墨登场不是从受罚开始的？但它们和唱念做打一样，就是规矩，就是尺度。不说练功吊嗓，单说这台前幕后，遍布着多少万万不能僭越的律法：玉带不许反上，韦陀杵休得朝天握持，鬼魂走路要手心朝前，上场要先出将后入相。讲究如此繁多，却是为何？那其实是因为，所谓梨园，所谓世界，它们不过都是一回事：因为恐惧，我们才发明了规矩和尺度，以使经验成为眼见得可以依恃的安全感。越是缺乏安全感，恐惧就越是强烈，尺度就愈加严苛。

欧阳修之《伶官传序》既成，写到后唐庄宗李存勖，“及其衰也，数十伶人困之，而身死国灭，为天下笑”之句既出，伶人之命就被注定，自此，两种命数便开始在伶人身上交缠：一种是着蟒袍，穿霞帔，扮作帝王和弃女，扮作良将和佞臣，过边关，结姻缘，击鼓骂曹，当锏卖马，如若是有命，就花团锦簇，传与遍天下知道，如若无命也不妨，你终是做了一辈子的梦，这梦境再作刀剑，将多少劳苦繁杂赶到了戏台之外，你和尘世之间的窗户纸，只要你不愿意，可以一直不捅破；一种却是，三天两头就被人喝了倒彩，砸了场子，不得科举，不得坐上席，甚至不得被娶进门去，在最是不堪的年代里，伶人出行，发上要束绿巾，腰上要扎绿带，不为别的，单单是为了被人认出和不齿；就算身死，也难寿终正寝，死于独守空房，死于杖责流放，死于黥字腰斩，哪一样何曾少过？

烟尘里的救兵，危难之际的观音，实际上一样都不存在，惟有回过头来，信自己，信戏，以及那些古怪到不可理喻的戒律，岂能不信这些戒律？它们因错误得以建立，又以眼泪、屈辱和侥幸而浇成，越是信它，它就越是坚硬和无情，但不管什么时候，它总能赏你一碗饭吃，到了最后，就像种田的人相信农具，就像打铁的人相信火星子，它们若不出现，你自己就先矮了三分；更何况，铁律不仅产生禁忌，更产生对禁忌的迷恋和渴望，除了演戏的人，更有那看戏的人，台上也好台下也罢，只要你去看，去听，去喜欢，你便和我一样，终生都将陷落于对禁忌的迷恋与渴望之中，我若是狐媚，你也是狐媚的一部分，如此一场，你没有赢，我没有输。

西蒙娜·薇依有云：所谓勇气，就是对恐惧的克服。要我说，那甚至是解放，我们在恐惧中陷落得越深，获救的可能就反而越人，于人如此，于戏也如此。在江西的万载县，乡村场院里，我看过一出赣剧《白蛇传》，说起来，那大概是我此生里看过用时最长、记忆也最刻骨的一出戏。

恰好是春天，油菜花遍地，在被油菜花环绕的村庄里，桃花和梨花也开了，桃花梨花最为繁盛之地，便是舞台，这不是无心插柳，而是存心将枯木与新绿、红花与白花全都纳入了戏台之内。但这只是由头，时间才是真正的主角。这出戏总共五回，每一回竟然长达一个小时，稍有拖延，就可以演到一个半小时。先说武戏：小青与法海。一场打斗，被细密地切分了，如果时长十分钟，则每两分钟之间都有转换，由怨怼转为愤懑，再转为激烈，最后竟是伤心和哭泣，可能是我想多了，但我确实在想——编排这出戏的人才是看透了人世，人活一世之真相，都在戏台上：但见翎子翻飞旗杆挑枪，但见金盔跌落银靴生根，可是小青，可是法海，你们究竟从哪里来，又要到哪里去，你们是谁？在上下翻腾之中可曾想过，你们究竟是打斗的主人，还是打斗的傀儡？而坏消息是：时间还早，你们仍要将这一场打斗几乎无休止地进行下去，持续下去，既认真，又厌倦。

再说白素贞和许仙。他们说着西湖，说着芍药，身体便挨近在了一起，端的是：隔墙花影动，金风玉露一相逢。就要挨在一起之时，既不急促，也未太慢，有意无意地闪躲开了，我们都嗅到了他们的呼吸，我们都已经听见了衣襟的擦撞的声音，就像一根冰凉的手指经过了滚烫的肉体，然而，他们竟然就这么错过了。端庄，天真，而又淫靡。一切开始在微小之处，且未拼死拼活，但这微小却激发出了两个阵营：他凉了，我热了；他在如火如荼，我却知道好景不长；她莲步轻移，我这厢敲的是急急锣鼓；她在香汗淋漓，我看了倒是心有余悸。到了最后，这许多的端庄、天真和淫靡只化作了山水画上的浓墨一滴，剩余处全是空白，演戏的人在走向残垣，走向断墙，看戏的人却火急火燎，奔向了空白处的千山万水。

这便是戏啊——“始于离者，终于和”，到了此时，老生和花旦，凤冠和金箍棒，都不再是孤零零的了，时间先是折磨了他们，现在又让他们聚拢，再使他们翻手为云，造出幻境：红脸的是关公，白脸的是曹操，这一方戏台之内，江河并无波涛，不事耕种也有满眼春色，所谓“强烈的想象产生事实”，所谓“离形而取意，得意而忘形”，真正不过如此。到了这时候，还分作你看戏我演戏？不，唯有时间是最后的判官，害怕时间，我们发明了钟表；为了与之对抗，我们发明了更多的东西：酒，药，战争，男欢女爱，当然还有戏，譬如这一出漫长的《白蛇传》，六个小时演下来，何曾为入场退场所动？我演我的，你走你的，因为我根本不是他物，乃是时间的使节和亲证，我若不能证明时间才是写戏排戏又演戏的人，我便是失败的。

我还清楚地记得散场之后的夜路。全然未觉得自己已经离开了戏台，反而，那一隅戏台被空前扩大，连接了整个夜幕：在月光下走路，折断了桃树枝，再去动手触摸草叶上的露水，都像一场戏。只因为，稍稍去看，去听，去动手，都横生了无力感和暧昧，和六个小时演出里的痴男怨女一样，离开戏台，我们也在深受时间的折磨，因为万事看不到头的绝望，我们去亲密、暧昧和离别，反过来，又因它们加重了绝望。实在是，这一出戏已经改变了此前的满目风物，就像一片雪，一棵刚刚钻出地面的新芽，都在使世界不一样。

先作如此想，再去看这满目风物：哪里不是戏台，哪里没有青蛇和白蛇？一如元杂剧《单刀会》中里的关公唱词，他先唱："水涌山叠，年少周郎何处也？不觉得灰飞烟灭，可怜的黄盖转伤嗟。破曹的一时橹绝，鏖兵江水犹然热，好教我心情残切!"唱到此处，流下泪来："这也不是江水，二十年流不尽英雄血!"

这么多年，每到一处，逢到有戏开演，如果没去看，总归要茶饭不思，好在是机缘常有，除去大大小小的剧院，田间村头也看了不少，这一次看徽剧《单刀会》，就是在安徽的一个小县城，长江里一艘废弃的运沙船上。那只不过是个寻常的戏班子，农闲之后，以运沙船作戏台，招得二三十个看客，消磨一两个时辰，风大一点，天黑得早一点，也就不演了，所以，我连看了好几天都没看完一整出。

可是，在十二月的寒风里，这一出零散小戏，我还是听得面红耳热。实在太好了，要么不演，一演起来就像是七军合纵，去打一场激烈的、快去快回的仗：顷刻之间，鼓声频发，锣声紧急，散板，哭板，叠板，齐刷刷像冰雹一样砸下来；低落时唱吹腔，激愤时唱拨子，紧跟着余姚腔，青阳腔，甚至能听见京调和汉腔，虚虚实实，相生相克，轻重缓急却是不错分毫，好似真正的战役正在进行，该杀人的杀人，该割首的割首。就在这快速行进的顷刻之间，生旦净丑轮番演过，马战，行船，翻台，滚火，更是一样都没落下。我站在人群里，岂止要叫好，简直就像被一盆热水浇淋过了，湿漉漉的，通体却都生出了热气。

这却不是这出戏的要害。要害是，这里的关云长，全然不是人人都见过的那个关云长。说起关公戏，大小剧种大小剧目加起来只怕有上百种，《古城会》《走麦城》《灞桥挑袍》，不一而足，大多的戏里，关云长先是人，后是神，最终只剩下一副面具——他非如此不可，万千世人越是缺什么，就越要将他装扮成缺失之物的化身，他只能在言说中变得单一和呆板，乃至是愚笨，只因他绝不是刘玄德一人的二弟，他其实是万千世人的二弟。他的命运，便是被取消情欲，再被我们供奉。可是，且看这出戏里的关云长：虽说逃脱了险境，惊恐，忐忑，侥幸，却是一样都没少，就算置身在回返的行船上，却反倒像一个孩子，遍遍与船家说话，唯有如此，他才能分散一点惶恐。

这一出乡野小戏，因为几乎照搬了元杂剧，竟然侥幸逃过了修饰和篡改，就像一个被灭国的君王，传说葬身火海，实则遁入了空门，风浪平息之后，再在人迹罕至之处娶了妻，生了子；不仅如此，这出戏，还有更多的小戏，其实就是典籍和历史，只不过，修撰者不是翰林和同平章事，而是人心，人心将那些被抹消的、被铲平的，全都放置于唱念做打里残存了下来，这诸多顽固的存留，就是未销的黑铁，你若有心，自将磨洗认前朝。别人未见得知道，《单刀会》里的关云长却是知道这一天必然来临，你看他，戏终之前，一叹再叹：“昏惨惨晚霞收，冷飕飕江风起，急飐飐云帆扯。承管待、承管待，多承谢、多承谢。”

还是二月的北京，看完了新编《霸王别姬》，没过几天，我再入剧院，去看《战太平》，又是要命的新编，可是既入此门，也只好继续这一夜的如坐针毡：声光电一样都没少，就像是有一群人拎着满桶的狗血往舞台上泼洒，管他蟒袍与褶衣，管他铁盔与冠帽，都错了也不打紧，反正我有声光电；谋士的衣襟上绣的不再是八卦图，名将花云的后背上倒是绣上了梅兰竹菊，都不怕，反正我有声光电。

唯有闭上眼睛。闭上眼之后，却又分明看见一个真实的名将花云正在怒发冲冠，正在策马狂奔，我若是他，定要穿越河山，带兵入城，闯进剧院，来到没有畏惧的人中间，一枪挑落他们头顶的紫金冠，再对他们说：这世上，除了声光电，还有三样东西——它们是爱、戒律和怕。

选自《山河袈裟》，湖南文艺出版社 2017 年 1 月出版

纸上的世界

程　青

不时听到有人说，写作是多么辛苦的一件事，每次听到这样的话，我都不由一怔，感到无从应答。我既无法说是，也无法说不是。

对我来说，通常一部长篇小说写完初稿之后，需要扎扎实实修改两遍，第二稿是往纵深走，做出起伏；第三稿是去除瑕疵，尽力做到逻辑自恰首尾呼应。这还没有完，之后至少还要修改三五遍，这三五遍或许才可以叫作“润色”。我的体会，写小说是非常耗费时间的，尤其是长篇，经常是写一稿就得几个月，一本书写上一到数年很正常。我读到过一位美国女作家写的创作心得，她说她并不知道一篇小说什么时候完成，只有当她觉得这篇小说不再需要修改时，这个小说才算写完。我和她有类似的感触，我同样认为小说是在结束修改时才最终完成，而不是在写出结局时就完成的。可以说我写每一篇小说，当我写下第一个字起，心里就在企盼那个不再需要修改的时刻到来，或者说就是在朝那个时刻努力。这段时间或长或短，但几乎每时每刻都需要聚精凝神全力以赴，用“跋山涉水”和“披荆斩棘”形容丝毫也不过分。而且，说不定辛苦一场，到头来却是颗粒无收一无所获。有时候一个貌似不错的构思，甚至是让你激动不已的灵感，真等落到纸上，很可能与你最初想的大相径庭。我的电脑里就有不少长长短短的小说弃稿，它们有的是先天不足，有的是发育不良，也有的就像是中了病毒，还有的就像是偏离了轨道，总之一句话，我没有办法把它们塑造成我想要的样子，或者说它们没有达到我的预期也没法达到我的预期，因此我只能放弃它们。无论这种放弃多么心痛和不舍，却只能这么做，别无他法。因为在我看来这是一个正确的态度，是写作者不能改变的自我要求，也可以说是写作者基本的自律。我曾经一次次让那些我无法挽救和挽留的文字沉入忘却的水底，尽管我也曾为它们苦思冥想耗费心血，但我的日以继夜废寝忘食的工作却无法让它们屹立纸上，成为纸上世界的一部分，我只能平静地接受这样的失败，然后重整旗鼓从头再来。而即使有幸写完小说，甚至它们就是想象中的那个样子，你也无法断定它们是不是真正意义上的好作品。即便它们真的是好作品，当它们完成，就会像长大的孩子一般离你而去。你无论是在璀璨的灯光下谢幕，或者一个人孤独地留在暗影里，都阻止不了它们与你的分离。完成一个作品，犹如结束了一场演出，假如运气足够好，还有新的、更多、更难的演出在等着你——这要说不辛苦肯定不是真话。可是，这是一种乐在其中的辛苦，就像养育孩子，许许多多的时候，乐趣远远超过了辛苦。同样就像生育孩子使种群得以延续一样，这样苦心孤诣和匠心独具地一个字一个字记叙描述，也使人类的经历、感触、悲喜、梦想及精神风貌得以记载和传承。我暗自以为这是上天的一种巧妙安排，是造物设计中的精彩亮点。

在我看来，小说的绝妙在于它虚构的本质。它无中生有，却具备无与伦比的生命力和感染力，令人着迷并相信它给出的对人性和世界的解答。比如以子之矛攻子之盾的事情在现实生活中被视为逻辑有问题，而在小说里它却是成立的，不仅可以作为合理的存在，甚至能够堂而皇之地成为经典——在文学世界中，貌似你可以不必那么清晰精准地去区分正义与非正义，也无必要明白无误地去判定对与错，你可以支持强者，也可以同情弱者，你既可以站在鸡蛋一边，也可以站在石头一边，甚至可以既站在鸡蛋一边同时又站在石头一边，因为这个世界遵循的一条更高的法则叫人性。小说可以表现种种在我们现实世界里被认为是最疯狂、最不可理喻的事情，并给出最宽容最通达的所谓合理解释。小说可以使黑暗、荒唐、残酷变得明亮、爽朗、欢畅，并让我们为获得了这样的体验而饱尝人生的丰饶和为之倍感欣慰。

我一直惊叹小说中那些从来没有发生过并且永远也不会发生的事情为什么那样撼动人心，在我们心里引发的震动甚至超过真实发生的事情。我曾经在一篇文章里写道："从我个人来说，我最期盼的就是一个作家写出用全新的口吻讲述世界和人的书——对我们身居其间的世界充满了怀疑和质疑，对人生充满了透彻的感悟，却不故弄玄虚。作者不是告诉我们发生在这个世界上的某一件事，而是那种从未发生过的事和从来没有可能发生的事它们对我们的生活竟然一样能够起着如此巨大的影响，并不亚于那些真正发生的事。我想这可能就是文学经久不衰的魅力和意义，是文学无法估量的力量。"在我还是个孩子的时候，大约八九岁，刚刚认识一些字，我读到了一生中第一本小说，我旋即被那个既朴素又绚丽的纸上世界深深吸引。从此我迷恋这个世界，也相信这个世界，甚至依赖这个世界。这个世界对于我就是一个和我生活其间的现实世界平行的世界，它和现实世界同样真实有力，它比现实世界更加直击心灵。

从写作第一篇小说起，我实际上就是尝试在纸上构建自己的世界，或者说是在给那个对我产生非凡吸引力的迷人世界添砖加瓦。对我来说，这个世界无形，却又应有尽有；它无色无味，却又色彩斑斓；它一秒长于一万年，而千百万年却又是一瞬间；它包藏着人类和万物最大的秘密，却又可能瞬间揭开谜底，令真相大白；它亘古矗立，却又能顷刻瓦解，烟消云散，不留痕迹。因为有了这个世界，或者说因为感知和触碰到了这个世界，使我具有了穿透力的眼光，我可以看到世界和人心的微妙之处。也因为具备了这样的目光，使我能够看到事情的边界在哪里，突破口又在哪里，或者说能让我洞见可能性和毫无可能性。我说不清写小说的时候何以在一个句子之后接上另一个句子，在一个词语之后接上另一个词语，并最终完成那个想象中的呈现，对我来说这简直就是上帝和写作者之间的秘密，甚至可以说是秘密奇迹。我不是要把写作这件事故意神秘化，对我而言它本身就是一件神秘之事。我在马尔克斯的书里看到，不少拉美作家有一个迷信，他们正写着的小说初稿都是秘不示人的，我自己也是如此，而且在没有写完之前也不会跟别人讲述自己正写着的东西，讲出来之后很可能就再也写不下去，就像开了瓶盖酒会走气一样。我一向认为能够把比鸽子还轻盈的小说捕捉到手，是一件很不容易的事。因此我个人认为，小说作为虚构文本，理应得到更大的尊重。

对我个人来说，小说提升了我的认知能力，不仅令我变得聪明、敏锐、犀利和目光精准，更多的时候它帮助我机智地掩盖了自己的不聪明、笨拙、混沌、愚蠢以及无知与无能。就像张爱玲《天才梦》里写的："当童年的狂想逐渐褪色的时候，我发现我除了天才的梦之外一无所有——所有的只是天才的乖僻缺点。"然而，她因为懂得怎么看七月巧云，懂得享受微风中的藤椅，懂得欣赏雨夜的霓虹灯，当然最主要的是因为她会写作，她留给了世人那么多精彩的小说，因此她在我们心里总是像明珠一般熠熠生辉。我当然也很高兴能亲手来构建这个纸上的世界，用自己的经历、体验、感悟、灵性来浇灌那些芬芳的花草，并看着这个世界繁花似锦。

2016 年 9 月 19 日

以书之名

孙甘露

2017年2月25日，星期六下午，思南读书会每周例行举办的时间。这一天，距思南读书会创办已逾三年，也正是在这一天，经由上海书展·上海国际文学周在思南公馆的举办、思南文学之家的成立、思南读书会和思南书集的创办，基于思南这一文化品牌的延伸、拓展的考虑，由上海市作家协会主管、主办，黄埔区永业集团、思南公馆倾力支持的大型文学双月刊《思南文学选刊》创刊问世。

转眼三年，思南读书会创办之初的那个晴朗的冬日犹在眼前，而时间更往前，则是不经意间的无数细微的小事，使今日备受关注的这一切逐渐呈现出来……

2005年夏末，我有幸随上海作家出版家代表团赴台北，参加由台湾联经出版有限公司主办的台北上海书展。此行由王安忆和孙颙带队，上海的作家、出版家计三十余人。此后十余年间，当时同行的作家蒋丽萍、赵长天先后辞世；每与此行结识的林载爵、阚宁辉、陈征等先生念及旧友，不免神伤。

此行次年三月，应阚宁辉先生之邀，到上海文艺出版社下属的《上海壹周》报社兼职、学习，几年间在一间办公室围坐，学习办报和吸烟。受两位出版人的影响，其间不免共同畅想由写作、出版衍生的诸般事宜，及至2008年，阚宁辉先生调任出版局负责上海书展工作，由台北之行开始的友谊算是回到了书展本身。

上海世博会次年，2011年上海书展开始与各出版社合作，邀请全球不同国家和地区的作家、学者出席上海书展新设的国际文学周活动。两年之后的2013年，基于完善国际文学周活动现场效果的考虑，经思南公馆的领导钱军先生、刘申先生、李海宇先生的安排，将文学周活动频次最密的作家对话放在了思南公馆举办。这是国有企业支持大型社会公共文学活动的有益尝试。上海市新闻出版局、上海市作家协会、上海市黄浦区委宣传部及思南公馆为活动专门设立了“思南文学之家”，孙颙先生、祝君波先生、李崟先生、程霄玉女士等各方领导出席了揭牌仪式，刚刚获得诺贝尔文学奖不久的著名作家莫言欣然应允为“思南文学之家”题写了匾牌。

每年上海书展·上海国际文学周的活动虽然只有一周时间，但是活动带来的影响却是深远的，比如英国作家大卫·米切尔把在上海国际文学周期间的经历写进了他的长篇小说《骨钟》，此书的中文版已由上海文艺出版社出版。而《泰晤士报·文学增刊》的小说编辑托比·利希蒂希和西娅·莱纳尔杜齐来上海参加活动之后，高度赞赏和认同上海国际文学周的举办，更是与文学周策划团队的年轻人盛韵、彭伦、石剑峰等结下了友谊，此后，《泰晤士报·文学增刊》连续两年为上海国际文学周免费刊登形象广告，宣传上海书展·上海国际文学周。这次《泰晤士报·文学增刊》也会在《思南文学选刊》创刊之际，刊登选刊的形象广告，进一步加深中英文学的交流。这些点滴交往多少可以看作是上海书展在对外文化交流方面取得的切实的成果。而在2016年的上海书展期间，上海国际文学周与“伦敦书展·影像与银幕周”签署了合作协议，自2016年起每年互派作家，并为对方在书展期间安排宣传和交流活动，为进一步增进中国作家对世界其他国家和地区间的了解，宣传中国文学，起到积极的推动作用。

而为了使作家间的对话以及与读者的交流更加切实有效，把大部分活动从热闹的书展现场搬到幽静的思南文学之家，不仅使来宾在上海炎热的夏季有了更好的交流场所，也使来自世界各地的作家对上海这座城市所给予作家、读者、出版人的礼遇印象深刻。

而最令人难忘的是上海乃至来自全国各地的读者，有在父亲的陪护下特地从外地赶来的青年学生；也有在零下5度的严寒中，裹着大衣记笔记的读者；有将思南读书会视作大学课堂的退休老人，也有马振骋先生这样著名的文学翻译家以及其他一些作家、学者；当然，其中也不乏要作家签名的爱好者；他们或在盛夏的雨中排队，或在读者众多时席地而坐；这个巨大的城市有多少种人，上海书展·上海国际文学周的活动就会出现多少他们静坐的身影和晃动的面孔。

自此，思南公馆便与书籍、作家、读者、出版人结下了不解之缘。钱军先生等思南的领导，决心把书香留在思南，在他们的盛情之下，上海市新闻出版局、上海市作家协会、上海市黄浦区委宣传部与思南公馆决定自2014年新春伊始每周六下午在思南公馆的思南文学之家举办思南读书会，把每年上海书展带来的阅读热情延续下去……

三年来，在市委宣传部领导徐麟、董云虎、朱咏雷、胡劲军，黄埔区领导翁祖亮、汤志平、杲云、李鉴、余海虹，上海新闻出版局领导徐炯、阚宁辉、彭卫国，上海市作家协会领导王安忆、孙颙、汪澜、王伟、马文运等的具体关心下，思南这个小小的读书会已经举办了近165期，上海书展·上海国际文学周的主体活动也已经在思南文学之家连续举办了四年。在此期间，曾经关心并亲临思南读书会的各方领导有的已经去到新的工作岗位，来自读书会策划推广团队的李伟长、王若虚、郭浏、隋文、陈思等年轻人依然夜以继日地辛勤工作着；来自七家实体书店的年轻人依然风雨无阻地坚守在思南书集，思南公馆的年轻员工更是不辞辛劳地全年维护着国际文学周和读书会现场的秩序和安全。来自世界各地的作家、学者带走了记忆也为上海和思南留下了他们珍贵的形象、声音和见解。2005年，在台湾联经出版有限公司举办的台北上海书展上结识的林载爵先生，也在十年之后的2015年上海书展期间，带领《联合文学》杂志的同仁和台湾的青年作家，来到思南文学之家，参加书展的活动。而上海的出版机构如世纪出版集团及全国各地的多家出版社与思南读书会合作举办了大量的阅读推广活动，思南读书会则在创办一周年之际编辑出版了思南读书会嘉宾的演讲录《在思南阅读世界》。

如今，为了进一步拓展上海书展·上海国际文学周以及思南读书会的品牌建设，在上海市新闻出版局和上海市黄浦区委宣传部的关心支持下，《思南文学选刊》已经面世。这一由上海市作家协会主管、主办，全面关注中文世界文学创作、翻译和研究的选刊，既填补了上海没有文学选刊的空缺，相信也将为在新的媒体环境下探索社会化办刊做出有益的尝试，同时，为思南这一文化品牌注入新的活力，为更深入地推动上海这座城市的文学和阅读生活起到积极的作用。

这是上海乃至全国各地的出版人、作家、媒体、企业等方方面面的爱书人一起，这些年间合力为阅读推广，建设书香社会所做的无数事情中的一件；我能够置身其中，参与这服务社会、属意长远的工作，感到十分幸运。

原载《人民日报·海外版》2017年5月5日

十九号房

陈蔚文

刚毅的嘴角与线条，眉毛压得很低，方下巴颌。你想象，这张面孔的主人，英国女作家多丽丝·莱辛，会把她的小说《去十九号房》的女主角苏珊塑造成什么样呢？不，莱辛没有一句描写她的外貌，只是位得体、疲惫的主妇，“像只飞蛾冲撞玻璃板，滑落门底，拍着折断的翅膀，然后再撞毁在隐形的障碍物上。不久她就精疲力竭”。

苏珊死在一间小旅馆的十九号房间。

这间房，是她灵魂暂时的避难所与栖息地。像莱辛的另一篇小说《天黑前的夏天》一样，仍是讲述中年家庭主妇的精神危机。只是这次，十九号的女主角苏珊不如《天黑前的夏天》的女主角凯特那么幸运，还能从危机中解脱，重新回归。共同的是，她们都生活在人格面具之下，又在“自我丧失”的阴影中苦苦挣扎。

苏珊和丈夫是对中产夫妇，他们的婚姻以理智为基础，有四个可爱孩子，包括一对双胞胎，他们对婚姻很小心，以免落入那些离婚的窠臼。当然，他们再小心，也避免不了生活的枯燥，那又有什么关系？“婚姻上出现烦闷忧郁的情形，是他们这类理性特高的人的特殊标志。他们饱读各类书籍——心理学、人类学、社会学，不会无所准备，穷于应付。”有次丈夫马修回得很晚，向苏珊承认他在送一个女人回家时有了关系。苏珊原谅了他，莱辛在此有段评述，“其实说不上原谅，理解倒比较合适。如果你了解某件事，你就不会原谅，因为你本身就是这件事。你所原谅的，是你所不了解的”。

苏珊和马修继续生活。纵使理智如她，这件事还是带来了裂痕。他的出轨使她觉得这十年忠贞不渝的生活毫无价值，又或是她本身无足轻重。这时理智又进一步告诉她，纠缠此事是愚蠢的，她和马修相处融洽，他偶尔偷个情算什么？

她准备逐步恢复自主的女性生活，不再成为一家的轴心，围着丈夫和孩子团团转。她把顶楼一间房作为自己的独立空间，可女帮佣白太太不时打扰她，她不能忘记自己，不能真正忘我，这叫她十分恼火。

一间自己的房间，伍尔芙所提出的，也许每个女人都渴望有。它象征女人在社会属性以外的独立性。门罗的小说《办公室》中的女人，一位主妇兼女作家，也渴望这么一间，她去租下了一间办公室以便写作……但苏珊的问题没这么简单，如果说《天黑前的夏天》或《办公室》中的女人，日常生活之于她们还是"我被拖累但也被保护，我被紧紧束缚但也被呵护"的双向性，对苏珊，日常生活则更多是拖累与束缚。她的"本我"与"自我"严重分裂着。"本我"只想逃遁，极度厌恶自己和丈夫，憎恶两人的虚情假意。而负责处理现实世界的"自我"虽厌烦这一切，却还勉为其难地对付着生活。

这种压抑令她出现精神故障，她出现了幻觉，觉得好像有一个敌人，在那儿等着要攻击她。有次她看见有个东西，坐在白色的石椅上。他看着她，咧嘴而笑，手上拿着一支长长弯弯的棍子。这个东西代表着她恐惧的结晶。那么她到底在恐惧什么？她对自己说，我的神经没问题，我见到他了，他潜伏在那，想进入我的房子甚至我的身体——从精神病学来说，这已经是典型的妄想症状，具体说是被迫害妄想。

莱辛没有为苏珊的恐惧赋以病理性命名，只告诉读者，在这种恐惧下，她渴望一间谁也不认得她，找不到她的房子。

苏珊在"浮德旅馆"租下一间房，十九号房，在房里，她什么也不干，只是坐着。她越来越依赖这间房，哪怕房间有时被其他客人占用，哪怕床上还留有上对男女的寻欢痕迹，她也宁愿等。她请了家庭女教师替代她的主妇职责。她希望丈夫以为她有外遇了，她甚至编出这样一个人，希望丈夫认为她是为此而死——这比她真正的死因体面，因为至少属于世俗逻辑，至少，这死因是能被解释的。

她来到十九号房，最后一次。之前丈夫发现她总外出，魂不守舍，不免生疑，派人跟踪她，于是知道了十九号房的存在。小说的结尾，苏珊躺在了床上，一年多来她第一次躺在了散发霉味、汗味与偷情男女留下性交味的床上，多丽丝·莱辛叙述得异乎冷静——

> 她仰卧在绿色的床罩上，双脚觉得冰冷。她起床在柜台底层抽屉找到一条折好的毯子，再度躺下，仔细把脚盖上。她觉得十分满意，静听煤气微小柔和的丝丝声，流入房间，流入她肺部，流入她脑中。

她漂入黑暗的河流中。

多丽丝·莱辛让死亡解决了一个女人的深重困扰，知道她不可能永远躲在十九号房，唯有让她在死中一劳永逸地逃遁。

法国作家莫里亚克的小说《黛莱丝·克德罗》同样写了一个幻灭的女人，有一晚，她光着双脚走下床，打开窗子。她想，她要去巴黎，做一个独身女子，自食其力，不依赖任何人……做一个没有家庭的人！就凭自己的心灵去选择自己的亲人，不是按照血统，而是根据思想，也根据肉欲，去寻觅她真正的亲属，尽管他们很罕见，也很分散。

1935年，莫里亚克发表《黑夜的终止》，给主人公黛莱丝的孤独找到了永久的归宿，“她属于这样一些人，这些人只有走出生命，才能走出黑夜”。

苏珊也是，她到底为什么自杀呢？自我身份的丧失？听上去非常女权主义，可莱辛并不乐意被定为女性主义作家，她曾说：“我从来不喜欢女权运动，因为我认为这项运动的基础太意识形态化。”不过，不管莱辛答不答应，她的标签与“女性主义代言人”分不开，2007年她获诺贝尔文学奖，也与此标签分不开。她的《金色笔记》中的主人公安娜便是她本人的化身。没有太多的多愁善感，只是铁了心地向往自由生活。欧洲的女性主义者公推安娜做她们的代言人，集体抵制那种“从禁锢在小阁楼里的童年到消耗在相夫教子、买菜烧饭的青春”的传统命运。

苏珊也抵制，不过，她又不单单是抵制这一种看得见的“传统”。她抵制的东西更复杂。

她的死，也许说“自我的丧失”更准确点。身份对她倒非症结，不然她完全可以选择做回职业女性。丈夫马修的第一次外遇，是她“自我的丧失”原因之一。尽管她的理智告诉自己：没事！可这支暗箭留下的毒液不如她想象的很快挥发掉，它渗进她的内心，使她觉得生命像荒漠，一切全无意义，连孩子都不是她的。这是一次重大的意义否定，一旦开始就停不下来。生活从这里出现裂缝，越来越大，理智已对付不了它的扩展。

她故意让自己忙碌，或待在楼顶的空房间，都不行，她的心魔，使她成了自己的囚犯。这个心魔，连苏珊自己也不甚明了的糊涂，说来有些荒唐，却是相当真实。

人心的芜杂，往往有理智去不到的盲区，那里藤蔓密布，阴影叠生。苏珊没有走出来，也根本不想走出来，“让我一个人待会儿”，这是她最强烈的诉求，超过对家庭主妇的扮演。什么都是虚幻的，体面的中产生活也不能稀释这种幻灭。

苏珊，她的形象并不陌生，她们多见于中产及知识女性，也许就是女作家莱辛本人（她有两段各维持了四年的失败婚姻）曾有的感受。

在她的小说《天黑前的夏天》中有一段：

> 一个漂亮、自信、勇敢的年轻姑娘，在家庭琐事、孩子的历练下，慢慢培养起难得的美德：自律、克己、耐心、坚贞、适应他人。二十年后，当中年女子蓦然回首过往的岁月，突然发现自己已经完全不认识自己了，那些孜孜获取的也许不是美德，而是一种精神错乱的形式。在她眼中多数中年女子的脸庞和步态，都和囚犯或奴隶相似。

《天黑前的夏天》中还有个女人玛丽，她是“自然人”型：她没有愧疚感——这就是关键之处，我们都受无形的锁链——愧疚感束缚……玛丽一生中从来没有爱上谁，她以为，人们为爱所做的事儿，相爱时的种种表现，都是某种阴谋，结果全是扯淡。她不读书，也不看电视剧什么的，爱情以及失恋这些——以及跟它沾亲带故的种种，“都是没事找事，瞎折腾自己!”。每当她做了出格的事儿，大家都拿它说事儿，她说，那根本不算什么事儿。

同为莱辛笔下的玛丽遇上苏珊，大概会鄙夷地撇下嘴，“你就是闲出来的毛病!”家务有用人，孩子们有学校和家庭女教师管，如果这些都是苏珊要承担的活儿，挤得出空幻灭吗？有时使人活下去的不是多高尚的信念，而是最基本的责任。

观文学史，自杀的男作家远多于女作家——是他们比女作家更脆弱？不，既有赴死之勇，谈何脆弱？或许是女作家们没有空，也没资格自杀，她们是女儿，妻子，母亲，这些具体且绵密的责任将她们缚留尘世，男人有更大的自由任性，女人，却注定被更琐碎的事务牵系。

这些牵系，反过来也促进了生之韧性。

“我偏爱写诗的荒谬，胜过不写诗的荒谬”，辛波斯卡的诗，是否也可说，“我偏爱活的荒谬，胜过死的荒谬”？

苏珊不这么想，莱辛让她扮演了一个沉湎于一己感受的女人。四个孩子没能挽留住她对人世的一点兴趣。孩子也是虚无的一部分。她想寻找一个绝对的清静与安全所在。那是“自然人”玛丽不能理解的，是的，她痛苦的那部分玛丽永不能理解，那是种基本的“活”以外的更复杂的心灵分泌物。

“意义的世界”，或许会被人称为“作”，作天作地，自作孽不可活，但对苏珊，这是她作为一个人来过世上的证据，而不是其他什么，不是丈夫，孩子，汽车，房产。仅仅只是属于她的如影随形的痛苦。没有一个地方能安放下这痛苦，对已染抑郁症的她而言，在尘世找到这个地方和拎着自己的头发离开地面一样，不可能实行。苏珊内心的虚无、惊惧等滋生出的魑魅魍魉，布满四周。无人可诉。

总有一类人，终其一生，他们都是精神的孤儿，无论他有多少名分上的亲眷。

或许，可以说，苏珊真正的死因是“死于孤独”。

对苏珊，摆脱由孤独而滋长的疯狂，唯一办法就是去向十九号房，去向一了百了。这做法类似杀死扩散中的癌细胞，最便捷的是杀掉癌细胞附着的生命体。

十九号房的“避难所”与“栖息地”意义最终被取消，只是间停尸房。不过从文学意义来说，它算一个标志，像伍尔芙的“一间属于自己的房”象征着女性独立一样，十九号房象征着人对“意义世界”的不肯苟且——难以用对或错去评判这一种追寻，万物各适其性，各有其径，虽同为人的生理构造，心灵间的差异却如鸿沟，如渊薮，即使是同一类人，也存在各种不同。

“所有小镇的街道不是通往教堂，就是通往公墓”，人生的道路亦是。只不过，还有一条街道，教堂与公墓同在一址，死亡既是意义的结束也是意义的开始。

十九号房，它不仅属于女人苏珊，也属于更广义的人们。

原载《散文》2017年第8期

世界就是这样长着的

杨海蒂

三年前，有江湖高人预测我今年将鸿运当头。将信将疑。我从来就不是幸运儿，很少有意外之喜，一切从艰难困苦中来（当然这也让我心安理得），失去又总是多过得到。这样一个人，习惯接受磨难、挫折，不敢奢望奇迹、好运。

不料，开春三个月来，喜事真的接踵而至：我参与的首届“三毛散文奖”评选顺利收官，我主编的“名家·金散文”文丛吉祥如意，收录散文拙作的各种选本纷至沓来，《诗刊》发表诗作、《中华文学选刊》选载……

尤其是，正想出版散文集而又茫然不知所向时，古耜老师的电话就来了，说他受中国言实出版社委托，要选编一套女作家散文丛书，共计十人，问我愿不愿意参加。

愿意，当然愿意！怎么会不愿意？

对于我的受宠若惊，古耜老师颇感意外，有些惊讶地说：“我原以为，你出书太容易了……”

我只有苦笑。

一元复始，万象更新。我第一次深切体会到它的含义。

迄今为止，我与古耜老师只见过一面，还是在别人组织的饭局上。他留给我的印象是：谦谦君子。认识古耜老师的朋友，全都赞同我的看法，他（她）们说，这四个字，是对他的最好写照。

与古耜老师结缘，却远在十二年前。那时，我刚换了工作和生活环境，事事都要从头开始，投稿亦然。在柳建伟同学恩师何启治先生（人民文学出版社原副总编、《中华文学选刊》创办者、《当代》原主编）指引下，我把散文投给《都市美文》，承蒙古耜主编不弃，很快发表。然后，一篇又一篇，一组又一组，拙文不断在《都市美文》亮相，有的获奖，多篇入选各种选本、选刊、年鉴和排行榜。

更让我感动的是，帮别的刊物组稿，古耜老师也会想到我，比如我在《红豆》发表作品，就是他牵的线搭的桥。最让我感动的是，他主编《幽默是水——中国作家幽默散文选》一书，收录我一组数篇小文，从样书中看到，该书选编的是百年来中国作家的幽默散文，其中不乏近代大师和现代大家，我这无名之辈，能够忝列其中已倍感荣幸，并不在乎有没有稿费。不仅如此，我还与闺密一起请给我寄样书的责编喝咖啡以示感谢，可古耜老师再三要求这个责编“必须给每一个作者付稿费”。古耜老师，真君子啊。

“海蒂散文融才思才情为一体，尤其具女性少有的幽默才能，现在国内这样的女性作者很少见……”作为著名评论家、散文理论家，古耜老师这样的评价，让我无比汗颜，又多么感激。

我为文，以李渔的高见、刘熙载的高蹈、林语堂的高论为旨归：“能于浅处见才，方是文章高手”“高韵、深情、坚质、浩气，缺一不可”“文人稍有高见者，都看不起堆砌辞藻，都渐趋平淡，以平淡为文学最高境界，平淡而有奇思妙想足以运用之，便成天地间至文”。

虽不能至，心向往之。

我才疏，却志大；我奉法国诗人保罗·瓦雷里的话为金科玉律：我的文章，甘愿让一个读者读一千遍，而不愿让一千个读者只读一遍。

当代中国散文领域，各式各样的流派、主张、概念、口号层出不穷，乱花渐欲迷人眼；在我心目中，散文，只有好的和不好的之分。

潮流来来去去，文章品格永恒。

我缓缓地慢慢地写，耐心等待，任凭旁人名气劲升，不管他人大红大紫，我不急不躁，不慌不忙，小碎步朝前行时，静观花落笑看云起。

《圣经》曰：万物有时。《金刚经》云：得成于忍。

时间自有其意义。

人生旅途中，我要感恩的人有很多很多，文学道路上，除了古耜老师，金炳华、张炯、郦国义、李少君、王必胜、韩小蕙、邢增仪、张兰夫等诸位先生，都是无私帮助过我的良师益友，而我，对他（她）们连杯茶水都没奉过。

文学大家陈思和先生，作为上海首届“新都市小说”大赛评委会主任，对拙作的肯定和厚爱，使之最终能脱颖而出；著名影视导演车径行先生，曾为我第一本散文集写下精彩的评论，朋友从网上读到转发过来我才知道；青年编辑钟伟强，无论在珠海还是广州，无论当编辑还是主编，不仅一直主动要求发表我的作品，还到处委托各地编辑朋友帮助我。与他们三位，我毫无交道，从未谋面。

贵州省文联主席、鲁迅文学院首届高研班同学欧阳黔森，代贵州人民出版社组稿时诚恳邀请我写长篇小说；华文出版社副社长兼总编辑李红强，一再邀请我写世界名人传记；北京时代华语出版公司策划高人欧阳勇富，多次邀请我写长篇纪实散文……虽因种种原因，或被我婉拒，或无奈放弃，但点滴于心，未敢忘怀。

予我恩谊者，何其多也，恕我难以一一提及，感谢所有关心、鼓励、支持和帮助过我的人，终生铭记，永远感激。

我们注定要为一些人付出，而从另外一些人那儿受益——世界就是这样长着的。

“世界就是这样长着的”，是建伟同学最爱说的一句话。遇到了困境，他念着这句口头禅，坦然面对；遭受了不公，他念着这句口头禅，豁达处之。“世界就是这样长着的”，曾经听到我就不由发笑，想起就能万事看开。“世界就是这样长着的”，我灵光一闪，终于逮着了自己满意的标题。也感谢建伟同学。

我越来越讷于言，我但愿越来越敏于行。我要以恩人为榜样，我要尽己所能去帮助别人，更要用心尽力去体恤和扶助不幸者、失意者、弱势者，这是我报答恩人的最好方式。请允许我在这儿大言不惭地说一句：这些年，我的确努力在这样做。种什么因得什么果，因缘果报真实不虚。

人有善念天必佑之，以我们知晓或不知晓的方式，因为，“天”什么都看得见。请记住这句话吧：天下无完胜之局，上苍有不忍之心。所以，善良，善良，再善良，一直善良下去，你终能守得云开，迟早得到福慧。

原载《文艺报》2017年8月28日

“字不轻予”和“翰不虚动”

马治权

我的老师刘自椟的篆书写得好，深受书法爱好者的喜爱。有个朋友托我给他求一幅刘老的字，我就给刘老的夫人说：“有个人很爱刘老的书法，请刘老给写一幅吧。”老太太听后，把脸一板，说：“爱好？爱好的人太多了，复印机也复印不出来！”我当时不太理解老太太，感觉她脾气太倔，说话太不留情面，不就是一幅字嘛！还有一次我去著名书法家宫葆诚家里去串门，听见宫的老伴说：“哎呀，整天是字！怎么就没有个完呀！”我当时也有点不太理解，不就是一幅字嘛？写字多容易，拿笔一划拉，不就出来了?！时隔多年，我也被求字者包围了——每天都要收到一大堆求字者的信，打电话和上门相求的则难以计数，这才确确实实感觉到刘老和宫老的老伴的苦衷。那时候还不兴收钱，想必他们也一定被字包围了。他们的夫人才有那样的抱怨。各种各样的关系，四面八方的人情，求字者振振有词，谁都不能得罪。不是不给写，而是必须写。但如此写下去肯定不行，真的是“整天都是字了”。书法本来是一件很有趣的事情，是“忽然欲书”的行为。现在却成了“必须书”的行为。领导交代的必须书，亲戚朋友的必须书，桌子上放上银子的必须书。古人讲“书不轻予”，就是说书法作品是神圣的，是作者灵魂的结晶，绝不能轻易送人。而且认为书法创作时一定要情绪饱满，“当其下笔风雨疾，笔所未到气已吞”。因此提出“翰不虚动”的要求。翰就是翰墨，就是说写字不能拿起笔就写，一定要胸有成竹，要进行一定时日的积累。王铎就主张“一日临帖一日应酬”。养精蓄锐到一定的地步，有了笔兴，技痒了，“蠢蠢欲动”，方可动笔。整天写就成了简单劳动了，成了写字工具，成了匠人。我常常笑那些一手收钱一手写字的人，说他们把艺术创作变成了流水线生产，把天才的伟大变成了钱的乞丐。其实这是最毁艺术家的。真正的艺术家就像王铎那样，应酬是节制的。记得刘自椟活着的时候，见人很谦恭地点一点头，说：“你的字我记得。”但记得是记得，态度也很好，就是不兑现。不是他老人家不想写，而是写不过来。就像他老伴说的，爱好的太多，复印机都复印不过来。何况他还是一位严肃的艺术家，要研究书法，要思索书法，要做许多的“字外功”，不能整天把精力用在书法应酬上。林散之也有《债台》诗：“何处能寻避债台，江南江北费安排。无端学得龙蛇字，惹出人间毁誉来。”二十世纪四大草书家之一的卫俊秀先生到晚年也是如此。我认识他时他九十岁了。我说卫老您给我写幅字吧。卫老说好的。可一直到他九十六岁去世时仍然没有写出来。不是卫老不给写，而是心有余而力不足。要字的人实在太多，老人家年龄又那样大。见人就答应，可手底下出不来货啊！“树大招风风撼树，人为名高名伤人。”吴承恩《西游记》里的这句话，真实地描绘了名人的苦衷。“书画家没有名气，没人搭理；有了名气，烦不死你！”

所以求字要有慧眼，要趁早。有经验的人都说，再过几年就求不来了。这确是经验之谈。名气大了，就写不过来了，就会拣重要的写，谁给钱就给谁写。许多名人都有润格。“凡送礼物食物，总不如白银为妙，公之所送，未必弟之所好也。送现银则中心喜乐，书画皆佳。礼物即属纠缠，赊欠尤为赖账。”这是郑板桥的。贾平凹也说：“米涨面涨字也要涨。”为什么要涨，而且要现银，就是写不过来嘛！有些人的润格甚至相当直白，不给人留一点情面。比如齐白石。他说：“卖画不论交情，君子有耻，请照润格出钱。”为什么不论交情？他老人家住在北京，有老婆、儿女、用人，面子不抵日子过，光讲交情，全家人喝西北风去？因此他的润格就毫无人情味，一点不妥协。当然也有好说话的人，如书画家葛介屏。他的字好，人也好说话，于是求字者便络绎不绝，“你去他家一百次，一百次他都没有写完”。他曾开玩笑说，我要改斋号，改成“八贴斋”：贴笔、贴墨、贴砚、贴纸、贴图章、贴印泥、贴功夫、贴精力，有时还贴邮票。

葛介屏先生自然是可敬的，用时下的话说，属人民的艺术家。但书法这玩意，是精神产品。临帖几十年，写成要一辈子。真正埋头苦干、为艺术献身的书画家，都会爱惜自己的羽毛，对其流传在社会上的每幅作品，都会认真思索，精心书写，即所谓的“翰不虚动”。在这一点上，对于书画家来说，真是两难之选：送人随意之作，雷同之作，担心毁了自己的声誉；送人精心制作，满意之作，又像将自己辛勤养育的孩子割爱给人，又如何舍得?! 所以，书画家有个润格、适当地收费也在情理之中。然而，对有些艺术家来说，似乎过了！他们在金钱面前，一味地低头折腰，被金钱牵着鼻子，随意挥洒，任笔成形，制造着成堆成堆的垃圾。我去过一个国家级名气的画家工作室，见他像摩崖一样广阔的墙壁上，悬有几十幅同时开笔的画作。画鼻子时一口气画几十个鼻子，画嘴巴时一口气画几十个嘴巴，以此类推，流水线作业。这样的“艺术工厂”事实可以赚许多钱（他的画一幅几百万上千万），但他也是一位精神上死掉了的艺术家。艺术自古以来，喜爱第一，功利第二。真正的作品，都是作者用生命创作出来的。没有殉道精神，是搞不成艺术的。因此我要说，如果你是一个好的艺术家，视艺术如生命，那么，在你有了名气的时候，你要警惕，要遏制功利思想。我看到很多的艺术家最终被金钱毁掉，无不感到痛惋。对于他们，早年还是勤奋的，对金钱也是警惕的，但成名之后便一塌糊涂了，成了“秦人不暇自哀，而后人哀之；后人哀之而不鉴之，亦使后人而复哀后人”的悲催者！

原载《书法》2017 年第 3 期

文坛经纬

巴金遇见金城江

张燕玲

“巴金平素态度安详，很少激动。”萧乾在《挚友、益友和畏友巴金》中如是说，如此看来，七十几年前抗战的巴金在其《别桂林及其他》的平实从容，便是他的本性了。文章四千多字，分四则描述了巴金 1942 年 3 月的北上行程：《别了，桂林的夜》《在金桂通车中》《金城江》《河池》，使我们得知他与河池与金城江的二次相遇，得知金城江与河池之于巴金，就是一个他的人生驿站；而巴金之于金城江，则是一个挂在民间嘴边、历久弥新的传说。

是的，巴金安详，他下笔也通俗如叙家常。我们无从了解他第一次金城江之行，但上述两则七十几年前的文字，却令我多少感受到巴金与金城江的第一次相遇，尤其他对萧珊的爱恋，并为之沉醉。在我看来，《别桂林及其他》其实就是家书，战乱年代，家书抵万金啊。一个过客，把行旅中的衣食住行一一禀报爱人，因为这第二次萧珊不在身旁，39 岁的巴金，不同于半年前第一次到金城江。那是 1941 年 9 月 8 日，他与未婚妻萧珊等从昆明出发，路过金城江再到桂林，创立文化生活出版社桂林办事处，并为桂林抗战文化城涂抹了浓重的一笔。也正因为此次与萧珊同行，无须报平安，便没有了文字记载。

于是半年后，一个变动不居的过客，如是告诉他曾经一同来过的恋人，眼前一切不如从前了，不仅仅是金城江的问题，以及“金城”这过于堂皇的名字，而是因为你不在，我急于赶去与你相见，临时改了主意直奔河池，等票，再贵州，再抵达重庆你之所在。巴金重视他 33 岁的生命节点，那年，他的师友鲁迅先生逝世；那年，他有幸遇到他一生的爱人萧珊，彼时还是未更名的上海爱国女校学生陈蕴珍，抗战爆发后，萧珊在西南联大外文系学习，开始了奠定她身为翻译家的早期训练。

于是，一份家书成就了一段历史。

“金城江比半年前繁荣了。那么拥挤的人，那么嘈杂的声音，新的建筑，堂皇的名字……我几乎以为这是另一个地方。”国破山河在，战乱中四方难民成就了天下无数金城江这样的小镇，这种因为交通枢纽而虚胖而传世之地。尽管，已经找好挑夫，并等候检查行李——民国时期也是要安检的，哪怕偏僻如金城江。正欲往金城江深处走去，但物是人非的，这与半年前不一致之处，肯定触发了巴金某根神经，于是“我忽然改变了心思，从检查处出来，我吩咐挑夫跟着我去汽车站”，去河池。

我一页一页翻读着周立民的《巴金手册》，从巴金的年表与记事中，一路寻索下来，就可看见金城江与河池，只是巴金在抗战时期逃难驿站中的一个，包括贵州，都是他辗转于上海、桂林、昆明、重庆抗战行程中一个个的人生小驿站，时局的混乱不堪与其匆匆赶路，并能安放简易书桌，或以竹椅或以板凳为案，写下一部部重要作品。这当然来自巴金个人的文学禀赋，无论外部如何，作家永远不会丢下手中的笔，一如巴金所言“放下笔我又感到窒息”，他是要把国难的愤恨吐出，真所谓国家不幸诗家幸，赋到沧桑句便工。

写作是巴金的生活与生命方式，早在求学与留法时期的诗文与翻译，直至28岁成就其轰动一时、影响至今的《家》，即使在动荡时局的驿站。3月从河池抵达重庆后，4月短篇小说集《还魂草》出版，彼时正在成都治牙的巴金说，近年他会在植物油灯下奋笔疾书，“写到窗外没有一点声音，写到板壁时时发出叫声，写到油干灯尽，我那颗燃烧的心得以安静，我才丢开笔倒在床上，在这些长夜里，我的确感觉到我是在用火烧我自己，我写作绝不是为了维护自己的‘声誉’”(《关于〈还魂草〉》)。

这是奇迹，巴金一生中重要的作品几乎都是在他三四十岁完成的，且大多在行旅中或友人家，或诸如河池金城江的小旅馆，一个个人生驿站里，一种大作家的禀赋翘楚飞扬，一种乱云飞渡仍从容的大家风度，在不断成就自身的同时，也不断丰富神话着这一个个驿站，诸如桂林文化城，诸如金城江与河池。这独特的造化，源自彼时交通的不便，一个个大大小小的旅馆，缓慢地吞吐着一波波的过客，慢节奏的人生无疑造就了其中的天才与伟人，驿站本身就是一个文化空间。

画风是这样的。

> 在旅舍中，第一个晚上我睡在一间没有窗户的小房里，第二天早晨我便搬进了一个靠街的房间。房间不大，但靠街有两扇大窗，挂着半截的窗帘，窗台相当宽，窗台旁挂着一幅淡黄色窗帷。书桌放在窗

前，坐在桌前抬起眼睛便可望见无云的蓝天……在这里我醒得早，早晨我常常沿公路散步，再转到山脚，去听绿树上群鸟的歌唱。散步回来，在旅舍中的小屋内，颇为爱惜明媚的阳光，我还坐在窗前翻译了王尔德的一篇题作《自私的巨人》的童话。

是的，自私的巨人从自私变得慷慨，最终在上帝的指引下走入天堂的故事，在战乱中温馨感人。因为国破山河在，阳光依旧明媚，河池金城江成了受难者暂时的天堂，至少这里没有枪炮、血腥与死亡，大家分享着偏僻的相对的暂时安宁。

四则描述平实到不露痕迹，感叹家国的荣衰，感喟人世的兴歇，置身于如此战乱时代大河流淌的语境内，在激荡、奔走、等待、生死夹杂的叙述中，我们用心检索巴金在人生驿站写下的历史信息和金城江的前世，以此洞见人世的变迁与持恒。变迁的是世事，持恒的是人生的变动不居、百姓日常的衣食住行，以及河池与金城江地理的要义。

小憩得适，还得一路奔去。战乱中的巴金作为一个变动不居的过客，在金城江如是说。

“我靠友情生活，我的自下而上因为周围无数人的存在而有了光彩。”而小小的河池镇（1953 年以前是河池县的县城，如今已是地级市了），当然也是巴金的“老朋友”。终于可以成行了，河池，“我还认得这个别了五个月的老朋友，它没有多大的改变”。这分明是在告诉萧珊，河池与半年前我们来时没有变化，“比起金城江来，这个小城朴素多了，使人不会相信金城江还是河池县管辖的一个地方”。可见，他喜欢河池，当然也为了等票，巴金在此又住了四天。

受难之中，人的求生欲望变得如此卑微，尽管四面楚歌，四处泥泞，巴金在西南各地都能活出一种满足的安宁，他依然“感到非常安适，特别是在早晨，我望着窗外的平台，让我的思想在过去和未来中海阔天空地往来飞腾”（《关于〈龙，虎，狗〉》）。

人人在驿站，巴金描述也颇为生动：有一个本地人讲得好：“个个是人，个个会讲话，个个要先走。”这活泼泼的广西官话与巴金的四川话同属一个语系，这也算是相宜巴金心意之处吧？同处西南，一方水土一方人嘛。

就这样，河池与金城江终成为让巴金可以休息依靠的地方，因战乱而繁华当然也是时代的一种造化。因而巴金感谢他的朋友，几乎整个战乱时期，都是辗转于友人与西南城城之间，并奇迹般地完成他一生重要的作品，一如在金城江，还可通过朋友的“一封介绍信去找一位办事人，他意外地替我买到一张最后的票子，并且叫人把行李给我过了磅，让我在候车处安心等着开车”。金城江人如此妥帖周到地安抚了他，使他此时得以安心候车，并静听战乱的纷飞，“人们正在谈论香港的悲剧，从装束、态度和口气，我知道他们是香港脱险出来的同胞。汽车中的血，沙发内的十万港币，舞女的巧计，门前的死尸……还有种种惊心动魄的题目。谈了又谈，谁也不嫌重复和详细”。受难的山河，受难的同胞，包括那对买不到车票天天到车站清唱维持生计的“清唱家”，如同他在《桂林的受难》那份悲愤与无奈。

感时花溅泪。为此他感谢使他能一个驿站一个驿站前行的道路与交通，感谢使他得以一路向前的修路工人，他告诉萧珊，也告诉我们：今天傍晚，我去看了“丹池公路殉职工友纪念塔”，这不是什么伟大的雕刻，然而它抓住了我的心，它是伟大的牺牲精神的象征。“明天我就要踏着你们的汗迹、血印往前走了。可是我又有什么报答你们呢？……不仅是我，许多经过这条公路的人，都应该拿这样的话问自己。”

2017年暮春，我站在巴金当年的旅舍住地，遥想着揩着眼泪扪心自问的巴金，心中多出了不少温情。是的，人得以前行于一个个人生驿站，尘埃草芥般的生命才可能活出一种执着与平实、悲凉与欢欣。我想，正在重庆翘首以盼巴金的萧珊，心灵或精神认知的秘密“通关”，在这个瞬间肯定是与巴金契合的，一个在河池真切倾诉，另一个在重庆热切倾听，如同聆听雨打芭蕉般的命运知遇的回响，巴金毕竟能拿到车票，毕竟还有金城江与河池好心的车站工作人员。

佛家说所有的遇见都有他存在的原因，名胜之所以有名，常常因名人而名世，金城江也因与巴金相遇而增色而传世。

于是，这家书真的就不是万金所能比拟的了，不仅对于萧珊，更对于文学与我们，对于河池金城江。相遇就这般实现发生，巴金与金城江，传说了一代又一代。

原载《广西日报》2017年8月8日

父亲臧克家与郎平的交谊

臧小平

2016年8月21日上午，当年轻的中国女排队员在主帅郎平的率领下忘我拼搏，以3∶1的战绩力挫塞尔维亚队，时隔12年再次夺冠的时候，望着电视银屏上郎平与女排姑娘们热烈拥抱，喃喃耳语，我难掩心中的激动和眼中的泪花，立刻来到父亲臧克家的遗像前，向他报告这个重大的喜讯。我知道，天堂中的父亲会开怀地再展笑颜，由衷地为他生前多年来一直牵挂于心的忘年交郎平和中国女排姑娘们喝彩！因为，在二十世纪八九十年代，他与郎平曾有过一段忘年的深厚交谊，这其中的情感，打动人心。

父亲是文学家，除了从他的作品中得知，早年在抗战前线，他曾于战争间隙与情同手足的抗日官兵在平整过的简陋场地上打过网球和篮球之外，父亲平生坚持数十年不变的锻炼和运动方式，唯散步而已。但是，步入晚年，他对体育的爱好大大增加。正如他1979年时讲的："上了年纪，很爱看各种运动节目，多半是从电视上看。特别爱看球赛，很紧张也很愉快。看到男女健儿，大显身手，或胜利归来，金牌、银牌挂在胸前，心为之壮，自己好似也变年轻了。精神大人受到鼓舞。""对于女排，兴趣更浓，它对我的吸力更强。"的确，父亲最爱看并且心系情牵的，莫过于中国女排的各种大赛了。每当此时，父亲会调整好平时严格遵守的作息时间，准时坐到电视机前。比赛开始，他好似也参加了战斗似的，精神紧张，脸色随着球变，心胸逐着球起落。他是以闪亮的双眼，愉快的心情，看着一个又一个好球，从一个一个女排健儿手中，坠地开花。暂时失利时，不失掉信心；乐观的精神，决胜的意志，使战局化险为夷。父亲心脏不好，严重的神经官能症使他特别容易紧张。看到战局激烈之时，他有时不得不往嘴里塞上一片镇静药片。实在紧张得不行了，只好"兴未尽而人已不支而退"了。就是回到寝室躺在床上，他还急切地等待老伴或孩子们前来报告鏖战的结果。有时按捺不住，索性小憩片刻就又返回电视机前。父亲对中国女排比赛的关注和痴迷足见一斑，因此自诩为“老球迷”。

就是在这一场场观赛之中，父亲由衷地喜爱上了中国女排。他喜爱她们的精湛球技和青春活力，喜爱她们的坚强意志和顽强作风，喜爱她们的团队精神和场下流汗流血的不计付出，更看中了一代代中国女排传承不息的为祖国和人民争光的爱国主义情怀。对于这个集体和女排精神，父亲用“钦敬”二字来表达他的感想和心情。为此，从1981年到1985年，父亲不吝笔墨充满情感地写下了七篇诗文，他要把这些小诗化作一朵朵小花，缀在女排这个英雄集体的胸前。

在这支年轻的队伍中，父亲尤为关注的，就是中国女排和女排精神的杰出代表——郎平。

父亲是1980年左右认识郎平的。那段时间，他参加了一些体育界召开的会议，尤其是为中国女排庆功的欢迎会。会上，75岁的父亲与小他55岁的郎平一见如故，结为忘年之交。于是，郎平成了我们全家尤其是父亲热烈欢迎的座上宾。诚如父亲所夸奖的，郎平虽是誉满中华的“铁榔头”，球技高超，斗志顽强，看她在赛场上那一记记令对手无法招架的重扣，真叫无数中国观众打心眼里有一种酣畅淋漓的痛快之感。但是，在场下，郎平的本色是质朴谦虚，亲切平易，从不以“明星”自居，是个很重感情的姑娘。她把我父亲看作尊敬而又可以亲近的长者和文学前辈，对他无话不谈。在紧张的赛事和训练之余或是逢年过节，她总会或与姐姐郎洪或是全家人一道，来北京赵堂子胡同15号我父亲家中看望。每当这时，父亲总要亲自端来水果招待嘉宾。大家亲亲热热像一家人似的坐在我家客厅里，聊比赛，聊训练，聊家常。非常挂心我父亲身体的郎平，多次当面或在来信中劝告年事已高的“臧老”：“不要看球了！上了年纪，心脏又不好，从报纸上看看结果就行了。”关切之情，溢于言表和笔端。

一次，父亲和郎平谈到了年轻运动员的运动生命问题。老人语重心长地说，有人说运动员的运动生命很短，活跃一时，也不过是一道流星罢了，这不正确。凡是为人民立过功的人，不是“流星”，而是“长明星”，人民会记住他们。中国女排队员身上没有半点“明星”的气味。出访美国的时候，你们再三申明这次来完全是为了学习，不做社会和体育活动，也不接待来访的朋友们。这些都是从你们的品格里发出来的，令我十分感佩。铁的“榔头”和女排精神是不朽的！郎平听罢，连连点头。

百忙中的郎平常常把探望我父亲排在休假日程中的前列。1990年从异域返京，郎平的父亲接机后连家都没有回，直接把车开到了我家门前。一见面，郎平就仔细端详着我父亲，高兴地说："您一点儿都没变样！"接着把特意带来的营养品送上："老人吃了身体好。"父亲在后来写的散文中这样描绘当时的情景："我正在会客室里招待客人，忽听小女儿苏伊叫了一声：'郎平来了。'我急忙起身，迎了出去。霎时间，几个人都置身在特有的一种热烈气氛中了。彼此问长问短，如同久别的家人团聚在一起。……友情，友情呵，人间最动人的友情。他父女俩和我全家的欢快情态，秃笔难描了。"令我父亲这位文学家"秃笔难描"的，该会是怎样激动和欢乐的场景和心情呵！记得每当郎平和家人起身辞行时，父亲总不忘带领嘉宾们到我家的小院中，欣赏一下我母亲精心打理的姹紫嫣红的各色花卉，给郎平一家留下了深刻的印象和念想。就是在郎平慎重地选择终身伴侣时，也不忘将男友带到我家，"请臧老鉴定一下"。1986年她结婚时，我父亲不仅被邀为嘉宾和袁伟民教练同坐一桌，高兴地参加了在北京饭店举行的婚礼，而且特作旧体诗《郎平、白帆同志结婚赋绝句以贺》。诗中末两句"英雄气概猛如虎，儿女柔情藤蔓长"，形象地道出了"铁榔头"身上那种"英雄气概"和"儿女情长"的和谐统一。这位老人对于郎平的关爱，更使得她把我父亲奉为家中尤为尊重的长者一般，放在心的深处。这是何等的信任和深厚的感情！

为了记述这些难忘的时光、场景和由此而发的感想，父亲用优美亲切的笔触，还写下了诗歌《胼胝的手掌——赠郎平同志》、散文《嘉宾晚间到》、《郎平来函问起居》、《郎平行迹》和书评《胜利全从拼搏来——读〈郎平日记与书信〉有感》。如今读来，仍有一种温暖荡漾在心中。

这对忘年交时常相互牵挂。当郎平到外地集训或出国比赛的时候，他们之间便不时有书信往还。郎平和中国女排姑娘们当时虽然只有二十岁上下，但她们对于赛场上来之不易的胜利有着清醒冷静的认识。她在1982年10月4日的来信中谈道："这次比赛胜之不易，全国人民都很关心，但去年夺冠以来，活动太多，宣传方面也有'过多''过分'之处。"一句话，叫父亲对于这位年轻的后辈刮目相看，也更加全面深刻地认识了女排。父亲一生热爱青年，对朋友热情如火，他1983年5月28日给郎平的信就是佐证："郎平小朋友：我在盼望着，我全家在盼望着，我焕然一新的小院落在盼望着，我的八十盆花在盼望着——盼望您胜利归来的日子。"1984年4月11日晚，郎平在即将出访美国的前夕，向她一向崇敬的老人汇报了她的行踪和心情：

臧老：

您好！前段我们在湖南冬训了73天。6号才回到北京，现在也很忙，正准备出访美国。后天就要走了。将在美国访问13天，走6个城市，打6场比赛，任务挺重的。估计第一场球困难大些。我们13号走，15号就进行第一场比赛，乘飞机的疲劳及时差会影响我们的体力。总之，我们也是为奥运会做各种准备。

2月份的“十佳”发奖大会，由于在外地训练，就未能参加，很是遗憾。特别是在电视中看到您也参加了发奖会，而且还作诗一首，（本文作者注：指诗作《祝贺——给全国十名最佳运动员》）作为您的朋友，我更是感到十分荣幸。因为您对我们这些年轻运动员总是十分的关心，使我们很感动。

近日来，我们训练比赛十分紧张，可能没空去看望您了。不知您身体怎样？望您多多保重身体。待有休假日，一定去看望您。

您的朋友　郎平

父亲在这一年的最后一天，更不忘给出国参赛的小朋友，捎去了自己的近况和新年的祝福：

郎平小朋友：

佳节思亲，读了你的来信，欣慰之至。

……

虽不常见面，但时时思念！你出国赛球，每场我从电视荧屏上看到你的影子。

你队改组情况，我从报上看到了，你成了老大姐了。信上你没写，我想你成为“队长”了。

你5号又要远行了，望来个信！

我一切好，你不要惦记我！你看我一气给你写了这么多，病人能如此吗？

新年好！紧紧握你的手！

克家

1984年12月31日

自从喜得女儿之后，郎平的来信中充满了成为母亲的喜悦。她在1992年7月和1994年2月春节前的来信中说：“很久没有给您写信了，主要是忙极了，请您谅解！您近来身体好吗？每天早晨还做操锻炼吗？您院子里的花一定开得很美吧？您还看女排的比赛吗？您的夫人及小女儿都好吧？我们特别想念你们。自从有了女儿，全家都开始忙，忙中有乐。女儿叫白浪浪。白，当然是爸爸的姓，而浪，是郎的第4音，也继承了妈妈的姓，我们认为也很好听，您说呢？我们都喜欢女儿，更希望她长大了能喜欢打排球……”“很久没有去看望你们了，但心里一直惦念着你们并为您的健康祝福。我今早要飞往东京开会，而后，转战中国南方大约两个月，没有机会与家人及朋友共度春节了，所以请允许我代表我的家人给您及您的全家拜个早年……待我春天回来时，一定去看望。我们都很好，浪浪更是‘突飞猛进’，才一岁八个月的孩子，看上去也有两岁多了，身体又棒，真是比她爸爸妈妈小时候强多了。随信捎去一张浪浪送给爷爷奶奶的相片。”是呵，直到父亲去世已经12年后的今天，我们依旧珍存着和郎平及她的家人在不同年代、不同时期的照片，它们是这段交谊的美好见证。

在这次里约奥运夺冠之后，中国女排的老教练、老领导袁伟民深有感触地说：“郎平真是非常的不容易！”我父亲虽非体育界人士，但当时对郎平和女排姑娘们的“不容易”，有深刻的体会。在场上夺冠的荣耀背后，女排姑娘们有多少不为人知的场下付出呵！父亲在作于1981年8月9日的诗《胼胝的手掌——赠郎平同志》中，这样动情地写道：“你的意志就是拼杀争取胜利，/ 火红的青春充满了战斗的力量！/一个队，就是一个整体，/球到你手，就休想逃脱死亡的下场。//你神态安详，体魄健壮，/ 谦逊温暖，亲切家常。/‘觉得辛苦吗？’我这样向你发问，/你笑着向我伸出胼胝的手掌。”这“胼胝的手掌”上，含有多少无言的内容。

在1986年6月30日的文章《胜利全从拼搏来——读〈郎平日记与书信〉有感》中，父亲感慨道：“胜利得来却是十分不易的！和全世界强队、强手较量，确实压力重如山。她们长年累月，青春年华，是在滚打弹跳极端艰辛中度过的。每天，一练下来，衣服上可以拧下汗水，浑身发软，人如‘马失前蹄’。哪一个队员身上没有几处伤损？她们的岁月，消磨在飞机上，轮船上，火车上，谁知有多少？头晕，恶心，胃里‘翻江倒海’，眼底出血，甚至休克，当场晕倒，急救入院。可是，中华女儿是铁姑娘，哨子一响，病魔退避，在战场上，精神抖擞、判若两人了。难怪连外国观众也都为之大大敬佩了。中国女排的姑娘们都有‘出奇的坚强精神’。”在1994年2月17日的散文《郎平行迹》中，年近九十的父亲又心怀赞许地说：“郎平，在球场上，十年征战，声名赫赫，已经退役了。可是，她的事业心强，时时刻刻随着球转动。从去年开始，她东山再起，联系世界明星，组成‘八佰伴’组织，意不在扬名，不在拿奖金，她想鼓励、促进中国女排的成长、壮大，恢复‘五连冠’雄风。其志可嘉，其心良善。”是啊，郎平从一名年轻的女排队员一步步成长为蜚声世界排坛的顶尖级教练，坚强忘我地走到今天的背后，又有多少只有她自己才知道的“不容易”！但是，为了中国女排的发展腾飞和女排精神的传承发扬，郎平始终把祖国放在人生选择的第一位。这一切，使我们从更高层次认识了郎平，认识了她纯粹高尚的精神世界和人格魅力。我父亲当年结识并赞赏郎平的原因，正在于此。

……

2004年2月5日，我99岁高龄的父亲驾鹤西去。远在美国的郎平难抑悲痛之情，请托郎洪代表全家人，前往八宝山参加了我父亲的遗体告别仪式，送了她们心目中那样亲近可敬的老人最后一程。这段长达二十个春秋、年龄上相差半个多世纪的忘年之交，充满着真挚的情感和正能量，为我父亲的晚年生活平添了内容和色彩，因而被我们全家人长久地记忆并深深地感动着。父亲与亿万民众和球迷一起，对以郎平为代表的中国女排，给予了坚定的支持和热情的关怀，成为这支年轻队伍成长的动力，夺冠的源泉。同样，父亲也从郎平和中国女排姑娘们身上，感悟、汲取到许多东西，尤其是至今仍然高擎不变的女排精神，给了耄耋之年的父亲很大的震撼与感动。共同的对于祖国、人民和中国体育事业的衷心大爱，是忘年之交的基石。因此，他（她）们的心、他（她）们的精神和情感是相通的。

今天，当已经不再年轻的郎平率领着中国女排，让五星红旗再次在里约马拉卡纳奇诺体育馆高高升起的时候，我格外怀念我亲爱的父亲，格外怀念他与郎平亲如一家的那段时光。我仿佛看到父亲像过去一样，与我们比肩坐在电视机前，为郎平和新一代中国女排姑娘们的胜利，尽情地欢呼，鼓掌！

原载《新华文摘》2017年第4期

我多想让他再恨我一回

——与百岁老作家马识途先生的交往

周　明

中国作协“九代会”于丙申岁末在北京召开，这个季节正是北方寒冬。五年前的作协“八代会”时，老作家马识途作为四川省代表团的代表来京出席了会议。那时他已是九十七岁高龄。这次，我想他也一定会来的吧？我期待着和这位健康长寿的百岁老人再次聚会。谁知他没有来。据说亲属不赞成老人家冬季远行。然而我却意外地收到他托人带来的一本新近出版的装帧精美的诗词集，马老虽然是以小说闻名，但他的诗词、书法也成就斐然，令我爱不释手。

最近几年我多次收到马老亲笔签名的赠书。他的长篇小说《清江壮歌》、短篇小说集《夜谭十记》《雷神传奇》《马识途讽刺小说集》、传记文学《我这十八年》及《百岁拾忆》《马识途百岁书法集》等都是我的珍藏。二〇一四年中国现代文学馆曾为老人举办了一次盛大的马识途百岁书法展。在开幕式上，马老精神焕发，神采奕奕地站在主席台上以洪亮的声音发表了热情洋溢的长篇致辞。看到马老如此健康、如此状态，令人欣慰。会前他还特别叮嘱文学馆的年轻人一定邀请我出席。马老一直挂念着我，令我感动和感慨。

那次，我曾到他的住地北京饭店去看望，发现老人依然身心健康、思路清晰、谈锋甚健，并极富幽默感。对于我和他的忘年交的一些往事，他说历历在目啊！难以忘怀。

是啊，我们常说“往事如烟”“往事如歌”，往事如什么什么，我和马老的往事难忘，马老真真是我在几十年的编辑工作中所遇到的令我格外敬重、格外思念的前辈作家之一。

当年我在《人民文学》做编辑，有幸做过马老二十世纪六十年代发表在《人民文学》的一批短篇小说的责任编辑。那些小说佳作引起文坛的关注，受到读者的喜爱。当时马老是身居高位的领导干部，并非从事写作的专业作家，然而小说却写得那么好！所以他后来说："我和人民文学出版社的关系与我和《人民文学》杂志的关系，就是我和文学的关系。""如果不是人民文学出版社和人民文学杂志社把我硬拽进文学圈里来，也许我的人生道路会是另外一个样子……"他所说的人民文学出版社由于曾出版了他的革命历史题材优秀长篇小说《清江壮歌》和其他几本短篇小说集，而建立了深厚情谊。出生于一九一五年的马识途其实是二十世纪四十年代毕业于西南联大中文系，曾受到闻一多、朱自清、沈从文、李广田、卞之琳、陈梦家等名教授的教诲与熏陶，本来是一个钟情于文学的青年，有可能在文学道路上走下去，成就自己，但他由于加入了地下党，真正的活动是革命工作。他在党的云南工委领导下，担任联大党支部书记，领导学生运动，一直从事党的隐蔽战线工作，及至1949年后他陆续担负着繁重的行政领导工作。我结识他时，他已是国家一个行政大区中共中央西南局宣传部副部长，中科院西南分院党委书记、副院长。从这些职务可想而知他的工作是何等繁重而繁忙！而我却还屡屡去打扰他。现在想起来都还觉得抱歉。

我和他的关系，《人民文学》和他的关系，究竟是怎么个文学关系呢？说来话长。在此，我只能略述一二。一九五九年是新中国成立十周年，《四川文学》要出纪念专辑，时任省作协主席的沙汀熟悉马识途同志的革命经历，写信邀他写一篇革命回忆录。沙汀是他的老朋友，又是省作家协会负责人，马识途不便推托，便忙里偷闲地写了一篇回忆录《老三姐》。谁知《老三姐》的发表引起四川文学界的注意。《人民文学》也看中了这篇小说，破格予以转载，又引起全国文学界的注意。这时，思想敏锐的《人民文学》副主编陈白尘希望马识途再有新作亮相《人民文学》。陈白尘认为从小说可以看得出马识途很有潜力，又有艺术表达能力。于是陈白尘立即派我赶赴成都当面表达编辑部的期望，并要求我必须马到成功，能带回马识途一篇稿子。天哪，这可是一项艰难的任务。到了成都，我先拜访了沙汀主席，而后通过沙汀找到时任中共中央西南局宣传部副部长的马识途同志，我向他说明来意，特别告诉他我奉陈白尘主编之命，这次一定要带回一篇你的稿子。他立刻说："这哪行？你不知道我每天工作多少个小时哪，太忙了！哪里顾得上写小说。"同时推说他的生活经历没有多少可写的。他这么推托，我紧张起来，心想：完不成编辑部的任务，怎么回去。马老在他的回忆文章中关于我这次的组稿有一段记述。他在文章中说："周明对我就是不放手，他趁我休息时来找我闲聊，说想听一听我的革命经历，我就随便向他摆了摆几个过去的革命斗争中的故事。他马上就抓住说：这几个故事多么感动人啊！照你摆的写出来，就是好作品。”马识途想，如果这样写下去就是作品，那他倒可以试试。

我见有希望，便在成都住了下来，耐心等待。几天后我欣喜地拿到了马识途的稿子，一篇革命历史题材的短篇小说《找红军》。小说既有引人入胜的故事，人物形象又栩栩如生。到底是他的亲身经历、真情实感的抒发。当月，就发表在《人民文学》头条，引起轰动。主编张天翼和副主编陈白尘都是当代的文坛大家，他们一致认定马识途是个可发掘的“矿藏”，要求编辑部关注马识途，加强和马识途的联系，争取他更多的作品刊发在《人民文学》，以便扩大在读者中的影响。时任《文艺报》副主编的评论家侯金镜说：我们发现马识途的脑子是一座革命故事的富矿，要好好开发，会有好作品出世。

果然在此后的几年时间，马识途陆续在《人民文学》发表了小说《老三姐》《找红军》《小交通员》。接着他又将计划写作的一部反映四川革命斗争的长卷《风雨巴山》中的部分章节，有七八万字的短篇系列交由《人民文学》发表，让读者熟悉了一个老干部的作家马识途，一个满脑子故事并且会讲故事的作家马识途。马老在回忆文章中说：“这些都是《人民文学》编辑部派周明来挖的。”

由于他连续在《人民文学》和其他一些刊物发表了一系列小说后，受到文学界的热切关注，并给予热情评介，一时间马识途声名远播。他的小说不仅写革命故事，而且反映当代生活。由于关注现实生活接地气，他也写了大家都怕触及的讽刺小说，比如发表在《人民文学》的讽刺小说《最有办法的人》《挑女婿》等都是揭露旧社会带来的痼疾与丑恶，讽刺那种损公利己、唯利是图的旧思想、旧作风，在读者中引起强烈反响。小说《最有办法的人》还引起了茅盾先生的注意，得到先生的称赞。茅盾说：“1949 年后最缺的就是讽刺小说，现在开始有了。”

当时评论家阎纲主编一本《幽默小说选》，请王蒙写序，却顾虑：担心把有成就的作家称为幽默小说家，人家会愿意吗？是不是降低了作家的身份？王蒙立即说——“不是降低，而是提高。”

马识途，是位重情重义的前辈。作为作家，马老与编辑结交的友谊，深厚而长远，堪称典范。人民文学出版社在出版他的长篇小说《清江壮歌》的艰难曲折的过程中，他始终感念总编辑韦君宜，感念责任编辑王仰晨、黄伊、于砚章和刘稚。感念他们在《清江壮歌》的创作和出版中给予他的支持、鼓励和帮助。他说：“他们多半都能对我的作品起催生作用，和那个时候的《人民文学》编辑部一样，他们有一种诱导创作的办法，使你不成熟的思考成熟起来，不明确的概念明确起来，不清晰的人物清晰起来，帮助你挖掘你潜在的能力使之发光出彩。”因此他认为——“他们在我的文学创作生涯中起过使我不能忘怀的作用”。这就是我和尊敬的马老虽然相隔千里，平日并无密切往来，但却心心相印的缘由。

马老不但常常有新著寄我，还时常牵挂着我。几年前我们中国现代文学馆几位年轻人去成都采访他时，他忽然对那几个年轻人说：“我‘恨死’你们周馆长了。”马老的话着实吓了年轻人一跳！他们说：我们周馆长人挺好的，您怎么恨他？马老说：“你们想想当年我当宣传部部长当得好好的，你们周馆长，那时他是《人民文学》的编辑，却跑到成都来，硬是逼着我写东西，《人民文学》一篇一篇地发表，结果“文化大革命”中我却为此挨了不少斗！那些批斗我的人说，我在《人民文学》发表的小说是毒草！要我交代‘罪行’，弄得我很惊诧。你们想我不恨他恨谁!”年轻人听后感到有些紧张，不料，马老随即大笑了起来，几个年轻人这时才明白原来马老在玩他的幽默呢。

如今，马老已是幸福的百岁老人，当属巴蜀文坛乃至中国文坛的不老松。在此，我深深祝福老人福寿康宁，我期待着与老人的再相见！假如时光可以重来，我多愿马老再恨我一回！

原载《中国文化报》2017年2月14日

感怀之什

王巨才

记不清哪一次了，1995 年或是 1996 年，中国作协在梅地亚召开理事扩大会。大会中途，我离开会场，借去洗手的机会，想过把烟瘾。烟点着，猛一抬头，见过厅对面墙根处，几个女孩围着汪曾祺先生，像采访，又像聊天，便下意识地走近前去。

其时，汪老正为哪位女孩在笔记本上题字。他抬头瞪我一眼，以为是有什么事要打搅，脸即沉了下来。中新社的王晓云见我们似乎并不熟悉，便主动介绍，说了我的名字，见他仍不答理，其他几位也帮着圆场。这当儿，汪老突然打断大家的话头，以不耐烦的表情回道：

"知——道！王巨才！几斗？"

知——道，几斗。什么意思？

或许是他的高邮语音急促话难懂，不只是我，连旁边这几位也都一脸茫然，莫名其妙。

汪老沉着脸，又重复一遍。

众人仍是疑惑不解。晓云边回味，边迟疑地翻译：

"汪老问，几，斗，几，斗……"

呀，几斗，几斗！慌乱间灵光一闪，猛地从汪老那黧黑的故作不快的面部表情中觉出一丝揶揄、调侃的意味，这才恍然大悟：咳，这老头原来是拿曹子建"才高八斗"的典故在"挖苦"我，同我开一个敏捷、幽默而又不失高雅的玩笑嘛！

于是连连抱拳：岂敢，岂敢。惭愧，惭愧。落荒而逃。

身后随即响起一片会心的笑声。

这是我同汪先生第一次近距离接触。

汪老的大作早已拜读。除名噪一时的《受戒》《大淖记事》等小说外，他的散文也广受推崇。1993 年陕西人民出版社出过他的一个随笔集，责编送我一本，集子的“自序”只百十来字，干净，洒脱，别致，毫不做作，却让人立马体会出何者为随笔，又何者为大家手笔：

> 我已经出过两个散文集。有一个小品文集正在付印。在编这个集子的同时，又为另一出版社编一个比较全面的散文选。那么，这个集子怎么编法呢？为了避免雷同互见太多，确立了这样一些原则：游记不选；纪念师友的文章不选；文论不选；抒情散文不选。剔除了这几点，剩下的，也许倒有点像个随笔集了。是为序。

这本书，我一直置于案头，不时翻阅，其中写到的那些陈年旧事，寻常人物，惟妙惟肖，总让人过目难忘，而无论是高邮的鸭蛋野菜，昆明的鸡枞牛肝菌，还是张家口的蘑菇马铃薯，这些司空见惯的家常菜蔬，经由他绘形绘色的描写，也都活色生香，引人垂涎。

不只文章好，汪老的书法绘画在文人圈里也大受追捧。作协规矩，每年春节前，党组和书记处成员都要分头慰问在京的理事，即后来的全委。分配走访任务时，几位年轻同志都争着要去汪老家，目的自然是别有所图，而去过的同志，每人都如愿以偿，从没落空；关系特别熟悉的，往往一进门便前后一通乱翻，直至把书房的存货洗劫殆尽。汪老不仅不以为忤，反而拿好茶好烟招待，回来的同志常会拿自己的斩获炫耀，说“嘿，老头乐意着呢”。

我因年纪稍长，不便与年轻人相争，故从我到作协直至汪老去世，从没去过他府上。其间虽也有几次在会议上或饭局上的会面，甚至还一同去过四川、云南采风，但考虑到他总也应酬不暇，太忙太累，也没好张过口。但令我欣慰的是，我现在手里确实就有一幅汪老的书法作品，是他专门赠给我的：

> 山下鸡鸣相应答
> 林间鸟语自高低
> 芭蕉叶响知来雨
> 已觉清流涨小溪
> 旧作宿桃花源　书奉
> 巨才同志
>
> 一九九六年六月　汪曾祺（章）

字的由来，说来也颇有趣。老作家柳萌老师有一篇文章，发表在2008年12月6日上海的《解放日报》，写他和同事到虎坊桥汪老新居求写书店牌匾事。其中一段写到，牌匾写好后，他们还想给自己讨幅字，又不好意思明说，于是就去翻书案旁边的字纸篓。

汪老问："你这是干什么？"我说："看有没有你扔掉的字画，我们好拣一两幅啊。"汪老拿眼瞪了瞪我，把我的胳膊一拨拉，说："去。要什么字，都谁要，说。"听口气，老人今天情致不错，竟然如此爽快答应，我们三人就每人讨要一幅。除此之外，得寸进尺，我又用试探的口吻，给王巨才要了幅字，没想到汪老也答应了。那时巨才刚从陕西调来中国作家协会，还没机会与汪老认识，我私下里跟巨才接触几次，觉得他为人比较正派，对困难中的《小说选刊》非常理解，令我这个当家人非常感动。有几次跟巨才聊天，知道他是一个书法行家，作家中最喜欢汪老的字，这次就想帮他求一幅。我把情况跟汪老说了说，他一听遇到知音，立刻就来了精神，展纸挥毫写了一幅。

汪老的这幅字，以隽秀自如的行楷写就，"旧作"的清新脱俗自不待言，单就笔墨意态和章法布局，在我见过的汪老书法中也算十分讲究的。能得到这样一件墨宝，虽属意外，细较起来，也是缘分所关。没事时，我常常对着它静静地端详，回想这位"人见人爱花见花开"的好老头惯常的才气、学养、人品、文品，琢磨他何以总被大家目为当代文坛的"大国工匠"，或"最后一位文人"。

说来真是天意难问，人生无常。就在这则纪念汪老逝世20周年短文匆匆草就之际，6月26日上午，突然传来柳萌先生去世的噩耗。又一位正直、善良的好人离去，闻之不胜痛惜；他因病住院我是知道的，因怕打搅休息、治疗未去看望，也是后悔莫及。特此附笔，表达对他的悼念与追悔之情。

原载《光明日报》2017年7月7日

汪曾祺，“闹不清”先生

王国平

一问三不知。

这怎么行？

《论语·公冶长》，孔子问子贡：“女与回也孰愈？”这个当老师的，闲来无事，就找点事，让子贡自我评估，你跟颜回，哪一个要更厉害一点？

这一问，子贡不仅回答了，而且还颇为得体：“赐也何敢望回？回也闻一以知十，赐也闻一知二。”

闻一知十，自是高人。闻一知二，也不错。凡夫俗人，闻一知一，足矣。

不管怎么说，先要“闻”，才有“知”。

哪能不闻不问、不思不想、不清不楚？

有这样的人么？

有的。有请汪曾祺先生！

《玉渊潭的传说》，写的是北京一个公园的事。如今这里春季怒放樱花，是京城早春一景。他听老人们讲，玉渊潭原本是私人的产业，是张家的，“他们把这个姓张的名字叫得很真凿，我曾经记住，后来忘了”。

《罗汉》，例举了自己中意的彩塑罗汉，有一处就在泰山后山的宝善寺。后边缀上一个括号，内容是“寺名可能记得不准确”。

岁月不饶人，记性跟不上，只好作罢。

《沙岭子》，写“我”下放劳动的事儿。真的是劳动，“大部分农活我差不多都干过”，还在果园喷波尔多液，画《中国马铃薯图谱》。1983年，故地重游，走访了工作过的地方，见了一些人，知道了一些事。文章尾部总结：“重回沙岭子，我似乎有些感触，又似乎没有。这不是我所记忆、我所怀念的沙岭子，也不是我所希望的沙岭子。”但所希望的沙岭子应该是什么样子？“我也说不出”。

要我说，道理很朴素，相见不如怀念。

《戴车匠》，对车床的运行原理描述了一番，又说这是用语言说不清楚的，“《天工开物》之类的书上也许有车床的图，我没有查过”。

幸亏是写小说，要是搞研究，这态度可不行。

《老董》，这是“我”在午门历史博物馆相识的一位工友，他平常的工作就是掸办公室的尘土，拔拔石缝中的草。老董说北京的熬白菜比别处好吃，因为五味神在北京。“五味神”是什么神？“我至今没有考查出来”。

《塞下人物记·俩老头》，有个耿老头，唱过二人台，艺名骆驼旦。“骆驼”和“旦”怎么能联系在一起？也许他小名叫骆驼？汪曾祺坦白：“这一点我到现在还没弄清楚。”

《故里三陈·陈四》，说“我们那个城里”有迎神赛会。所迎的神，有“都土地”，地位相当于一个区长。“我”所居住的东城，“都土地”是唐代名将张巡。张巡为何会到这里来当“都土地”？他又不是战死在这里的，“这一点我始终没有弄明白”。

再说张巡是太守，死后为什么倒降职成了区长了呢？“我也不明白”。而且都土地还被称为“都天菩萨”，这是怎么来的？“这一点我也不明白”。

疑惑一个接着一个，在脑海中盘旋。劳神费力。老爷子真是辛苦了。

《侯银匠》：“银匠店出租花轿，不知是一个什么道理。”

《夏天的昆虫》，说家乡有一种蜻蜓，大家都称之为灶王爷的马，“不知道什么道理”。

《故乡的食物》，说小时候一到下雪天，家里就喝咸菜汤，“不知什么道理”。

还是这篇，说昂嗤鱼，背上有一根尖锐的硬骨刺，用手捏起这根骨刺，就发出昂嗤昂嗤小小的声音。这声音是怎么发出来的？“我一直没弄明白”。

没弄明白的事还有不少。

《异秉》，王二的熏烧摊子，为何要摆在保全堂药店的廊檐下？“都说不清”。

《小学同学》，说之所以记得王居，主要是觉得这个名字很好玩，但要细说有什么好玩的，“说不出个道理”。至于他初中毕业后，是否升学读了高中呢？“我就不清楚了”。

《风景》，“我以为坛子里烧的肉根本没有什么道理”。一众朋友想去东福居打牙祭，补充营养。唯独他投了反对票。原因是自从注意上了那儿的一个堂倌，就不想再迈进这个门了。“也许现在我之对坛子肉失去兴趣与那个堂倌多少有点关系。这我自己也闹不清”。

《道士二题》，说这个叫五坛的道观流传着一个故事：一个医生请五坛道士去给父亲亡魂超度。法事进行中，经案上的烛火忽然变成蓝色，而且烛焰倾向一边，经案前的桌帷无风自起。这是异象。法事结束，道士问医生：令尊是怎么死的？医生问道士看到了什么。答：一个人身着罪衣，一路打滚，滚出桌帷。医生只得实话实说：父亲犯了罪，在充军路上，被解差乱棍打死。

汪曾祺说这故事让他很不舒服，“为什么使我不舒服，我也说不清”。

左思右想，也探不到底，反而跌入雾中。还不如不思不想。干脆，不知道。

《昆虫备忘录》，提及一种硬甲壳虫，是个大力士，被唤名“独角牛”，你要问学名叫什么，“不知道”。

《泡茶馆》：“昆明的茶馆分几类，我不知道。”

《年红灯》，说走到室外，总要抬头看看，“为什么要看看呢？看什么？——不知道”。

《昙花、鹤和鬼火》，李小龙上学要路过傅公桥。为何叫这个名字？傅公到底是谁？“谁也不知道”。

《星期天》，有位史先生，是首饰店学徒出身，“至于他怎么由一个首饰店的学徒变成了一个教史地的中学教员，那谁知道呢”。还颇有所指地捎带提一句，“上海的许多事情，都是蛮难讲的”。

《三圣庵》，这里住了一个风流和尚铁桥，相貌堂堂，双目有光，会写字，会画画，有相好的女人，跟俗家人称兄道弟。小说《受戒》里的和尚石桥，就是以他为原型的。笔走至此，另起一段，汪曾祺写道：“高邮解放，铁桥被枪毙了，什么罪行，没有什么人知道。”

从三圣庵回到五坛道观。

说这个道观，正名是“五五社”，坛的大门匾上刻着这三个字，但大家习惯了叫“五坛”。为什么要这么叫？“不知道”。

进一步说，“也许这和‘太极’‘无极’有一点什么关系，不知道”。

还要补上一句，“我小时候不知道，现在也还是不知道”。

有点躁了。

歌唱：“天上有个太阳，水中有个月亮，我不知道我不知道我不知道，哪个更圆，哪个更亮……”

都叫喊了起来。

《牙疼》，说“我”就要离开云南，只身前往上海了，S则回福建省亲。上海既不是老家，而且与生活了七年的昆明大不同。那为何要到上海？

“你问我，我问谁去！”

嚯！还挺横的。这位同志，这是什么态度？这可有点不讲理，你说是不是？

转念一想，牙疼缠绕了半年，又要离开落下满满回忆的春城，紧要的是眼瞅着要跟女友S小别，一身子的感伤，也就原谅他了。

《历史》中的童阿杏，不识字，却是学习毛主席著作的积极分子。她到处作报告，事先有画家把她想说的意思画出来，所以她的讲稿很特别，都是小人、小鸟、小河、小桥之类。

汪曾祺问：“具体的东西好画，抽象的概念怎么画呀？”

汪曾祺答：“我也不知道！”

竟然是个叹号！没见过的，不知道的事，还这么理直气壮！

……

这么一条一条地连缀起来，不由得想起萧红《呼兰河传》的结尾：

> 那园里的蝴蝶，蚂蚱，蜻蜓，也许还是年年仍旧，也许现在完全荒凉了。
>
> 小黄瓜，大倭瓜，也许还是年年地种着，也许现在根本没有了。
>
> 那早晨的露珠是不是还落在花盆架上，那午间的太阳是不是还照着那大向日葵，那黄昏时候的红霞是不是还会一会工夫会变出来一匹马来，一会工夫会变出来一匹狗来，那么变着。
>
> 这一些不能想象了。
>
> 听说有二伯死了。
>
> 老厨子就是活着年纪也不小了。
>
> 东邻西舍也都不知怎样了。
>
> 至于那磨房里的磨倌，至今究竟如何，则完全不晓得了。

就着记忆开中药铺，一一列举出来，感觉很详尽了，但没有一项是稳定、可靠的，是可以坐实的。“这是一个除了‘无’之外一无所有的世界。”《中国现代文学丛刊》2016年第10期刊发论文《“潜能”、动物与死亡——重读萧红〈生死场〉》，作者王钦说。

这就怪了。按道理，作家的能耐就是“无中生有”。有个说法，作家是自己文学世界里的国王，“皇上的旨，将军的令——一口说了算”。也就是说，作家应该是全知全能的，就像现在的高清摄影，形成“技术俯视”，领着读者更加清晰明了地“看见”过去、现在和未来。怎么能动不动就不知道呢？还这么大面积的不知道。

萧红是在着力营造一个纯粹而又无望的世界。就汪曾祺来说，有些事，确实不知道，不知道就是不知道，“不知为不知”。这不是露馅，也不必藏拙。世界广袤无垠，世事错综如麻，哪能总是“三下五除二”般爽利干脆，水一落，石就出？更不可能像是打了鸡血，亢奋异常，以为真理在握，所向披靡，铿锵铿锵。

王蒙说，凡把复杂的问题说得小葱拌豆腐般一清二白，皆不可信。

汪曾祺说，不能像《阿诗玛》里所说的那样：吃饭，饭进到肉里；喝水，水进了血里。

当然，也可以说，这是因为底气不足、信心不满。21岁时，他写有《匹夫》，其中有这么一句：“我派定他姓荀，得他姓荀了。我居然能随便派定人家姓氏，这不免是太大的恣意。”

姓荀就姓荀了！怎么着吧！

磨磨叽叽，受不了！

——1948年11月30日，他在给老友黄裳的信中写道，自己到了北平，买了一包“中国烟丝”，囤积了“华芳”牌。感觉这在北平是很奢侈的事，每抽上一口，颇有些不安，“婆婆妈妈性情亦难改去也”。

挺有自知之明的。

还得承认，有些事，原本是应该知道的，但故意说不知道，属于艺术处理。

《小学同学》，写了个叫徐守廉的，小学毕业就辍学了，子承父业，在棺材店里学手艺。“我”觉得这不是个好事，“为什么不好呢？我也说不出来”。

“汪曾祺或许认为以徐守廉的聪慧，将来必可大有作为，在村镇里当一名棺材匠，简直是把他埋没了。但是作者没有把这些话写出来，只是让文中那股淡淡的忧伤来感动读者。”方星霞在《京派的承传与超越——汪曾祺小说研究》中是这么分析的。

不过也只是揣摩，“或许”而已。

歌唱：“女孩的心思你别猜，你猜来猜去也猜不明白。”

作家的心思怎么猜得着？

不过，有些事，想想法子还是可以“闹得清”的。比如，《我的家乡》，汪曾祺说高邮为秦代始建，故又名秦邮。外地人或以为这跟秦少游有什么关系，“没有”。

很干脆，不含糊。

但这算是特例。多数时候，还是懒汉持家，真心不想往深处探路，用不上，也犯不着，没有多大的必要，干吗要较那个劲，吃饱了撑的，人生苦短，难得糊涂，姑且这般，你说怎么着，何必呢，井水犯了河水，河水也犯了井水，哪是井水，哪是河水，傻傻分不清楚，就这样了吧，爱谁谁。

“?”，为何总是想着要拉直，成一个“!”? 就不要用蛮力、用巧劲了，人家好好的，干吗要大动干戈?

依照汪曾祺的性情，恨不得蹲下身，闲聊起来：小问号同志，今年多大了?

《紫薇》，白居易有诗云：“紫薇花对紫薇郎。”紫薇郎是唐代官名，即中书侍郎。这句诗，使人觉得有点罗曼蒂克，汪曾祺说，“其实没有”，如果还是产生了一点罗曼蒂克的联想，怎么办? 汪曾祺的态度是，“也可以”。

不拦着。

《〈茱萸集〉题记》，说他取茱萸为集名时，脑袋里想着的是“遥知兄弟登高处，遍插茱萸少一人”，有点儿怀旧的情绪，但这和小说内容没有直接关联。不过，如果读者于此有所会心，“自也不妨”。

悉听尊便。

这个态度在汪曾祺这里是渊源有自的。

1940年的小说处女作《钓》，讲了一个传奇故事。说有个画画的，“画个麻雀就会叫，画个乌龟就能爬，画个人，管少不了脸上一粒麻子”。临死时，画了一张画，交给新娶的媳妇，让她到城里交给他的师傅，再送到京城的相爷家，如期送到，必有重赏，小媳妇一辈子的生活费不用愁了。关键是事前不要拆了。媳妇好奇心重，途中没有憋住，拆开看了，不过是一片浓墨，当中有一块白的。一阵大风，把画儿吹到了河里。原来是一轮月亮。从此这月亮便不分日夜地在深蓝的水里放着凄冷的银光。

“你好意思追问现在为什么没有了? 看前面那块石碑，三个斑驳的朱字‘晓月津’，一个多么诗意的名儿。”汪曾祺自问自答，温静平和。

《天山行色·伊犁河》，说伊犁一带有不少关于林则徐的传说，有的不一定可靠。惠远城东的一个村边，有四棵大青枫树，传说是林则徐手植的。这大概也是附会。林则徐为何要跑到这样一个村边来种四棵树呢？

难道那时的人也有植树的义务？

想多了。人家汪曾祺就很淡定：

“人们愿意相信，就让他相信吧。”

又说：“这样一个人，是值得大家怀念的。”

《苏三、宋士杰和穆桂英》，他听说洪洞县曾经禁演《玉堂春》，因为戏里有一句“洪洞县内无好人”。有人著文考证，苏三根本不是历史人物，故事是小说家编造的，关于苏三的遗迹也是附会。

汪曾祺觉得，洪洞县的人和有考据癖的先生都很可爱，“何必那样认真呢？”

规劝的姿态。

潜台词是：“你好意思追问是假还是真？”

桐庐有个严子陵钓台，在山顶上。

这怎么钓鱼？

各种考证，各种说法，不亦乐乎。

这回，老爷子有点恼了，“我的我要爆了”，摆出上阵“约架”的姿势：

> 死乞白赖地说这里根本不是严子陵钓台，或者死乞白赖地去考证严子陵到底在哪里垂钓，这两种人都是“傻帽”。

原载《美文》杂志2017年第7期，有删节

叶至诚：未能圆梦的作家（节选）

吴周文

读叶至诚先生，我觉得他是一个未能圆梦的作家。

我最早知道他，是在大学里读《三叶》集，那时也是第一次知道他是叶圣陶先生的次子。他16岁开始跟父亲学习写作。1943年与兄至善、姐至美出版了第一本散文小说合集《花萼》，1945年出版了第二本散文小说合集《三叶》，1984年又出版了三姐弟第三本合集《未必佳集》，1989年与父亲、兄姐出版了由漓江出版社出版的《四叶集》。除了现代锡剧剧本《走上新路》（合编）、根据传统锡剧折子戏整理改编的《拔兰花》而外，属于他个人的，则是少儿作品《没有完的赛跑》、散文集《倒霉的橄榄核》，还有去世后才得以出版的《至诚六种》，其创作的实绩少之又少。

叶至诚经常自嘲的一个笑话是：少年时别人总是这样介绍他说，这是叶圣陶的公子；结婚后别人介绍他说，这是锡剧皇后姚澄的丈夫；年纪再大一些，别人又这样介绍他说，这是著名作家叶兆言的父亲。这不是杜撰，他自己就写过一篇《生活在名人间》的文章，以自嘲的心态表达了这种无奈和坦然。

可我总是觉得，叶至诚并不缺失才气和智慧。

他自小就天资聪明。文学起步时就得到著名散文家、清华大学国文系教授朱自清先生的夸奖和指点。朱先生曾为《三叶》集作序，对最小的叶至诚的才情尤为赞赏。朱先生的这些肯定，使以后的叶至诚效法父执，放飞着当一个名作家的理想。他有一个叫“阿拉木”的绰号，在父执辈和朋友圈里流传，缘由是这样的：在十六七岁的时候，因为父亲在主编《中学生》的时候，经常带吕叔湘先生翻译美国作家威廉·萨洛扬（William Saroyan）的小说文稿到家里来，他和兄姐便有机会“先睹为快”。从此，叶至诚就喜欢上了萨洛扬的小说及其作品中的主人公阿拉木。他仿效索洛延（现通译萨洛扬）《马戏班》，而写了《看戏——拟索洛延》。这篇小说戏拟阿拉木的口吻，把小说的人物与故事写得非常生动，完全是“中国”式叙事的情趣。故而朱自清特别夸奖他拟仿的创造性：“难在有我，这里有他的父亲和母亲，有中国这个时代，有他自己的健康的顽皮和机智，便不是一步一趋的拟作了。”他后来的作品中，依然有他“自己的健康的顽皮和机智”在，笔下依然有一个聪明的中国“阿拉木”的精魂在时隐时显，表现出他不凡的才情禀赋。

叶至诚最终没能成为读者所期待的希望之星。他一生背负文学的梦想，在崎岖的路上跋涉，留下的是难以听闻的空谷跫音。

1957年，作为抓“右派”的钦差，“康生坐镇苏州查办‘右派’所获的‘战果’是‘揪出’了一个名曰‘探求者’的‘右派集团’”。“据长期担任江苏省省长的惠浴宇回忆，当时江苏省委曾召开常委会专门研究对这批人的处理问题，尽管所有的常委‘没有一个不想保他们的’，省委宣传部长俞名璜甚至‘说着说着，眼泪汪汪’，但是最终‘还是没有保得住’”。本来，叶至诚、高晓声、陆文夫、方之、陈椿年、梅汝恺、曾华七名志同道合的文学青年，依照“百花齐放、百家争鸣”的文艺方针，在中央高层领导周扬发出“同人刊物也可以办”的声音之后，积极响应而筹办“探求者”的文学月刊，他们在省里有关组织领导与监督下，奉公守法地筹划办刊事宜。陈椿年在《记忆高晓声》一文中，将“组织”对《探求者》筹办工作的关心和支持，表述得确确凿凿：“省委宣传部文艺处很关心这件事，派文艺处指导员周正良同志来做‘联络员’，直接参加我们的一切活动。”谁知，还没有等到刊物正式出版，就遭遇“反右”政治运动的逆袭，《探求者》便无端地定性为“反党反社会主义”集团，“同人”七人加上硬“拉进来”、尚未表态参加与否的艾煊，都成了“右派分子”，并在《新华日报》《雨花》等报刊上被公开点名批判。有的坐牢，有的交单位监管，有的下放农村，一一都受到严厉的处置。因为老爷子是民进党派德高望重的名士，出于“统战”谋略的需要，所以对其儿子的处置还有权宜的几分“酌情”：叶至诚现戴（“帽”）现摘；除一个时期到江宁农村接受劳动改造与参加大炼钢铁外，则是“探求者”成员中长期留居城里的一个“右派”。

哀莫大于心死。最严厉的打击，往往是对一个人精神的打击。《探求者》被灭顶之后，天性自由潇洒的叶至诚，变得木讷寡言与唯唯诺诺。叶兆言在《话说起名字》中这样回忆：“1957年，这一年父亲被打成‘右派’，此后的20年中，他的生活一直是灰色的。父亲从来就不是一个坚强的人。父亲的一生太顺利了，突如其来的打击使父亲完全变了一个人……

刚刚三十出头的父亲，一头黑发，几个月下来，竟然生出了许多白发。父亲那时候的情景是，一边没完没了地写检讨和‘互相揭发’，一边一根又一根地抽着烟，一根又一根地拔下头发，然后又一根又一根地将头发凑在燃烧的烟头上……由一个探求的狂士变成了一个逢人便笑呵呵点头、弯腰的‘阿弥陀佛’的老好人、好老人。”“文革”时期，叶至诚自然难免再次被批判、被凌辱的命运，似乎成了木头人，任人摆布。

从被打成“右派”到新时期初得以平反，共22年，从31岁到53岁，除了没完没了地写检查、没完没了地遭批判而外，因先后在南京市越剧团、江苏省锡剧团担任“编剧”，他还得没完没了地做那些“无用功”：编写配合应时的政治运动的剧本。前前后后，他编写了大约近20个大大小小的剧本。

当人们期待的春天如期而至的时候，谁也没有想到是，叶至诚依然以“探求者”的姿态而最早发声，他的灵光一闪，让我们始料未及和万般惊喜。——这就是他的《假如我是一个作家》。这篇不满千字的佳作，发表在1979年7月号的《雨花》上，因为同期有作者另一篇署以真名的《喜读〈李顺大造屋〉》，故而以“李洁”的笔名发表。文章的开头就说：“假如我是一个作家，我要努力于做一件在今天并不很容易做到的事。那就是：表现我。”如何“表现我”，作者说出了在当时一般人很难说出来的一段话：“必须严格地说自己真实的话”，“必须披肝沥胆地去爱、去恨、去歌唱——把自己所见、所闻、所感、所思，真实地一无保留地交给读者；把我的灵魂赤裸裸地呈现给读者”。

正是这段话，打动了冰心老人。《文汇月刊》编辑到她家里，请她为该刊开办“我喜爱的散文”专栏推荐好作品。刚巧，她读完叶氏兄妹至善、至美、至诚的《未必佳集》，觉得叶至诚沿用她的诗题而同名（冰心早期写过《假如我是一个作家》的诗）的这篇散文，“得到我心弦上最震响的共鸣”，为此，她让这家刊物作为好文章再次转载，自己还特地写了《介绍一篇好散文》的推荐文章。《假如我是一个作家》发表之后，也遭到一些头脑还留在十七年与“文革”时期的人的反对乃至讨伐。可叶至诚金刚怒目，针对那些保守、僵化的思想，先后写了《“表现我”有罪?》《关于“表现我”的通信》两篇文章予以辩白。今天看来，引起讨伐的“表现我”的文学理念，早已为人们所习以为常，但在新时期之初，却是一个极另类的声音。因为这正是37年前，整个文学理念回归文学的“第一声呐喊”，仿佛一个石破天惊的炸雷，震撼了思想一统化、观念工具化、艺术程式化的整个文坛。而文学史家张冠李戴，常常把这“第一声呐喊”归功于巴金。诚然，老作家反思、总结十七年与“文革”期间个人创作与人生经验之时，在1980年10月以后发表了一论、二论、三论“说真话”的文章，极力反对说空话、大话、假话，号召作家要回归“自我”，抒写自我的真情实感，这是巴金对重建文学之美学做出的理论贡献，自然功不可没；但历史就是历史，最早提出作家要回归真话、回归“自我”的，是叶至诚，他的《假如我是一个作家》比巴金足足早了一年多。如果说胡福明先生关于“实践是检验真理唯一标准”的文章是哲学回归哲学的第一声呐喊；那么，作为又一位江苏籍作家叶至诚的文章，则是文学回归文学的第一声呐喊，而且是在文学理论上第一次明明确确地唤醒文学自觉的标识。

虽是未能成为名家、大家，但叶至诚在复出之后，依然在呕心沥血地进行他的散文创作，这就是《至诚六种》中前五种的作品。如前所说，“枪手”的痛苦使叶至诚的艺术创造的精灵窒息，进而使他的创造性受阻。然而，对文学的偏执又使他继续在散文道路上留下踽踽前行的履痕。尽管他的作品少，但少而精粹。《至诚六种》差不多都是呕心沥血、反复打磨之作。所以，他的不少作品可圈可点，在散文的读者圈里留下了一些很深的印象。除了《假如我是一个作家》被《文汇月刊》转载而外，《公共车站上的遐想》获第三届双沟散文奖，《漫忆大字报》被选入《1985－1987散文选》，《关于父亲》被选入《中国当代散文精华》……如果仔细品味这些作品，读者可以依稀从字里行间感受他那并不缺失的才气和诗性的智慧。

交友的仗义、感恩的至诚，加上之于父母兄姐的孝悌、面对公众的低调谦逊、管理刊物的敬业勤勉等，这些让我们认识叶至诚人格的完善与完整。谦谦君子的人格魅力，还在于他的憨厚与执着。乐于静若止水地活在名人与公众中间，是他独善其身的憨厚。在自己的散文园地里默默耕作，舍量求质的严谨，是他不甘放弃的执着；即便像苦吟派诗人那样，他也充满自信和敬畏，终生不会忘记自己还是一个作家，去进行未完成名家、大家的些许之完成。

原载《钟山》2017年第3期

他正在和托尔斯泰聊天
——回忆草婴

赵丽宏

前几日，画家盛珊珊从美国写信来，约我为她的父亲草婴先生写一篇纪念文章。三十多年前，我刚从大学毕业，分在《萌芽》当编辑，盛珊珊是《萌芽》的美术编辑，我和她有过一段同事的经历。当时就知道盛珊珊是翻译家草婴的女儿，也知道她在父亲的指导下学习英文，准备去美国留学。盛珊珊从未和我说起过她的父亲，但草婴这两字，在我心里是个响亮的名字。因为，从小学时代开始，我就读过他翻译的苏俄小说，他翻译的长篇巨著《静静的顿河》和《新垦地》，让中国人认识了肖洛霍夫。草婴的名字，和那些名声赫赫的苏俄大作家连在一起，莱蒙托夫，托尔斯泰，巴甫连科，卡塔耶夫，尼古拉耶娃……在中国的俄罗斯文学翻译家中，他是坚持时间最长，译著最丰富的一位。我在《萌芽》当编辑的时候，听说草婴准备把托尔斯泰的所有作品全部翻译过来，心里有点吃惊。这是一个何等巨大的工程，完成它需要怎样的毅力和耐心。托尔斯泰的长篇小说，在草婴翻译之前，早已有了多种译本。然而托尔斯泰小说的很多中译本，并非直接译自俄文，而是从英译本转译过来的。经过几次转译，便可能失去了原作的韵味。草婴要以一己之力，根据俄文原作重新翻译托翁所有的小说，让中国读者能读到原汁原味的托尔斯泰，这是一个极有勇气和魄力的决定，他将为此一个人在书房里付出无数个日日夜夜的辛劳。此后的岁月，不管窗外的世界发生多大的变化，草婴先生一直安坐他的书房里，专注地从事他的翻译工作，把托尔斯泰浩如烟海的文字，一字字，一句句，一篇篇，一部部，全都准确而优雅地翻译成中文。苏俄的另一位文学大家肖洛霍夫的作品，也大多被他翻译成中文。草婴先生曾经说，如果不是“文革”，他也来得及把肖氏的作品全部翻译过来。然而，人生有几个“十年”可以被耽误！

我和草婴先生交往不多，有时在公开场合偶尔遇到，也没有机会向他表达我的敬意。但这种敬意，在我读他翻译的托尔斯泰作品时与日俱增。2007年夏天，原《世界文学》主编、翻译家高莽在上海图书馆办画展。高莽先生是我和草婴先生共同的朋友，他请我和草婴先生为他的画展开幕式当嘉宾。那天下午，草婴先生由夫人陪着来了，在画展开幕式上，草婴先生站在图书馆大厅里，面对着读者慢条斯理地谈高莽的翻译成就，谈高莽的为人，也赞美了高莽为几代作家的绘画造像。他那种认真诚恳的态度，令人感动，也让我感受他对友情的珍重。在参观高莽的画作时，有一个中年女士手里拿着一本书走到草婴身边，悄悄地对他说："草婴老师，谢谢您为我们翻译托尔斯泰！"她手中的书是草婴翻译的《复活》。草婴为这位读者签了名，微笑着说了一声谢谢。高莽先生在一边笑着说："你看，读者今天是冲着你来的。大家爱读你翻译的书。"那天画展结束后，高莽先生邀请我到下榻的上图宾馆喝茶，一边说话，一边为我画一幅速写。高莽告诉我，他佩服草婴，佩服他的毅力，也佩服他作为一个翻译家的认真和严谨。能把托尔斯泰所有的作品都转译成另外一种文字，全世界除了草婴没有第二人。高莽曾和草婴交流过翻译的经验，草婴介绍了他的"六步翻译法"。草婴说，托尔斯泰写《战争与和平》用了六年时间，修改了七遍，要翻译这部伟大的杰作，不反复阅读原作怎么行？起码要读十遍二十遍！翻译的过程，也是探寻真相的过程，为小说中的一句话，一个细节，他会查阅无数外文资料，请教各种工具书。有些翻译家只能以自己习惯的语言转译外文，把不同作家的作品翻译得如出自一人之笔，草婴不屑于这样的翻译。他力求译出原作的神韵，这是一个精心琢磨、千锤百炼的过程。其中的艰辛和甘苦，只有从事翻译的人才能体会。高莽对草婴的钦佩发自内心，他说，读草婴的译文，就像读托尔斯泰的原文。作为俄文翻译同行，这也许是至高无上的赞誉了。

草婴先生清瘦矮小，待人谦虚温和，生前从未听他高声说话，是典型的文弱书生形象。然而作为翻译家，草婴先生可谓一个巨人。写这篇短文时，我的心里很自然涌出两个词，一个词是桥梁，另一个词是脊梁。

桥梁，对草婴先生是一个被人说得很多的词汇，他的翻译，在托尔斯泰和中国读者之间，在俄罗斯文学和中国文学之间，架起了一座恢宏坚实的桥梁。感谢草婴先生，向中国读者展现了一个完整真实的托尔斯泰。

脊梁，也是一个合适的比喻。草婴先生很谦虚，把自己比作一棵小草，以文学翻译为世界添绿。但草婴先生的精神和品格，当之无愧是中国知识分子的脊梁。身处动荡艰困的时代，历经人世的曲折沧桑，他始终没有停止对俄罗斯文学的翻译，也没有放弃对理想信念的坚持。在人妖混淆，是非颠倒的时刻，他保持着清醒。我读了珊珊寄来的怀念父亲的文章，其中的很多情景让人落泪，草婴经受的苦难，常人难以想象，但他一生都挺直了脊梁做人，从不低下高贵的头。他是一个翻译家，他的心思却并非只在文字的转换之间，对自己所经历的时代，他没有选择忽略和遗忘。我读过他为《“文革”博物馆》一书写的文字，那种真切和坦诚，撼动灵魂，袒露了一个正直知识分子的良心。他对历史的真实剖析和深刻反思，和巴金的《随想录》有一样的风骨。

草婴先生前年秋天去世，很多人写文章怀念他。最让我感动的，还是近日读到的盛珊珊怀念父亲的文章。草婴在病床弥留时，盛珊珊俯身在他耳畔轻轻说道：“你要去和托尔斯泰和肖洛霍夫聊天了，他们正等着你呢……”

原载《中国文化报》2017 年 3 月 8 日

你在百花丛中

——悼念苏予

田珍颖

最后一次见到苏予，是在她的追悼会上。

灵床四周是红花绿草，苏予就那么瘦瘦小小地躺着，除了双唇紧闭的嘴角，还留着她平时的刚硬、决断，其他的都悄无声息地被她带走了。

我将手中的一枝白菊放在她身旁，弯身的一瞬间，忽然觉得心痛了一下。

九十岁，她走了，应当是无憾的事。但我痛惜她的，是她那颗平日“怦怦”作跳的心脏。有时，你离她很近时，仿佛能听到她的心跳，那么剧烈，那么不停息。从她沙哑的声音里，从她清晰明断的语言里，你都能觉出她的心跳。

这就是这个身材瘦小女人生命的力量。

我到《十月》时，苏予刚任《十月》主编不久。她正在把这个新生的刊物整合起来，定制度、分工作、联络各方。编辑部小小的三间办公室里，每天都充溢着忙碌而有序的气氛。

我被分配负责剧本版面。我有些畏难，因为戏剧不是我的专业，我只是一个戏剧粉丝。

苏予看出我的心绪，她没有安慰，只干脆地说：干吧！你能行！

之后，她拿起电话，打给凤子大姐。于是，我就去拜访了这位戏剧界的名人；而后，又带我到吴祖光先生家。从此，我就经常往东大桥的吴家跑；后来，我就白桦、沙叶新、叶楠、白峰溪、高行健、何冀平等，一路跑下去，将剧本栏目办得扎扎实实。

记得有一天，我在楼道里刚接完白桦的电话，（那时，我们和文艺室合用一部电话，电话就放在楼道的窗台上）转身和苏予碰个正面，她笑着，拍了一下我的肩膀，一句话没说地进了她的办公室。

这就是苏予的风格！回忆起来，那笑容，是十分深厚的。

作为编辑，我和主编苏予的相处和交流，是在工作中加深的。

1982年下半年，我将高行健、刘会远的话剧剧本《绝对信号》放在苏予的案头。

那时，小说的先锋潮流已为社会所关注，而戏剧界似乎因其“小众”，社会的关注度远不如小说。但，《绝对信号》在当时绝对是戏剧创作中先锋派精品。我也是由此知道了布莱希特的戏剧理论。就这一点来说，当时可能还不是最大的障碍，障碍在于这个小剧场实验剧本不仅冲破了以往大剧场的戏剧经验，而且它在我们惯常的文艺创作思想中，也提出了新的考题，即：戏中的一号人物，他不是传统意义上的正面人物，而是一名被车匪胁迫着的犯罪青年。这是剧本本身的先天情况，除此，更有一种世情横在这个剧本之前，那就是批《苦恋》的风潮刚刚结束不久，虽说全编辑部天天依然，但阴影还未散尽，因此，送审时，我心怀忐忑。

但苏予和副主编张兴春，几乎是毫不犹豫地通过了这个剧本。并将它刊登在当年第五期的《十月》上。

若干年后，在报纸上读到关于《绝对信号》在北京人艺演出前的纪实，报载：第一次艺委会上，剧本读完，全场哑然，还有人拂袖而去。而演出本对原创本作了一定的修改。加上了拯救失足青年之类的内容。

我庆幸，《十月》保留了原创的精华，让它在文学史上留下了原本的样子。

这个剧本刊出后，得到普遍的好评，北京市文联评奖中，更给了它“优秀剧本奖”。

转过年来，到了1983年初，我拿到了白桦的话剧本《吴王金戈越王剑》。剧本颇有郭、老、曹的风格，尤其是台词的精彩，让人读得热血沸腾。但这是白桦的作品——这是我将剧本送审前的最大顾虑：白桦正是《苦恋》的作者。记得我特别在送审报告上下功夫，从内容到形式，分述这个剧本之所长。有了《绝对信号》的先例，我相信，苏予会如我所愿地通过它。果然，在一天早上我上班时，办公桌上摆着《吴王金戈越王剑》的原稿，在我的审评报告页，写着“发今年第2期”。

这个剧本刊出后，戏剧界给予肯定的评价，北京人艺的演出也热极一时。但我们出版社有权威人士说：这个剧本是影射！

对此，不能说我一点都不紧张。但我很快就释怀，因为苏予说：我们发出的作品，要允许人家有各种评论，关键是我们自己要自信。于是自信的我和副主编张兴春一道，去人艺剧场看了这个剧的演出，从观众的热烈反响中，我们检验了我们的自信。

就在《吴王金戈越王剑》刚刚编辑完毕时，我又拿到了高行健的小剧场剧本《车站》，几乎同时也接到了沙叶新寄来的剧本《马克思秘史》，这两个剧本形式都小而精致。于是，我一并送给苏予，希望都留下来，分期刊登。没想到，苏予的决定是：下一期（即1983年第3期）两个剧本同时发，而《马克思秘史》发头条。

当时，我确实很激动，觉得剧本栏目的旺盛，就是对我最大的鼓励呀！

那时，有人问苏予：为什么同期发两个剧本？为什么剧本发头条？她回答：我们选稿的标准是作品本身的质量。

不想，《车站》发出，兜头冷水泼来，上面让我们发批判《车站》的评论。

当时，我很意气用事，说：谁爱批让谁批，我们自己为什么批自己。

苏予却冷静地说：上面让发批判稿就发吧！我们不要把精力纠缠在这件事上，我们还要全力办刊物呀！张兴春支持了苏予的意见，让评论版的贺新创同志去组稿。不想，他跑了三四天，找了不下十位评论家，都拒绝写。最后，是中国作协创研部一位研究诗歌的，写了对《车站》的批判稿，接着，上面也派送来一篇批判稿。稿件由张兴春同志呈报市委宣传部。时任市宣传部长的陈昌本同志以“不宜”二字，使《十月》从批判《车站》的艰难进程中脱离一劫。从一定意义上说，这“不宜”二字对写批判稿的人，也是一种解脱吧！

事后，涉及那位作协创研部的作者稿费，老贺为难：稿子没刊出，稿费怎么开？苏予却说：照发表了的稿费标准开给他！这事虽小，但足见苏予的大度。

关于剧本栏目发稿所遇曲折的例证不必再一一列举。现在回忆起来我只想说：从批《车站》的困境中脱出来的我，并未因此感到有压力。原因如下：1985年和1986年，我分别送审了高行健话剧本《野人》和《彼岸》，苏予和张兴春都分别签字通过，刊登于《十月》。至此，这位先锋派剧作家的新创作理论的实践，有了一个圆满的结局。

另一位现实主义派的女剧作家，在《十月》这片沃土上，完成了她走向世界的历程。

她是女剧作家白峰溪。

“文革”前，白峰溪是中国青年艺术剧院著名话剧演员。鸣凤、刘胡兰、文成公主，都是她辉煌的舞台形象。“文革”结束，白峰溪挥笔转向话剧本的创作。她的第一部大型话剧是《明月初照人》。这时正是 1981 年 4 月，《十月》面临电影文学剧本《苦恋》的被批判，压力难以一时缓解，但编辑部的同仁们都更加努力地工作。我也努力地四处搜寻好剧作。恰逢白峰溪刚完成《明月初照人》这个本子，十个角色，全是女性。且奉沿郭、老、曹的风格，台词清新而朗朗上口。我读后送审，审读报告中申述它的现实主义风格，和面对社会现实的思考价值。这个本子在当年《十月》第四期发表，意外地让盛夏中的剧坛沸腾起来，报纸上天天有争论文章，支持者说它现实主义的魅力；反对者劲势强烈，说它是“精神污染”。戏剧界的权威人士相继发表署名文章，对它加以批判，并且点名《十月》。更严重的是中宣部召开戏剧界创作会议，直点“白色污染”。编辑部内部也有人对此剧作提出批评意见。

此时，我担任剧本编辑不久，遇此大浪，自是心惊。可是，苏予和张兴春却镇定地对待那些铺天盖地的批判文章，他们把搜集到的有关文章交给我时，总是平和地说：留下，作资料吧！

那时，我知道白峰溪早有第二部作品《风雨故人来》的构思。当我向二位领导汇报时，他们一致说：要盯住啊！好作品一定要拿到手！

这样，白峰溪的第二部作品《风雨故人来》和第三部作品《不知秋思在谁家》，几乎是两年一部，前后发在《十月》上。作者也因此得到国内外戏剧界的关注，被邀参加了第一届世界女剧作家大会，并在美国等地讲学。

戏剧界有人说：白峰溪简直是个奇迹，六年完成了一个成功戏剧家的全部历程。

白峰溪则始终说：《十月》是我的恩人、贵人。

回忆此段历史，并不想炫耀《十月》推出一位现实主义女剧作家的功绩。我只是想用这个例证，说明苏予这些《十月》领导者的宽广的文化视野，他们确实以刊物的丰厚沃土，造就着如上所述的作家。

于是，我想起了谢冕先生为《十月》写的那篇文章的题目《一份刊物和一个时代》。我们怀念苏予这些老一代的开拓者，正因为他们用汗水和心血，浇灌了《十月》这片文学沃土，并把这份刊物捧给了这个难忘的时代。

有时，我会觉得苏予不大像我们思维程式中的领导，好像她更多的是着力于在一个大时代浪潮中，展现她的独特的个性和出众的思想。

但那是怎样的个性和思想？是被怎样的时代造就的个性和思想呀！

看她怎样在年轻时代投身革命，活力四射，赤胆忠心；看她怎样在一夜之间因“胡风大案”的牵连，而被清除出革命队伍！李辉在《胡风集团冤案始末》一书中，记录了苏予在这个冤案中的经过，其中有两个数字令人震颤不已，那就是“29”和“54”。“29”是1955年苏予刚29岁时，被牵进胡风大案，从此厄运连连；“54”是1979年她54岁时，牵连她的姐夫阿垅被宣布无罪，她也因此得以平反。这是苏予所经历的岁月——从火样年华到白发苍苍。这并不只是一个由年龄牵构而成的岁月记录。在这个岁月的屏幕上，它不断闪现的是：苏予的“被控制使用”；苏予每临运动必被“批判”的境遇；苏予反复被下放农村劳动的过程；苏予受处分写检查的心灵创伤；苏予随意被冷落乃至被搁置一边的处境；苏予牵连了爱人、儿子，却束手无策的痛苦……

苏予就是这样被百炼成钢的。

当我们看到苏予为《十月》创造着一个创新的时代时，我们在这同时应当也看到《十月》是怎样地焕发和再造了苏予，怎样让她抚摸着自己的双肩并得知它们有铁一样的坚硬。

所以，当我挥笔写下对苏予的怀念时，我也是在写对那时《十月》的敬意，是在写对那种由苏予代表的精神的怀念和尊敬。

回忆我在做剧本编辑的时光，那是我一生中心情最飞扬的生命时段。所以，我感谢老主编苏予和副主编张兴春。当时这些剧本送审时，倘若苏予他们瞻前顾后；倘若苏予他们才学不深、视野不广；倘若……那会在文学史和《十月》史上，会是一段怎样的纪录呢？

苏予留给我的记忆，还有一道超过这些稿件发刊的深痕，就是关于长篇小说《废都》。

《废都》风波，起于1993年，《十月》在当年第4期全文发表。那时，苏予离休已近十年。

我始终认为，《废都》之风波，是世情大于文情。一部小说，愣是被放到世情的铁秤上颠来簸去。

当时，在未通知我的情况下，开会并由市委领导宣布对我——一个小小责任编辑的处分；而开始热捧《废都》是“当代《红楼梦》”的关键人物，却硬要被说成“事前未审此稿”。一些人辅佐演出了这场再荒唐不过的闹剧后，出版社对我来说，变得一片冷寂，如置身于洪荒旷野，想找一棵小树歇靠一下，哪怕它枝叶稀疏，甚至只有枯干。但是找不到！

一天中午，办公室内外寂静无声，桌上的电话响了，一位好心朋友告诉我，苏予听到我的处分，十分惊异，说，怎么能处分一个责任编辑？二审、三审呢？还说起当年批《苦恋》，老陆（元炽，党组书记）担当了所有责任等等。

电话未放，我已泪流满面。那是我因《废都》第一次为自己而痛哭。

以后，《废都》由作家出版社重新出版；再以后，《废都》又在《十月》三十五周年庆典时，被评为优秀长篇小说。这些如社会游戏般的事情，在我心中，少有波澜；只有苏予那句在风雨中送来的话，留在我心里，并时时拨动我的心弦。

自此，又是十几年后，我到太阳城苏予的家中看望她。这时，我已双鬓染白，苏予也是满头银发。

我们面对面坐在她家的沙发上，她用冰凉的手覆盖在我的手上，我亲耳听到了若干年前电话中所传她的话。

她面对窗外的光线，丝丝银发都有着亮光，宽大的沙发，衬得她瘦小的身躯，让我想起她当年执掌《十月》的风采。我感到她虽年事已高，但内心依然那么强大。这是一个多么干净的人！

我面对她，握紧她的手，将眼眶里的泪水咽下去，让它们流到心里，“哗哗”地冲刷着我的心脏。

行文到此，仍有不尽的怀念未能表溢。我却又想起她的追悼会，当我向她遗体深深鞠躬后，走向门口时，想回头再看她一眼，却只见她灵床旁，花儿怒放，叶儿偾张，它们细密密地站在她的周围，将她藏在了茂盛花草的深处。

这或许就是这位九十老人最心仪的归处。

亲爱的老主编，您就在花丛中安息吧！

附：

苏予，《十月》杂志首任主编。

1926年，苏予生于四川。1947年参加革命，1949年入党。1979年任《十月》主编，1985年自《十月》离休。2016年病逝，享年90岁。

谢冕先生曾以《一份刊物和一个时代》为题，写文表述《十月》最辉煌的那个时期。这正是苏予任《十月》主编的时期。这一时期，《十月》发表了《苦恋》《小镇上的将军》《飞天》《沉重的翅膀》《三生石》《高山下的花环》《黑骏马》《大雁情》《公开的情书》《绝对信号》《车站》等有影响的作品，使《十月》在当代文学史上具有了特别的地位。

苏予的一生，无不打上时代的烙印。她虽早年参加革命，但也早早地受胡风大案牵连，而几乎付出一生的代价。“胡风分子”阿垅曾是她姐夫，但阿垅和苏予的姐姐，只有短暂两年的婚姻，这场婚姻因她姐姐的自杀而早无存在之迹，但，政治的桎梏并不放过年轻的苏予，从29岁她被牵连入案，一直到她54岁的老年，阿垅因“无罪”而结案，她才因此而宣布“平反”。但她付出的是一生中年华最盛的24年。这时，苏予选择了到《十月》当编辑的工作，才开始了她生命中最耀眼也是最后的辉煌。

苏予到《十月》工作不到一年，我也调到《十月》，有幸在她的领导下，愉快地工作了五六年，这是我一生中最意气风发的岁月。所以，当苏予病逝时，我在回顾她的经历时，也等于回忆了自己那一段的生命历程。

我与苏予，私交平平，但工作之交，却印迹深重。她的有别于他人的风度、风格、风采，都值得我回忆和怀念。

一个潜心工作的人，遇到一位开明的领导，她无私心地扶持你、放飞你，让你展开双翼去翱翔，这难道不是人生之大幸吗?

苏予一生爱花养花，花儿让她也美丽；她所住之处，无论逼仄与广敞，都把阳光最灿烂的地方让给一盆盆的花儿们。我在她去世之前不久，曾到她居住的太阳城去看望她，那几乎是一屋书籍半屋花的环境，令我十分感慨。我想，这就是她生命的寄托，知识和美丽托举了她曾漂流大半生的灵魂，它们对她忠心无二地守护着。

苏予葬在北京天寿园公墓。黑色大理石的墓碑，以孙辈的名义刻着“祖母苏予”的字样，让这位一生难以欢乐的老人，平添了一份慈祥。这个公墓，广阔而肃穆，足以承载她那瘦弱身躯中强大的灵魂。

原载《美文》2017年第2期

“写作就是我的生命”（节选）

——送别父亲苗得雨

苗长水

7月10日晚上快11点钟了，我的手机骤响，显示“山东省中医重症”。我忙接起，是年轻女护士不成句的急声：“苗得雨爷爷不行了，我们正在抢救，医生让你们家属快点过来，快点吧！……”

二十多分钟后，我、弟弟长伦、洪峰、弟媳周凰、大妹晓霞挽着妈妈、侄子苗青，都赶到重症病房门前。护士让我们分别进去看望。我先进去，看到爸爸在急促按压胸部的抢救仪器下，大张嘴巴喘息，面色尚好。医生告诉我：“已经抢救了将近一个小时了，自主心跳始终显示直线，其他该用的抢救措施都用了，看起来希望还是不大，我们还可以再抢救……但是心跳呼吸停止这么长时间，像他这样的病情，抢救意义也不是很大了，而且老人也很受罪，我们建议你们家属还是商量一下，不要让老人再受那么多罪了……”

我出来之后，不想让妈妈再看到爸爸那种样子。但妈妈坚持要进去，在爸爸病床边，妈妈不停地哭着呼唤爸爸，摸着爸爸的手、脚、身体、面容。爸爸竟然两次睁开了眼睛。

妈妈矫永1933年生于山东莒南，比爸爸小一岁。她是在战争时期的农村剧团会演时，与前来采访的父亲相恋结合。她才十多岁时，跟着全家躲日本鬼子“扫荡”，小脚的姥姥抱着襁褓中的三姨实在跑不动了，要扔掉。妈妈却坚持不肯扔掉妹妹，再累也要抱着妹妹一起跑，三姨一辈子感激这个姐姐。

妈妈的坚持竟然再次出现奇迹，两个多小时后，医生出来报告，老爷子恢复了自主心跳，血压也在恢复。但12日晚间，爸爸疲劳的心脏在11点多钟永远停止了跳动。

近一二十年来，围绕着爸爸的“写与不写”的问题，我们一直很焦虑。我们一直在劝他不要写了，但每一次他说“不写了”之后不久，很快就又会“又写了一篇”，每发表一篇都要到处宣布：“今天又有个大喜事！”他说：“写作就是我的生命，不写了还不如就合眼算了，没有写作活着就没有意义了！”省文联、省作协的领导和朋友们也都劝他：“苗老你就是不写，也是不可超越的大家了，作品已经那么多，少写一篇两篇和多写一篇两篇都没什么了，身体健康要紧啊！”他却总是说：“我怕不写人家就把我忘了……”我们费尽力气劝他趁身体情况尚好，带妈妈到处游览一下，到香港的大妹和美国的小妹家去住一段，医生也说他的病“空气比吃药管用”。但他却说：“我也出过国，全国也跑遍了，哪里也不去，这里就是我的阵地……”偶尔工作做得差不多，同意出游了，但很快又变主意坚决不走了。每天早上起床后，他在床边简单踢几下腿，活动一下胳膊，然后就忙不迭趴到办公桌上开始看书、看报、写稿，写信，打电话……

即使在医院，只要情况不严重，他仍在写，在打电话，在谈创作。我陪床的时候，他常常天刚亮就开始对我侃侃而谈……直到深夜11点前后还不终止。他声若洪钟，走廊中老远就听得见。我劝他不要说了，说话多了太累，还影响周围病房的老干部们。他反驳说：“你在这里还认识了不少老干部吗？”在病床上躺着，他要了稿纸趴在膝盖上写作，妹妹晓霞拍下了那张照片。高烧昏迷中，他仍在不停地高声谈论关于沂蒙民歌争论的问题，回到当年沂蒙农村剧团的会演中，在队伍前发表讲话：“我们这次的会演……取得了很伟大的胜利……”不停唱着那时的歌曲。说梦话有时也很有趣：“……省里来了一个大作家，不是刘知侠也不是王安友，是谁呢？原来是咱县的苗得雨！”2014年春节在家，与美国的小妹苗慧通视频电话，苗慧想起爸爸文章中有趣的歌谣，爸爸立刻说起来，一字不差。小妹回家探亲，也劝爸爸不要再写，爸爸全然当耳边风。似乎为了显示身体尚可，还跟全家一起去了趵突泉公园内曾经住过的老宅，走了许多路。

直到近些年，我才更加发现了爸爸的聪明，他干什么都非同一般，写作、画画、演戏，研究音乐、戏剧、书法，发表演说，样样拾起来就行。他在诗歌之外创作了大量散文，其中涉及音乐、戏剧、美术甚至经济等领域，题材非常广泛，而且有大批的读者。他的天赋，我们孩子们都比不上，如果放到同一起跑线上，他干任何事情都会超过别人。农村人说“六指聪明”，爸爸一只手上就是六个指头，有一个小指长在大拇指上，进城后做手术切了，只留下一节骨头。他身高一米八几，皮肤白，面相正，许多人都说他能扮演毛泽东，有的外国朋友见了他连连说：“毛、毛……”他乐观、善良、质朴、天真、热情奔放，对底层的作者更充满热情。我走到哪儿都能碰到一些基层作者们说："你爸爸出的所有的书都签名寄给我，我给他写的每一封信都给我回，而且一写好长……"

我以为爸爸耳朵背了，听不进话，就写在字条上劝："现在生活这么好，国家给你那么好的待遇，也没有过去那么多困难和危险了，要珍惜，不要再操心那些事了……"我看到弟弟给他写的字条上也都是："你不懂事了吗？你是孩子吗？……"但这些劝说，随着爸爸的病情一次次加重，也更加无效。有时在家发病，救护车来了，他仍然喘息着躺在床上坚持不让抬，说："我没病，不能住医院啊！"到了医院也不肯打针，劝说半天才同意"只打一小针"。去年，第三次出重症室，看见我就叫着我的小名说："水子，你赶紧写点儿啊！……"

出院回家，喘得上气不接下气，还着急着一一给《文艺报》《今晚报》《齐鲁晚报》等报刊的编辑朋友们和老战友打电话，报平安，谈稿子。身体稍好，就让弟弟洪峰送他去逛书店，买他早就想买的一些书。还坚持去看望他儿童团时的老友、已经患上老年痴呆的邱鹤亭，爸爸参加工作离开村子时，家贫的邱鹤亭从锅里拿了个刚煮熟的地瓜，揣在怀里追上送给他。爸爸还坚持要去看望很多老友……

这一次也就是第四次进重症监护，是由"慢阻肺"长期积痰形成的"脓毒症"，同时引发心脏等器官进一步衰竭。医生用了针灸和理疗帮助脑血栓恢复，让我们买些握力环等健身用品给他抓在手里锻炼，我们还买了核桃等把玩品，但爸爸看一眼就全都推开了，他一生都不与这些玩物为伴，他只爱书、纸、笔。医生让他在床上略微踢一下腿锻炼，他也绝对不干。我爱人谢艺平时负责为他打字誊稿和在网上发稿，去病房看他，他用左手把文章名称、存放位置、发稿编辑一一写下来，让谢艺去办理。所以这次住院期间，他的稿子还一直在发表。重症室的医生护士们看到他发表的报纸，都争相阅读，而且不相信是他写的。

7月12日爸爸去世那天，《文艺报》恰好发表了他的《京戏中三个最好听的调》，这是他发表的最后一篇文章。爸爸去世第二天，《齐鲁晚报》《济南时报》的记者们从微信圈中得到消息，即四处采访，发表了整版悼念文章。《齐鲁晚报》的消息旁边还发表了他的诗作《旱苗得雨》，并介绍是苗得雨12岁创作的作品，也是其成名之作。这首诗被列入1995年《文艺报》公布的《抗战文学名作百篇》：

苗得雨，苗得雨，
从小受苦又受穷。

爹爹逃荒下关东，
家里撇下几亩土，
全靠奶奶拉把着过，
吃的糁子煎饼稀糊涂。

鬼子汉奸没人心，
逼粮催款猛似虎。
揭去大锅还不算，
小绳拴了奶奶去。
一家大小哭成泥，
鬼子汉奸笑嘻嘻。
得雨跺脚暗发誓：
“长大报仇剥你皮！”

今年二月晴了天，
炮声一响人心恣。
八路军解放了俺家乡，
全家烧香又烧纸。
苗得雨，心欢喜，
旱苗得雨旺嗤嗤。
有朝一日苗长成，
棵棵庄稼黄金米，
军粮送到前方去，
慰劳辛苦的好同志。

在为父亲守灵时刻看到这篇报道，我随即让家人把报纸收起来，不敢让妈妈看到。妈妈一直把爸爸的书房整理得井井有条，因为这是爸爸的习惯，他的任何一件文稿都会随手就找到。妈妈说：“你爸爸回来看到桌子乱了，会生气!”我们怕妈妈看到那篇文章会大哭。我想，仅仅看到这篇诗歌，也就能理解爸爸的那颗写作之心为什么会一生都在沸腾不息了。

爸爸 1932 年生于山东沂南苗家庄，1938 年 6 岁上私塾，后来上抗日小学，1944 年 12 岁成为苗家庄的儿童团团长，参加发起成立了村剧团，在友伴帮助下先写了剧本《家庭会》等，也是黑板报主编，写了作品就往报社投，并配上图画。报社通联室因见他稿子配有图画，不好发表。报社社长宫达非（后任外交部副部长）检查工作时看到这些有图画的稿子却很欣喜，指示编辑牛玉华重点培养。此后，报纸经常发稿，以至几乎每期都有诗歌小调与新闻通讯两种文体稿，很快在全鲁中区产生影响。1944 年的诗作《旱苗得雨》与 1946 年的《欢送哥哥上战场》（后定名《我送哥哥上战场》）《走姑家》等，产生较大影响，多次被报纸介绍，《走姑家》还收入战时和 1949 年后的课本。

1946 年 12 月 6 日，《大众日报》发牛玉华介绍文章《孩子诗人苗得雨》。12 月 13 日，《鲁中大众》出专辑，发表鲁中青联与鲁中大众报联合通知《向苗得雨学习》，1947 年 2 月 25 日延安《解放日报》在二版头题发新华社山东 5 日电《十四岁的孩子诗人——苗得雨》，在讯中介绍了诗作《反奸诉苦》《走姑家》《参军段》等。此前后解放区各报刊不少处有作品转载与作品介绍，村里有胶东部队经过，战士都问："这是苗得雨的庄吗？"

我们把爸爸的骨灰盒带回沂南老家安葬，这是他一再坚持的愿望。苗家庄那块绿树掩映的墓地中，埋葬着爸爸的曾祖父母、祖父母、父母的坟墓。1949 年初爸爸作为鲁中南区模范代表去北京出席共青团第一次全国代表大会，第一次受到了毛泽东、朱德、周恩来等领导的接见。回来不久即调往《鲁中南报》报社工作。爸爸走了以后，家里就剩下 4 个女人：老奶奶、奶奶、两个比父亲年龄更小的姑姑。爸爸走的那一天，二姑在文章里这样写："我哥哥是 1949 年夏走的，记得走的那天，正是打高粱叶子的时候。全家人都哭成了泪人。奶奶就带着母亲、姐姐和我，祖孙三代四个女人去村西约五里的大桥一块高粱地里打秫秸叶（注：即高粱叶），晒干了好喂牛。地南端靠水，岸上有我家的两棵高大粗壮的柳树，枝叶茂盛。奶奶和母亲无心干活，干一阵，哭一阵，在地头上躺一阵，谁也不说话，谁也没有笑容，如同掉了心肝一般……"

奶奶和老奶奶是爸爸最亲的亲人，爸爸一直说："我活着的时候没能好好孝敬母亲、奶奶，死了去陪陪她们……"

父亲是我们家的英雄，英雄就是与平时过不去的人。

原载《文艺报》2017 年 7 月 31 日

你坐着轮椅过来，我可以推着你走

——追忆作家柳萌先生

红　孩

生活中，我们每个人都有着许多这样那样的师长、朋友，有的三天两头见面，也有的一两年不曾相聚，即便如此，心总还是连在一起的。几天前，作家周明老师和我还在说，我们一起抽时间去看看几位老作家吧，多日不见，挺惦记的。记得在四月下旬，我在宝鸡凤县采风的路上，突然接到女将军贺捷生老妈妈的电话，她半开玩笑说：“红孩你最近怎么不联系我了，是不是把我忘了?”我一听，连忙说道：“老妈，我哪敢忘记您呢，只是最近几个月我接连生病，再有，我母亲刚去世不久，好多事都理不出头绪。等回北京我就去看望您。”听到我的回答，贺老妈安慰了我几句说：“你也不小了，要保护好自己。有时间约上周明、丛维熙、柳萌几个老朋友到我这里坐坐，我们都八十多岁了，不知还能见几面。柳萌腿脚不方便，你告诉他，让他坐着轮椅来，我可以推着他走。”

回到北京，我和周明老师几次商量要登门去看望几位老作家，结果我的腰腿病一再缠绕，就以再过几天给拖下了。六月二十四日，在现代文学馆参加一个文学活动的空隙，周明老师悄悄对我说，听说柳萌病了，我们是否这一两天去家里看看，我说好啊，我也多日没听到老爷子的消息了。周明老师还说，咱们也要去协和医院去看看张胜友，据说他已经脱离了危险，可以简单地说说话。孰料，六月二十六日一早，不等我们去探望，柳萌老师竟然匆匆与这个世界不辞而别了。听到噩耗，我和周明老师都感到无比的遗憾。

周明老师是老作协，自一九五五年他大学毕业，六十多年始终在作协工作，认识、团结、服务于几代作家，是大家公认的属于基辛格式的人物。十天前，他和黄宗英同时获得了中国报告文学的终身成就奖和杰出贡献奖，会议未完，他就匆匆地由湖州跑到上海华东医院，亲手将获奖证书送给九十高龄的黄宗英。我所以写这些，无非是想说，我受周明老师的影响，对老作家特别敬重与关心，尽可能地用自己的方式去为老作家办些事。哪怕是到郊区的农家院吃一顿农家饭，或者在某个茶馆喝一杯清茶，聊聊天。

柳萌老师有别于很多作家，他能够安静地在家写作，更愿意结交三教九流的朋友。在他身边，总有一大批新朋与故交。去年夏天，柳萌老师几次给我打电话，说让我带着家属到内蒙古草原度假，那里有他的朋友开的度假村。我知道，柳萌老师与内蒙古有着很深的感情，当年他被打成右派就被下放到内蒙古，在那里他当过工人，也当过记者编辑。多年以后，当他回到北京，依然以曾经的内蒙古人自居。许多的内蒙古作家、诗人，包括在北京的内蒙古籍作家，如冯秋子、梁鸿鹰、徐忠志等人都与他结下了深厚的友谊。

我跟柳萌老师相识于一九九一年。当时，我在北京郊区的双桥农场工作。一天，《工人日报》的胡健老师给我打来电话，说报社有个征文颁奖活动，其中有些来自全国农垦的作家想到北京的农场参观，希望我能给安排一下。我跟农场领导汇报后，领导很重视，很快就通知下边的牛场、鸭场和乳制品厂做好接待工作。三天后，胡健老师带着一行三十多人来到农场，其中就有著名诗人雷抒雁、作家柳萌和文学评论家李炳银。柳萌老师那时五十多岁，身体微胖，面色红润，浓眉下架着一副眼镜，显得很儒雅。在参观期间，我与柳萌老师有过短暂的交流，他给人的感觉十分谦和，对农场的生活也很熟悉。后来得知，他曾经在北大荒生活过几年。

也许因为都有过农垦经历，我进城到媒体单位工作后，便与柳萌老师有了更多的接触。我在《中国文化报》主编文学副刊的十几年，经我手向柳萌老师约稿总有十几篇，每次他都积极配合，从不为难编辑。柳萌老师说，他做编辑几十年，深解编辑个中甘苦。有时，外地报刊编辑来北京组稿，柳萌老师总会出面张罗，让那些年轻的编辑收获满满。

印象中，与柳萌老师一同到外地参加过五六次活动。印象最深的是二〇一〇年五月，他和从维熙老师同时获得首届漂母杯母爱主题散文大赛一等奖。在淮安颁奖后，由我主持了一场关于母爱的座谈会。从维熙老师第一个发言，当讲到自己因为打成右派被劳改，老母拖着小脚为一家人奔波劳碌时，不由失声痛哭。这时，坐在一旁的柳萌老师、赵恺老师也讲述了各自母爱的故事。当说到情深之处，三个老人都无法抑制地哭诉起来，使得会场陷入了短时间的沉默。此情此景，直到今天，很多人还会时常想起来。

一个经历过苦难的人，是能够很坦诚地面对当下生活的。而且，这样的人对生活往往会给予巨大的宽容。柳萌老师是个有性格的人，他不怕压力，更不怕权力势力，他敢于坚持真理。反之，他对普通人，特别是对年轻人给予了更多的发现与提携。在北京的老作家中，像柳萌老师这种扶持年轻人，拥有众多年轻朋友的老作家不是很多，更多的人往往关心的是自己。以我的记忆，柳萌老师对甘铁生、陈先义、杜卫东、葛笑政、冯秋子、徐忠志、石厉、班清河、刘建军，以及去世的朱铁志、徐怀谦，也包括我本人，等等，都给予了具体的和精神上的帮助。

柳萌老师有本散文集，叫作《悠着活》。自从九年前，他患上了前列腺癌后，他的性格明显平和了许多。每次朋友见面，他都关心大家的身体。柳萌老师喜欢朋友聚会，前几年，他时常叫我们跟他去天津老家七里海去度假吃螃蟹。虽然离开家乡几十年了，但他乡情不断，每有老家来人说事，他总是倾力去办。我觉得柳萌老师虽为文人，但身上却有着很多的江湖霸气。跟他交朋友，他能做到两肋插刀。如果他有事找你，你如果办不成办不好，你从心里会觉得很对不起他。

近些年，柳萌老师的书法作品日臻成熟。有一次，柳萌老师高兴地对我说，他的书法在网上展示后，有人愿意花两千块钱买。我说好啊，您可以卖字为生了。柳萌老师笑曰，瞎掰，咱又不是书法家，谁喜欢拿去就是了。二〇一三年夏天，我们一起到南戴河开笔会，会议期间，东道主提出请柳萌、石英、周明等几位文化名人给写几幅字。我说，柳萌老师腿疼，少写几幅吧。然而，柳萌老师禁不住忽悠，一个小时下来，写了将近二十幅。我几次想阻拦，可看着他那得意的样子，我还是忍了下来。老爷子难得有这么快乐。

长歌当哭。关于柳萌老师的话题，我还有很多话要说。碍于篇幅，只可暂且打住。我最后想说的是，在文坛，名家留下绯闻风流韵事的不在少数。柳萌老师在春风得意之时，在老伴生病病重期间，他始终不离不弃，无微不至地给予照顾，直到终老，一直被传为佳话。现在柳萌老师已经离我们而去，但我相信，在我们众多朋友打造的这个文学百花园里，一定会有他的身影的。我们也一定会听到，贺捷生将军会招着手冲着柳萌老师喊：你坐着轮椅过来，我可以推着你走！

原载《中国文化报》2017 年 6 月 29 日

春天忆故人

高红十

春天，第一茬花赶在叶子前扑天抢地地开开；河边柳条摇头晃脑得意地绿；远看有近却无的草坪草，白天黑夜加班长（心甘情愿无半毛钱加班费），飞快地长得远看近看一样样绿了。

从遍地毛毛虫，到绿叶满枝头，杨树终究成了扬脸可见像模像样的树，也就眼一闭再睁开时间。

天儿不怎么好，有蓝天有白云，有灰天有雾霾；有雨星星儿、雪星星儿，下不下的，下下来是土星星儿。

冬衣千万别忙着洗和收，谚语告诉你："春捂秋冻，一辈子不得病"，一辈子不得病，得花几辈子才能修来。

春季前半季有点慌慌张张，语无伦次，到清明就慢下来了。"清明时节雨纷纷"，虽说雨水不一定清，视线不一定明，但节气这辆吱啊吱啊哼叫的老车毕竟抵达"清明"这重要一站。

那天听广播，正播《我与地坛》，不能不想起文章的作者，走了六七年的史铁生。我和他同在黄土地插队，我延长，他延川，两县挨着，插队时并不认识。文学新时期初起，我在陕西人民出版社编辑文学期刊《绿原》，通过友人介绍，向史铁生约稿，他给我写街道福利小厂的短篇小说《午餐半小时》，似乎没用，也约了赵振开（北岛）的中篇小说《波动》，和苏联小说《第四十一》，似乎也没用，并因疑似××污染引发讨论。很是压力山大的日子，不好过，也过去了。记得请赵振开来西安开会，他说，陕西人真逗，吃羊肉泡馍，还没吃，就跟我拜拜。我说，那是让你把泡羊肉的饼子用手掰掰……一晃，过去快四十年。

还说史铁生。我去过他在雍和宫也就是地坛附近的家，见过他父亲和妹妹。二十世纪八十年代初期，我上第七期文学讲习所（鲁迅文学院前身），一人到他家去过，和同学一起去过。不知坐在轮椅上的史铁生控制哪个机关，院门应声打开，客人得以进了院门又进了房门。《我的遥远的清平湾》获全国优秀短篇小说奖，除了清新的陕北风光，文字表达也十分别致，想哪写哪，散文式的，随意，放得开又收得拢。我问他，怎么这样写？学谁？他有点不好意思，说，鲁迅。

后来，和陶正一起上史铁生新搬的家，请他参加一家公司准备拍摄的讲述插队生活的电视剧，电视剧故事除了土插队，还要延伸至出国洋插队。我们很有诚意地和史铁生一道，轮椅出门，轮椅上出租，轮椅下出租，轮椅进楼上电梯直至“走”到谈事的房间……结果是未遂，关于电视剧的理解双方差得有点远。

再后来，有了令文坛惊艳的《我与地坛》。他说，在出入地坛十五年后写下此文。可见他出入地坛的第一年至第许多年，一定没为文体事先设计，没有想到是写一篇小散文还是大散文，是文化散文，还是争取获奖的散文，或者不吝文体又像写小说（写园子里一对老夫妇和一位练习唱歌的年轻人那章），史铁生只是把心中想写特别想写的生末净旦丑狮子老虎狗山水林田路……一一铺陈纸笔。

文章写了对母亲的愧疚，又岂止是愧疚？写了对生与死的理解，特别悟到死是迟早的事，着什么急——令人顿悟；特别精彩是园中四季与林林总总的对应，与一天之光景对应，与乐器的对应，与声响的对应，与园中景观的对应，与心绪的对应，与艺术形式对应，与梦的对应……有些对应可能在史铁生出入地坛时就有了，像春草冒芽，像风吹过几片叶脉好看的落叶——那时就有了文章的碎片。要不是觉得结构、段落排序、语言风格基本成熟可以动笔，还会有什么对应四季的奇思妙想源源不断无限铺排开来。

十五年出入地坛，史铁生是在深入生活么？似乎不叫，对比眼下不少采风式的“深入生活”只能叫擦蹭生活，史铁生似乎高于深入生活。清明时节听此文，一种情感的、文学的浸润，浸润干涸的世道，浸润干涸世道里粗戾的人心。那文字，像摩挲把玩许久许久的手串都润泽成玉了。相比有的人人没走，文字就旧了，颓了，蔫巴了。《我与地坛》的作者走了六七年，被广播里的专业人士（谢谢他）读起来，新鲜有如古筝铮铮作响，清亮无比，深沉无比，余音袅袅，绕梁——不妥，现如今谁家房里还有房梁——此词可休可废。难得的是《我与地坛》全文几无废话，这年头，要想说或者写一些没有废话的话，该是多难的事！

春天来了，春天读好文章，情随声来，声情并茂。春天听好文章，万物生发思念也生发，万物绽放情感也绽放，带起听者所有感觉，却无悲伤。文章在，人就在，文章好好活着，人也就好好活着，并且好好活下去。

记得有一年，史铁生从延安回来，晒得有点黑，他叫着我的名字，欢喜地对我说，延安有人问你好呢……

不拘理法是吾师

——孙绍振教授对我的学术影响

蔡益怀

孙绍振教授是中国文艺理论界的名家，当代中国文坛有不少作家、评论家，都是他的高足。

说来，孙老师也是我的老师。有此一言，是因为早前看到莫言的一席话，勾起一些记忆所产生的感慨。莫言说，他当年在解放军艺术学院读书时，孙绍振教授给他们上课，用朱自清写《荷塘月色》的例子来讲通感，如湖上飘来一缕清风，清风里有缕缕花香，仿佛高楼上飘来的歌声，此处把荷花的清香比喻成从高楼飘来的歌声，打通了视觉和听觉，这就是通感现象。莫言受到启发，在创作《透明的红萝卜》时就用上了这种创作方法，写小黑孩具有一种超常的能力，能看到声音在远处飘荡，可以听到别人听不到的声音，甚至可以听到气味，完全采用一种超出常规、打破常规的写法。

超出常规，打破常规……孙老师的话好像又在耳畔回响。

那是二十多年前的事了。大约是一九九四年吧，孙老师来香港岭南学院客座教研。我当时在《快报》做编辑，听说他来港，便向报社请缨做人物专访。孙老师是当年朦胧诗大论战的三剑侠之一，他和谢冕、徐敬亚，为新一代诗人“打破常规”的创作而辩。一篇《新的美学原则在崛起》，如同文学的檄文，振聋发聩，声名远播。就是从这一篇文章开始，我记住了孙绍振三个字，记住了这个人，也常常拜读他的文字。二十世纪九十年代，他在香港《新晚报》有专栏，谈文说艺，我自然是忠实的读者之一。

当年的岭南学院位于司徒拔道。我如约来到学院的专家宿舍，叩开孙老师的门。一个戴宽边大框眼镜，头发蓬松的儒雅学者，面带笑容将我迎进房间。孙老师是个健谈的人，一见面就有话说，一谈到文学的话题便滔滔不绝。

我是一个相信有缘分的人。我和孙老师的文学缘非始于此日，而师徒的缘分则系于当天。访问结束，他引我参观宿舍。这是一间带厨房的套房，厨具一应俱全。孙老师说，什么时候再来，他煮面给我吃。他说张颐武来探访，也吃过他煮的面，盛赞。那一年，北大的张颐武在香港中文大学进修，我和他也因孙老师的介绍而结缘。如果我没记错，那段时间我跟孙老师走访中大，第一次见到黄维梁、黄继持等学者。有一次，古剑、陶然与孙绍振老师，在油街的丽东酒店茶聚，我也叨陪末座，其情其景，至今历历在目。如今丽东已经拆卸，但从旧地走过，还会想到那次雅聚的情形，我们坐在窗边，望着对面的红砖小屋，又听着孙老师的高论，大家逸兴遄飞，好不欢畅。孙老师居港期间似乎为我开启了另一扇文学之门。他就像一个网络节点，连接着不同的文学网络。有时候，他会给我讲谢冕，讲王晓明，有时又会讲到舒婷，有一回则讲到刘再复。如访问结束那天，孙老师坚持把我送到校门外的巴士站，我不让，他就告诉我，刘再复也是这样送客的。我想这就是文人的礼数吧？

其实，在这次访问之前，我和孙老师已经通过信。当年，我的第一本小说集《前尘风月》出版，曾寄了一本请孙老师指正。文艺青年，出版第一本书，总不免有难以抑制的兴奋，想找人分享也隐含得到赏识的希冀，所以常会在难以名状的微妙心绪中，带着几分怯生生的惴惴感，将带着墨香的书寄赠若干自己心仪的名家，以求指教。这样的寄赠以完成心愿的成分居多，或者说是成长过程中的一种仪式，通常并不抱真正得到指正的奢望。我不知道别人是不是这样，至少我自己是如此。殊不知，这多少有几分幼稚的举动，也能带来意料之外的欣喜。不少两岸名家都有回馈，如冯骥才、张抗抗、黄春明、痖弦、戴天等都来信肯定与鼓励，孙绍振老师则为文评析，刊于《新晚报》。孙老师的文章对拙作有肯定，但也透露出了对淡化情节的批评。

孙老师的话说得很婉转，可以说给一个青年作者留足了面子。但实话实说，是刺中了要害。我开始创作小说时，对许多小说原理都不太了解，完全是一种自发的野狐禅状态。也许是无知无惧，初生牛犊不怕虎，当时我对自己的创作是充满自信的，从来没怀疑过自己的美学追求和创作实践，至今也不后悔那种文学的天真。当然，到了正式结集出版时，也隐隐感觉到自己的东西跟小说的传统路数有些不同，于是为了掩饰这种差异，同时也为自己的“创意”正名，就美其名曰“氛围小说”。这种藏拙的把戏没有逃过孙老师的法眼，被他看穿了，所以，纵使他轻轻的一句，都会触动我的神经，就像偷糖吃的小孩被揭穿总是会脸红一样。不擅长经营情节，这是我的死穴。这也是我后来会花很多时间去钻研小说技法的原因。

知道自己的弱项，又面对一个能一针见血指出不足的名师，自然会不失时机请教。于是，在孙老师居港的那个时期，我隔三岔五地就会跑到他那里去，或结伴游维港，而我们的话题总是围绕小说创作与其他文学议题，纵使在太平山顶，谈的依然是托尔斯泰、朱光潜。好像除了文学，什么都不在我们的眼底。我们出去吃东西，或者逛商场，都志不在吃与买，纯粹是找个地方说话。一个被文学附魔的老师，加上一个渴望得到文学滋养的青年，在那段日子真的把香港当作了一个文学道场，无论是在电车上，还是在火车的月台上，这对忘年的文艺中年与青年，真有几分旁若无人，畅谈文学，宏论滔滔。当然，讲者是孙老师，我只是一个学生。

打破常规，真善美错位，将人物打出常轨置于极端情境，找到人物的变异感觉和潜感觉……这些都是孙老师留在我脑子中的话语。快而清脆的节奏和语调，以及时不时爆发的朗笑，都是一种精力充沛与乐在其中的讯息。记得有一天，我们漫步在太平山顶，孙老师一路走一路讲述托尔斯泰塑造安娜·卡列尼娜形象的方法，即用偶然事变将人物打出常轨。安娜跟年轻的军官伏隆斯基偷情，陷入情网，一天观看赛马，她和丈夫卡列宁都坐在观众席。安娜一直牢牢地盯着马背上的情人，为他提心吊胆，一个意外，伏隆斯基坠马，安娜一声惊叫，暴露了她与他非比寻常的关系……那侃侃的话语，深入浅出的义理，至今仍浮荡在我的心里，以及维港湾畔、太平山间的空气中。

也许孙老师也发现我对他的小说理论特别感兴趣，自言曾出版过一本小册子《怎样写小说》，说等他回福州再寄我一册。后来，收到孙老师签赠的书，我从头到尾细读了一次，好像又听到他娓娓的言语，之前亲耳所闻的内容都在其中。此时，我才惊觉孙老师将他关于小说创作的艺术真传都无私地传授了给我。这么多年来，我在创作理论，尤其是小说方面研读过的著述不可谓少，亚里士多德的《诗学》、福斯特的《小说面面观》、利昂·塞米利安《现代小说美学》、罗伯特·麦基的《故事》等，都是我反复学习的书。孙绍振老师的《怎样写小说》可能不是很多人知道，但在我的心目中却有着特别的地位，我是将它与那几部经典之作排列在一起的。在我的文学探索之路上，有几本书是让我开窍的典籍，除了那几部西方名著外，还有王国维的《人间词话》、朱光潜的《诗论》、宗白华的《美学散步》、朱自清的《诗言志辨》，还有一本就是孙老师的《怎样写小说》。后来，我在写作《小说，开门》这本文艺学专著时，有一些章节，如“将人物推到悬崖边”“揭示情感的二重性”等，都融汇了孙老师的小说理论。

虽然，书中没有直接引用孙老师的原著，但我还是要把这个学术来路归于孙老师。去年到北京开作代会，遇到孙老师，我告诉他拙著承续了他的小说理论，他连声说好呀好呀！

有时候，我会打趣地说，孙老师那次居港其实私下给我开了一门“创作理论”的研究生课。事实上，有一次孙老师也表示过，欢迎我报读他的博士。能跟随一位深谙文学之道法，又热心提携后进的老师研习学问，于我真是求之不得，只是后来因为时间、交通等等的原因，始终没有将心愿付诸实行。此诚一憾，然我跟孙老师的师生缘并没有结束，相反我们发展出了亦师亦友的关系。他的《文学创作论》《月迷津渡——古典诗词个案微观分析》等，都是我认真研读过的著作。可以说，在我的学术血液中有不少的孙氏基因，他的学理，他的讲学风格，更重要的是他“打破常规”的学术胆识。

这二十多年来，我和孙老师不常晤面，但每一次重逢总是很自然地接续上未尽的话题——文学。大概是一九九九年吧，我随香港的一个作家代表团访闽，下榻于福州的华侨宾馆，我第一时间就给孙老师打电话，又于当晚造访。印象最深刻的是，孙老师的书库，在他的住所之外，另有一间屋子专门用来藏书。夜访，不便久留，只能草草参观，但已让我这个蜗居香港的读书人称羡。后来，孙老师又来过几次香港，有时是外访途经，有一回是应香港教育局之请来给中学老师上课。他每一次来港，我们都会抽时间一聚，我也会就一些文学文化现象请教于先生，询问他的看法。如怎样看待文学批评中的文化批评现象，而他总是能说出自己的见解。孙老师是中国文艺理论界有名的重炮手，且不说朦胧诗论战时的身先士卒，就是在若干学术领域，他也是火力十足的猛将，如《我要革旧语文的命》；对自己的母校也一样不客气，一篇《北大中文系，让我把你摇醒》，也是在读者中一石激起千重浪。我就喜欢这种有锐气的学者、评论家。

不知道可不可以这样说，有什么样的老师，就有什么样的学生。此言或有偏颇，但我知道，孙老师的不少高足，都有他的影子，如谢有顺、陈希我等。大概在年前吧，我收到一篇批判陈希我的文稿，作者是陈希我的同班同学，也是孙老师的学生。这篇文章对陈的指控很重，“反制度”“鄙视国家”。我一向的想法是，在一个价值多元、众声喧哗的年代，有不同意见是正常的现象，但不能只听一家之言，而排斥不同意见。所以，我将这篇稿子转给孙绍振老师，请他转给陈希我，希望有一个响应，在杂志的相关栏目发表，以形成争鸣。后来，我收到孙老师的回函，他说文章转给陈希我了，但没有回音。孙老师在信中说，他和陈希我的关系非常好，他也赏识他的才干，他说“他的思想，我却管不了。这几年，网上成千上万的人骂他是汉奸，甚至有人写信给我，要我开除他。我没有这个权利，有权利也不能这样做”。信中又说，其实陈希我“也很以为日本人不是东西。他在日本还拿着刀和日本人火并过一场”。从这封短函可以看到，孙老师对学生的爱护：“人才难得，我还是很器重他的。而且作为人，他是正派的，是正直的，干净的。”孙老师嘱我将这几句话附在那篇文章后面一起刊发。后来，我觉得只发某君的一面之词，形同对陈希我的缺席审判，这不是秉持客观理性原则的香港刊物所应有的作为，也就取消了刊发此文的计划。

这件事让我对孙老师有了更深的认识，他不只是一个学术的炮手，还是一个会为战士挡子弹的勇士。无论是在朦胧诗论战中为朦胧诗人，如舒婷、北岛、顾城等，义无反顾地抗争，还是在北大任助教时为“右派”辩护的前尘旧事，都让我看到了他的无畏与胆识。我一向敬佩敬重的，就是这样的人，尤其是在千夫诺诺的犬儒年代。

吁，于今时世情世道，除了孙绍振这样的老师，吾谁与归？

还是说回上次去北京开作代会吧。我在大会堂里见到了孙老师，特别插穿在人群中，去向他问好。会议后，在等车回驻地的时候，我又到福建团的巴士旁找他。这一次，他把陈希我介绍给了我。由于他们住在国二招待所，而我们港澳团又住在北京饭店，相距太远，无法畅谈。有一天，会后，我坐上福建团的巴士，跟孙老师去国二，终于有了一次长谈的机会。他本来说把陈希我叫上，可惜他另有约会。我们在国二的餐厅边吃边谈，正好解放军艺术学院的副院长也在，孙老师给我介绍，说他是莫言的同学。从他们的言谈中，我感受到了他们的师生情谊。

孙绍振就是这样一个老师，到处都有他的学生，好像大家也都津津乐道他的讲学风范。我想，一个老师能让后学长相忆，除了他的学识，还要有破除陈规的胆识和勇气，不拘一格方为师。

我没能成为孙绍振教授门下的正式弟子，更多地亲炙名师教诲，固为憾事，但能在学术与批评理路上追随孙老，以他为师，又何憾之有？

超出常规，打破常规……孙老师的话语，莫言记得，我也记得，这也是常回响在我心中的声音。

原载《香港文学》2017 年 4 月

一次失败的组稿

谢大光

组稿乃编辑第一要务。1983 年，离开《散文》月刊到二编室编书，我遇到的首要问题就是组稿。二编室为诗歌散文编辑室，落实政策回来的老编辑董延梅任室主任，老董是南开大学 20 世纪 50 年代初的毕业生，为人严谨，处理稿件十分认真，后来提升为社里的副总编。散文一直是百花社图书出版的重头戏，老董想必感到了肩上的压力，下班后总是说离家近，处理稿件加班到很晚。这是位面冷心热的老大姐，对自己严，对属下要求也严，平日里不苟言笑，遇到面露笑容的时候，一定是撞到了好稿子。我不是科班出身，又没有受过正规编辑工作训练，“文革”中大家都混日子还看不出什么，一旦恢复正常状态，严格三审制，要求编辑每天写工作日志，组稿要提前打报告，审稿有详细意见，甚至写退稿信，都须先拟草稿，经二审改定后才可发出，差距一下子就显现出来了。这些基本素质老编辑已养成日常习惯，我却要从头学习，心中自然有压力，也有些不甘，或者说逆反。老董其实明白我的心理，仍然耐心教我，对我字迹潦草的审稿意见仔细订正指点，发现错别字用铅笔一一改过。书稿复印前责编要撰写内容提要，老董把关格外严，逐字推敲甚至全部推倒重写。“这是要印在书上的。”老董语气很重。这样的训练当时心里不太舒服，日后受益匪浅。二编室当时有两套看家书，一是重新恢复“文革”前“小开本”散文，一是新编现代名家散文选集丛书。编“小开本”我不愁，《散文》月刊三年结识了一批实力作家，资源充足，组稿大有余地；另一套就不然了。现代散文被认为成就在小说、诗歌之上，名家多，重复出版也多，容易编成一锅杂烩。“百花”这套书要求编选者有学术眼光，须撰写万字以上长序，阐析该作家散文成就的特色和地位，入选编者都是高校、社科院研究现代文学的学术带头人，我对此完全陌生，搭不上手，心里着急。老董看在眼里，不动声色地把她组到的《梁遇春散文选集》交给我责编。我很庆幸，由梁遇春带领进入现代散文世界，给了我宽容的心地。这位一生仅仅经历二十七个年头的作家，以总数不过五十篇作品，凭着对独立思考的坚持，对散文小品特质的体悟，在群星璀璨的现代文坛站定一席之地。梁遇春还是位翻译家，最早将英国小品成系列译介到中国来，尤其对兰姆情有独钟，他的散文写作亦受到英国小品影响，被称为“中国的伊利亚”。我对外国散文刚开始发生兴趣，梁遇春的文字趣味甚得我心，看稿就是享受。1983 年 12 月《梁遇春散文选集》（鲍霁选编）顺利出版，放开了我的视野，正值中国散文学会在天津成立，借学会活动之便，认识了更多现代散文研究者，先后组织安徽大学方铭编《茅盾散文选集》，社科院文学所张梦阳编《郁达夫散文选集》。张梦阳刚由廊坊师专调到北京，林非先生知道我在编现代散文，积极促成梦阳和我合作，既为我组到书稿，又为梦阳日后职称评定、家属调动创造条件，两全其美。1985 年，通过上海朋友应国靖组织到施蛰存先生的散文选集，可说是意外的惊喜。这位长期遭到曲解、被称为“出土文物”的耄耋老人，三十年代以“新感觉派”小说领风气之先，散文我第一次读到，惭愧自己的孤陋寡闻，出书前后两次去上海拜访施老，没想到历经磨难的老人，八十多了，仍然思维活跃，十分健谈，毫无遗世之气。编施老的书是个给文化人长志气的过程，边读稿，边感慨，世事沧桑，生死难料，命运沉浮谁敢说自己把握，然文字终能战而胜之。我把心中感慨寄托在“内容提要”中：“作者在时代长河中浮沉颠簸，历经曲折，但始终保持着对于生活的挚爱之心和对于学识的求索之志，这些使得他的随笔式散文，温柔之中微见忧思，素朴平淡的字里行间常含机智幽默，令人读后回味无穷。这是一位曾经被曲解、被遗忘的作家写下的，不会再被遗忘的作品。”

八十年代后半期，现代名家散文丛书出版逾五十种，多数一再重印，供不应求，封面由原来灰绿底色带作者素描头像，统一改成百花散文书系的标准设计，在书架上占了整整一排。书像人一样，一旦整齐排立起来气势就有了。闲时我喜欢用目光扫视这一排书，一次突然发现，书阵里缺少一个应该列入的名字：钱锺书。我读过钱先生的小品《写在人生边上》，薄薄一本书，10 篇短文，不到三万字，谈文论世，语多梗刺，有英国小品文的痕迹，又和梁遇春不同，钱式幽默里透着战乱年代的困顿与忧思。我和钱先生交往不多，八十年代初，承李健吾先生引荐，曾两度去南沙沟寓所拜访，就外国散文译介讨教，那时《围城》还没上荧屏，小说的再版也有些周折，闲谈中，先生略有微词，给我的印象，对自己著作，尤其是数量不多的文学作品，先生很谨慎，也很看重。1985 年，我的第一部散文集

《落花》出版，寄给先生指正，也算答谢。那时我已年逾不惑，一事无成，心中有些苦闷，不免流露到文字中，《落花·自序》有这样几句："我们久久期待着一个新的开始，这一天来到时，我们却青春已逝。百花盛开，我花独谢，颓唐是很容易的，却又不甘心。"没想到钱先生察觉到我的情绪，来函引用《离骚》"餐秋菊之落英"的古注，提示我，"落"是"初""始"之意，因菊花不落，并特意申明"此诠大可移赠"。殷殷之心，令我感佩。《写在人生边上》初版于1942年，此后钱先生再没有编过散文集，我想，先生主要精力放在治学上，四十多年了，专著之余也有散章问世，至少于序跋、书简两项，着墨不少，按传统散文的标准，以小品为主体，辅以序跋、书简、杂著，编一部选集正当其时。以我编辑《施蛰存散文选集》的经验，不以散文家称名的散文，可能驳杂一些，却也可能更自在丰赡。我为自己的想法所鼓舞，查找了不少资料，将初步想法充实为自认具体可行的建议，遂致信先生，希望得到俯允，并寄去《施蛰存散文选集》和新出版的几种散文。信是1988年10月间寄出的，好长时间没有回音，我已经不抱希望，又忙起其他事。转过年来一月，突然收到钱先生回信，拆开信，依然是熟悉的八行笺，毛笔字密密麻麻写满十五行，从字迹上看，较三年前笔力弱了一些。钱先生先是表示歉意，"我老病未痊，又患腹疾经月，近日始稍能照常饮食，遂未早答，请恕宥为幸"。接着，针对我的编书建议，写了这样一段话：

> 拙作实不足道，前数年福建重印，乃我不得已顺从柯灵同志之命。香港、台湾皆在重印；国内纸张缺乏，贵社不必做赔本生意。短序等已蒙舒展兄收入花城本；书信乃私人酬酢，不宜"透明度"太高（蓄意准备公开者是例外，我素不喜写"公开"的"私"信）。兄热心好意，我万分感激，但当此"降温"的大气氛之际，浇冷水也许是合时宜的，一笑。请鉴原。

信的落款12月15日，邮戳上发出日期是12月25日，猜想先生大约行动不便，身边又缺少帮忙的人，以致十天后才得发出。我意识到，我的约稿实在不是时候，顾不上其他，赶忙复信表示理解，并为我的叨扰致歉，出书事容日后再议。

2004年退休时，多年集下的信件装了满满一大麻袋。回到家里有时间从容做些自己的事情，我把钱先生的来信仔细读了两遍，从"冷水"中竟读出一些暖意。当年是我不识时务，贸然打扰了对方，钱先生尽可一口回绝，不须多加解释. 放在那样的情境下，谁都可以理解，而先生抱病回复，针对我的建议逐条说明拒绝的缘由，可谓煞费苦心。看得出，先生是怕冷了我的心，也是有话想说呀。多年以后，抛开编辑秉持的职守，同样一封信，我读出了更深的意味。这样一次失败的组稿，对于我来说，何尝不是栽花成柳的意外收获呢。

原载《伊犁河》2017 年第 1 期

往事如荷

刘兆林

不知何故，作家们的代表大会，届届都开在旧年底与新年初交接的日子。这日子又一次临近了。不知不觉间，我宁静的心湖竟探出朵朵荷花来。这个我懂，就如冬眠的莲荷在春风里的复活。

春天来了

1979年11月，与全国四次文代会套开的全国三次作代会，标志着迟到十年的中国文学的又一个春天到来了。我作为中国人民解放军年纪最小的代表，与数百名年长于我许多的作家们一起虔诚地低了头，向被林彪、四人帮诬陷致死的53名老作家、评论家、翻译家长时间默哀。此前，那些被默哀的老作家我一个没亲眼见过，但不少名字和作品一直在心中熠熠生辉，如老舍和他的《骆驼祥子》，多像生命力顽强的莲荷，不朽在北京的未名湖，也永生在人民大众的血液与心灵中。记得和大家一同躬身默哀的作家中，主席茅盾先生和他的《子夜》《春蚕》《早春二月》等等也在我心中放着异彩。这些老辈的默哀者与被默哀者的文学精神与才华，如出淤泥而不染的莲花，默默地深深地溶在我的血液里，使我年轻的心比以往跳得正常了。年龄所决定，我注定当过批判“文艺黑线”的红卫兵，但那是时代规定给我们那一代高中生的必修课，虽然我们都曾口诛笔伐过“文艺黑线”，但“黑帮”们如莲蓬如荷花的不朽之作，在我心底从没真的死过，一遇阳春气候，必定会复活。记得我会间小组讨论发言和会后写的文章题目，都是“与‘瞒’和‘骗’的文学告别”。

那次代表大会对于我，确如阳春天气的一次复活节。许多如雷贯耳名著的作者，他们被抹黑的名字又真切出现在庄严的选票上，并活生生地站在我的前后左右，任我尽情崇敬与圈点，好惬意，好惬意。那时的选票，跟现代化毫不沾边，所有程序都是手工操作。因为年轻，我有幸被大会信任为计票员，记得曾当过小八路的作家邓友梅先生，是监票员。不足五百人的选举，我们一伙唱票员、监唱员、记票员和监记员，一丝不苟忙活了两遍，到深夜才准确统计完毕。第二天在会场、饭堂或院子里再见到被自己一笔笔记过票的主席团和理事会当选者们，我都会暗自兴奋一番，觉得自己作为一名当过计票员的代表，更有资格崇敬他们了，好像从前的崇敬是没资格的。公布当选的主席团名单是：主席茅盾；第一副主席巴金；副主席按姓氏笔画排列为丁玲、冯至、冯牧、艾青、刘白羽、沙汀、李季、张光年、陈荒煤、欧阳山、贺敬之、铁依甫江。另外还有一群鼎鼎大名者如柳青、马蜂、马拉沁夫、王蒙、刘绍堂、孙犁、陆文夫、徐怀中、魏巍、李準、李瑛等等一批作家和诗人为理事。那一长串名字连同真人形象以声音再次在心头深深打了一遍烙印。尤其这样一个细节让我至今记忆犹新：一位年事颇高满头白发拄着拐杖颤巍巍走进四次文代会三次作代会同时开幕的大会场卫生间小便池边，与我相挨解手时，听有人称他朱光潜先生。朱光潜?！我不由大吃一惊，肃然起敬，一时解不出尿了。不是失禁解不出，而是唯恐失敬而不好意思解了，我知道他如雷贯耳的美学家大名！但看他站在池台上好一会都解不开裤带，好不容易解开了又点点滴滴难以解出的情景，让我也难以把他与他的美学著作和谐联系到一起了，不禁感慨，努力呀，不能躬身于解不出尿来的前辈面前也解不出尿来啊！

大会期间，团中央特意为三十岁以下代表安排了一场联欢舞会。那时的舞会算是新生事物了，我受到邀请，但手拿请柬却犹犹豫豫不敢参加，是一位老领导要走我手里的京剧票，我才红着脸硬了头皮去的舞场。三十岁以下代表不多，舞场人便也不会多，我坐在角落里，看人家跳了一曲又一曲，就是不敢下舞池也跳上一曲。直到最后一曲已奏响好一会了，我心血才忽然来潮，决心跳上一圈，以免遗憾。就在此时，舞会结束了。事已四十多年，我仍遗憾自己思想解放的步子太慢太慢。

开不败的花朵

2006 年，11 月底。全国第七次作代会在北京召开时，年过百岁的巴金主席已经辞世。此前的六代会，巴金主席便因病未能出席，他那次的祝词，是别人代为宣读的书面稿。所以，七代会最先一件事，当然就是向巴老及六代会以来去世的作家们默哀。但此次被默哀者已没一个被诬陷迫害致死者了。仁者寿啊！百岁而安然辞世的巴老在作家们心中已是永生的。

百岁的巴老肯定也会为小他50岁的新主席候选人而祝福的。新主席人选是众望所归的上届副主席铁凝。说她众望所归，有当年主持换届的中国作协党组书记金炳华悼念另一副主席陈忠实的文章可以做证。文中说，征求陈忠实对新主席人选意见时，他推举的是铁凝。炳华书记说也有人推荐了他，而他说，铁凝同志年轻，比我更合适。更合适的铁凝果真在近千人的大会选举中高票当选。

七代会选举的票箱已十分现代化了，投票口严密得与制式的选票宽度以至厚度严丝合缝，想投进一张假票或多投一张真票都绝无可能。当开始投票的乐声奏起，主席台前排同志起身投票时，有工作人员走到已九十大多的马识途先生身后帮助起身，不慎碰倒了坐于马老身后的我桌上的茶杯。刚刚用开水泡上的一杯滚茶，一下淹了桌上我那张选票。当轮到我站到票箱前投时，那张泡肿的选票怎么也塞不进去了，后来只好交给选举工作人员处理。

三代会时那种一张张唱票计票的方法早不用了，投票结果很快公布出来，上千人的会场爆发出热烈而有力的掌声，仿佛中国文学一下年轻了五十岁。新主席在新一届主席团和全委会上谦逊、热情、沉着、全面、感人且有文采的讲话，让大家感觉，新的领导集体似忽又成熟了五十岁。到底是年轻了许多，还是成熟了许多，反正十年光阴匆忙并兴高采烈地过去了。我已由对老前辈崇敬得一时解不出尿来的青年，变成对优秀中青年作家们自愧不如的老代表了。记得离会那天见到的一个细节被我平静地摄入傻瓜相机，至今犹在眼前：在代表下榻的酒店门口，正好遇见九十多岁的马识途先生被铁凝主席搀扶着准备上车返程，一老一少，一个笑声朗朗，一个关爱有加，诚如即将分手的亲情父女，让人感到作家协会有如作家之家。

十年过去了。中国文学以从来没有过的英姿走向了世界。中国文学迷人的花朵永远开不败。

原载《文艺报》2016年11月30日

学会守时

刘庆邦

时间如流水，流水我们留不住，时间倒还可以遵守。其实时间就是用来遵守的，上学、上班、登车、登机等等，都得遵守时间。如果错过了规定的时间，时间一去不返，人家是不会等你的。人有三守：守时，守信，守己。三者相辅相成，缺一不可。三者当中，守时最日常，最具体，对每一个社会人来说应该是最起码的要求。

记得我在煤矿当工人的时候，安全规程对上下班时间都有非常严格的要求。上班必须提前到达工作面，不可迟到。而下班绝不可有半点提前，就算当班的任务早就完成了，也得等待与接班的工友按时交接，“手交手，口交口，交不清，不能走”。

工作中是这样，在社交生活中，我们也应该学会守时。相比之下，工作中守时比较容易做到，因为有制度、管理、监督等机制管着你，不守时会受到批评，甚至惩罚。而在社交生活中，没有了外力的制约，人们对时间的遵守往往就有所放松。

特别是一些从事写作的朋友，他们平时自由惯了，也散漫惯了，偶尔聚会，有人总是不能按时赴约。比如有一个朋友，喝酒挺实在的，但每次聚会都迟迟不到。迟到对他来说是一种常态，提前或按时到场的情况几乎没有。他每次迟到，总能找到迟到的理由，不是路远，就是堵车，或是被别的事耽误了。我们罚他喝酒时，他哈哈笑着，一再说对不起，不好意思。态度倒是蛮好的。别以为他这次挨了罚，道了歉，下次就守时了，不会的，下次聚会他还是“不好意思”。

自查起来，和朋友们聚会，我也曾有过迟到的时候。但自从经历了那件事情之后，再和朋友聚会，我要么提前到，要么准时到，再也不会晚去。那件事情的经过被我白纸黑字记在笔记本上，到什么时候都不会忘记。时间是 1993 年 9 月 15 日下午，地点是北京钟鼓楼旁边的马凯餐厅，起因是深圳方面组织全国性的文稿竞价拍卖会，派李骏先生到北京来拉稿子，召集人为雷达老师，参加聚会的有陈荒煤、冯牧、刘恒、白烨、朱晓平、王朔、卢跃刚等人。聚会地点离我家不是很远，那天我是骑自行车去的。骑自行车的好处是机动灵活，一般不会耽误时间。约定的具体时间是晚上六点半，我提前十分钟就到了。事前我并不知道参加聚会都有哪几位，到餐厅一看，才见陈荒煤先生、冯牧先生和雷达老师等已经到位，他们比我到得还早。陈荒煤先生那年八十岁，冯牧先生七十四岁，他们都是我所尊敬的文坛老前辈。以前我只在开会时见过他们二位，这么小范围地和他们聚会，对我这个后学来说还是第一次，不能不让我对他们起敬。雷达老师特意向冯牧先生介绍了我，说我是“北京三刘”之一。冯牧先生说知道，他读过我写矿工的小说。冯牧先生还说，有一个叫刘毅然的，也姓刘，小说写得也不错。

六点半过了，还差两个人没到，朱晓平和王朔。那就再等会儿吧，先上凉菜。凉拌黄瓜等凉菜端上来了，又等了半个钟头，朱王二人仍未到。我见冯牧先生有些不悦，说这两个小子，让两个老头子等他们这么长时间，太不像话！那时移动电话不叫手机，叫大哥大，大哥大属奢侈品，一般人用不起。在餐厅里没法儿和二位联系，只有继续等下去。又等了几十分钟，都快八点了，朱晓平和王朔才终于到了。这时冯牧先生已经不是不悦的问题，他生气了，甚至有些愤怒，一见朱晓平就骂起来。他的骂有些不由分说，朱晓平又是道歉，又是解释，他还是不肯罢休。不知为什么，他没有骂王朔，只把矛头对准朱晓平一个。大概是因为朱晓平在中国作协工作过，曾是他的部下，他对朱晓平就格外不客气。

冯牧先生骂朱晓平骂得很难听，碍于晓平兄的面子，这里就不再重复了。反正那天的饭局偏离了主题，吃得很不愉快。至于喝了什么酒，吃了什么菜，我一点儿都记不起了，只对冯牧先生因朱晓平和王朔迟到发脾气留下了深刻印象。

我除了庆幸自己那天没有迟到，还在心里暗暗留下了一个记号，以告诫自己：以后凡有朋友们聚会，一定要守时，万万不可迟到。特别是在有老同志参与的情况下，一定要提前到。这是尊重别人，也是尊重自己。时间无处不在，我们每时每刻都在和时间打交道。不光朋友们聚会，我们每天从睁眼起床，到晚上闭灯休息，中间无论是学习，开会，还是旅游，看戏，都有一个守时的问题。守时既是守信和守己的前提，本身也是守信和守己的组成部分，如果连守时都做不到，就谈不上守信和守己。鲁迅先生从生命的高度，直接把时间和生命联系起来，说“时间就是生命”。从这个意义上延伸理解，守时也是珍惜生命和守护生命啊！

原载《文汇报》2017 年 6 月 4 日

大地回声

南澳：自然之门

陈世旭

南澳，粤东重镇汕头的离岛，以一百六十海里的距离与台湾高雄隔海相望。

南澳桥，汕头母亲捻出的丝线，细细弯弯飘过二十里海面，蜿蜒在大海的万顷碧波上，牵起在海中嬉戏的南澳岛，抚摸丝绸一样柔软的波涛，把婉约的诗意悠悠注入温玉般的起起伏伏。

一头是现代的繁华，一头是古典的淳朴，从一首诗到另一首诗不是终点，每一片在我们眼前的闪光都是海的歌唱。如果长桥是一个梦，我想终点一定是天堂；如果梦是一双翅膀，我们正在飞越彩虹，听唐朝的诗人指点海天的星星："安得五彩虹，驾天作长桥。仙人如爱我，举手来相招。"（李白《焦山望松寥山》）

南澳湾海滩上的"自然之门"，是北回归线的标志。穿过撒哈拉沙漠、阿拉伯沙漠、塔尔沙漠、墨西哥沙漠……北回归线，地球上北温带与热带的分界，从"回归沙漠带"来到林木繁茂的"回归绿带"。

"自然之门"上的球体，3.21米的半径，对应春分3月21日；6.22米的悬臂，对应夏至6月22日；12.22米从底座到球体的高度，对应冬至12月22日；两边门柱倾斜的角度正好对应北纬23.5°。每年夏至正午，当太阳直射北回归线，日影将穿过圆球中心圆管，投射地台中央。

思想绕着时间的中轴，驶向北纬23°26′的纬线圈。在极亮的光谱中，建构起思维的支架，随风速均匀运动的钟摆昼夜循环。感觉焕然一新。想要立即起程，向明天漂流。沿着迤逦的道路和迤逦的河流，诠释回归的意义。被季节唤醒，在北回归途中，唱起儿时的歌谣，撑起弦月弧形的帆。让阳光拉长身影，让所有人听到快乐的抑或是感伤的歌。

铁锚，海边的标志物，铿锵的留存。铁锚收起铁链的绳索，停止了行走。腾空的意志寻找一座模具，黑色铁锚的雕塑，该是南澳的灵魂。海洋，接近天穹，带给星辰光焰。天庭下游移着雷霆和风暴。无法望见故乡，必须将命运交给驭手。巨浪掠过四季，激起一片片洁白的浪花，发出一阵阵铁链的喧哗。一个盼望出发，一个盼望到达，到达是为了下一次出发。谁能遗忘铁锚和缆绳？一种文化的符号，不会随时光流逝。

澳前村的三口宋井，各名龙、虎、马。龙虎随帝王和大臣埋没，唯士兵饮用的马井至今犹甜。回忆像井水，充满冰凉的寓意。海洋像雨水那样迁徙，历史却已成定局。宋末那场黑色的风暴烟消云散，云盖寺铳城早已无迹可寻，太子楼藏金只能是一个可笑的传说，暴露愚蠢的贪婪。末路王朝难以想象的薄暮，在井水里凝结。阴郁的岁月分崩离析，死亡使悲痛失去了浮华。如果还知道耻辱，一个暗淡的威权便只能让人沉思。甘泉是大自然的怜悯，与“潮书宋韵”无涉。

总兵府，老旧的重门掩息了金戈铁马、刀光剑影；凝噎了慷慨悲歌，觥筹交错；不见了怅然离别，黯然销魂。春去春来，花谢花开，水质的花朵原是易逝的光阴。昔日的森严府第，静默的花絮纷飞，点点打在脸上。

沿着时光的隧道穿越茫茫烟波，感叹一场场悲欢离合。商贾海上互市；盗贼劫船越货；戚继光灭海盗；郑成功夺台湾；大洋林立的樯桅，蔽日遮天；帐中肃穆的红烛，映照甲板的寒光。忽然间的呼喊，惊醒了酣梦。顷刻间四面乱箭如麻，熊熊的大火，吞没了鸣锣。云气浑浊的苍白中，溅起了一片血红。长矛刺破了谁的铠甲？弯刀割断了谁的咽喉？月亮被捆绑在树冠，战火燃尽了黑夜。太阳穿过重重黑云，不知道有多少人倒下。旌旗破碎，剑鞘残断，指尖滴血。海风呼啸哪可度，孤岛苍茫更何有？杀气一夜作阵云，相看白刃血纷纷。

曾经的海声动天，碧血丹心，曾经的侠骨柔，醉花眠，归于沉寂和平静。一场薄薄的夜雾，悄悄地来临，轻轻地散去，隐于永恒的虚无。至情至性的痴男怨女或壮怀激烈，或荡气回肠，或凄婉哀伤，或痛断肝肠，他们留下的一切，总在无边的大海翻卷不息的浪花；爱恨情仇的旖旎涟漪，总是在每一个不经意的时刻，扣人心弦；浪漫、多情与缠绵，雄浑、柔弱与忧郁，超越轰轰烈烈的现代风，总会有一种感动拂过颤抖的心灵。

滚滚波涛，将过去吞没。南澳的海角，埋藏了无数财富的秘密。海面捕鱼，船底会触到海中房屋的飞瓴。“南澳Ⅰ号”出水的瓷器满是明朝人绘画的麒麟、牡丹、仕女、书生与花草。海难是上帝写了一半的剧本，句号由沉船打捞者完成。打捞沉睡的文明，翻开阴影下厚厚的页面，检点祖传的遗产。

天空和海洋的广袤蔚蓝里，有多少未知，就有多少探索。

海是摇篮。鼓满的风帆，在梦中悬垂斜挂，还有蓝色的海葵和树林周围的波浪，还有鸟在空中避开一叶落花，鱼在水下绕过几丛水藻。摘下一个个透明的果实，等待鲸鱼喷出的花的藤蔓。

别了，南澳！我会再来，远不止是来看海、听涛、怀古、幽思，而是走进你宏阔的自然之门，以之为回归自然的象征，安顿我总是难以宁静的灵魂。

原载《人民日报·海外版》2017 年 7 月 15 日

众生皆可忆

徐　刚

草木虫鱼之属，我最喜草木，写得也多一点。近日枯坐书房，却有苍蝇飞旋于脑海，挥之不去。是不经意间想起了一只苍蝇？或者竟也有苍蝇念我？苍蝇自然说不上可亲可爱，却伴随着我的少年时代，令我难忘。回想苍蝇，甚至还能看到时易世变的痕迹。

少小时在崇明岛乡下，苍蝇是伴。它太多，比村子里的人多得多。水乡多鱼虾，除鲜吃外，还腌着吃，鱼就在家家门口的竹竿上吊着，鱼香荡荡，苍蝇先吃。苍蝇对人从无陌生感，它们似乎是这片芦荡荒野的原住民。苍蝇尤喜孩童，它们不像蚊子那样叮人吸血，只是舔舔而已。它能舔得什么呢？我和娘吃饭时苍蝇便绕圈子飞，不时驻足于饭碗、菜碗边沿，还有落到菜碗中间的，轰走了，又回来。苍蝇，是我少小时的同食者。苍蝇不仅逐臭，还闻香必至，尤其好甜品。当我吃一个蛋黄变黑流油的臭咸鸭蛋，或者难得吃到一碗喷香的红烧肉，苍蝇们都会扑将过来，在咸蛋壳内吮吸，兴致勃勃地和我抢着舔碗边上残留的肉汁。如果不是娘要洗碗，苍蝇似乎可以永远地舔下去。

苍蝇的好甜品又从何说起？

崇明岛土产众多，以芦穄闻名江南。芦穄又称芦粟、甜高粱，形似高粱而比高粱修长，有节，青皮，汁清香而甘甜。书上说，“江南出芦穄，喜在沙地生长”，崇明岛，沙岛也，浪淘沙，沙叠沙，无处不沙。故崇明芦穄独秀江南。崇明农人种芦穄于田边地头，早芦穄盛夏可吃，晚芦穄秋天能食。儿时，盛夏傍晚，小伙伴们在割得一篮羊草后便从不知谁家的田沿上拔得一根芦穄，坐在角落里分而食之。那时光，崇明岛的高田种棉花，棉花地里种香瓜，地头种芦穄。瓜熟时节，十里飘香，有路人吃个瓜吃根芦穄不在小偷之列。至于拖着一根芦穄在田埂路上呼朋唤友，边走边吃，还有一群苍蝇跟随于夕阳下，那是有点潇洒了。

吃芦穄也可以吃得声势浩大——其实不是吃，那是东宅上的才元好公熬制芦穄糖之时。村里人除去青壮劳动力，全去帮忙去芦穄皮、榨汁。几十个人，老老少少，围坐场院，喧喧嚷嚷，还有鸡狗相逐，好不热闹。芦穄汁在锅里熬制，变稠变红，每人可在筷头上尝一点。而芦穄糖香，已香遍村野。吃了芦穄糖，一众乡邻分手时回头，青色的成堆的芦穄皮、芦穄渣看不见了，都已成黑色，何故？数不清的苍蝇匍匐、吮吸其上，人来人去，人呼人叫，苍蝇不为所动，它们专心于吮吸芦穄皮上一丁点儿残余的甜蜜。

苍蝇有时还是玩伴。伸出一节去皮的芦穄，苍蝇三五成群地飞临其上，然后捻转、加速，苍蝇随之以四足飞速转动，我们名之曰：苍蝇飞车。乡人有言"无头苍蝇也飞"，我问品元伯："苍蝇杀了头还能飞，是真的吗？"品元伯说是真的，但"要大号的乌头苍蝇"。我们便用捉蜻蜓法捉得一只，剪其头，果然飞走了，撞树而亡，留下一点血迹。回家跟娘说"苍蝇也有血，红的"，却不敢说剪苍蝇头的事，娘说了一句乡人常说的话："众生啊！"

后来，苍蝇被列为"四害"之首，乡间旧俗厕所是半敞开的，也是苍蝇集散地，会传染疾病。人民公社时期，各生产大队有专人负责在茅坑中撒"六六粉"。到我离乡去北京工作的1976年，崇明乡下的苍蝇已经少多了。

北京也有苍蝇，数量较少而已。自从我到北京做了一家报社的编辑，对偶尔飞进屋里的一两只苍蝇，不再有少小时虽不相亲却能相容，有时还可成为玩伴的胸怀了，必欲除之而后快。推究起来，一者童心不再矣，二者因为环境及个人境遇的变化，似乎有点一阔脸就变。

某年某日，隆冬雪后，太阳升起，我家东向厨房的煤气灶上正在炖排骨汤，恰好看见窗玻璃上有两只苍蝇，瑟缩着晒太阳。猜想起来，它们大约很想进屋，屋子里有暖气，有排骨汤香，但终于不得其门而入。当时生出的感叹是，一切生物都需要阳光啊，尤其在寒冷时。苍蝇们如何过冬？它们冬眠何处？这两只苍蝇不避严寒，游走冰雪，也可称是苍蝇的游侠另类了。

我和苍蝇的那一点事儿，本可以到此作结，哪知道缘分未尽尚有后话。

2000年，我作为凤凰卫视《穿越风沙线》节目的嘉宾，参与主持了行程两万里的中国风沙线的纪录片。初秋，摄制组一行大清早从敦煌驱车赶赴罗布泊“魔鬼城”，即雅丹地貌的一处集中地。一下车，我们一行十余人目瞪口呆：在从未见过的碎石地貌上，各种雅丹阴森狰狞，或高耸如丘陵，或横阔似城墙，有的像堡垒，有的像远航船队。脚下一律是粉碎的石片，干热从四面八方袭来，没有一棵树，没有一根草，没有一只虫，唯有干热的死寂。我光秃的头顶，能感到生命的湿气正被丝丝缕缕地抽拔而去。塔克拉玛干的腹地尚能找到枯死的红柳，而“魔鬼城”雅丹却为何尽显死亡的迹象？或许这就是自然的多样性，并不是所有自然物都以可爱的面目出现，但它们有各自的故事。

夕阳西下时，正是录制节目的时间。主持人问我来到这一处“魔鬼城”有何感想。“恐怖的荒凉。”我话音刚落，对准我的摄像机上方不知从哪儿飞来了一只苍蝇，太出乎意料了，甚至是喜出望外！一天中在“魔鬼城”见到的唯一的活物，竟是一只苍蝇！它伫立于摄像机上，悠然自得。我能感觉到这一只苍蝇以它细小的前后四足，在我无障碍的秃顶巡视漫游，然后又飞到了主持人的头发上，再落脚到摄像机上。我们原先准备的台词变成了即兴对话：“它从哪里来?”“它是天赐之物。”“我第一次感到了苍蝇的可爱。”“在没有生机之地，我们惺惺相惜。”……

在听完我们的对话后，这一只苍蝇飞走了，绕过一座高大奇崛的雅丹，忽然了无踪影。

它回到了令它得以飞来的造物之地。

后来读周作人先生的《苍蝇》，可谓感同身受了。“苍蝇不是一件很可爱的东西，但我们在做小孩的时候都有点喜欢它。”周作人的孩提时代，很可能还有鲁迅，与苍蝇做伴玩耍极为有趣，如以灯芯草夹在苍蝇两足之间，苍蝇便上下颠弄，名曰“戏棍”，且剪下过一只苍蝇的头，“它的身子依旧飞去”。周作人在文章中还告诉我们，希腊人路吉亚诺思（Lukianos）说过，“苍蝇被切了头之后，也能飞好些时光”。在他译为诃美洛思（Homeros）的荷马的“《史诗》中常比苍蝇为勇士”。周作人还说：“中国古来对于苍蝇似乎也没有什么反感。《诗经》里说‘营营青蝇，止于樊，岂弟君子，无信谗言’。又云‘匪鸡则鸣，苍蝇之声’。”我在小时候还好奇于苍蝇的“搓脚”，细长的前后四足时搓时绞，它是痒痒呢，还是玩一种苍蝇自己的游戏？从《苍蝇》一文中得知，古籍《埤雅》有载：“蝇好交其前足，有绞绳之象，亦好交其后足。”再对“绳”字稍作训诂，绞丝旁而半蝇，绳也。人类最初搓绳绞绳的发明，或为苍蝇交足所启迪？未可知也。

苍蝇入诗不仅有《荷马史诗》、中国的《诗经》，很为周作人欣赏的

“以一切生物为弟兄朋友”的日本人小林一茶，还有咏蝇俳句，如《归庵》：

笠上的苍蝇，
比我更早地飞进去了。
众生皆可忆。

原载《光明日报》2016年12月16日

运河须夜游

黄亚洲

一

你白天“走运”当然走累了，行囊里鼓鼓的全是大运河南端的精彩，且不消说那古朴俊秀的拱宸桥、完整保存了清末民初沿河民居的桥西直街、小河直街，更有那闻名遐迩的中国京杭大运河博物馆、中国伞博物馆、中国扇博物馆、中国刀剪剑博物馆、中国工艺美术博物馆，满脑袋都是运河风情与运河故事，再说要去夜游大运河，当然，你就揉着膝盖说不去了。

亏得我及时说，你大错。

我对你说，就主要流在杭州拱墅区的这十二华里的京杭大运河南端而言，你还只游了半条运河，若不是再邀了月色、星星、两岸灯火共游一番夜运河，怎么能说你已全然领略了运河风情？

你行囊里，不装入运河之夜，就只是鼓囊了一半。

若同意世上大多数爱情都发端于夜晚的论断，你必会对“运河夜游”生出一些别样的情愫。朋友，你想想这个道理。

二

其实，大运河自出世起就伴随了夜游。

那是兵丁在夜游。来自黄淮的将士星夜北上涿郡。他们手中的利戈与起起落落的船锚在发出同一种铁的声响。隋炀帝为征讨高句丽而大举扩修运河，因此成千上万的步军与弩手得以探头船舷，嗅闻着月亮的气息与岸蒿的气息。他们的夜游，与壮志、乡愁、离苦同步，而温柔的运河水花则在将士们征战之前，就试图抚平他们心灵的暗伤。不错，这也是一种夜游。运河是骨骼，骨髓在移动。

那是龙舟在夜游。由千余艘船舶组成的特大龙舟阵仗，虽说是昼行夜伏，那先后都曾六次下江南的康熙与乾隆都受不了夜行之苦，须上岸就寝于各处沿河行宫与临时搭建的蒙古包，但是，那种夕阳之后四野安宁的江南夜色，也是他们踱上甲板后曾经看见的。沿岸桑林与水田夹杂着星星点点的灯火，江南月夜那种特有的湿漉漉的温柔，不止一次地让皇帝老儿尤其是乾隆大发诗兴，尽管乾隆的诗没有一首是有活气的。总之，各位皇上在夜游中，能深切感受到魅力独具的运河委实是曲折蜿蜒在一匹锦缎里面的，无论江北，无论江南。

显然，这条长达一千八百公里的世界最长人工运河日夜流淌，其夜行姿态，自古有人关注。

三

所以，你就不能不对运河的夜游兴趣盎然了。

是的，夜游大运河在古时就带着别样的韵味，更不消说在当代，在精彩缤纷的大运河南端这十二华里了。

我告诉你，杭州有一种现成的大运河夜游模式，很是享受。每晚，古式漕舫从杭州市中心的武林门巴士水上码头出发，一直北行至那座著名的有江南第一桥之称的拱宸桥，然后折回。沿途，可赏石栏长阵、石弄潮声、运河怀古、半道春红、富义粮仓、乾隆御码头、忠亭等一系列景观，全程大约一个来钟头。

我说的“很是享受”，想必你一定会同意。首先是你乘坐的漕舫很有意思，其原型是杭州运河的清代木质漕舫，船尾有玉琮图腾，舱内有花纹雕饰，你在舱中端坐，立马就有半个皇帝的感觉。

尤其是，漕舫一开行，你缓步走上甲板，挽上簌簌的水花与两岸沉静的树影，忽然会觉得整个城市安静了下来。杭州市中心的车水马龙与喧嚣繁华一下子消失了，拱墅区这些年新建的无数高楼大厦也似乎全给两边的树木与堤岸给推到了远方，偏是千年大运河的那种静谧与安详，从夜色里浮现了出来。

河岸，船，树影，波光，灯火。月亮在天上又在水中。

是的，你在水的响动中嗅到了潮湿与清新的历史。这种体验恐怕是你难得经历的。

在夜色里，你看见了运河如此的朴素与从容。

从事视觉艺术的策划者，还精心设计了运河夜游的亮灯工程，独具匠心地在一些沿河建筑物上，隔三岔五地布置了一些矩形蓝色灯框。这些时不时出现在你视线前方的亮晶晶的几何图形，又仿佛是历史的路标，能让你在整个夜游过程中感受到这条河流的某种整体性，甚至某种神秘感。而穿过的那几座桥，更是被灯光打扮得色泽丰富，亮丽的七彩与叙述运河历史沿革的桥洞浮雕，仿佛让你感觉到不是在穿越桥洞而是在穿越时空。

在徐徐驶过御码头之时，你发出思古之幽情，那是再自然不过的。御码头位于运河干流与一条支流的交汇处，水面开阔而平稳，有利于布置皇上登岸的保卫工作。据说乾隆六下江南大都选在此处上岸。此刻，从水面望去，灯影幢幢，绿树娑娑，仔细听似乎还有百官朝靴的纷响。皇帝巡江南那是五品以上大员都要随行的，龙舟里有一个完整的政治局，可见这御码头那些年的政治责任有多大。

御码头之处，在光绪年间，还兴建有闻名遐迩的“富义仓”。这是清代的国家战略粮食储备仓库。库容量很大，储存谷物五万石不在话下。它与北京的南新仓并称为“天下粮仓”，因此留下了“北有南新仓，南有富义仓”之说。

由此，你当然理解了，大运河实际上是一条国家粮食命脉，“民以食为天”的某一个前提，就是“食以河为藏”。

在粮食与物资的角度上，沟通南北中国委实是一个根本性的战略举措，这有利于整个中国的稳定与安宁，大运河的开建与扩修并不仅仅为运兵固疆一说。

最后，你看见“拱宸桥灯光秀”的时候，忍不住又要惊叫一声。映照着这条古桥的灯光璀璨而柔和，将这江南第一桥凸显得极其华贵，又极其俊秀。你白天走过拱宸桥那坚实的石板路面的时候，更多的是感受她的工艺与来历，知道这座长达九十八米高达十六米的三孔薄墩石拱桥有那么柔和的弧形，知道拱是恭敬拱手的意思，宸是指帝王居住之地，明显地带有相迎帝王之意。因此，康熙与乾隆船过此桥之时，必定皆是龙颜大悦的。而在夜晚，你凝视着安安静静浮在灯光里的这座古桥，你会透过艺术而看见她的灵魂，你会觉得，她是所有跨过运河之桥的集合和化身，她是垂直于运河的运河，她是运河深处的运河，她与运河一起构筑起了“交互、交通、和合、统一”的概念，甚至可以说她就是运河的结晶体。

只有在暗黑的夜色里，在久久注视亮晶晶的桥身与波光粼粼的水花的时分，你才会集中地对“桥”与“河”生出意义上的感受来。

大运河，拱宸桥，你们是同一个概念啊。

现在，你明白，我为什么非得拉你来夜游运河了吧？

四

当然，夜游运河，你也可以选择步行。

虽然城市日渐繁华，运河南端偏蜿蜒于城市中心，但是随着运河两岸这一时期不懈的整治与修筑，雅致的桥栏、树荫、公园、绿地、游步道、艺术雕塑均已布置到位，人游其中宛若画中，城市的喧嚣虽说不是推得太远但也是隔着相当距离的，所以运河两岸的“走运”这些年越来越受市民的喜爱。

清晨，黄昏，运河两岸男男女女挽着浪花与船笛大步疾走或者款款前行的画面，是杭城的一道越来越鲜明的风景线。

近年的每逢新年元旦的“走运大会”，更是描绘了杭州的市长与百姓同走运的风采。我在“首届走运大会”的启动仪式上献过一幅字，叫作“杭州走运，浙江走运，中国走运，世界走运”，字写得歪歪扭扭，寓意却是通通畅畅的。

我现在翻过来说，夜走运河也是通体舒畅的一件事。你要知道，人不能白天走运，夜间也要走运，各种美好像爱情一样，一半也是发生在夜间的，夜是第二个白天的原点与预演。

夜走运河，你会觉得树影更加汹涌与朦胧，两旁长着灌木与花草的小径在绰约的灯光下总是蜿蜒着，带着你前往御码头与拱宸桥，在夜色里与历史密会。而空气，依旧是这样的湿润与清新，掺和着月光，沁人心脾。

关键是大运河一直与你并肩而行，你走多快浪花也走多快；你走多远浪花也走多远。你会觉得你挽着的不是运河而是你一辈子的爱情，是你这辈子人生的主动的开拓，是你同这个世界的交互与和谐，是你的人运。

你不觉得，在夜晚，生发这样的联想会更容易更自然吗？

所以，记住，运河须夜游，才算“全走运”。

所以，朋友，在你的日程安排上，请划出一个整整的白天，也划出一个深深的黑夜，跟我去亲近运河吧。

大运河不仅是国运，从小处说，也是你我个人之运，从更大处说，也可谓世界之运。

由此而言，我们日夜走运，决计不错。

原载《光明日报》2017年3月3日

如果爱有轮回，我在浦市等你

彭学明

亲爱的，我现在在浦市。湖南湘西的浦市。湘西泸溪的浦市。我现在正捏着一支画笔。可是，我一进浦市，我的画笔就傻了，傻傻的，不知道怎么落笔。浦市实在太美，我的画笔画不出浦市的颜色，任何画笔的颜色都会在这里失色。我的画笔画不出浦市的意境，任何画出的意境，都会缺少浦市的诗意和神韵。浦市本身就是一幅巨大的画，任何灵巧的画笔，都会在这里变得笨拙，成为哑巴。

浦市的画是粗线条的。画的轮廓，就是三块。古巷。民居。河流。三块轮廓，三块腹肌，每一块腹肌还有小的腹肌。关键是，细细一看，还有胸肌、三角肌，有棱角分明、无比性感的人鱼线。至于哪是胸肌，哪是三角肌，哪是腹肌，哪是人鱼线，我也说不清。你就想吧，想哪就是哪，想哪是哪就是。因为浦市是一个天生的美人坯子，不管是美女还是美男，正面，背面，上面，下面，都不是一个美字了得。每一块肌腱、每一根线条、每一寸肌肤，都好看得不要不要的，是一整条弯来直去、直去弯来的风景线。

古巷有三条纵的。长。好几里。一条是河巷。一条是正巷。一条是后巷。可浦市人不叫巷，叫街。河街。正街。后街。浦市人见过大世面，知道街巷是怎么回事，你上海一泡尿远的胡同都叫街，我这几里长的巷子还不叫街？你北京一根烟袋一样小的巷子都叫烟袋斜街，我这小河一样大的巷还不叫河街？当然叫街。不但这几里长的巷子叫街，那几十条连着长街的短巷子也叫街。天后宫街、十字街、中正街、下正街、犁头咀街、太平街、烟坊街、万寿宫街、寨尾头街，连珠炮似的，叫得你眼花缭乱。这三条纵的长街，是浦市最重要的几根经脉。有弯，有直，有曲，有伸，把几十条短街前后周围连在一起。就像三把梭子连着几十根锦线，吱呀、织呀，织呀、吱呀，云一根、霞一根、虹一根，山一笔、水一笔、屋一笔，风一梭、雨一梭、光一梭，一块硕大的锦缎就织成了。街道上生长的各种色调的民居，民居上横斜出的各种色调的物件，物件上高挑出的各种颜色的配饰，都成了一团团的彩墨，在宣纸上洇润、浸染。不说别的，就说墙，黑的、褐的、白的、灰的、灰白的、灰黑的、褐红的，多种颜色。一道道光把墙壁釉得铮亮铮亮的。一道道雨把墙壁洗得沟沟壑壑的。一阵阵风把墙壁吹得冷凝沧桑的。还有一缕缕菜香和炊烟，把墙壁熏得温温暖暖、古道热肠。

走进去，每一条小街都宁静得似乎只有时光了。时光静静的模样，时光呼吸的模样，我们都仿佛看得见、听得到。你看，时光就那么凝结成了一条又窄又薄的街道，以一地石板的形态肃穆，以一线天光的表情灿烂。高高的天光总是笑眯眯的，眯成了一条缝，漏到石板上，把石板镀得闪闪发亮。雨洗后的石板，更是清亮清亮的，照得见清晰的影子。一街的高楼，一街的矮屋，一街的吊在房梁或屋檐的红灯笼、红辣椒以及各个门面五颜六色的旗幡，都倒映在雨洗后的石板街上，仿若一街落英缤纷的桃红、梨白、草绿和橘黄。微风一吹，那影子在水光中掀起涟漪，丝丝洇散，摇曳飘舞，仿若时光细微的呼吸。

在李家书院，聪明的李家人，在屋顶开一个升子样的天窗，时光就变成了一个大大的升子，装满光亮，如瀑倾泻，跌落庭院，照亮整个院落，照亮琅琅书声。有风的时候，风跌落进来。有雨的时候，雨跌落进来。有云的时候，云跌落进来。有月的时候，月跌落进来。有星子的时候，星子跌落进来。云雀、画眉，还有喜鹊、燕子，也常常好奇地跌落进来。你一定会说，雨跌落进来，那不全完了？才不呢！聪明的李家人，在院子里留有一个四四方方的天井，天井与天窗相对，专门迎接和安置天外来客。这样的书院，李家不是唯一，一个小小的浦市，居然有十多座书院，一个书院就是一城书香，一城书香就是一世文明。

那个吉家大院，是山西一个姓吉的商贾在明代来到浦市做桐油生意时建的豪宅，历经沧桑，却容颜依旧。姓吉的看上了这里的风水，就割舍不下，建了豪宅，坐地经营。那高大结实而又厚重的石头墙，昭示着吉家的富贵殷实和大智慧，门闩上那个看不见的、一按就可以关门打狗的小机关，又尽显了吉家的谨小慎微和小精明。房梁、门窗和门脸上的雕画，笔笔精致，刀刀细腻，幅幅唯美，全是凝固的明朝时光和吉家辉煌。

如果说李家书院的时光是书卷的，那吉家大户的时光就是豪华的，而青莲世第的时光，则是最安详的。青莲世第，是另一个李姓人家的宅第。青莲，象征着主人高雅的品质和追求。世第，象征着家族久远的历史和意愿。一座世世代代居住的宅第，仿若一朵清纯高洁的青莲，绽放在后街的小巷深处，清新，脱俗，安逸，净世，凝结着人世最美的时光。后街本是低调的，低调的都是小门小户。所以，再气宇轩昂的青莲世第，看上去都格外低调朴实，毫不起眼。如果不是当地人引路，你很可能就擦肩而过了。如果擦肩而过，你擦掉的就是你人生最该享受的一种时光，你过掉的就是你人生中很难再会遇到的安详。安逸脱俗的时光。清新净世的安详。说它安逸脱俗、清新净世，是因为一进去，你仿若就在红尘之外、世外桃源了。那种庭院深深的清冷，那种庭院深深的安宁，那种庭院深深的肃静，让人一下子仿若隔世。红尘的喧嚣、世俗的浮躁、人间的欲望，一下子就被这深深的时光锁在门外，拦在身后，六根清净，与世无争。坐在这里边喝茶边谈文学，文学才是文学。坐在这里边喝茶边听音乐，音乐才是音乐。坐在这里边喝茶边聊世界，世界才是世界。坐在这里边喝茶边想人生，人生才是人生。总之，这里，谈什么，什么都纯粹。想什么，什么都才像那么回事。这么一个安逸、脱俗所在，你不安逸、宁静也安逸、宁静了。这么一个清新、净世所在，你不清新、净世也清新、净世了。这么一个高雅、脱俗所在，你不高雅、脱俗也高雅、脱俗了。就像一朵莲花，出了污泥品自高。

爱热闹的，可以去万寿宫。高大、宽敞、几进几出的万寿宫，是当年红极一时的江西庙，是江西客商的会馆，一座最大的会馆。这里，有一个很大的戏台，每天都有浦市的目连戏和辰河高腔在上演。一个世上最美的旦角水袖莲花摇唱着出来，一个世上最俊的生角风火铁骑飞奔着追来。唱爱恨生死，演忠奸良善。大精大彩得连整个会馆都站起来大声喝彩。这目连戏和辰河高腔，是浦市土生土长的，却也是两京十三省会馆南来北往的文化融汇的，也就是说是整个华夏的文化精髓哺育的，是戏剧的活化石、文化的恐龙蛋。明朝时，华夏版图被划为两京十三省，而两京十三省都在浦市设有会馆，也就是说全华夏都在浦市设有会馆。自明清时期至民国年间，在这不到两平方公里的古镇里，除了两京十三省的会馆，还有二十多座货运码头、三条商贸古街、六座古戏楼、四十五条巷弄、五十多家窨子屋、七十二座寺庙、九十多个作坊。您说，当年的浦市是多么的昌盛繁荣!

这样的昌盛繁荣是从河街边这条宽广的河流来的。这条河叫沅水。是浦市和泸溪的母亲河。宽阔浩荡的母亲河给浦市孕育了丰富的铁和朱砂，赐予了浦市丰盛的木材和桐油。铁黑砂红，木沉油亮，都是那个年代不可缺少的贵重品。所以，浦市的二十五个码头，每天都是商贾往来、舟楫蚁拥，五里长街，每天都是歌舞升平、万家灯火。铁从河上运过，一河的铁兄铁弟在河面拱手相逢。砂从河上运过，一河的砂姐砂妹在河面笑逐颜开。木材和桐油在河上运过，一河的船工号子和水手野性赤裸的身影。沅水带走了浦市的物质财富，却创造了浦市的商业繁荣和文化汇聚。不说别的，就说浦市的踏虎凿花，就是华夏文化汇聚的典范。踏虎是浦市隔壁合水乡的一个村落，因为浦市的凿花起源于这个村落，所以叫踏虎凿花。这浦市的踏虎凿花，就是融汇了陕西山西的剪纸、浙江福建的木雕、贵州云南的蜡染以及本地的扎染等文化文明。聪明的浦市人，把图样先剪在纸上、再钉在板上，然后一刀一刀地刻、一刀一刀地凿、一刀一刀地雕，再把雕版涂上各色，印在布上。要花，花就开了。要鸟，鸟就飞了。要鱼，鱼就跳了。要果，果就熟了。要神，神就来了。如果要个美人，美人就闭月羞花地有了。所有的梦想，都可以美美地绽放、美美地开花。

虽然浦市昔日的繁荣昌盛消失湮没了，浦市的历史却厚重博大了。那些曾经的繁荣昌盛，都变成了历史留了下来，历史又变成了风景留了下来，风景又变成了财富留了下来。街，巷，楼，墙，瓦，檐，河，船，戏，人，都一页页地翻过去，一页页地翻过来，成为浦市亘古不变的美、万古长青的景。一个地方的历史，就是一个地方的大地，越久越深厚，越久越肥沃。一个地方的历史，就是一个地方的天空，越久越广阔，越久越高远。没有了历史，就没有了根。

那些历史的风景里走出来的浦市人，就像是从《诗经》里走出来的好诗句，有风、有雅、有颂，有韵、有味、有情。男人像唐诗一样飘逸，女人像宋词一样温婉，老人小孩，都像《汉书》一样回味无穷。厚重的历史赋予了他们厚重的人文，厚重的人文又锻造了他们厚重的品行。曾经商旅云集的南来北往，造就了他们的宽广包容、热情好客和质朴善良。曾经繁荣昌盛的辉煌，使他们拥有的不仅是自豪、自尊，还有底气、豪气和乐观、淡定。他们如此安逸、知足，是因为他们知道自己脚下这片土地有足够的吸引力、向心力和爆发力。浦市认定了自己。世界认定了自己。未来认定了自己。浦市，一定会再现清明上河图，一定会有凤凰涅槃新生的繁荣、新生的美。我曾经错过了丽江和香格里拉，又错过了凤凰和乾州古城，还错过了喀纳斯和云水谣，我再不能错过浦市，再不能错过你。

如果情有花期，我在浦市等你。

如果爱有轮回，我在浦市等你。

如果三生有幸，我在浦市等你。

原载《人民日报》2016 年 12 月 7 日

索布日嘎之夜：我听到了谁的歌声？

鲍尔吉·原野

我的心是一块顽石，在泥泞雾霾中泡过好多年。这样的心常常听不到草叶在微风里细碎的摩擦音。我来牧区，进入蒙古语的言说里面，感觉蒙古语把我的脑子拆了，露出天光，蒙古语的单词、句子和比喻好像是树条，泥巴和梁柁，像盖房子一样重新给我搭建了一个脑子。这个脑子有泥土气息和草香，适合感受马、盐、泉水和歌声，不适合算计，虚伪的功能完全被屏蔽了。我的心仿佛在蒙古语里融化了，剥落掉核桃一样坚硬的外壳，露出粉红色血管密布的心，一跳一跳，回到童年。

我们坐在蒙古包里喝奶茶，外面响起雷声。牧民说：天说话了。其他人附和：天说话呢。是的，蒙古语管打雷叫天说话，也可译为“天作声”。天这个词，牧民常常尊称为“腾格里阿爸——”天爸爸。他们说出这个词自然亲切，像说自己家里的长辈。在牧民心里，一生都接受着天之父的目光，他的目光严厉而又仁慈，无处不在。

在巴林右旗索布日嘎镇，牧民说，他如果需要一块木料，上山选树。砍树的人心里忐忑不安，斧子藏在后腰衣服里。牧民们不砍草原上孤独的树，那是树里的独生子。他到树林里找一棵与他需要的木料相似的树。比如勒勒车的木辐条坏了，就找一棵弯度与辐条接近的树。准备砍树的人下跪、奉酒，摆上奶食糕点，说“山神啊，我是谁谁谁，我的什么东西坏了，需要这棵树，请把这棵树恩赐给我吧，并宽恕我砍树的罪孽”。然后拔出斧子砍树，砍完拖树一溜烟跑下山了。对了，砍树前，他还要掰下几根树杈示警，说：我要砍树了，住在树上的神灵起驾吧！

我跟别人讲到这件事，对方笑了，说蒙古牧民挺幼稚，不懂科学。我想人类从远古走到今天，并非依靠科学，科学也不应该是巧取豪夺之学。人幼稚是说此人尚处在童蒙阶段，如果民族仍然幼稚，它该多么天真纯洁，归它走的路还有很远，这该是多大的幸运呢？

蒙古民族对其信赖尊崇的事物赋予拟人化的代称，比如把加工五谷的碾子叫“察干欧布根”——白色的、吉祥的老翁；管拉盐车队的首领叫“噶林阿哈”——火的兄长；管接生婆叫“沃登格”——大地的母亲。在蒙古语里面，一切都是生灵，彼此是具有亲属关系的父亲、母亲、兄弟姐妹，尽管这些生灵的外形是空气、云彩、土壤、水或结为晶体的盐。人只是这个大家庭中间叫作“人”的小兄弟而已。不同的语言里暗含着不同的价值观，顺着每一条语言的路都会走向不同的终点，清洁的生活产生清洁的语言。

在索布日嘎，我看见一位男人拥抱一位女人，身旁一人赞叹：“乃波乃仁恩特贝日乎。”直译为“细细地拥抱”。也可译为“温柔地拥抱”。实际说的是“细致珍惜地抱住她”。我感叹于世界仍有这么体贴人心的语言，如果心与心拥抱，能不细致吗？我感觉人们现在使用语言太草率了，无所敬畏，也无所怜惜，我们失去了好多用心描摹生活的机会和能力。

蒙古牧民称走马为“蛟若”，最好的走马是“蛟若聂蛟若”——走马中的走马。他们形容好走马走起来“像流水一样”，这一种步态寓意着马和马倌的智慧。水跟火是蒙古牧民心中的圣物，他们至今恪守着成吉思汗规定的戒律：不许往河水里扔脏东西，不许在河水里洗衣服与撒尿。河是母亲，河水就是母亲的身体。牧民们告诉我：每一座火里都住着一位火神，他们虔诚的神情表示这是不可怀疑的，“火神是一位女性神灵”。火婀娜地伸展腰身，让黑暗退隐，黑暗在远处注视女火神怎样为牧人煮好每一餐饭食。火的纹理没有杂质，如缎子一般细腻。它飘扬的样子正如母亲小声哼唱一首长调。直到现在，牧民们用干净的木柴和纸张引火，不许往火里吐唾沫，不许泼水。火最好的燃料是干牛粪。牧民说，小时候，父亲把他捡回的牛粪里的羊粪、狗粪和狼粪拣出来，烧这些粪是对火神的不敬。水啊火啊，山川大地，人们用清洁的、没有伪饰的语言吸纳你的回音，存在心里。大自然当中所有原初的事物都有浑朴的本质，即使我们闭上眼睛，用手摸一摸它们，也感觉得出这些事物亘古以来未变的质感。闭上眼睛摸摸并捻一捻河水，水的柔软活泼与清澈是一回事。摸一摸石头就摸到了时间的皱纹和古代。摸摸马，你想象马正用长睫毛的、黑水晶一般的眼睛看你，它光滑的脊背有汗，说明刚刚跑完。有一句蒙古民歌的歌词尤其让我感动——“马驹在羊水里就记住了自己的故乡。”牧民们喜欢传诵一个故事，说一匹马被卖到了长江以南的地方，它不知怎样翻山渡河回到了内蒙古故乡。牧民们说到这里，交换眼神，唏嘘赞叹，并用眼神征求我的看法。我心里想这不可能，马固然会泅水也能登山，但它路过地方的人是不会放过它的。我还是跟着牧民一起赞叹，一起惊讶。既然我们会相信网络上天天都有的谣传，为什么不相信马也有返乡的美德？为什么不信火里和水里住着清洁的神灵呢？我宁愿把自己脑子里贮存的所谓知识清除掉，它们也许早过时了，让更多的民间传说和神话进入心灵。索布日嘎的猎人说猞猁聪明，它平时不留下任何痕迹。下雪天，所有野兽在大地上留下脚印，猞猁等大动物出来觅食之后，爪子踩在大动物的脚窝里行走。我眼前浮现出八十多岁的猎人苏达纳木手脚并用模仿猞猁跨越大步的情形，这多好啊！多幼稚，我喜欢这些还没有摆脱童年的幼稚的人们！

今年七月二十二日，农历六月十九。我被邀请参加索布日嘎镇吉布吐村祭拜村庄敖包的仪式。祭敖包何其神圣，村虽小，但越小越纯粹，我被邀请参加祭祀，深感荣幸。晚上，我甚至在镇政府的宿舍里来回踱步，享受这份荣幸。巴林右旗要在天亮之前祭敖包。古人称，约略看清自己的掌纹曰天亮，而天亮前依然伸手不见五指。我们凌晨三点钟起床，三点半出发。开车的司机甚神奇，他在漆黑的夜里瞪大双眼看前方，左右转动方向盘，仿佛他是一只夜视的猫，在夜色稠密的草原上看清一条路。车停了，可能停在山脚下，抬头却辨不清山峰与夜空的分割处。我被扶上一台摩托的后座，抱住驾驶员的腰。摩托突突行进，我听到黑暗中有许多摩托轰鸣前进。摩托驮着我们爬上跃下高低起伏的丘陵，我听到水声，摩托冲过浅浅的河流之后停下来。这时影影绰绰看见许多人，却看不清面孔和衣服。我们登上一座不太高的小山。山虽然不高，但登上去周围却清晰了。一座敖包矗立眼前，上面系着飘动的哈达。全村的男人环立敖包前，他们穿着整齐的蒙古袍，戴帽子，脸膛肃穆坚毅。他们的面色好像比夜色还要黑，只有眼睛和鼻梁反光。驮我的摩托车手竟然穿着陆军作战服，他刚从部队复员。村里的敖包长宣读祭文，祈求敖包神灵庇佑村子人畜平安，风调雨顺。吾等全体俯身跪拜，起身献上自己所带祭品。我献上了酒、袋装牛奶、糕点和奶豆腐。拜过我取一点奶豆腐带给父母吃，用我爸话说：“山神吃剩下的东西，人吃了最好。”

站在山上转身看，仿佛就在转身的一瞬间。天亮了许多。天和地像轻云和浓云分开了，沉黑的大地伸向远方。我身边的村民笑眯眯地互致问候，这时能看清他们的年龄和老年人的皱纹了。他们变得轻松而欣慰，相信自兹日起，直到来年，吉布吐村风调雨顺，国家康泰平安，那是必须的。下了山，略多的光线让我看到吉布吐村牧民身穿的蒙古袍有多华丽。这些光让我看清他们海蓝色蒙古袍上的银白团花和橙色的腰带，灰色蒙古袍大襟的橘红绲边。他们比演员更漂亮，他们的英武气质和服饰在大自然中更显出恰当。而我想到一个村的男人们穿着华丽的衣着在夜色里穿行，该有多么诚恳，携带着他们自己才知道的美，让敖包神多么欢喜。大地啊，你有多少我所看不到的美，坚定地、默默地发生，它们发生在事物的肌理内部，而不是表演。

我们又坐摩托又过河，碾过晨曦铺就的地毯之前我们还按巴林人的习惯祭拜了清澈可爱的沃森花泉水。大地亮了，曦光下的大地多么可爱。光线以它刹那千里的怀抱告诉人们草原的辽阔，比长调唱的、骏马跑的还辽阔。如瓷器般青白色的天空刚刚醒来，而大地比天空更宁静，灌木和草毛茸茸地等待苏醒。远处的山峦如同画家的初稿，还差六遍敷色。而我们在飞驰，身旁还有人骑马，他们显出比骑摩托的人高大，手挽缰绳也比手把摩托好看。骑手在马背上跃跃然，瞻顾四方。东方正好有太阳倾泻的红光，如洪水决堤（这些光每天早上决堤一次）。这时看出平坦的草原并不平啊，每一处隆起泥土都被红光刷了漆，像千万座雕塑面东沉思。前方是吉布吐村，光线早于我们赶到那里。“吉布”是箭头的意思，也是古代的名字。村里的彩钢瓦像在屋顶铺了一片片红毡。这个村好漂亮，户户有同样的黄栅栏和带“乌力吉江嘎”（吉祥图案）的大门，街路硬化，新栽的小树排列成行。太阳把鲜艳的红光照在吉布吐村里一点都没糟蹋，这里像一处童话外景地。而我自从祭祀敖包后成了村民中的一员，混迹在摩托车和马队里，与晨风冲撞。我们相互微笑，如同赞美这个时刻，领取大地天空赐予吉布吐村民和我本人的这个美好的早晨。

也是在索布日嘎，几天前，镇里的蒙古族职员组织了一场野餐会，地点在这个镇临近西乌珠穆沁旗的景区“荣升十八景”。他们在一棵枝叶繁盛的黑桦树下面等我，地上铺着防雨车衣，摆着食品，他们大多三四十岁，带着家属孩子。他们并不说什么，却用眼光亲切地注视我，仿佛眼光是一块布，轻轻擦去我脸上的尘埃。蒙古族人口少，同胞为自己民族能出一个作家而高兴，这是这么多双目光交织的眼睛送给我的信息。我很惭愧，我还没达到让这些纯真的目光褒奖的程度，但又没法解释，只好看周围景物。那一边山峦俊秀，这一边草场宽广。蒙古黄榆沿河边生长，如同河流的卫士，保护着它的清澈。黑桦树下面歌声响起来了——《诺恩吉雅》，所有的人都在唱，他们的眼睛看着树，看着山，看着虚空，仿佛那里写着歌词——“海青河水长又长……”一遍唱完，再唱一遍。他们用嗓音不断往歌的火堆里添柴，不让它熄灭。这情形特别像海浪一遍遍冲刷堤岸，洗刷着我的心。他们怎么知道我需要洗礼？“吾欲仁，斯仁近矣。”歌罢，一个小女孩用蒙古语朗诵了一首诗，诗中说：“这座山哪管只有牛粪那么大，也值得跪拜，因为这是我们的土地。”她以稚嫩的嗓音念出这么诚恳的诗句，态度却坚定，竟使我老泪纵横。我怕在别人面前流泪，可在这样的旷野里，我能躲到哪里流泪呢？谁让你遇到这样的歌声和这样的诗呢？

高林艾里是一个村的名字，意谓河的村——这真是一个好名字，我参加了一场牧民为我举办的篝火晚会。什么人值得让村里的乡亲为他办篝火晚会？我闻所未闻。听说这是为我办的，我真是惭愧至极。那是在山坡上，村民几乎从山的各个方向走向篝火，他们好奇地看我。一些孩子大胆地与我交谈，他们读过内教版蒙汉文课本收录的我的作品。我觉得更值得一说的是这里的夜色——珐琅色深蓝的夜空下，山坡上卧满牧归的羊，如石羊。篝火烧起来，有一人高，众多火星往更高处蹦跳。村民们用胸膛迎着火歌唱，高音冲向旷野回不来了，低音被火吸走。我走到山坡看篝火和火边的人群，远处有山的暗影，被搅碎的月色在白白的河水里流淌。我忽然问自己，这是哪里？我是谁？我真忘了自己是谁，忽然感到写作跟做一个淳朴的人相比真是微不足道，到牧区来找写作资源更是卑俗至极。人不写作也能活着，而活着值得做的事是清洗自己，我不想当我了，想变成牧民，放牧、接羔、打草，在篝火边和黑桦树下唱歌，变成脸色黝黑、鼻梁和眼睛反光的人。长生天保佑所有诚实和善良的人。

原载《人民日报》2016 年 11 月 26 日

从苏堤上走过

黄文山

从苏堤上走过，从白堤上走过，从西泠桥头走过，从苏小小的墓前走过。夹岸的杨柳蘸着湖水，写着一天悠悠白云，也写着千年忽忽往事。多少忧愤悲伤、多少爱恨情仇，竟都在这平湖上发生，而后，随拍岸的湖波远去。

如果说西湖像一坛美酒，那么苏堤和白堤就是酒坛上的两只提手，是它们提起了西湖的春花秋月，提起了西湖的世事沧桑。千年湖堤上，留下太多太多的脚印。我们总是踏着前人的足迹，沿着他们的故事行走。杨柳依依，牵扯着游人的脚步，一驻足、一回首，便有一股暖暖的情绪涌上心头。

是谁说过这样的话："杭之有西湖，如人之有眉目。"

北宋诗人、杭州太守苏东坡。

东坡是他因乌台诗案被贬谪湖北黄州时，因仰慕昔年白居易在忠州东坡种菜，特意取的号。现在，他又追随白居易的足迹来到杭州。

在他的人生轨迹上，白居易似乎是他的前导。公元 822 年，诗人白居易出任杭州刺史，他疏浚六井，拦洪植柳，在西湖上留下一条白堤，更留下千古传唱的诗声和政声。白居易任满离开杭州时，百姓倾城相送。诗人非常感动："处处回头尽堪恋，就中难别是湖边。"西湖给了他永难忘怀的美好记忆。

这份记忆同样留给了苏东坡。二百六十七年之后，苏东坡以龙图阁学士出知杭州。这已是他第二次来杭州。第一次是在熙宁四年（公元 1071 年），他出任杭州通判。"水光潋滟晴方好，山色空蒙雨亦奇；欲把西湖比西子，淡妆浓抹总相宜。"描述的便是他初识西湖时的惊羡之情。杭州最初的岁月，诗酒相连，令年轻倜傥的诗人深深地陶醉。满腔抱负，更化作一派浪漫情怀："墨云翻墨未遮山，白雨跳珠乱入船。卷地风来忽吹散，望湖楼下水如天。”

其时苏东坡是因为反对变法，而被外放到杭州的。他一方面沉醉于西湖风景，一方面依然关注着国事，复杂、矛盾的心情，与眼前曼妙的景色融合在一起，铸成挥之不去的诗行。

苏东坡第二次到杭州上任时，已经 54 岁，不见西湖也已经 15 年。而这 15 年间苏东坡经历了人生中的大起大落，尝尽人间疾苦，也因此看透世态炎凉。担任密州太守期间，正值蝗旱相连，百姓困苦不堪。他奖励农民捕蝗，还亲去常山祈雨，弄得身心俱疲，但仍未能解除灾情。离任前，他自责之心盘桓诗句：“秋禾不满眼，宿麦种亦稀。永愧此邦人，芒刺在肌肤。平生五千卷，一字不救饥！”而到徐州赴任时，又逢黄河决口而暴雨加之，水患如虎，咆哮吞人。他坐镇城头指挥抗洪，一身泥水，满头乱发，度过七十多个惊心动魄的日日夜夜。“河涨西来失旧洪，孤城浑在水光中。忽然归壑无寻处，千里禾麻一半空。”“入城相对如梦寐，我亦仅免为鱼鼋。”洪水终于退去，当他拖着踉跄的脚步走下城头，看到百姓投来赞许的目光，心头才稍觉宽慰。三年后他改任湖州。临行，徐州百姓从四面八方赶来相送，为他洗盏敬酒，这令他十分感动。此后，便是乌台诗案猝发，锒铛入狱，他成了一场政治的牺牲品。在狱中度过百日后，被押解赴黄州。而正是罪谪黄州的日子，让彻底卸却官衣之累的苏东坡走向真正文学大师的境界。直至朝政发生大逆转，苏东坡才结束漂泊，被召还京都，任翰林学士兼侍读。但此时的他已一肚子不合时宜，对官场权力的争逐尤感深恶痛绝，一心只想脱离政治和人际旋涡。不久，便获准出知杭州。

重新披上官衣，又重新来到魂牵梦萦的江南胜地，他心中有过一阵轻松。然而，此时的西湖已非复昔日景象，湖面淤塞过半，乱草蓬生，不忍卒睹。苏东坡心忧如焚，立即上书朝廷，这就是有名的《乞开西湖状》，他指出，如不紧急措置，全湖将为水草湮塞，“更二十年，无西湖矣”。而杭民也将因此失去淡水来源。“使杭无西湖，如人去其眉目，岂复为人乎?”

在他的主持下，1090 年，大规模疏浚西湖的工程开始了。没有资金，苏东坡把朝廷给他的一百道僧人的度牒，卖了一万七千贯钱，并采用以工代赈的办法，趁雨后葑草浮动之际，发动民夫二十万工下湖淘浚。疏浚之时，苏东坡卷着裤腿，踩着泥浆，每天都到湖上巡视，亲自督促工程进度。历时数月，西湖复见唐时烟水浩渺之旧观。他又命将挖上来的淤泥和葑草堆筑成一条纵贯西湖的长堤，成为一条穿湖的捷径。堤上种植杨柳，并建映波、锁澜、望山、压堤、东浦、跨虹六座石拱桥。为了防止西湖再次淤塞，他又在湖中立三座石塔，规定石塔以内的水面不准种植菱藕，更不准占湖为田。这三座石塔，到后来便成了西湖十景之一的“三潭印月”。

这座因疏浚西湖而诞生的长堤，本无名字，满腹珠玑的文章太守似乎也无意为它取名，但人们都习惯地称它苏堤，一直称呼了九百多年。苏堤和白堤遥遥相对，像是一位诗人向着另一位诗人颔首问候。

由是，苏东坡和杭州西湖的名字便紧紧地联系在一起，不是放浪形骸的酒榭歌楼，也不是灯光桨影的湖波柳荫，而是湖中的一条泥路，是历近千年而传诵不衰的美丽诗行。

从苏堤上走过，从白堤上走过，从一页中国文学史上走过，从一位诗人的足迹，还有前面另一位诗人的足迹上走过，那脚步踏出的思绪自然是沉甸甸的。

原载《光明日报》2017 年 4 月 21 日

光泽红绿

韩小蕙

也许南方人很难明白，
为什么
一到冬天，北方人就
心急火燎地寻找
南飞的
机会？

真的是，直到飞机落地，直到看见自己已确确实实置身于绿肥红瘦的一片葳蕤中，我那一腔干枯的、躁急的北冬情绪，才缓缓平复下来，仿佛被颠覆了的生活，重新回到了日常。

何况光泽的绿，可不是一个简简单单的“绿肥红瘦”所能包揽的！

“光泽”，对于阅读《现代汉语词典》的我来说，仅仅是一个穿着珠光宝气外衣的形容词，很珠圆玉润，很流光溢彩；而对于她的家乡而言，则是闽北与赣南交界的一个小县——这个活色生香的县域虽然不大，差不多仅相当于北京市的密云区，可她从新石器时代就已有人类居住，至今烽里火里已铸就下四千多年历史，享有着老一辈的祖宗级别待遇。她有著名的“八闽第一关”——杉关和火烧关、云际关、分水关等 9 座曾阻遏住滚滚黄巢大军的关口；还有白虎隘、风扫隘、仙人隘等 13 个威风凛凛的隘口，至今，仍有明代古城墙似玉带一般逶迤在崇山峻岭中……

都爱说“人杰地灵”。然而我最心醉的，还要数光泽的绿。

整个福建省的生态本来就很好，光泽县是怀抱在连绵群山里的一颗大珍珠，她的绿化更是好上加好，森林覆盖率达到 78%以上，恨不能家里的窗子一推开，立刻就有一群绿叶伸进头来，萌萌哒地齐声说“你好！”天天被这些高气质的绿氤氲着、修炼着、锻造着，肝胆皆翡翠，表里俱光泽呀！

呵，就请仔细端详一下光泽绿——

呵呵，就、请、随、我、一、起、惬、意、享、受、一、下、让、我、这、干、枯、的、北、方、人、柔、肠、千、百、结、的、光、泽、绿——

墨绿：这是颜色最深的绿，隐身在黑黝黝的大山里，香榧、罗汉松、香樟、杉树、枫树、桂花树、红豆杉……纷纷操着它们墨绿色的小提琴、大提琴、圆号、长号、双簧管、大管、钢琴、竖琴……神采飞扬地演奏着小约翰·施特劳斯的《森林故事交响曲》。看哪，谁持乐棒当空舞？是被称为指挥帝王的卡拉扬？是被中国民众熟知的小泽征尔？还是指挥大师李德伦、汤沐海？

浓绿：这是森林里最热烈的绿，在超级澄的负氧离子舞台上，腾挪跳荡，帅得出众，大出风头。特别是当风神驾临之时，它们简直疯了狂，绿色舞鞋脚不点地，不知疲倦地将宫廷舞、狐步舞、交际舞、探戈、迪斯科……跳个一遍又一遍。

翠绿：在莽莽苍苍的林带中，你的眼睛会突然被一树青葱色的叶片击中，就像看到了一只振翅欲飞的雏孔雀。它那么年轻，带着婴儿诞生的新生命色彩，仿佛晨起的朝阳一样光华璀璨。它们一棵又一棵地现身在浓绿的树林里，激情地摇曳、跳荡、奔跑、飞翔，它们知道自己的前途光芒万丈。

鹅黄绿："鹅黄"本身就是一首诗，嫩嫩的，妖娆的，傲娇的，就那么一点点，高贵地顶在鹅、鹅、鹅们的脑袋上，相当的撩人。而当花神的巧手把这一抹亮色送到新生叶子的尖尖上，便更有了一番超越的升华，仿佛春天的重量都压在那里，等待开花，等待结果，等待它们质变为深深扎根于大地的成熟绿林。

白绿：我还看到了一种白花加绿叶的组合，是一种洁白的小米粒样的细碎小花，满天星地摇曳在绿色叶片的这里那里，一点头一点头的，是在吟诗？是在唱歌？是在跳舞？是在拍电影电视？或者，这群顽皮而闹嚷的孩子们，是在背着家长偷偷打手游？

黄绿：当油菜花来了的时候，嗬，更不得了了，整个儿天地都是它们的了。势不可挡的艳黄色花海一望无际，虽然每一朵花都小而平凡得不起眼，但形成集团的力量以后就山呼海啸了。加上有下半部壮硕如树的绿身杆做着鼎力支持，便张牙舞爪，便武装到牙齿，便不管不顾地踏碎一切阻挡物，一直唯我独尊地霸道到天边。

土绿：田野里的禾苗也已经长起来了，水稻有了一尺多高，玉米急不可耐地拱着黄土地，春笋像一支支插在地上的长枪，蕨菜急急忙忙地占领着地盘，梨树激情含苞，茶丛蓄芳献翠……最让北方人羡慕嫉妒恨的，还属咱平头百姓餐桌上的寻常青菜，同样的品种，北方叫“油菜”其干瘪瘦小如人参，味道也苦得搓舌头；南方则叫作“上海青”能长成一棵棵高及人肩的大菜树，送进嘴里银牙一碰，满口甜甜的汁液就将心田灌满了。

碧绿：碧，本是宝石的色泽，它往往是玉的偏正修辞，使人心驰神往地遐想着掩藏了千百年的大自然奥秘。它也与所有的绿不同脾性，不仅徜徉在花树的叶片上，更爱静卧于清澈的水面，以倒影的叙述方式，把大地上的全体绿色、一切绿色、凡与绿有关的颜色，一股脑地幻化在池、湖、河、溪以及瀑布的万点珍珠上。

红绿：然而所有的一切“绿”，都比不上我发现“红绿”时候的震惊与狂喜！中国民谚有“红配绿，臭狗屁”，是说红与绿两种颜色不能镶嵌在一起，否则怯，也就是俗，像身着红袄绿裤子的村姑一样俗不可耐。可是在光泽，我却突然抹开熟视无睹的眼睛，看到了红绿——它其实到处都在，名为红叶石楠，是一种丛生的灌木。下面四分之三为蓬蓬勃勃的绿叶，顶上的叶片却呈现出赭红色，远远一看，激情燃烧，好似花朵一样。又那一层红彤彤的叶苗，初绽时宛若零星的火种，成熟后就烧成熊熊的火焰，能照亮周边好大的一块地域呢！

后来我才明白，肯定是由于黄道的缘故，我才在光泽发现了红绿！

黄道者何？光泽县革命烈士也。这是一位有忠诚有担当，有勇敢有智慧，有政治理想又具有雄才大略的传奇性革命领袖。20 世纪 30 年代，中央红军北上之后，他留在光泽一带，领导闽北红军游击队坚持斗争三年多，不但活了下来，而且部队番号齐整，堪称奇迹。更为神奇的是，1936 年“西安事变”之后，在长期失去与上级组织联系的情况下，黄道仅凭着几张国民党报纸上披露的信息，即以中共闽赣省委领导人的身份，与国民党江西省地方当局展开谈判，最后形成了一致对外的抗日民族统一战线——这就是在中共闽赣革命斗争史上留下了辉煌一笔的“大洲谈判”。让人匪夷所思的是，其谈判的具体内容，几乎跟“延安—西安”谈判如出一辙！比如，红军提出的三个条件是：第一，停止内战，联合抗日；第二，释放政治犯；第三，划出区域由红军驻防，并保障去中共中央汇报工作的红军代表沿途安全。若国民党方面能接受这三条，则红军方面可以做到：第一，停止打土豪分田地；第二，不再建立苏维埃政府；

第三，红军改编为闽赣抗日义勇军。

不可思议啊。以至于多年之后的今天，竟有越来越多的研究者，越来越不相信“大洲谈判”真的只是出于与中共中央失联有年的红军领导人黄道！他们本本主义地认为，一个偏居闽北的地区领导人，哪里能有如此之高的政治水平？而我，却只选择一个字：信。你也可以说我是凭主观感觉——是的，我感觉自己的心脏非常剧烈地跳荡起来，一腔思绪化为大泄洪时的闽江，滚滚滔滔，白浪击天……

就一路奔跑到了“大洲谈判”遗址，一座朴素得像农民屋一样的平房前。灰瓦顶，黑木板墙。堂屋门洞开，中间摆着一张方桌，现在铺着一块酱红色的丝绒桌布。两边摆着单人木床，说是当年谈判时国共两位代表的卧榻。顾不上细看，我奔进厢房中，去寻找黄道烈士的遗像，高山仰止，敬我心香。

是了，黄道烈士像端坐在展板上，戴着红军军帽，上面那颗五角星依然在发光。他的脸庞圆厚，不知是天生丰腴还是战争浮肿。目光含蓄，面相儒雅，完全看不出是一位呼风唤雨的将帅。却原来，人家是大学生出身，曾经历鲁迅笔下的北京“三·一八惨案”，他也在刘和珍的北师大学生队伍里。后来返回家乡投身革命，与方志敏烈士一起领导了江西横峰、弋阳、贵溪农民起义，创建了赣东北苏区和红十军。再后来，他的名字与新四军领导人张云逸、叶飞、陈毅、项英……排在一起。可惜在1939年遭敌特杀害，时年39岁——我犹记得，岳飞大将军也是在这个岁数上被害死的！

“拼将一腔义士血，直向云天逞英豪”啊！

少年时，不识人生滋味，于今年齿渐长，越来越看到身边的能人真多，社会上的高人真多，大千世界中的超凡领袖人物真多！查《百度》上的“黄道”词条，有大篇幅介绍，并罕见地用上了“天才”的字眼——当历史无法洞穿时，我们应该有勇气承认与面对；又面对千年，一声长叹：没有温度的历史，曾掩埋了多少英雄豪杰！

于是，就这样，我在光泽天眼大开，看到了红绿，看到了具有高瞻远瞩眼光、文韬武略大才的黄道烈士，以及他周围那些同样卓越的战友与追随者们。望着那被蓬蓬勃勃举到头顶上的火焰似的红叶，我想起了自小就学会说的一句经典：“红色江山是由无数革命先烈的鲜血染红的。”

回到北京，春天正萌发。我惊愕地发现，却原来干枯的北方，甚至就在我居住的院子里，也栽种着一排排、一片片红叶石楠——它们那火焰般的暗金红绿，亦喷吐着花朵的芳香！后来，我又知道在广州、温州、杭州，在威海、定海、镇海，在泰山、华山、衡山，在山海关、剑门关、嘉峪关……南南北北的陆地和丘陵，居然到处都种植着这种灌木！有意义的是，每次一看到它们，我心里就升起了黄道烈士。

感谢光泽！忘不了是在光泽，我看到了红绿。

原载《文艺报》2017年6月7日

哈尼梯田

王剑冰

一

早上出发，一直在哀牢山盘旋，中途遇了几次雨，来到这里已经是傍晚。山头的浓云你追我赶地狂奔，像要在天黑前去赶一个圩场。浓云还不可怕，关键是雾气也跟着凑热闹，弥漫得到处都是，根本就不能看清眼前的景象，心情一沮丧，雨也泪珠样跟着落下来。哈尼梯田，真的无缘相见了？来时朋友说，这个季节不行，雨多雾重，你会失望的。

半夜睡不着，掀开窗帘，昏黑中出现了一牙儿明月！月牙周围镶着金黄的边。早上六点再看，天边射来一片霞的红，心里一阵喜，天开了！窗后小道上，走来下田的身影。有人打着招呼，听不清说什么，但是好听得就像商量喜事儿。一个细细的哈尼女子，边走边左一下右一下梳那瀑长发。一片轻纱拂过，竟然出现了一头头肥壮的牛。画面生动起来。开门出去，田边有人拿一根长杆子在通水，晃来晃去的，那些雾气缠在了杆子上。

再一次急急地走向哈尼梯田。

二

岚气这里那里地长上来，像谁家在做饭。虎斑纹的梯田还是裹在云雾间不肯露真容。耐心地等待中，来人越来越多了。

终于，云雾慢慢散开，就像新人扯去了浴巾，你要看，就看吧。现实还是幻影？人为的设置还是天地造化？一下子把你的感觉打乱了，把你的想象弄蒙了，你没有了先前的经验，你必须从头认知。那么深奥、那么舒展，把一片山从下到上梯连起来，一直铺排到天上。哈尼人的梯田，它不只是造的梯田的型，而是梯田的势，那是千山万壑的势，拔山盖世的势，九重天梯的势。

它是如此的柔情深涵，又是那样的恣意豪放。每一块田都填满了色彩，没有一块空缺。上工上学还有人请假旷课，种田就不会有事儿？但是不管这家发生了什么事儿，田都不会荒芜。它似乎总有一种集体观念，要照顾那数千数万片色彩的统一，所以就不会像有些土地那样荒废掉，那都是平原的土地，一块顶这里很多块儿，一荒废就会荒废很多粮食。这些土地懂得珍惜，懂得珍惜才会有一千三百年的美丽，才会让世界遗产的名录打开来，把这珍惜录进去。

看着慢慢走行的水牛和悠悠下田的人们，你会觉得时间几乎没有走动，一千年前不也是这样？是的，有些理论在这里没用。哈尼梯田，不是谁要把它藏那么深，而是它就存在于那么深的深处。哀牢山本意是哀其像一个牢笼吗？没有路通向外界，梯田就从那时诞生，不灭的生命就从那时延续。来时的路何其漫长、何其艰难，我就有些同情这里的人，来了以后我才明白，最值得同情的是我自己。后来从世界范围内端着相机来的，带着新奇来的，无非是现代文明对古代文明的惊讶和感叹，先祖的生存能力和生活审美早就是那么的高拔。

三

梯田，有梯才有田，只有一梯梯上去，才能成就一方方田地，只有一梯梯辛苦，才有一方方收成。哈尼人把道理写在梯田上，把生活的法宝一代代传下去。

看见好大一张蛛网，辛勤的喜蛛在上面，一个矩形一个矩形的亮线里，透出更大的田的网。三只鸟儿并着膀飞，音符样一沿沿跃过水田。几声咕呱的蛙鸣，逗引起咕咕呱呱的和声。

梯田间聚集着米黄的土掌房。有的土掌房独自立在田边，像戴草帽的农人。

千回百转的梯田，志趣不在艺术表层，而在生活内里，那是一天天摇曳的生命，一年年奉献的丰裕。春三月，是你一年中见到的最动人的场景，也是见到的年轻人最多的场景，男人女人都要下田，将一年的期盼插在一弯弯的水田中。歌声四处响起：

哈尼的男人阿哥哟，
肩扛着犁耙下田来，
哈尼的女人姐妹哟，
身穿着新衣下田来，
依色欧舍依，舍依……

而到了十月收割以后，祭祀的火把会点燃一阵阵乐曲，风撩动着鲜艳的裾裙，让幸福变成一山的美丽。长街宴开始了，一桌接一桌的美食从街头摆到街尾，那是家家劳动果实的展示，也是哈尼人友好的相聚。你就来吧，随便你坐在哪里，你会在亲情与友善中失去自我，迷醉或者狂放。

至夜，篝火点起来，歌儿随舞唱起来。拉起的手满是迷离的温情，温情中有人传递了五彩的荷包，有人偷偷跑去了竹林的深处。土掌房里，老人围着火塘久久地坐着，说着。月光照亮了整个山坡，叮叮的水声，正从上往下环绕在梯田中。

元阳的哈尼梯田，我终是不虚此行。

下山的时候，遇见娶亲的车队正往山上盘，外面的后生忘不了家乡，要把新喜种在古老的田野上。

原载《光明日报》2017 年 5 月 5 日

脸上的箬竹(节选)

詹谷丰

一

古人用薄的苇、席修饰一根大自然的竹子，之后就成了今人口中一个具有独立个性的名字。“箬竹”，就这样用一种古老植物的伪装掩盖了一个地名的历史成分，而它的真实面目，则潜伏在深山密林中，等待着人类的亲近。

我在散文中用一条名为修水的河流为故乡义宁招魂的时候，我看到了千年古街西摆落莽的现场，却对隐藏在九岭山脉褶皱里的箬竹古村一无所知，故乡超过4500平方公里的土地太广袤了，我的脚步一辈子都未能走过那些千山万水。

认识一个地名从道路和树木开始。箬竹的第一缕炊烟升起在明朝永乐年间，六百多年来，连通外界的交通只是一条山间的羊肠小道，乱石，涧水，古桥，荒草，组成了一条古道的所有元素。公路，这个现代社会最普通常见的名词，目前只是崎岖山道上的一个轮廓，还没有成为最终的现实。为了到达这个被群山包围的村庄，我们只能用高底盘的越野汽车作了明朝的轿马，在高低不平的毛坯公路上颠簸着前行，即使远离海洋，车上的人都会想起波峰浪谷中的木船。古树是箬竹进入我们眼睛的第一个标志，那些遮天蔽日的玉兰、石楠和红豆杉，用入云的高度和十数条壮汉都不能环抱的身围让城市里移植的树木感到渺小和年轻。

群山环抱的山坡上，数十栋土屋随地形山势毫无规则地散布着，黄色的是土墙，青色的是墙砖，黑色的是屋瓦，坚硬的是麻石，门口的古井，屋后的流水，石上的青苔，坡上的菜园，散走的鸡鸭，屋场里享受阳光的老人，这些农耕时代的独特景象，共同组成了一个村庄的面目和表情。

箬竹的房屋是世外的作品，人类所有现存的建筑和美学规则，都无法将它们划分和归类。山势和地形，是这些房屋存在的唯一落脚点。整齐，朝向，风水，毗邻、合面，都与箬竹无关，至于街道形式的商业设计和主次意味的中心建筑，与这个山村相隔了六百多年的遥远距离。

我的脚步走过每一幢房屋之后，我惊奇地发现，箬竹的所有建筑，都建立在农耕的背景之上，那些组成建筑的所有构件，都与现代这个词保持着遥远的距离。黄泥、黑瓦、木头、石块、铁钉，将代表着现代文明的水泥、玻璃、钢筋、瓷砖排除在外。六百多年来，大自然无意中用崇山峻岭构筑了一道山村与现代文明的防线，然而对于箬竹村的山民们来说，所有的封闭、原生态，都是无意之举。陌生人粗暴的脚步，城里人的杂交口音，都无法引起村庄里的狗、牛和鸡鸭的警惕和抗议，寂静与沉稳，这个农耕与乡土的主旋律，并没有因为饱食之后用山水抒情的旅游者的闯入而改变。村里唯一兼作戏台的祠堂，简陋和昏暗的戏台上以静止的形态展示在我们眼前的，依然是几个世纪之前的帝王将相和才子佳人。

二

一个村庄的风景长在树上，标志在坚硬的建筑中，一个村庄的历史却只能写在人的脸上，标志在柔软的内心深处。

只有三十多户人家的箬竹，用毫不起眼这个词才能描述出它的微小，由于年轻人出外谋生，这个空心化了的村庄，只剩下了四十多个妇孺老幼。这个以郑姓为单一血缘的村庄，六白多年来的繁衍生息，以一种外人无法窥视的隐秘方式进行。如今的这片苍老建筑，只是六百多年前荥阳郑氏先人在赣西北九岭山脉深处最早的落脚点，它是一个姓氏在异乡生存与繁衍的子宫与母体。在郑姓的族谱上，九岭山脉中远远近近的郑姓人家，都是箬竹的子孙。箬竹村中最德高望重的郑淑金先生手指那一架架苍莽的山岭，让我们看到了由于地形和空间限制郑氏后人迁徙山外的流向。郑淑金口中的历史和郑氏血缘的流向，《修水县地名志》作了准确的印证。我在崴里、独丘、石埂山头、上鹰嘴岩、大垄里、下山、火烧坑、上石、烟坳、鹅形、杉树窝等充满了乡土气息的村庄里看到了一个姓氏的开枝分蘖。

我在土墙上看到的用旧体诗形式写成的箬竹古村沿革的介绍，就是出自郑淑金的手笔。这个曾经担任过大队党支部书记的老人，是荥阳郑氏的孝子，明朝永乐以来六百多年的历史，一一藏在他苍老的掌纹深处。我们找到他的时候，他正在屋场里挥斧劈柴，七十七年的岁月，在他的斧头之下飞溅。山中一日，世上千年的哲理，正在郑淑金老人的力气和形貌上得到了印证和展示。古老的村庄，清新的空气，与化肥农药隔绝的食物和天然的泉水，还有与世无争的平静心态，是人类年轻长寿的秘密。

建筑，是村庄的风景，老人，却是村庄的历史。一个没有老人的村庄，是不能称为古村的。箔竹村，九十岁以上的老人就有两个，她们坐在屋场里享受春阳的安闲身姿与恬淡神态，是一座村庄最美的表情，是箔竹的一张笑脸。“2”虽然是一个微小的阿拉伯数字，但它与箔竹村的人口构成了一个绝对的比例。在她们的银发中，七十七岁的郑淑金仅仅是个小字辈，是丙申年眼中的 90 后。

箔竹村古树成群，那些不同名字的古树，每一株都可以撑起一片森林，随手折一根树枝，都能在横截面上，看到它们密集的年轮。茂密的古树和屋场里享受阳光的老人，就是箔竹村的年轮。这是一种健康的自然生态，他们的生长，为物欲横流，环境污染的世界保存了一片清新，这样的净土，成了 2016 年春天久雨低温中的一缕阳光。

三

所有的房屋，都有自己悲欢离合的故事。器物背后的人物，隐藏在岁月深处，这是走马观花的旅游者永远都无法刺探到的情报。

箔竹村所有的瓦砾，都掩埋着一个村庄的秘史。我路过一处废墟的时候，看见了一块木板，从木板的形状上，熟悉传统农具家具的我们无法辨认它们曾经连结的母体，无法复原它们的结构和形制，但是，木板上面残留的文字，复活了我们的兴趣和好奇。拂去木板上的泥土和风尘之后，我看见了“光绪三年丁亥岁冬郑正和置万相造”的字样。一个花甲老人，瞬间成了历史门口的窥视者。对于旅游者来说，考古是对神秘世界的破译，是一个我们无法胜任的专业，我只能通过木板上“积玉”两个汉字，猜测它从一棵大树到乡村农具的前世和今生。

箔竹村所有的建筑都保持了内敛低调的本色，它们不会将自己的光荣和长寿高调地悬挂在门口，甚至放大成一块招揽游客的广告牌，谦虚是乡村的本色，更是一片土屋成为古村落的唯一原因。因为这些原因，在踏进每一幢房屋之前，我都会双手合十，调整自己的气息，放轻自己的脚步，生怕一个无知者的鲁莽，惊醒了箔竹村郑姓先人的旧梦。

任何人的寿命，都不是建筑的对手，所以，箬竹村的房屋总难避免人去房空的命运。我从那些散落在山坡上的坟墓面前，看见了人类的走向。生命的原色，早已被时光覆盖，坟上的荒草，在春天的雨水中，疯一般地生长，石碑上的字，已经在风雨中漫漶，所有的旅游者，都无法看清生命在一个名为箬竹的村庄里的重复和演变。

建筑的老去，是泥土砖瓦的必然宿命。对于那些人去屋空的建筑来说，一些有人居住的土屋在风雨中垮塌，则是砖瓦的早夭和病殇。我从一幢坍塌了半边屋角的房前走过的时候，心中突然间就摇摇欲坠，我不知道，那几根作砼支撑起一面土墙的瘦弱木头，是否会在我经过的一瞬，用生命开一个过度的玩笑，让一个异乡人，葬身在一堆黄土瓦砾之下。

战战兢兢走过断壁残垣之后，我听见房屋主人的一声叹息，叹息声中“保险公司”四个字，让我听到了六百年古村离现代文明最近的一个名词。

一幢房屋的消失，就是一个老人的往生，就是一段历史的涅槃。保险的介入，可以让建筑在废墟上重新立起，但是，已经破损了的漫长时间，却永远无法修补，后来的旅行者，永远不可能看到箬竹的绝世之美。

四

郑氏先人迁徙九岭山中的时候，故乡这片4500多平方公里的土地还是明朝典籍上一个被称为“宁州”的地方，南昌府的马鞭再长，也未必能让它嘶鸣奋蹄。苍茫的群山，形成了一个村庄的个性特征。我在黄脆的《修水地名志》上寻找到一首描述的民谣：宁州山岭多，出门就爬坡，路上行人苦，全靠脚板磨。

我们的汽车轮子，无法在二十一世纪的石头上同永乐年间的草鞋重叠和吻合，如今的平坦，已不能代替历史的崎岖和惊险。农耕时代，所有的路都长在人的脚上，所有的距离，都被人的眼睛丈量。我们如今的目标，我们抵达目的地的方式，已经拒绝了古人的智慧，借助现代化的工具，遇山开路，逢水架桥，用科技的神通，将时间和空间玩于股掌之中。

作为一个现代化的受益者，我无意贬低时代的进步和科技的发展，做一个农耕社会的遗老，并非我的本意，如果不是这条正在建设中的简易公路，我将无缘亲近闺中的箬竹。二十一世纪初叶的人类，谁都无法置身于现代化之外，在享受科学技术给我们带来极大便利的同时，我站在时代的门槛上，目睹现代化的火眼金睛，让一切物质都现出原形，连最隐秘包藏最深的人心，都在测谎仪面前一览无遗。所以，在九岭山脉的褶皱中隐居了六百多年的箬竹，也无可奈何地脱下了面纱，让我看到了一张脸的深沉与沧桑。

原载《草原》2017 年第 7 期

五台山的白杨

陈奕纯

画家是为万里江山而生的，因为画家知道，人世间最美丽的是什么。

可江山如此之大，河海山川何其多，大美在哪里？美在外表，但更在内质。一眼之间的美，或可容易发现，但凡是大美，内在的深邃的东西，如电波，如密码，无形地隐藏在物事的深处，只有心音相近相吸，才能够深谙其神韵，这样的美，往往是第二眼第三眼的美，若是寻找到了，便会念念不忘。

在我的心中，五台山，便是这样的地方。

多年来，我一次次地登临，一次次地拜望，看山寺桃花始盛开，看香火袅袅，的确是一种精神的愉悦和享受。但最吸引我的是山上的白塔，静穆的气氛，尤其是清晨太阳从山头刚出来的时候，阳光四射，多姿多彩。山上白雪皑皑，山头白云悠悠，山下白杨簇簇。

近几年我更是频繁上山，我对五台山的白杨树情有独钟。

殊像寺山门外的一大片开阔地上，有一簇16棵高高的白杨，深深地吸引着我，我记不清多少次去拍照、去描绘，只盼年年拍照、年年画，常画常新。

这16棵白杨树的根部紧紧地生长在一起，到半空后逐渐散开，越向上越疏放，远远望去，就像高高的香炉，更像盛开的莲花。在阳光的照耀下，显得格外圣洁美丽。

东山头上白云袅袅，行云流水，这16棵白杨绵绵散发出的芳香在空中弥漫。

大自然的美，人类无法干预。当初，大概是北方的速生杨成材快用途广，容易早早见效，所以政府提倡，老百姓乐而为之，广为种植。可白杨树不管那么多，它只管扎根于一方土，尽情地展示生命的蓬勃与妖娆。于是，在豫中平原，在黄河古道，你会看到广袤的成片成林的白杨树，旗帜一样飘扬在大地上，成为一道道景观和屏障。

但是最美的白杨树，不在豫中平原，也不在黄土高原，不在西部边陲，不在江南，也不在东北。最美的白杨树，应在山西省五台县的五台山上。

五台山的白杨树，独树一帜。春天到五台山，你看到的是闪着油光、润含春雨的叶子，树杈里如筛子般透着光。夏日的白杨树碧翠葳蕤，摇啊摇，毫不懈怠地送给人们清爽。深秋的白杨树，没有干裂秋风的萧瑟，而是像满山撒满了金子，铺天盖地。汽车从白杨林里穿过，那金色的纯净的紧紧地吸引着你。山道弯弯，十米一景，一弯一色，道道山谷，白杨树像列队的士兵，在你的眼前翘首相送，送你的车倏然飞过去。脚下的金子哗哗随风飘舞，或者厚厚地铺在地上。空中飞舞如蝴蝶般的叶子，像一路歌声护着你的车送你下山。

我为五台山的白杨树深深地陶醉。一座白塔，亿万片金色的叶子，把五台山装点得神圣无比，仿佛你来了就是好运就是吉兆，你离开时就是走向锦绣前程。

如果你不亲临其境，何以能见到如此的繁华与铺张；如果你不亲临其地，静观其盛，怎知世道人心佛性，一体相融，一脉相承。

沧桑正道，我把发现美的眼仰视晴空，心中万里无云，我把美的视角投向深层，打捞起自身的灵性，我发现了从来没有过的发现。过往，我们物质和精神的铺张，是把有限的资源浪费殆尽，大自然的铺张是施与众生。如果我的眼睛承接了大自然的铺张，我心中的欲望就会淡化就会消融，我看世界的眼光视角就会不一样。

我仰望着白杨树，看它铺展在空中的华美，我的心如清风中的睡莲，一瓣一瓣绽放，芬芳的心香在弥漫，随之一股豪迈的气息，在胸间激荡升腾！

忽然之间，我心生一种激情，我多么想铺展开一块硕大的画布，把眼前的大美，淋漓地挥洒出来！

是这样的激情，点燃了我寻找探望的欲念。是的，大自然，天地人心，有多少的大美，它就在那里，心，打开了，才能够得见。此刻，在五台山这样的高天静地，素净抚平灵魂，我的身心是张开的，我在这里，一切入目的，都有了别样的大美……

我一个人，顺着一条峡谷，往远处行走，一条清静的河，轻轻地吟唱，河里硕大的石头，白色的，灰色的，青色的，卧在那里，它们如吟者，端坐在那里倾听天籁之音；它们如钓者，静候在那里，托腮凝思，被水洗刷得那么的细腻圆润，纹理丝丝可见，那是一层层的年轮，我的手抚摸着那石头，玉一般的清凉。哦，我是在这里抚摸着时光的沧桑。

我走出了草木葱茏、河水轻盈的山谷，我奔向高高的大台。山巅之上，草木稀疏，这里全然没有了山下的景象，山下游人如织，这里是清冷的，一条白亮的路，如手势，如隐语，如画，如诗，指向山巅之上的大台，像我一样，一个人，两个人，或三四个人，走在路上，这里没有喧哗，没有了言语，人们都在悄无声息地走，默默地走。这个时候，我才知道，人在无声的时候，是在走向回归，是从喧嚣的热闹中，反观自身……

一个人，一袭明黄的长袍，他，三步一卧，犹如婴孩扑向母亲的胸膛，他的肢体，妥帖地匍匐在大地，目无外物，那肃穆，那谦卑，只向天地……行走的人，被他慑住，痴痴地望着，手中端着相机，竟忘了把镜头对向他，似乎他的身上有一股威严，有一股子不可窥测的神圣……人们，只是静默地看他，大声喘息似乎都怕惊扰了什么，举手投足都怕是亵渎了什么。

这蜿蜒在高山之巅的路，它通向大朝台，这行走在路上的人，是走在朝拜的路上。其实世上无论多么高远的殿，无论多么威武的神，都是一种象征，都是为了制造一种氛围，人需要一种氛围，摒却尘嚣，让自己的心沉淀，寻找到自己。其实神灵在心。人的朝拜，无不是拜望自己的内心，无不是看看自己，人是多么需要看看自己！

人在寻找，在探询自己的时刻，就是向静，向善，向美朝拜的时刻。这样的时刻，身外的物事是美的，自身是美的，这个时候，你才更清楚，你仰望什么你崇拜什么。

五台山，就是这样的地方，这里的宁静，这里的氛围，让人慢下来，静下来。让人的心打开，打开，才能够接纳一切，打开，才能够让人张眼看天地大美，才能够看透世道人心的良善。

慢下来，才让我们看看世界，静下来，才能够看看内心，只有在这个时候，被层层浮尘蒙蔽的心灵，化作破茧而出的彩蝶，在天地间翩然飞舞，我在这里，是这里的宁静让我观望内心，心魂打开的时刻，我看到了一切的美。只有在这里，我才深深地感受到，我画画，其实我是在画我自己。我看到了自己，我才能够看到一切的美，比如五台山的白塔、白杨、大台、河谷……

因而，我才看到那16棵白杨，我才能够看到一坡一湾的白杨。

白杨，它的根脉深深地抓向大地，它才有飞扬于云霄间磅礴的大美。

在这里，望着白杨，我就想到民间的俗语：树有多高，根就有多深。

我也由此想到，尼采说：“其实人跟树是一样的，越是向往高处的阳光，它的根就越要伸向黑暗的地底。”由此，我不能不想到画布上的美，那是要靠人心的宁静、宏绰，人有超拔的、轻灵的神思，美才能够铺展，气韵在那，才能够赋予色彩魂魄。

是啊，人，只有心向下，有那匍匐大地的谦卑，才能够倾听天地人心的丰厚与沧桑，一个艺术家，只有心向下，才能够有飞扬的艺术。

而在红尘的攀缘中，为着名与利、欲与望，身与心一起浮躁地升腾，只有在这里，才有这样的感叹：我们忙忙碌碌的日子，挤压的是我们的神经，最对不起的是我们的生命。

我每来一回五台山，心就有一次醒悟和提升，艺术就有一次升华。

所以，我一次次地登临五台山，一次次地仰望这里的白杨。

我一次次上山，很难说，我是来看景观、看树木，还是来看什么。

这样的拜望，会让我犹如重生一样，总有新的境界让我仰望；这样的拜望，会燃烧我的激情，让我写下去，画下去。只要我写下去，画下去，我就不断需要这样的激活，我就会一次次重走五台山。

所以，我别离，我不招手，不回头，我掉转身，离去。

因为，我知道，我还会来，来看五台山的白杨，看白杨俯瞰着的一切……

原载《文艺报》2017 年 4 月 5 日

城市的灵魂（节选）

邱华栋

一晃我在北京就生活20多年了。简直像做梦一样。我也亲眼看见了这座帝都的变化，而这样的变化，很多都化作了文学作品，被以各种方式留存在我的那些文字中。

不光如此，这些年，我还搜集了关于北京这座城市的很多历史材料、建筑资料、规划设计、作家随笔等等。我总觉得，一个作家必须要保持和一座城市的紧密关系。假如能写出一座伟大城市的历史和当下的变化，都凝聚在一本书中，该是多么伟大的事情。但是，这样的一本书，还一直在我的创作计划中，在不断地计划着，丰富着，也不知道什么时候能写出来。

一个朋友说，北京，现在早就不是那个老北京了，连魂都没有了。自从拆掉了北京城的老城墙那天起，旧城及其灵魂，就渐渐不复存在了。

我常常在夜晚开车经过那些变化巨大的城区，去寻找昔日的记忆。的确，今天，在北京老城墙矗立的地方，只剩下了几座城门楼和角楼。完整保存的明清时代的历史遗迹，主要分布在中轴线上，比如天坛祈年殿，比如故宫、景山、北海、钟鼓楼，再有一些零散的遗迹，这座城市的旧物，已越来越少了。

十多年前，有一则报道吸引了我，说的是一个日本人，叫岩本公夫，他在当时正在拆迁扩建的平安大街边的胡同中，搜集了很多旧式门墩，并把它们一个个地用自行车运到北京语言文化大学的校园里，集中放到一片空地上，以期有博物馆会收藏它们。门墩蕴含着很丰富的老北京的信息，我当时看到电视上那个日本人在滔滔不绝地讲着这些石头门墩的分类，它上面雕塑的含义，它的象征性符号，十分感动。一个日本人对北京旧城的物证如此有研究，叫我吃了一惊。

早年对平安大街的扩建，不少文物专家是反对的，因为那是一条文物街，大到段祺瑞执政府，小到极精致的保存完好的四合院，以及京杭大运河的起点（一座石桥），都在那浓密的国槐掩映下的。但城市的发展要使它的中部再来一条宽阔的交通干线，现实的需要必须要早日修好这条路。还有专家说即使修好了，这条路上的红绿灯也会使它变成一个长长的停车场。但是平安大街仍旧修了，而且进展迅速，据说改变了明清时代就有的古旧管线，而且沿街将全按明清时代的灰色主色调来建筑，并且绕开了主要的历史文物。

我有一年采访，去过很多北京的名人故居，发现除了少数如鲁迅、郭沫若、宋庆龄、梅兰芳故居保存修缮良好外，老舍、茅盾、李大钊、文天祥等很多历史文化名人的故居破旧不堪。宣武区菜市口一带，我去探寻清末时代的历史风云人物“戊戌六君子”及康有为公车上书的所在地，那里正在修建通向南二环的一条大街，整个菜市口一带将兴建50余万平方米的欧陆式风格的，集金融、商务、商住、办公用的中融广场。这一地带的传统回民寄居地牛街，也在进行着大规模的拆迁改造。

的确，北京这座城市，从旧城的各个角落，四面八方，到处都是工地，是拆迁，是拓宽马路。老北京正在迅速消失，而一座叫作国际化大都市的北京正在崛起。看来这个趋势已是不可阻挡的了。而且，似乎更年轻的北京人，这座城市的未来，他们也许喜欢这样的变化。

那么，旧城的灵魂呢？它在空气污染严重的北京消失了吗？它在玻璃幕墙大楼后苟延残喘吗？或者，它还在一些保存了大屋顶的建筑上，像西客站、交通部大楼、海关大厦和新东安市场上寄居？灵魂是看不见的，一座古老城市的灵魂也是这样，在一环又一环，规划至七环的北京，旧城的灵魂，我们很难一下子看见它了。

但它是存在的，主要是存在于这座城市的气韵中。这是一座都城，有几千年的历史，纵使那些建筑都颓败了，消失了，但一种无形的东西仍旧存在着。比如那些门墩，比如一些四合院，比如几千棵百年以上的古树，比如从天坛到钟鼓楼的中轴线上的旧皇宫及祈天赐福之地，比如颐和园的皇家园林和圆明园的残石败碑。我无法描述出这种东西，这种可以称之为北京的气质与性格的东西。但它是存在的，那就是它的积淀与风格，它的胸怀，它的沉稳与庄严，它的保守和自大，它的开阔与颓败中的新生。

我常常想，为什么大地上会有城市？为什么城市会成为大部分人类的家园和居所？城市，这一人类物质文明和精神文明的聚集地，它的功能是什么？

我想在不同的历史时期里，它的功能也是不一样的。城市一开始是诞生在农业社会。在农业社会更早期的原始社会，以狩猎为生的人是流动的，他们不建造城市。农业社会让人群稳定在农田土地边上，于是渐渐地，城市出现了。它的功能是各种农业产品的物资交流地。从军事上讲，城市是封闭性的，保守的，防御性的，城市都有城墙和堡垒。政治上是一地区的行政中心，政权组织从城市向外发号施令，而传令兵星夜兼程，将统治者的命令由城市迅速地传到各个边区。这一阶段的城市是初级的，它就像是一个大集市，主要由四面八方来的人建立的店铺、饭店、娱乐场所构成，白天喧闹，夜晚沉寂，人们在这里主要进行生活必需的粮食、布匹、用具的交易。

很快，人类进入了工业社会，是由英国发明了蒸汽机而率先进入的。工业时代的来临使人们的劳动生产率提高了，因而各种工业制成品便大量出现，人们的生产与交易渐渐由农产品变成了工业制成品，而且，由于工业化生产，使得农业社会的人口迅速集聚，城市化加快了，规模也扩大了，当时英国的很多城市就是这样形成的。城市取代了农田和山林，成了物质与文化财富的主要创造地。这一时期的城市功能就是工业品制造地与消费地。

这时候城市的景观，已没有了小国寡民的宁静，城市开始有了规划，有了行政中心区、工业区、居住区和商业区，其间由四通八达的道路连接。各种城市病、交通、能源、犯罪、环境问题开始出现。随后人类社会进入了后工业社会，也叫后现代社会。时间大约是二战以后。从60年代开始，第三产业部各种服务业成了城市物质生产的主办，替代了工业品的生产，变成了创造财富的主要手段，而工业品的生产退居次要地位，大批工厂外迁至郊区，甚至就地转为服务业和商业部门。这一时期城市的功能是商业贸易服务中心地。

这一时期，城市在郊区化，城市中心变成了商业、金融、商务、行政中心区，居民大都搬到市郊居住区去。居住质量与环境受到了空前重视。

北京一直处于这样转变中，一方面，它的传统制造业在衰落中转化提升，另一方面，它的第三产业在全市的国内生产总值中，近年已达70%以上，而且仍以每年两个百分点的速度增加着。四环内的325平方公里的城市中心区，工业用地由55平方公里已变为了20平方公里，大批土地用于商业、金融、服务和房地产开发。而且，北京在四环和五环之间设计了九个大型居住社区，各个郊区郊县以卫星城镇的形式分布，目前，北京已经承纳了2400万人居住，早就不堪重负了。

而同时，北京作为都城，与欧美一些发达国家的城市一起在进入信息社会，可以称之为第四产业的信息产业与高科技产业异军突起，它的产值将超过贸易与服务业为主的第三产业，成为城市中新的财富生产方式，知识成为经济生产的重要因素。在美国，最新最快崛起的亿万富豪，不再是钢铁汽车和石油大亨，不再是房地产、饮料和商业大亨，而是电脑高科技大亨。这一时期，城市的功能是电子信息产业的大发展。这一时期，中心城市将会社区化，因为电脑和电视系统的发达，商业、居住、大学、金融、行政、贸易各区将进一步电子化，虚拟化，这是城市又一次功能的转变。这种转变，也将在21世纪中，全面改变中国主要城市的面貌。所以，我对北京变成了一个庞然大物，在大地上旋转的城市而深感焦虑、震惊和很复杂的期待。

城市天际线

城市天际线是一座城市的轮廓线。每一座城市都有自己的天际线。城市天际线是人造建筑物的轮廓线。

我特别喜欢开着汽车在北京市区的道路上疾驰，尤其是在北京的几条环线快速路和主干道上疾驰，让眼前的建筑物飞一样掠向身后。当然，我不那么傻，在交通高峰时期这么干，我总是在车不多的时候开车观察北京的城市轮廓，还有天际线的变化。那些新老建筑物在我的眼前便断断续续地形成了一些高低起伏的线条，以及一些块状的结构，这些建筑物的线条，就是北京的城市天际线。

观察天际线不能站得太高。我有一次在上海浦东那座两百多米高的东方明珠电视塔的观光台上，看到了整个市区，看到了这座城市正在密集地、迅速地长高，但城市却是平面的。因为，你所处的位置太高了。所以，观察一座城市的天际线，还不能站得太高，比建筑物高，你就很难看出一座城市的天际线。

北京的城市天际线是中间低，四周高，整座城市依次形成了以二环、三环、四环、五环为环线，以天安门广场为中心原点的“城市大盆地”。

长安街也是，从天安门广场为原点出发，两侧分别向东西方向延伸，建筑物由30米限高，渐渐到45米……60米，二环边上一般可达100米，到三环的公主坟立交桥和国贸立交桥，建筑物便达到200米高了。长安街上的建筑所形成的天际线，是逐渐向东西升高的，形成了一种渐渐升高的起伏之美。当然，也有个别例外，比如应该限高45米的地方，像北京饭店东楼，却有18层、70米高。因此，向东一侧的长安街的东方广场东楼、恒基中心写字楼、国际饭店则分别是70米、110米和100米，作了相应的抬高。这些建筑所达到的高度，都是让一些建筑学家所激烈批评的地方，认为它们都太高了，改变了北京城的天际线。

但是试想，如果这些建筑都是四五十米高的又矮又胖的大胖子，那种美学效果会好吗？我看也不会。在离天安门达两公里以上的地方，建80米以上的建筑，基本不会破坏以天安门为中心的城市天际线。目前，在三环沿线的建筑设计中，超过100米的建筑便比比皆是了。尤其是东三环和北三环，分布着北京最高的一批建筑。但由于这些写字楼大都分布在节点上，也就是三环各个立交桥的旁边，还没有形成非常整齐和错落有致的线条。由于北京城区面积大，四四方方，即使是高达200米、60层的摩天大楼，也没有给人以压迫感，视线开阔、宽敞是北京市区建筑给人美好的视觉印象。

但是，很多人对北京迅速长高的城市天际线感到不美。那么，北京城市的天际线什么时候最美呢？我曾和一位德国汉学家一起进餐聊天，他是20世纪50年代就在东德驻中国大使馆工作过的，他认为，20世纪50年代的北京最美。“天很蓝，人非常纯朴，有一次，我在东单一条胡同吃饭，饭馆漏找我两毛钱，过了三个月，我再去吃饭，那个老板还记得，就又找给我了。关键是，北京的城市天际线，城内都是灰色的四合院，一眼看上去，特别平缓美丽。当时，北京还没有那么多的高楼，以及工厂的大烟囱。所以，站在景山上向四周看，全是灰瓦的胡同民居，西山的轮廓也非常清楚，非常美丽，20世纪50年代的北京最美丽！”我碰到的这个怀旧派，是一个原东德籍的德国人，他的怀旧，有很好的代表性。

也许一些外国人更愿意看到一个完全不同于芝加哥、东京和纽约的老北京。我不能说他们的这种审美诉求是不合理的，但毫无疑问，是一厢情愿的。他们自己生活在极其现代化的世界大都市，而在短期的旅游访问中，却希望北京还是一座极其古朴、有异国情调的东方落后的古都，最好全部是古城墙、人力车，人们依旧穿长袍马褂，不要有大型购物中心，不要有世界名牌奢侈品，不要有玻璃幕墙写字楼和高速公路。这是一种十分古怪的心态。

北京的天际线注定会越来越高了。北京更像一座新都会，在向四周扩展不断，她正在“现代化”，这种现代化是不可避免的，是有得有失的，但是，它的城市天际线也会越来越蜿蜒起伏，如同音符乐谱一样流动不居。

观察北京的天际线，在环路上奔驰是一个法子，在高楼顶端瞭望也是一个办法。此外，站在景山顶端的亭子间里四下看看，绝对是一个好选择。那个时候，北京作为360度扩展的环行城市，会波澜壮阔地展现在你的面前。

原载《美文》2017年第5期

盛泽记

汗　漫

一

江南名镇，有周庄、同里、乌镇、西塘、南浔、朱家角、盛泽、震泽、锦溪、横扇、千灯……散落于太湖周围，像太湖在摇荡中不小心溅出湖岸的若干水滴，被吴、越这两只手，急忙捧在掌纹和命运里。

大暑时节，访盛泽。

盛泽与周围其他水乡小镇相同处颇多：流水宛转，小桥密集，桨，因土地珍稀而建造得异常狭窄以利于男女拥抱的悠长古巷，三进甚至四进五进的大宅深院，说书人，苏州评弹一吟三叹的前尘旧梦、吴越传奇，柳亚子、苏曼殊、陈去病一类不羁文人的行踪与言辞，女子暗香，豆腐的臭，米酒绵软中隐伏的刚烈……

不同之处亦多：盛泽有广阔密集的桑树，勤奋的蚕，适宜蚕类生长的太湖水系，日夜失眠的梭、织布机，细分为绸、缎、锦、绢、绫、纱、绡、纺、绉、罗、绨、葛、绒、呢等等门类的绚烂丝绸——肇始于汉唐，在明清时期开始大量出口、惊艳异国他乡的“印度绸”“高丽纱”，像闺女出嫁随了夫姓，藏本名。

盛泽，大暑，以桑树之浓重、蚕茧之淳白、丝绸之柔情万端，包围我——

喜爱炎热的桑树正进入快速生长期，其叶沃若，蚕幸福；桑树下，青草开始腐烂并转化为萤火，预示秋意；一只鹰，振拔入云，俯视，而后俯冲向水中鱼虾，但我仔细辨认，才发现那是一架航拍纪录片的无人机，俯视、俯冲向水中鱼虾；泥土濡湿，蟋蟀们大约从野外回到屋檐甚至内室避暑；大雨时行；觉雨闻雷而后失眠的敏感少年，正被催熟为诗人或情种；

成群结队的云朵缓慢移动，像从丝绸厂里溜走的一团团蚕茧，像那些作茧自缚于文字然后破茧而出的才子，试图返回桑树般的青春时代，重生一次……

二

数千家制造厂、印染厂、贸易公司、物流公司，近二十万人的董事长、总经理、工人、设计师、商人、卡车司机、翻译、海关报关员、广告师、酒吧服务生、歌手、摄影家、记者……

在盛泽镇周围方圆一百五十平方公里的范围内，运行着与丝绸有关的各种生意与忧欢。机器人在流水线上劳作，身上没有钱包、情书和汗水。盛泽镇上的有心人，保留了一个古老的丝绸作坊遗址，让我看到汉唐以来先辈们用来剥丝抽茧的灶台、锅、风箱、纺车，听到了旧日盛泽的声声机杼和谣曲："千家一簇万间楼啊，估客如云采买绸"……

盛泽人相当一部分为汉唐时期屯垦守边、宋朝以后数次避乱南渡的移民后裔。蛮荒之地，经劳作，渐渐嬗变为温柔乡。江南成为中国经济与政治的发动机，最早的工人，就是明代中叶的失地农民以及在竞争中失败破产的小老板。清晨，他们来到盛泽河边码头，等待茧行、丝号、绸庄、染坊里的掌柜前来雇佣——盛泽丝绸业的兴起和雇佣关系的建立，是古代中国出现资本主义征兆的例证。明末清初的苏州文人冯梦龙，类似法国作家本雅明《发达资本主义时期的抒情诗人》一书中所言说的那个巴黎游荡者、观察者、书写者——诗人波德莱尔？

"苏州府吴江县离城七十里有个乡镇，名盛泽。镇上居民稠广，土俗淳朴，俱以养蚕为业。男女勤谨，络纬机杼之声通宵彻夜。那市上两岸绸丝牙行约有千百余家，远近村坊织成绸匹俱到此上市。四方商贾蜂攒蚁集，挨挤不开，路途无驻足之隙。乃出产锦绣之乡，积聚绫罗之地。江南养蚕所在甚多，惟此镇处最盛。"冯梦龙的话本集《醒世恒言》，在一个虚构的盛泽养蚕人施复周围，建构起了五百年前的烟火人间，供后人追怀、探究。笔名为"吴下词奴""姑苏词奴"的冯梦龙，在明代江南资本主义萌芽期里游荡、观察、书写。

一个小说家的血液，或许比一个历史学家的墨水诚实，除非像司马迁一样把史书当成小说来写——小声说，才能婉转道出人间秘密，而不惊动庙堂和权力。

三

庄子讲述一个故事并由此推出成语“庖丁解牛”，得出结论：“技进乎道。”——技艺精美绝伦之后进入“道”，合于大化人生的运行规律，得大自在。而道生一，一生二，二生三，三生万物。

一个种桑、养蚕、烘茧、缫丝、织锦、染缎、裁衣的人，承续着数千年来日臻完美的中国技艺，与桑叶、蚕茧、机杼、刀剪、丝绸，日夜晤对辨析，如处无人之境，亦为参禅修道——桑生蚕，蚕生丝绸，丝绸生万象。

运经弄、染坊弄、踩坊弄、梭子弄、糖房弄、竹行弄、豆腐弄、香肠弄、剪刀弄……盛泽镇上的弄堂幽深密集，匠人们匠心独运。济宁会馆、山西会馆、金陵会馆、绍兴会馆、闽南会馆……会馆林立，操各种方言甚至外语的客商，在此会晤洽谈。围绕丝绸这一柔软的核心，盛泽建立起自身的秩序与辐射力——锦心绣口。口诵心惟。

“衣被天下”这一广告语，在盛泽屡屡可闻可见。先民们的衣与被，最初是树叶、草、兽皮，而后有丝麻、绸缎。宋朝开始大面积种植棉花，棉布从最初珍稀之物而进入寻常百姓家。发明纺车、传播织布技术的黄道婆，就生活于盛泽以东四十公里的松江府。但丝绸作为名贵衣料，与瓷器、茶叶一道，始终代表着雅致端庄的中国生活方式。

盛泽镇丝绸博物馆。几件精美古旧的绸缎衣服收藏展示于玻璃柜内，吸引我久久伫立：对胸黑缎男皮袄（明代），拥护过一个中年商人或官员的身体和寒夜？提花绉纱灰长袍（清代），可以推导出一个峻拔文士的傲骨之长度？半绿半金交织花软缎旗袍（民国），依旧荡漾着一个大家闺秀的暗香和春愁？……灵魂早已破茧而出，锦绣华衣留下前人身体和生活的大致模型和情状。中国最早的悼亡诗，是《诗经》中的《绿衣》：“绿兮衣兮，绿衣黄里。我思古人，实获我心！”一男子手捧亡妻留下的衣裳哀恸不已。借衣抒情，“衣”字在《诗经》中先后出现五十二次，采葛、绩麻、染色、织布、裁衣等等情节亦多。盛泽镇上这几件旧衣，曾经滴上过亡者亲人的多少泪水，才有可能一代一代次第珍存、流传下来。

目前，天下衣被，天下的万种风情和暖榻良宵，大都与盛泽有关——据统计，盛泽目前绸缎年产量，可供全人类每人分得三尺的绚烂和体贴。当然，巨大的产量是现代工业化生产和机械复制的奇迹，手工抽丝织绸过程中的灵机一动、小瑕疵，都消失了——灵机一动、小瑕疵，如眼波一横、美人痣，有着出人意料的惊艳。

再一次想起本雅明。他的《机械复制时代的艺术作品》一文，态度矛盾而含混，对照相机、电影等机械复制艺术的进步性予以褒扬，又对充满灵光的绘画一类传统表达方式深深挽留。面对机械复制时代的盛泽绸缎生产技术，我也矛盾，也含混。机械化在为传统丝绸制造业祛魅，但又以其广大的影响力，为丝绸中暗藏的桑叶、春雷、流水、小满……而复魅。

仰望盛泽夜空，星辰密集而静寂，像巨大绸缎上的图案，在温存中保持尖锐的力，似乎象征着与南方中国发生深度关联的隐士高人。本雅明适合来盛泽，在中国江南这一绸都——丝绸的首都，走一走，想一想，说一说。我喜欢他创造的“星丛”一词，指代他所敬爱的、杰出的同类项——在日渐强盛的“机械”与渐次消失的“手工”之间发愁的人，就是被不断提速的时代所嘲谑、所警惕的诗人？

大暑盛泽，灼热如宋、元、明、清、民国，如巴黎。我像本雅明、波德莱尔、冯梦龙、柳亚子、苏曼殊一样游荡、观察，但能像他们一样书写出传世辞章、加入灿烂星丛？信心不足，但盛泽一游，有可能加强我的笔力——“一个人是他周围的事物”（史蒂文斯），我体内一角，应该开始出现三卷丝绸、万亩桑田及其转化生成出的无限沧海……

四

暑气稍歇。借着昏暗的灯笼，看了看关帝庙、岳庙，纪念两个北方英雄；看了看先蚕祠，供奉蚕神嫘祖。祠旁有戏台，在每年小满时节演出九天的“小满戏”——传说嫘祖生于小满。在中国，在任何一个城市或村镇，你只要看到、听见或说出一座祠庙，那些与祠庙有关的神、人、梦寐、生息欢悲……就一涌而来。这三座祠庙组合于盛泽，使江南的隐秘情感结构豁然朗现——重利亦重义，种桑麻亦种荷花，爱绸缎之温软亦爱剑之霜寒，轻别离亦轻生死。

酒桌也是盛大泽国——大坛黄酒，酷似酒馆窗外那一片正午时分的湖水，以十足后劲，推动陌生人成为持久知己。盛泽镇上的名人沈莹宝，年过古稀，振作如处中年，喜欢被几个美丽女子敬酒并呼唤为“宝哥”，满头非虚构的青丝。谈起“秦淮八艳”之一柳如是，宝哥语调敬重。

柳如是生于盛泽，痛感明清易代之恨，殉难。“我见青山多妩媚，料青山见我应如是”，柳如是喜欢辛弃疾这句词，她自身也成为后世我辈心中的妩媚青山了。“春日酿成秋日雨。念畴昔风流，暗伤如许。纵饶有，绕堤画舸，冷落尽，水云犹故。”宝哥用盛泽话吟诵了柳如是这一段词，音韵接近柳如是？大暑，为盛泽的一个女儿驱寒。

宝哥是盛泽地方志和丝绸史的研究者，出版著作多部。他递给我的名片上写着：作家协会会员、曲艺家协会会员、音乐舞蹈家协会会员、东方丝绸市场协会副秘书长、印染协会秘书长、广东商会顾问……由此可推断：这是一个可爱、有趣、多智复多情的人物。一方地域，一个村镇，有三五个这样奇异的人物，才丰富生动而不枯寂寡淡。

我以名片为依据，请宝哥唱苏州评弹。宝哥慨然而立："那就唱《杜十娘怒沉百宝箱》!"女子们鼓掌并模仿琵琶的腔调来伴奏附和："窈窕风流杜十娘，自怜身落在平康。她是落花无主随风舞，飞絮飘零泪数行。青楼寄迹非她愿，有志从良配一双，但愿荆钗布裙去度时光。"话本《杜十娘怒沉百宝箱》，出自冯梦龙之手笔。柳如是应该读过冯梦龙，在杜十娘身上看见了自己的宿命和前景？

听宝哥唱诵，我像被杜十娘痛斥的薄情汉李甲。脸红耳赤，出酒馆。阳光凌厉而决绝，如杜十娘从天上砸下来的绫罗绸缎、珠宝玉玩。躲，进商店。买一把蒲苇编织而成的扇子以鼓舞自励，买一块绸制的厨房围裙作为送给妻子的礼物——这进一步证明了我的自私和狡黠。

五

蹲在贯穿盛泽的大运河边，想想北京和杭州。看运输货物的机动船突突突掠过，像阳气十足的青年一往无前。

宋亡之后隐居不仕的词人蒋捷，有《舟过吴江》一词。那舟，应弱小。舟上所见，大概是苏州、盛泽到嘉兴这一带的风光。"何日归家洗客袍？银字笙调，心字香烧。流光容易把人抛，红了樱桃，绿了芭蕉。"那客袍，或许就是由盛泽丝绸缝制而成。一个江南人隐居太湖，却充满客人感——家在何处？

其实，樱桃、芭蕉、桑树，才是流光所眷顾爱惜的无穷主人。蒋捷与我皆过客，长衫西装皆客袍。但毕竟身历、心历于江南的流水风物，一个过客的身影也能半红半绿，可抵抗一丝大暑后的秋寒。

突然发现一尊铜佛，在爬满藤蔓的一段旧墙下避暑，柳丝如同柔软的指尖，随热风轻拂佛头——这一尊佛，为什么走出喧闹的庙宇或香龛？也寂寞，也孤单，也需要没有吁求和负担的爱意和自由？

使劲为佛挥动几下扇子，致敬。佛，好像对我笑了。

原载《人民文学》2016 年第 10 期

拯救朱鹮

陈歆耕

有生第一次，千里迢迢去远方，为的是探视一只鸟。她叫朱鹮。

此次旅行，不是文学界常说的“采风”，也非为了执行某个部门指令去“深扎”。无人邀约，也无撰稿任务，当然也无一笔稿酬等你领取。差旅、食宿费用一切自理。所幸飞机落地汉中后，有老作家王蓬、文联贾连友、洋县作家叶平、艺术家王维果等诸先生引导相助，使得我能顺利地一睹朱鹮的“芳颜”，并受到汉中深厚人文古风的吹拂，收获超过预期。

提起朱鹮，我身边很多人不清楚。因此我通常要动用已有的一点微薄的知识做解读。未去汉中前，我对朱鹮的一点点感知，仅仅来自于数年前在德清下渚湖湿地导游的介绍和百度上搜索到的一点无法考证的素材。那次下渚湖之行，使得我初识朱鹮。她有一种特性：一旦雌雄配对后，便终生不渝，因此被誉为“爱情鸟”。他们的配对，应该也属自由恋爱，无父母之命、媒妁之言；应该也无门当户对、才子佳人之类的人间俗念。天地皆属他们所有，天地又非他们所有。让我一直感到神秘不解的是，一只雄朱鹮与另一只雌朱鹮，是因了何种姻缘会步入婚姻的“草窝”，然后卿卿我我，共同孵化幼鹮，且白头偕老？他们之间有过“山盟海誓、天长地久”的宣誓么？吾非“鸟人”，不解“鸟语”，岂敢妄下断语？

前些日在筹划一个《朱鹮之恋艺术展》时，我萌发了一定要去一趟陕西汉中洋县的念头，一定要亲眼看一下被尊称为鸟中仙子、君子的珍鸟。当然还因为那里是20世纪80年代，世界重新发现朱鹮的福地，朱鹮重获新生、繁衍、飞出国门的故里。

据史料记载，朱鹮曾长期生活在东亚一带，包括中国的中、南部，日本、苏联以及朝鲜半岛等地域。甚至早于人类就已经存在。中国对朱鹮的记载，最早见于春秋时期的《禽经》，别称“朱鹭”，民间又称“红鹤”，吉祥鸟寓意由此而来。如果碰巧遇上一只朱鹮从你头顶掠过，也许真的是

“鸿运当头”，上苍要赐你珍贵的幸运“礼物”了。唐人张藉曾有诗写道：“翩翩起舞兮朱鹭，来泠春塘栖绿树。羽毛如剪色如染，远飞欲下双翅敛。避人引子入浑堑，动处水纹开滟滟……”

遗憾的是，20 世纪 60 年代，人们发现经常可见优雅翅影的朱鹮，忽然稀少，难得一见了。渐渐地，至 80 年代初，朱鹮在其生活的东亚主要国家日本、苏联、朝鲜半岛，皆已绝迹。此讯息令世界震惊，最为震惊的当属日本。因为朱鹮在日本被目为国鸟，朱鹮图饰被普遍应用于与日常生活相关的物件中，乃至日本航空公司的图标也是朱鹮。朱鹮消失乃不祥之兆啊！

朱鹮濒临绝迹的原因无非有两个：一是人类无节制的滥捕滥杀；二是生态环境的普遍恶化。

地球上还有朱鹮吗？

世界把目光聚焦于中国，希望获得来自中国的最后的准确信息。人们心怀忧戚，不知这最后的讯息是“希望”，还是“绝望”？

1978 年 9 月，中国科学院动物研究所组成的“中国朱鹮专题考察小组”开启了艰难的寻找朱鹮的旅程。他们披荆斩棘，在朱鹮曾经生活过的山川丛林、江河苇荡间跋涉，在烈日高温、癫狂风雨间穿行，寻觅那个与人类相伴了数千年的飞翔的“红宝石”。三年、5 万公里、17 个省、260 个曾有朱鹮生活的点……这些数据，都是科学家们用脚步丈量出来的。

终于，终于在 1981 年 5 月 23 日，科考队员在两位农民的配合下，在陕西汉中洋县八里关乡姚家沟的两棵青冈树上，发现了 7 只朱鹮。这 7 只朱鹮，后被命名为“秦岭一号朱鹮群体”。这一发现迅即传遍了世界，令世界为之惊喜。为何朱鹮的最后栖息地，会选择在中国西部汉中的洋县？让人信服的解释是，这里地处秦巴盆地秦岭的南坡，高耸的秦岭挡住了北方吹来的高寒冷空气，形成了雨水丰沛、四季气候温润的独特的地理环境，为朱鹮生存提供了最优良的条件：高大的古树便于筑巢；一片片浅水稻田，可以找到朱鹮喜爱的美食泥鳅、小鱼、田螺等；散落的人居，让朱鹮有安全感；最重要的还有一个，由于这里交通不便，无人投资来开工厂，无工业污染……

随后，一系列保护朱鹮的行动和研究逐步展开，先是野外看护，农田禁止使用农药和化肥，然后尝试人工繁殖，等长大后再放飞到野外生存。在朱鹮的孵化和幼鹮成长期有两个天敌：一是蛇，它会趁朱鹮离窝时，爬上树，吞食朱鹮生下的蛋；二是老鹰，它会趁成年朱鹮外出觅食时，袭击嗷嗷待哺的幼鹮。为了防止出现这类险情，保护人员在有朱鹮筑巢的树下

24 小时不间断地观察，一有险情则立刻化解。他们在树干上捆绑了阻止蛇上爬的刀片，往朱鹮经常觅食的水田里投放泥鳅、田螺，农民则在遭逢病虫损害稻田时也坚持不喷洒农药。30 多年的艰难看护与人工繁殖，才使得朱鹮数量由最初的 7 只，增加到 2000 多只。虽然成果令人欣喜，但仍未彻底脱离其濒危期。有关专家称，只有在朱鹮的种群数量超过 5000 只，有效雌性数量超过 2600 只，才算基本脱离濒危期。

拯救朱鹮的路已经拓宽，但要让朱鹮步入良性的自我成长期，仍丝毫不可懈怠。

洋县作家叶平赠我一册新著：长篇散文《中国朱鹮》。这是我洋县之行的一个重要收获。他长期专注于朱鹮的保护和生存，观其形，状其貌，用充满激情和诗意的文字，定格朱鹮优雅飞翔的姿影，记载描述朱鹮巨细靡遗的各种习性。最让我为之惊诧的是，他在朱鹮飞翔的翅影上，穿越古今，翱翔天地，寄寓了无尽的对人与朱鹮、人与自然的形而上的人文思考。在他的笔下，朱鹮有无与伦比的高洁和善美；他对朱鹮命运的忧思，又何尝不是对人类未来命运的忧思？我与他怀有同样的希冀，期待更多的朱鹮飞翔在地球与蓝天之间，用她的翅膀擦拭混浊的空气和云翳上的污垢；期待有更多的青山绿水，成为适宜朱鹮生存的家园。这同时意味着，人类的生存环境也得到了根本性的改善。拯救朱鹮，其实就是拯救地球，拯救人类自身。

不知为何，对朱鹮的了解越深，而我的焦虑感却越重。它如一团雾霾缠绕心间，挥之不去。朱鹮是鸟中仙子、君子，她们对人类和同类都友好和善，不具有任何的“攻击性”。在同一片水田里，她不会与别的鸟争食。也许她太仙子和君子了，面对世界这个险恶的环境，她的心理承受和生存能力不够强大。因此，局部的生态改善，是否能够让朱鹮获得自由飞翔和生命勃发的空间，只能存疑。我实在难以判断，朱鹮是否一定有更理想的未来，也许理想的未来永远在梦中。甭管如何，我都要为朱鹮祈祷和祝福。

在洋县华阳古镇和洋县郊外的朱鹮保护站，我与伫立枝头，闪射着宁静、安详、慈善目光的朱鹮对视。此刻，如同遮盖新娘美丽容颜的红布头被揭开，喜庆而喧闹的婚礼该落幕了，而我的这篇关于朱鹮的文字也就此打住。

2017 年 8 月 28 日于耕乐堂

蓝马鸡在鸣叫

辛　茜

隐秘于山林的蓝马鸡，行踪诡谲、举止优雅。我看到它们的时候，它们一行数只，正各披一身灰蓝大氅，悄悄来到寺庙前的空地。这时，红衣僧人普华，早已等候在此。它们互相谦让，彬彬有礼地享用着僧人掌中的青稞。

这是二月的青海，青沙山中石峰突立，寂寥清冷。积雪自山上倾泻而下，对面的山坡上，云杉密布。用过早餐的蓝马鸡在沙棘丛中来回踱步，低头沉思，从不同角度看，皆像是一件艺术品。都说鸟类多嘴，可蓝马鸡不像金丝眉叽叽喳喳，也不似野鸽咕哝个不休。它们深居简出，有礼有节。没有急于表达的情绪时，异常安静。无论快步行走，还是低空飞翔。

与普华的约定，使蓝马鸡对人类有所信赖，但仅此而已。于是，我和同来的人不得不匍匐于灌丛，屏息远看，唯恐惊扰这山野中的大王。看得出，蓝马鸡心情愉悦，无丝毫顾虑，能在这么一处四面环山，沙棘、蜡梅遍地，清泉潺潺流入的风水宝地栖身，令它们心满意足。

我估计，蓝马鸡沉思的东西，不会涉及过去，也不指向未来。但它们仍然在沉思。

十年前，山下的这座寺庙，曾令蓝马鸡忧心忡忡、魂不守舍。好在，没过多久，这片山洼就恢复了平静。草木葳蕤、空气新鲜，晨钟暮鼓中，还有轻轻梵音，阵阵桑烟回荡在山谷。

一个下雪的日子，雾色苍茫，白雪覆盖了一切。以野果、草籽果腹的蓝马鸡无处觅食，饥饿难耐，竟不顾危险在寺庙周围静静徘徊。细心的普华看出了它们的窘境，急忙捧出青稞、小豆撒在雪地上，自己则躲在沙棘丛中远远注视。约莫过了半个时辰，两只胆大的蓝马鸡，终于怯生生靠近。随后，又有四只放慢脚步，借灌木掩护，无声无息挨到近旁，小心啄食地上的粮食。

此后，这动人的默契，成了普华与蓝马鸡之间的秘密、人神之间的承诺，且延续多年。不因风雪、冷雨延误。即使有要事不得不下山，普华也会提前将食物，放入自制的方形木盒，置于两棵沙棘树枝杈间搭就的木板上。

仿佛是为了证明。一只极其灵敏的蓝马鸡，轻轻一跃，傲慢地落在木板上，又象征性地啄了几下木盒中的黑豆，为的是让我们相信这个铁的事实，然后又挺起身子，转动灵活的脖颈，用一双水晶似的黑眼睛四处张望。

我心中大喜，又不便放声表达，只能暗中嗟叹。

普华与蓝马鸡之间，这心知肚明的秘密，始于青黄不接的季节。更多的时候，蓝马鸡是不缺乏食物的。山林犹如百花园，山柳叶、苔草、紫罗兰、沙棘果甜美烂漫，但它们依然如期而至。很显然，蓝马鸡不仅明智聪慧，还有着比人类更诚实、可靠、足以信赖的品质。

白云下，蓝马鸡面颊绯红，头顶、枕部的黑色羽绒绸缎般明亮。两侧耳羽洁白，自颈部缠绕至后，微微弯曲，如同戴了条随时在风中飘舞的围巾，俏丽别致。但，与其他鸟类不同的是，蓝马鸡雌雄难辨，除头部相似，全身着一袭素雅蓬松的灰蓝羽毛，尾羽呈蓝紫，羽片松散华丽，泛出金属光泽。

这不免让我心存疑虑。由于鸟类视觉感官发达，对色彩的感觉十分敏感，遂使鸟类行为易受视觉情绪影响。特别是，当雄鸟向雌鸟求爱时，大多以绚丽张扬的羽毛吸引对方，求得雌鸟好感。这种充满仪式感的婚前准备，往往需要消耗大量精力，持续很长时间，有的大约需一个月。

栖息于青海湖鸟岛的鸬鹚，在众多候鸟中，是最不起眼的。我常见到的鸬鹚周身羽毛蓝黑乌鸦般沉重，可一旦到了发情期，雄鸬鹚的羽毛，竟会不可思议地在一夜间发生重大变化。尾羽竖立、斑斓夺目、色彩丰富，像开屏的孔雀。如此，容貌相似的蓝马鸡，究竟该以何种方式选择配偶、吸引对方，完成一生中，对它们来说，最为辉煌的使命呢?

耳边不时传来金丝眉清脆的叫声，似乎还夹杂着彩尾山雀边飞边鸣的高音。和候鸟一样，3 月—6 月是蓝马鸡的繁殖期，它们会选择灌木丛最为隐蔽的地面，也会在林间枯树、粗糙的岩缝筑巢。

蓝马鸡秉性清高、静若处子，不寻机炫耀，也不必像候鸟一样远渡万水千山。留鸟的特性，使它们安身立命，终年待在海拔 3500 米左右，水源丰富的高寒针叶林或临近的灌木丛。早晚集体飞往林缘山谷、草地觅食；夜晚各自散去，歇于不易被人察觉的高大树冠。哪怕冬天，哪怕山林枯燥、寂寞、压抑，蓝马鸡仍精神矍铄，如一翩翩美神，往返于山间草坪、沟壑密林，养精蓄锐中等待草木逢春。

从美学角度讲，美感是一种视、听快感，快感是欲念的满足。我兀自思忖，蓝马鸡的快感是既定的，是自然赋予它们的一种特定尺度、内在视觉系统的生命运动，这足以说明生命学中动物的快感，来自有关欲望的学说。

雌雄相似的容貌，让蓝马鸡忽略了对色彩表象的过度认可，而注意形与情与气的流情散芳，听觉官能上的满足。这或许就是生物学家所论述的，某些鸟类的形式快感，已接近美感萌芽的象征，是一种纯粹为了美，而不在乎外在物欲追求，符合主体心灵自由的和谐，生存的美。至此，我是否可以断定，雌雄相似的蓝马鸡，对对方，对自己极其信任、认可。既习惯又喜爱，不分彼此、相互欣赏、相为温存，以至于不必用色彩诱惑、讨好，赢得对方青睐。相反，而仅以表象、形式取悦对方，或以此选择配偶，反而是人类自以为是的错觉、愚蠢的逻辑。实际上，鸟类那双毫无邪念的眼睛，长在头的两侧，眼中展现的视像远比人类更加清晰生动。

也许，一切都是命中注定。然，我仍有不解之处。蓝马鸡为什么唯中国独有？又为什么大多生活在青海省东部？它们最终定居于这片高地的态度，究竟是源于对环境的适应，还是另有其因？难道，蓝马鸡也像生长在青海高原的名花鳞叶龙胆，因强烈紫外线下独有的蓝，赋予了它们更加柔韧顽强的生命、生存的勇气。

春雪降临，雪原之上白雪皑皑，蓝马鸡鲜艳地飞过，形态优美，如空中划过一道蓝光。多年前，人类对它的认识，早已使人明白，它与人类一起诞生、繁衍和死亡。

生命的秘密太多，却又简单得平淡无奇。一切生死爱恨皆从细胞开始，无论你我他抑或鸟兽虫鱼。但今天，属于名贵珍禽的蓝马鸡，蓝色精灵，让我又一次体会到了创生的艰难与快乐。还得感激普华，是他的善意与大爱，给了我与蓝马鸡相遇的机缘，让我对生命充满了无尽想象。

普华出生在清沙山下，黄河岸边。他身材魁梧、相貌端正、性情温和。在这座山林里，他自己就是一个童话、一个美妙的故事，叙述着世间的喜乐与悲伤。他比任何人都更有权力，享受人神欢乐的喜悦；更有资格，和鸟一起捕捉生命的美感和意义。

哦，等待是多么的幸福！一道橙色光线冲破云层，照在山顶。早已飞去的蓝马鸡，不知为何，竟再次出现在料峭断崖之上。它们身后的大山绵延不断，它们眼中的天地辽阔无垠。我能感觉到它们深深的呼吸、起伏的胸膛。也能肯定，它们亦有意识到我存在的能力。

山野的风沁人心脾，它们在对视、抚摸、渴望；它们在懂得对方的心思后，又一起迎着猎猎雄风面向黄河，俯瞰大地。

突然，一声短促的颤音在穹谷回响。

蓝马鸡终于昂首翘尾，放声鸣叫。

音质粗狂，深沉有力，似成熟性感的男声。

我无法判定这是一只雄鸟，或是雌鸟。

但毫无疑问，它预示着繁殖期的到来……

原载《散文》2017年第9期

遍地鸟鸣

简　默

相对于绵亘的群山，湖沟仅是个婴儿，躺在大山温暖舒适的襁褓中。

在湖沟的日子，每天早晨，是鸟鸣唤醒了我。

我住在村委会院里，这儿应有尽有，只要储存足够的食物，我可以许多天不迈出两扇大铁门。四面都是围墙，至少比中等身材的我高了几头，轻易攀爬不过去。一幢两层办公楼，坐北朝南，张伟住楼上，我住楼下。我住的屋有三间，外头一间，里面两间，面朝院子的里间安放着我的床。隔着墙壁和围墙，是村民们的土地，白天我已看过了，由于无人侍弄，坝堰横七竖八地倒了，地里生满了荒草，比草更高的是碗口粗的日本杨。这种树是树家族中的乡村男孩，淘气、泼辣、皮实，仿佛见阳光和风雨即长，村民们看重短期效益，正好相中了它这点，在地头田间广泛栽种它，视它为每天生长利息的绿色银行。但也因此带来了一些问题，譬如它幼时尚不要紧，待到枝繁叶茂根扎得深了，遮住了阳光，与庄稼争夺养料和水分，庄稼便不长了，一株株面黄肌瘦，像饥饿的灾民，村民们管这叫泄地了。眼前这些树高大挺直，浓荫蔽日，在风儿吹拂下叶子沙沙响，瞪大眼睛俯瞰着楼房，和矮矮在下的我。

有树便有鸟，有巢，有鸟鸣。我不止一次地抬头望见喜鹊衔着干草和枯枝，优雅地舒展扇动双翅，搅起小小的幸福的旋涡，登上枝头在筑自己的巢。没鸟住时，巢是一棵树空荡荡的嘴巴，除了风吹树叶哗啦啦响，鸣蝉喋喋不休的聒噪，再无其他声音，一旦鸟住了进去，嘴巴长了牙齿，就叫出了声，纷扬如雨，从天降临，唤醒了我。

湖沟的夜晚包容孕育着层出不穷的静。高高挺立的太阳能路灯，白天源源不断地吸纳太阳的光芒，到晚上打开身体滔滔不绝地释放出来，这光渺小而微弱，仅照得亮脚下和周围有限的距离，是一粒米的光。沿着水泥路走过这些散落在乡野的路灯，便进入了湖沟，一路高低起伏，将这些路灯撇在身后，就出了湖沟。路上车辆稀少，偶尔冒出一辆，像萤火虫浮过，两束前灯将黑夜捅开一个小缝隙，几米之外仍沦陷在黑暗中。有星星的夜晚，我喜欢站在天底下，像站在很深很深的井底，四壁石头森然，苍苔寂然，仰望庞大无边的星空，星星稠密而硕大，互相保持着绅士的距离，绽放着各自的耀眼光华，我忽然想到了坐井观天，恍然觉得自己变形为了一只青蛙，披着一袭黑斗篷。谁拄一根拐杖笃地笃地敲点着路面，深一声浅一声的，村庄里卧着的土狗听见了，兴奋地叫嚣起来，远远近近的土狗都跟着叫了，像点燃捻子放了一挂鞭炮。鸟鸣急促地响了，是布谷鸟，山里人俗称“烧香摆供”，前一只喊着“烧香摆供”，话音没落，后一只立刻接上了嘴“一壶一壶”，似乎天衣无缝，侧耳谛听，破译得出“阿爹阿哥，割麦垛垛。割麦垛垛，家家吃馍……”的农事密码，这也是山里娃们麦香弥漫的催眠曲。有一种鸟，我从未看见过它的真面目，从白天到黑夜，它都在鸣叫，在远处的山间，在路旁的栗子林中，我蹑手蹑脚地试图走近它，它看透了我的鬼把戏，却不急于戳穿我，待我越走越近，猛地屏气噤声了，茂密的枝叶遮住了它的身影，浓郁的栗子花香熏晕了我，我当然寻不到了，只有它听上去像是“好啊好啊”的鸣叫，回荡在我的耳边，仿佛拼了力在为我喝彩。群山是最好的回音壁，狗吠抑或鸟鸣，都借助它宽阔强劲的肺活量，被无限放大了，撞到对面弹了回来，黑夜愈加沉寂深广了。

我摸着乡村的黑回到城市，迎头痛击我的是满城灯火，急不可耐的汽车鸣笛，日以继夜的工地呐喊，这是我的日常生活，日复一日的喧嚣与骚动。偶然鸟鸣也会唤醒我，譬如说今天早晨，有一只不知什么鸟，栖息在窗台上，厚厚的窗帘挡住了它，我看不见它小小的身体，但它的声音就像在我的枕边，将我从沉沉睡梦中叫醒。从早到晚，斑鸠的鸣叫是我常听见的歌唱，“咕——咕咕——咕咕”，由短促到悠长，最后一声加重了，带着回音，响亮悦耳，反反复复，时间久了，听得多了，我视它为预言家，这样说是因为每逢听见它的歌声破空传来，总有一场雨尾随而至，雨中这歌声潮湿如苔。与斑鸠类似的，还有喜鹊，它不怕人，在路上，在草坪间，它翘着尾巴，蹦跳和觅食，一次次地与我相遇，看我的目光单纯而善良，像一个永远长不大的孩子。举头三尺有神明，说的就是喜鹊，在它的身上神性与佛性兼具。它将巢筑在树木的枝杈间，以及变形金刚似的建筑物上，与我们比邻而居。有一天傍晚，在食堂吃过饭后，我环绕着会展中心转了一圈，这座设计成船形的建筑巨大而冰冷，像一具恐龙的残骸，我数了数，上头总共有十三个鸟巢——都是喜鹊在城市屋檐下的家。它居高临下的生活和视角，使它一眼觑见了我们内心的欢喜，也包括忧愁，但它报喜不报忧，横竖都是好事，沉不住气，迫不及待地喊了出来：“喳喳喳喳。”有时听见它的鸣叫，触动我想起一件或几件事，假如喜事真的临门了，我会沾沾自喜地认为它未卜先知，如果事情落空了，又禁不住在心里埋怨它“谎报军情”，这其实是我盼好结果心切了，油然生出的自我安慰与期望，我就是这么一个貌似强大内心却虚弱得千疮百孔的人。

城市是个巨大的发光体。白天，我走过一面面玻璃幕墙，它们一律站立起来，像真正的墙，不会行走，也不会歌唱，映照着匆匆忙忙的人影和车流，反射着炽热白亮的阳光；我住十层，坐在书桌前，目光穿过阳台，能够看见对过那些六层的楼房，首先闯入我眼帘的是楼顶那一排排耸立的太阳能，它们闪烁的筒体令我昏眩，差点刺瞎了我的眼睛。到了晚上，无数灯光彻夜不眠，仿佛另一个白天，我们在声色犬马中溺死黑暗，而那些隐匿于各个角落的鸟也将黑夜当成了白天，一边睁着惺忪的睡眼，一边大声歌唱自己的爱情。

几天后，我回到湖沟，村委会院外的那些日本杨被悉数伐倒了，代之种下的是一株株桃树苗，它们瞧上去单薄羸弱，随风摇摆俯仰，像乡间营养不良的留守孩子，托不住那一树稠稠密密的鸟鸣。

原载《湖南文学》2017 年第 2 期

剪一段黔江记忆系在心间

华 静

有雨的夜，抵达濯水古镇。山区的夜晚黑得通透，虽然看不到周围的环境，但能感受到山区特有的青山绿水的气息。

翌日，曙光洒满庭院之前，把一种叫作原生态的民族风情系在这个春天。

奇山，碧水，古镇，廊桥，茶园……走过的人，路过的人，都会被古镇的岁月感染。那不曾搁浅的岁月牵着我们从今天走回昨天，又从昨天走到明天。

一

浅浅时光里，因为“芭拉湖”一词让世人知道了有亚洲第一峡谷美誉的黔江——一座矗立在峡谷上的城市。

“芭拉湖的露珠里写着你，土家族的山歌里写着你，你安然地坐在种颜色里。”我用心画着黔江印象，却在黔江遇见期待。

集革命老区、民族地区、边远地区、国家扶贫开发重点区于一体的黔江，同时也集自然资源、人文资源、峡谷景观于一体，集土家建筑文化、农耕文化、民族文化于一体，集独具风格的民间文学、极具特色的民族音乐和舞蹈于一体，集古镇文化、码头文化、商贾文化、场镇文化于一体。当人们在询问和探讨一个人与一座城市究竟有没有关系时，一个旅人，在一个夜晚，也在听一个城市的声音。

寻找希望，寻找峡谷深处的资源，黔江人美丽的憧憬驱散了落后的清贫的阴影，唤起对生活的信念。用爱倾听，峡谷里传来的所有声音都是动人的音乐。黔江以自然风光和人文历史吸引住了人们的目光。

“风景有价格吗？黔江的山水无价。”每个人对山水的热爱都有不同的解读，但都相信黔江的开发对未来发展会有带动。还有什么比充满期待的生活更令人振奋和向往的呢？时光，遗忘在黔江的山水中，在那样绵延广阔天地间生活的黔江人，胸中定有无法压抑的豪情和激情，他们把几辈人的期盼站成了一幅风景。

四周寂静，若有若无的花香袭来，不自觉中想一诉心语。关于黔江的文字很多很多，似乎都在说服我们把自己生活的观念让给这块土地上的人民。纯净的山谷中，大自然奏响了花红柳绿的美韵春歌。沐浴阳光，面对这灿烂的春天，谁又能对与己有关的信息熟视无睹呢？

二

素笺心语，有关黔江的文字暖暖流淌。生命的旅途，千回百转，都是岁月赋予黔江人的精彩。那些穿越阿蓬江来往的行程，在记载中若隐若现。

“记住你的名字也是一种幸福，你葆有了一个古老故事的浪漫，你让一种美住进了我的心里。”有关黔江的文史，暗香浮动，盈满心房。

在蒲花暗河的河道中行驶，一柱光束直照左侧石峰上。那石峰的颜色古墨般黑，层层叠叠中又各有分离，但又相倚相傍，凝合成山体。那山的刚硬和水的柔美都在这里。远看，像大大的盆景；近看，是长长的画卷。石峰顶上，一个小女孩的侧面影像清晰可见。她穿一件连衣裙，披肩发，好像手里拿着一根蜡烛。光投过来，也正好把蜡烛点亮了。整个画面在一片光晕里闪着神秘的光。一天，一年，一生，她都和这蒲花暗河在一起缠绵，而河水也只为她的美丽流连。透过光束，我感觉小女孩的侧脸分明是一种笑容，仿佛在跟所有的人说：你们终于看到我了。

落入尘世的小女孩如此钟爱黔江的山水，她就像一个永远长不大的小天使，总能让人把有关她的这样那样的想象说成是蒲花暗河的传奇。

泛舟小南海，水面上漾起的欢笑声也是风景，散发着纯美风情。船头，迎风而立，内心的辽远升起，穿过云层，相许幸福，一船温暖，把方寸倩影默记。

那水，只是美丽起来的记忆。

千年的记忆，在濯水的史册里留下了最动人的一页？是谁抒写了这千年的美丽？

书香门第余家院，人才辈出八贤堂，阿蓬江里翰墨香。

介绍篇，记录篇，花絮篇，品评篇，而每一种认识，都可能是一个不可复制的对话故事。那水，承载过巴文化、土家文化与汉文化的融合、传承与创新。

甚至，就想坐在这城市的某一处，喝一壶街边下午茶。

晒太阳是奢侈，晒月亮更是童话。但在黔江休闲文化的概念里，只让，水，继续美。聚焦也是一种力量。

三

油菜花开的三月天，沿着一路花香，走在石板路上把古镇的梦想延续。

濯水古镇，兴起于唐代，兴盛于宋朝，明清以后逐渐衰落，是渝东南地区最负盛名的古镇之一。尽管如今街上的建筑正在维修，住在古街上的人越来越少，但依旧炊烟袅袅。那熟悉的烟火味，守住朴素而安稳的一段段时光。

“你就站在这古街上等我，你知道我会记住你。你痴痴地等，我痴痴地爱，仿佛都回到眼前。”隔着绵长的岁月，那些街边的吊脚楼，就等在记忆的画面里，划出了一条古街过往的脉迹。

“茂生园”“宜宾栈”“光顺号”“同顺治”等商号与多个染坊、酿坊、刺绣坊等手工业作坊的存在，吸引了上海、宁波、厦门、广州、南京、武汉等地的客商。山外的风琴、口琴、自鸣钟、汽灯、手摇留声机等洋货被他们带到了濯水，转而将濯水的蚕丝、桐油、茶、漆等产品远销山外。清末，甚至还有日本人来此经商，把“光顺号”的生漆和“同顺治”的药材远销日本，演绎过中日民间贸易的传奇。

“你也是第一次来濯水吗?”那个靠在躺椅里做买卖的老婆婆问我。

“是啊，第一次来濯水。很美的地方。”她的身边还有一个老婆婆。我给她们拍下了一张合影。

她们的服饰葆有着自己民族的风格，她们摆在摊面上的自制辣椒酱葆有着独有的品味，可语言表达上已明显突破了原有的方言。我和她们聊天，除了个别字听不明白，交流是没有问题的。

“这条街上的建筑都是木质结构的。有木雕的窗花，还有画有精美壁画的封火墙呢。”店铺之间的交流就隔一道墙，站在一旁做绿豆粉生意的小姑娘得意地提示我。

站定，细品古镇建筑，她真的实现了土家族吊脚楼与徽派建筑的完美结合。刚柔相济中，似乎跳跃着一种韵律。

4000 多年里，濯水古镇一直注视这各色文明的兴衰，不问世事沧桑，任凭时光流逝，对濯水，我只想说，你是我心中的那句惊叹。

扑面而来的历史气息，清新，芬芳，不浓烈，也不干涩，被各种小吃美味熏染得意味深长。

独自漫步，在廊桥一端复习那些浅浅深深的往事。于是，一首《送郎调》挥之不去。那婉转悠长的旋律，几许说情，几许说事，几许缠绵，几许明理。尽管人来人往，也挡不住这歌声的魅力。

“喜欢这首歌有无数种理由，听了无数遍唯美了一种想念，你带着你的爱在歌声里盛开。”从酝酿激情到释放激情，这个酝酿的过程在黔江产生。

土家摆手舞缠绵了谁的情绪？纯厚古朴的民风民俗让走进黔江的人们耳目一新。为什么黔江的摆手舞可以凝聚那么多人？为什么黔江女儿的婚嫁是在情真意切的哭声里举行？今日再现哭嫁的形式，让学者、著名作家侯军先生诠释得那么动人：过去，这一嫁，何时再回来？女儿出嫁，就再也回不了生她的家了。他说他听哭嫁歌时落了泪，那哭声，是分别，也是告别，更是诀别。你不能想象一个年轻女子生平第一次离开家后就再也回不了家的悲，见不到亲人的痛。她当然会胆怯，迷惘，甚至无望。

无处不歌，情留山寨。奇妙的风俗传承，通过一首首歌交给后人。

在熊熊篝火旁，莽号声起，人们跳起热情奔放的摆手舞，一首《六口茶》唱出了性格黔江。土家人崇尚太阳和蓝天，他们想把属于自己的土家原乡文化与灵山秀水深度融合。那位曾在国际舞台上演出的歌手告诉我们，民族的就是世界的，开放的黔江前景光明。

牛角寨瀑布群

王　干

人类对瀑布的好感是因为水的倒立，水，平缓地流在大地上，正常得很，很少有人注意。水倒立在大地上，就会引人关注。这就像一个人如果正常地走路，没有人去关注，而一个人如果倒立行走，马上会吸引一片眼球，人倒立行走很少见，多半在表演，或者是神经错乱。水倒立则形成了大自然的一大景观：瀑布。“遥看瀑布挂前川”，李太白的诗用“挂”实在是妙，挂者，是竖立的，而不是横躺的，大诗人一个字，就写出了瀑布的本质。

瀑布的本质是倒立，但水倒立的前提必须有坡度，这坡度常常与高山有关。我的家乡是著名的水乡，长江的水流进来，淮河的水也流进来，家乡沟渠密布，河网交叉，我看过家乡的地图，那些河流水网像围棋盘一样，纵横交错，似乎听得见水声汩汩。

但是我们家乡的河流太平坦了，太平坦就是太平淡了，那样的河流平躺在地上没有气势，也没有起伏，它们不是挂在大地上，而是平铺着，所以再多也没人关注。因而瀑布很自然会出现山区了，出现在山水交融的地段。著名小说家东西的老家叫天峨，天峨就是天上很多山落在我的左侧，天峨和环江是毗邻的，环江也自然有很多的山，那里的喀斯特地貌，与桂林山水紧紧相邻。

喀斯特地貌是世界级的自然遗产，环江的喀斯特地貌是世界遗产的组成部分。喀斯特地貌固然壮观神奇，但喀斯特地貌如果没有水的回绕盘旋，也不会成为壮丽雄奇的景色。

桂林山水甲天下，在于那些山必须配合着水，才能成为风景，那些山或倒映在水里，或陪衬着水的多姿，说实在的，我家乡那些柔情万种的水面因为这些山的衬托，苍白而无力。环江的山水是幸运的，它们互相依托，相互关照，共同创造出一幅耐人咀嚼的好风景，印象最深的就是牛角寨的瀑布群。

说实在的，去凤凰山牛角寨看瀑布之前，我是有些迟疑的，甚至有些不想去，因为我去的地方虽然不多，印象很深的瀑布有这样三个地方，一是美国和加拿大交界处的尼亚加拉大瀑布，庞大而壮观，轰鸣千里，跨越国界，真是银河落九天。而贵州的黄果树瀑布腾空而起，绝壁处飞出一袭白龙，腾云驾雾。黄果树瀑布的夜景还是一绝，我曾经夜景去游过，写过游记，发现一般人看不到的妙处。

很多景点是经不起两面看的，有的景点白天看非常美丽，但晚上看却索然寡味，有些景点夜色动人，但离开月光或灯光就平常稀松了。尼亚加拉和黄果树的瀑布自然奇观，但它们都是一个独立的意象，不是意象群。现代诗歌从庞德到艾略特的一个巨大发展，就是从意象发展为意象群甚至意象群落。贵州马岭河大峡谷的瀑布就是一个意象群，比单个的瀑布马岭河的瀑布自然没法和黄果树相比，但马岭河的瀑布是一个瀑布群，居然有50多条瀑布，在长仅1.7公里的天星画廊段，就有13条白练似的瀑布沿途悬空而下，宛如东海龙宫情景再现。再去看牛角寨的瀑布自然不会有什么期待，好在文联的谭主席说，那里的负氧离子含量高，可以换换空气，你们北京的霾大。因此去了牛角寨。

然而，我没有失望，我还要写文章推荐牛角寨的瀑布景观。前面我说过现代诗歌的意象、意象群、意象群落三个层次，那么牛角寨则在有限的空间里浓缩了瀑布的意象、意象群、意象群落，堪称瀑布的现代史诗。牛角寨瀑布的奇妙之处，在于有限的空间里包含了各种类型的瀑布形态，仿佛是一个瀑布的博物馆和图书馆。如果单就体量来说，牛角寨的总面积远不如尼亚加拉，但牛角寨在不到两三平方公里的范围内却聚集了八个瀑布，这个瀑布形态各异，既有气势磅礴的直挂式的飞流直下，也有珠花四溅的孔雀开屏，既有龙吟虎啸的大江东去，也有婉转清脆的小桥流水。马岭河的瀑布群当然壮观，但由于同在一条峡谷里，在同一个结构的策动下，姐妹花一样开放着，一般人分不清老大老二老三的区别。而牛角寨瀑布群就五彩缤纷，每一个瀑布都有自己的形态和模样，连水声也不一样。很多瀑布都是轰鸣震耳，攀行在牛角寨的山道上，倏然安静下来，没想到一道瀑布银发少女一样静卧在你的面前，仔细聆听，才听到她清婉的喃喃细语。

庐山有一道著名的景观叫三叠泉，1981年暑假我曾经和同学翻山越岭花了十几个小时的时间慕名而去，但过程的美好甚于结果的美好，我们看到的三叠泉只是细细的三股溪流从山间流下，如果不是在庐山，如果不是三叠泉的美名，正常行驶在山路山，似乎可以忽略不计。而牛角寨的三叠泉，三股瀑布长度不一，蜿蜒而下，叠叠声声，到第三叠像白练狂舞，银色风暴扑面。三叠泉像水的交响乐，像泉的立体诗，像玉的舞蹈秀。

那是瀑布的精灵在现身，那是不死的水在歌唱!

原载《太湖》2017 年第 9 期

耿耿在心

黄昏故乡桥头伫立着我的母亲(节选)

朱秀海

整个战争期间，我也就是在踏入战场的第一个夜晚清晰地想到过母亲，其后的日子里，这个被她老人家如同心放在刃锋上切割般日夜悬念的儿子再没有真正认真地想到过她。不是真正忘记了母亲而是战争让儿子从心底屏蔽了母亲，因为儿子走上战场的路途中看到了太多的战争景观，让他不能也不愿意多想自己的母亲。无论是战争前夜在我的出征地看到的正在走上战场的那一支前不见头后不见尾的队伍，还是后来走遍战场目睹到的所有那些浴血奋战已死和将死却仍然现出一脸灿烂阳光般的笑容的我军官兵，乃至于在前沿阵地、包扎所和烈士转运站接触到的那些血肉模糊的军人，她的儿子在潜意识里都会想到他们和他一样都有自己的母亲。枪声一响军人仅仅是军人，没有母亲，没有妻儿，没有任何亲人。开始我以为只有我一个人在死之前就关闭了对母亲和所有亲人以及相关生命往事的回想，渐渐地我在二十七天战争的每一个黎明或者黄昏，正午或者子夜都会突然从所有战友视死如归的面容和大声的谈笑中看到他们也早就和我一样在生命中屏蔽了母亲和所有的亲人以及全部的生命往事。我们以为这就是英勇无畏，一点也没有想到每一位母亲也都像我的母亲一样正在她们连枪声也听不到的战争中一天天饱受煎熬。我们在前方作战毕竟还有休整之时，我们大口吃压缩干粮，喝军用水壶里的冷开水、山溪水甚至路边的稻田水（我的老部队某团甚至在832高地上因为找不到水源喝过烧沸后的马粪水），我们因为已经渐渐熟悉战争而开始习惯它，不再以死为意，战争居然也可以像日常生活和工作一样按照命令进行，人的精神状态也似乎恢复到了日常生活和工作的状态，这其中就包括从战争生活的任何一个局部、场景和过程中发现并享受乐趣。我们可以为十个人中间突然发现谁还有半根烟头兴高采烈，因为谁做出了一个笨拙动作在枪弹横飞的战场上一起回头哈哈大笑并大声嘲弄他，我们甚至开始用调笑的口吻挑剔各种即将来临的死亡方式，想象自己死后是不是能在烈士陵园里躺到一个位置较好每天都能沐浴到阳光的墓坑里去。我们中的一位——干部科的张干事——在领导民工连为我们挖墓坑时就答应过他会一个一个跳下去试躺一下，直到他自己觉得舒服才会批准这个墓坑合格，而事实上他也是这么做的。战争正在迅速地让我们的心灵、肉体、习惯乃至于肠胃开始适应它的长期和艰苦，但这时它却结束了，我所在的部队不但打赢了整场战争而且打赢了每一场战斗，班师回营。

直到走回到国境线这一侧完全离开了战场我仍然没有急着给家里写信。这时我愿意相信前人说过的一段话：战争让人心冷酷，包括对自己的亲人。作为军区文化部派到前线的唯一作家，直到这里我仍然没有想到我的母亲是怎么在故乡熬过了这场战争，远离枪声后应当马上请假看望她老人家。我想到的是我的工作，战前军区首长只要求我参战而没有说要我写东西，但情况已经发生变化。战争结束后我开始接到许多约稿，部队撤回国内做临时休整的期间我还要利用最后的时间进行更多更深入的采访，即便回到军区机关后我除了每天大量的写作任务还要受邀到学校和党政机关做关于这场战争的报告。我以为我已经写过一封平安信给家里就可以了。不是没有必要马上回家而确实是我没有想到应当马上回家。但后来我知道自己错了。

母亲自从战争打响第一天早上从家里的那个小喇叭里听到消息后就基本闭门不出了。她仍然要做每天都要做的事情，首先是照顾我的父亲，那并不是一件轻松的工作。然后她老人家就那么坐着，没有人喊她能一直坐一天。有时夜里她也会突然从床上坐起来，就那样大瞪着眼睛望着天直到天亮。一生做事都十分爽利的母亲开始出错，有一天居然锅里什么也没放就烧起火来，直到锅盖冒了烟才发觉。对父亲的照顾也变得心不在焉。唯独对她买回来的那头小猪崽非常用心，没事了就找出东西喂它，然后坐下来看它吃。终于有一天——战争进行到第十天左右的时候吧——天不亮时家里人发现她又不见了，大为惊慌，出门四处寻找。后来发现她在镇北的桥头上站着。家里人把她扶回来以后父亲问她怎么到了这里。她像是还在梦中一样回答：没事儿，我就是想去那里看看孩子回来了没有。

我们的镇子是一条南北长街，街北头就是一条叫白沟河的小河，淮河主要支流涡河的小支流。河上架着一座不知何年何月修的砖桥。母亲就是从这时起每天天不亮就出现在桥头，朝北面通县城的大路上张望。六年前我就是走这条路参军离开了她，现在也只会沿这条路走回来。我不知道这时她的意识是不是清醒的，究竟是一种什么样的意识甚至梦境让她来到这里，张望或者说等待她的儿子。也许她根本不是在等待一个事实（儿子像梦中一样突然归来），而仅仅是一个根本不会发生却意外发生了的奇迹。这件事不知道怎么就让很多人都知道了。家里每天开始出现来看望我母亲的人，他们中有我们家的亲戚，有镇上邻居家的婶子大娘。她们提着那时不是很容易买到的一斤红糖或者自家母鸡产的一兜鸡蛋来看望母亲，坐下来劝慰她几句，有时也陪着洒几滴眼泪。但是每天拂晓，母亲还是会不由自主地走出家门，到镇北的桥头上去站一会儿，望着北方的大路，天快亮时她会自己走回来。母亲直到这时仍然不想让人知道她每天早早地起来做的这件事。家里人下决心阻止她，不让她再在这个时间里出门，第一天母亲好像默默地听从了，天亮前没有再那么做，但是他们很快发现她把这个时间变成了每天的黄昏。没有人再劝她了，是我躺在床上不轻易说话的父亲这时说了话：她要是觉得这样好，觉得在那儿站一会儿能透一口气，就让她这样每天站一会儿好了。

直到当年 8 月我才回到故乡。我是从北京直接回去的，战后那段特别繁重的工作终于告一段落了。行前我写了信给家里，也收到了回信，说都知道了，都很欢喜，等我回来。这封让别人代写的信言辞有点含混，似乎写信的人有什么话欲言又止。但我并没有多想什么，连战争都似乎成了往事，一路火车、汽车，最后一段从县城到家的路坐的顺道的拖拉机，人们热烈谈论的已经是社会上更新的事物。我没有到家就在镇北那座旧砖桥上跳下了拖拉机，因为我在已是黄昏的桥头一眼就看到我的亲娘！我有些惊讶，却没有十分惊讶，毕竟我大致告诉了她自己回来的日子，母亲从那日开始天天来到这里等我回来也是可以想象的。我唯一有些惊慌的是母亲的眼神儿，那仿佛不是我一向慈祥的母亲的眼神，而是另外一个我不熟悉的母亲。母亲看到我跑过来时非常欢喜，答应着我的呼喊，加上同行人的助兴，母亲甚至流下了老年人已经不多的眼泪，但是毕竟没有我想象中的欢喜，从她那略显混浊的泪光里我没有看到每次回来探亲时都会自然而然看到的母子之间那种毫无隔阂像透明的水被激起浪花一般的热情，母亲像半个陌生人一样被我扶着走进家门，然后邻居们涌进来，大家都同样欢喜，谈天说地，说起那场已经过去半年的战争。我尽可能简短地回应他们那似乎无穷无尽有时甚至十分夸张离奇的问题，心里急切地盼望着这一幕结束，因为此刻我只想面对自己的父母和亲人。但这一场关于战争、战场、地雷、炮弹、伤亡等等的讨论还是持续了许久。直到宾客散尽，我仍然没有很注意母亲眼神中的异样，但现在我注意到了。母亲一直客人般地坐在我旁边，时不时地眯细眼睛看我一下，避开，又看一下。我有点吃惊了，笑着说娘你咋啦？母亲依然努力笑着说我没咋，我就是想看看你。忽然她就站起走了过来，贴近地看着我，两只手盲人一般下意识地伸过来摸我的脸，但又不是那么大胆，有点胆怯，不，我觉得这一刻她的心其实是慌乱的，对自己是不是应当做这样的动作是存疑的。母亲一生都不是一个莽撞的没有分寸的人。我的吃惊非同小可，我仍然笑着但快要笑不出来了说真的娘你这是咋啦？母亲的两只手已经勇敢地颤抖着触摸到了我的脸，一根皮肤粗糙的手指碰疼了我的眼，但她的手并没有离开，它们顺着我的脸摸索下去，手指摸索到我的脖子，我的两只胳膊，然后分别用两只手抓起了我的两只手，高兴地说你真是我的儿？我不知道发生了什么但我的眼泪已经下来了，战争期间一直被某种来自内心的强大力量抑制甚至埋葬的对于母亲的思念——不，主要是怜悯——猛然炮弹般地爆炸开来。站在旁边的哥嫂和躺在床上的父亲这时都看着母亲说你干啥呀，他不是秀海又是谁呀？母亲这时好像是终于认出来了，她的眼睛骤然放亮，那一刻她张张嘴，要喊出一句什么，但终于没有，放开我的手，似乎忽然想起我进家半天了还没有喝上一口她烧的水，转身就烧水去了。于是在这样一个晚上，我隔着整整一场战争加上战后的五个月又喝上了母亲煮的水，尝到她老人家为我做的饭食。母亲的神情变化很大，母亲仍然没有笑，但我知道即便不笑，她的心情也是欢快无比的，长期艰难的日子已经让母亲轻易不笑了，但她一直守着我，像是怕又突然失去了我一样。她看着我吃完饭，洗完了，躺到临时搭起的床上，仍然不走，坐着和我说一些家长里短。可是我太困了，说着说着就睡着了，像在战争打响的第一个夜晚在炮火纷飞的16号高地上睡得那么死，那么沉。

我不知道过了多久，突然被一个声音惊醒了，猛坐起来。是我的母亲。我的母亲在痛哭。哭声是突然爆发出来的，像是本来她也不想这样，但还是发生了。哭声在静寂的深夜惊动了我和周围的邻居，他们纷纷过来敲门问出了什么事。即便这样母亲的痛哭还是持续了很久，如同长江大河，波涛汹涌，浩浩荡荡，又如飞流直下，一泻千里，畅快淋漓。我一句话也没问就明白了一切：我回来晚了！我应当在战争结束的当天就请假回家来看望她老人家。她从我回到家开始后做的所有那些让我既惊讶又不习惯的事都仍然和那场在我的意识中已经远去的战争相关。战争对于母亲来说刚刚随着儿子的归来在这个夜晚结束。

由于还有别的工作，我这次探亲的时间并不长，中间又要为父亲看病，真正待在母亲身边的日子并不多。但我还是知道了战争和战后发生在母亲身上的事情。战争后期已经有阵亡通知书陆续到了县里，我们镇子上除了我之外没有人参战，但是镇上人开始传说谁在县城街道上看到了县里专为送某某地方的烈士父母去前线为儿子扫墓而派去的汽车。母亲度过的是她在整个战争期间最为难熬的一段日子，她不愿意却又不敢相信某一天就不会有同样的汽车出现在我们镇子上，有穿县武装部制服的军人上门向她送达同样的噩耗。她这段时间里唯一能做的事情就是闭门不出，她甚至也不再在黄昏时分出现在镇北桥头，不再站在那里眺望镇北通县城的公路。父亲有天发现她开始半夜三更起来喂那头神猪，就说你今天已经喂了它七八顿了，还要喂吗？母亲不说话，继续喂，然后就那样坐着，直到黎明。她也就是在这个黎明从广播中听到了战争结束的消息，母亲的眉目间第一次出现了振作的表情，开始走出家门，再一次于黄昏时分走到了镇北的桥头上向北方的公路张望。但是随着战争真正在 3 月 16 日结束，送达烈士通知书的高潮才真正到来，刚刚愿意出门的她又把自己关在家里了。母亲时时在夜里流泪，但从不会哭出声，按照家乡的风俗，一个儿子在外吉凶未卜的母亲是不应当哭的，这是忌讳。母亲不会认为自己在哭。很快发生了一件事，家里收到了我的信，我在信上说我已经平安地回到国内，但是因为工作，暂时不能回家。写这封信时我自以为是地认为我把事情都讲明白了，母亲不会再惦记我了。我不知道也从没想过这封信很快会由最初的欢乐变作母亲最新的和更为巨大的惊恐。此时已经有参战军人回乡，一段时间内几乎每天我家门前都有他们的身影走过。他们穿着新军装，有的胸前还戴着亮闪闪的军功章，有几位还在回家之际到娶了媳妇，花团锦簇，欢天喜地，引得三里长的镇街上人山人海地看他们。母亲将门关得紧紧的，从不走出来看这些热闹，她固执地坐在门后的黑暗中。母亲听到了一个消息：仗打完了，凡是活着的人部队都放回来了，没有回来的就是死了。母亲不能理解我战后做的任何事会比回乡让她见一面更重要，在我那儿战争和死亡早已结束，在她心里它们仍在持续，尤其是我的死亡。于是，她的心动摇了。

战争结束一个半月后的黄昏，母亲终于又从紧闭的屋门后面走出来。镇子内外暮气缭绕，桥下河面上仍然摇动着最后的浮光，没有人注意到她，她一个人走到桥头上，重新站在那里，痴痴地望河那边的公路。黄昏的时光在流逝，桥上偶尔有人来车往，母亲一直站在那儿望着，直到夜幕降临。哥嫂做好晚饭找不到她，一直找到桥上，吃惊地问娘你咋又到这儿来了？母亲嘴里喃喃地说着些含糊的话语，还说不来了，明天就不来了。家里人信了她的话，但是第二天黄昏，他们又在那个地方看到了她。母亲后来对别人说她自己并不知道天天到了这个时候就会走到桥头去，她不是在等我，就是有时候心里一迷以为我还活着就去了。众人都大吃一惊，拦住她不让说下去，但这时连他们也多半相信我是死在战场上了。别处也发生过活着的人代死去的人写信回家报平安的事，母亲的内心也垮了，但也只有她每天黄昏固执地走到桥头上去，等待着我从桥那一边的公路上归来。除开最早的一个半月，战后我在别处耽搁的日子有多久，母亲就在黄昏故乡的桥头坚守和眺望了多久。母亲坚决不愿意相信我真的已经死了，她一直自己保存着战后我写回家的唯一一封平安信，仿佛天天将那封信攥在掌心里就攥住了儿子的命。至于外面关于我已经死了的谣传，她无法遏制它像夏天的蔓草一样在她心中疯长，她能做的就是重新站在这里等待，这时她等待的已经不是她的儿子，而是一个真相，即便这真相是对她那已经不堪一击的生命的最沉重一击。

探亲结束离开故乡时我觉得母亲已经不再把我当成儿子的替身了。有过那一场半夜的痛哭之后，母亲在第二天傍晚，扯着我的手在长长的镇街上走了一个来回。母亲不是个做事张扬的人，但是她做的这件事却让我热泪涔涔。她要告诉乡亲们她的儿子回来了，她可能想说还有另一句话：回来的这个人真是她的儿子。至于那头神猪的事母亲至死都瞒着我，我在她老人家过世后一直在想这是为什么，我想不出结果可我知道母亲这么做一定有原因，能够想出的理由一是怕我责备她（母亲一生都不迷信，只有这一次为了保佑上了战场的儿子才破天荒养了一头神猪），二是——最大的可能——这是她和神之间的私约，不想让任何人包括我别的家人知道。那次我在家的日子不长，注意到了家里养了一头猪，但在农村一户农家养头猪并不稀奇。母亲直到我离家之后才悄悄请人将那头已经长大的猪捆上拉到县里的老君台去还了愿。她以为她做的这件事家里谁都不知道，但是我的家人还是很快就知道了，于是在母亲过世之后，我也知道了。

原载《解放军文艺》2017 年第 6 期

粽子啊粽子

阿　莹

母亲不知道屈原，也不知道祭江，但母亲知道每年的端午节要包粽子。

但是，今年的端午节前夕，年近九旬的母亲忽然病了，病得很重，但母亲自己并不知道，她还在张罗着包粽子，全家人心里乱乱的，都劝她不用忙活了，现在谁家还包粽子呀，街上什么样的粽子都能买到的。大概母亲也感觉到精力不济，便依了儿孙们不再张罗买粽叶买糯米了。但厨房墙上一把上年的粽叶，母亲舍不得扔，还给藏到储物柜里了。

以往每年端午节之前好久，母亲就开始张罗包粽子了。先要上街买些糯米来，要挑那米粒晶亮亮的，透着诱人的光泽，这种米煮出的粽子，很黏很香，嚼在嘴里甜腻会久久粘在牙上，刷牙漱口味都去不掉。所以，母亲会上街一个米摊一个米摊转悠，一定要找到可人的糯米，才肯掏出钱拎回来，然后单独放在米柜最深处，生怕哪天谁不知道做了米饭吃掉。

待端午节临近了，市场上会有卖粽叶的小贩沿街叫卖，其实也就是芦苇叶。母亲一听见吆喝，就噔噔噔迈着小小"解放脚"去买芦苇叶了。那芦苇叶绿绿的，鲜鲜的，一片一片摞起来，一把一寸高。母亲拣得很仔细，但她并不拣最宽的叶子，而喜欢挑四指宽的叶儿，后来才知道这样的叶子和上年的旧叶儿好搭配。接着母亲会要一大把马莲草，这种韭菜一样的草叶长长的，细细的，与那粽叶摆到一起，才开始讨价还价。待那绿油油的草叶买回来，就挂到厨房的阴面，等着慢慢褪掉了水分，我也就知道端午节快到了。

当端午节还有几天的时候，母亲便把阴干的草叶丢进锅里用水煮了。母亲这才说了秘密，用芦苇叶马莲草包裹才有粽香味，而且这些草叶只有煮过才有韧劲，怎么折都不开裂的。这些草叶煮过就更绿了，绿得像那些年流行的军装，连那锅里的水都泛出莹莹的绿色。煮过草叶浸在绿水里，就等着来用了。

然后，母亲把那袋糯米倒进米盆，一遍遍地淘净了，净得那米在水里像一窝细珍珠，晶亮亮的。待把米淘净了，用笊篱捞到案板上晾干，才又放进盆里。再把亲戚从陕北捎来的红枣红豆洗净了，这些枣，都是些干枣，母亲只选中等个的，圆圆的，红红的，像一颗颗红玛瑙。那红豆，母亲会放到簸箕里挑拣半天，把里面石子碎土拣净了，再放到铁锅去煮，待煮得很软了，用一把铁勺，在铁锅里来回研磨，一会儿工夫，一盆红豆就成一碗豆沙了。母亲会放一把白糖进去，使劲搅匀了，才放到案板上。

这时，母亲招呼家人围坐到一张方桌旁，把糯米、豆沙、红枣、芦苇叶、马莲草整整齐齐放到桌面上。母亲年年都要先做个示范，抽出两片新叶，又抽出一片旧叶夹在新叶中间，再从中间拧成一个锥形三角状。她一手攥着“三角”，一手抓把糯米放在角窝里，再拣三粒红枣放进去，撒把米压实了，才把粽叶折回来，包成四角粽子。然后母亲随手抽出一根马莲草，使劲捆扎好那颗粽子。这时母亲像欣赏一件工艺品左右端详，捏捏四角是不是瓷实，就扔进了钢精锅里。为吃的时候好分辨，母亲将马莲草或扎成交叉的，或扎成平行的，来区别红枣馅和豆沙馅。整整一下午，全家人都在围着母亲忙碌。母亲包得很快，只见那粽叶在手上一搭，米、豆、枣就装实了，那马莲草在粽叶上忽地一转，一个粽子就包成了，很快那钢精锅便铺满了一层。我有时候淘气，也笨笨地想照样包个粽子，却总是裹上后，有米要从四角漏出来，还得母亲把我包的粽子拣出来，解开来重包一遍。

等到要煮粽子了，母亲还是很细心的，她要在铁锅底扣一只搪瓷碗。这可是一门学问呢，如果中间不放个碗，锅底的粽子就会烧煳，染得一锅粽子都会有煳味不好吃了。然后母亲把粽子一个一个围着瓷碗摆好，摆好一层再放一层，最上边的总是尖尖朝上，宛如锅里冒出一窝密茬茬的青笋。最后，母亲把锅盖扣上，再在锅盖上压上两块砖。小时候我不知道为什么会压砖，母亲说里边压了一只小鬼，没有砖会自己跑出来。有一年我想看看那小鬼的模样，刚把砖头移开，锅盖就扑通动了一下，吓得我后退一步，一家人便笑个不停了，以后这便成了我家端午节年年的话题了。

那时家里的灶台是带风匣的，人要坐在灶台边不停地拉风匣，还要不时地看火势朝灶里送炭。现在想想，这个活应该是端午节最枯燥最累的，但每次都是母亲自己操劳，每每等我睡着了，母亲还在厨房里呼啦呼啦地拉着风匣。我知道母亲要拉到半夜的，半夜那粽子才算熟了。母亲会小心地煨好火，等我们早晨睁开眼，穿好衣服，才招呼家人到厨房，给一人碗里放一颗粽子。

我吃得很甜很香，嘴角满是粽米也顾不得擦，便又伸碗要吃第二个了。母亲便用围裙擦擦我的嘴，从锅里捞一个放到我碗里。后来尽管家里烧煤气了，但母亲仍然要等到半夜，粽子熟了才肯睡下，全家人已经习惯了，好像那就是母亲的“专利”。

但我发现母亲很少吃粽子，她早晨要提一篮粽子出门，去敲邻居们的家门，只听见走廊里一片道谢声。等她转一圈回来，那锅里的粽子有一小半就不见了。所以，我背上书包一出门，便听见楼道里有同学夸赞母亲包的粽子好吃，我便因母亲的粽子在同学面前昂头挺胸了。

后来我上班了，街面上啥时都能看见卖粽子的了。但每年临近端午节，母亲还是会像往年一样张罗着买粽叶、买糯米。我看到母亲脸上的皱纹，便劝她不用忙碌了，上街买几斤粽子有个过节的意思就可以了。但母亲听不进去，说买的粽子不好吃，里边包的馅也不放心。所以我家还是要年年自己包粽子的，包好了母亲还喜欢给邻居们送去。后来她脚痛，就叫我去送，我用碗端着几个粽子，站在走廊里直感觉不自在，这年月谁家稀罕这几个粽子啊，但邻居们却都很热心，一个劲儿谢谢母亲的好心，夸赞母亲心善手巧，他们都吃了好多年了，到了端午节就等着尝这一口呢。

我听着却有泪水在打转了。

后来，母亲出门上街，怎么也买不到粽叶了，就张罗谁到乡下去买点回来。但今年母亲不再提买粽叶的事了，我便悄悄松了一口气，以为母亲老了，皱纹都爬到脖子上了，手脚也越发地不利索了，也该过个清闲的端午节了。所以端午节那天，我把一个礼盒粽子打开，蒸热了几个，切了一片端给母亲，还故意讨巧地说，这粽子没有妈包的好吃，就凑合……但母亲却皱着眉头说，我可不是病了不包粽子了，是你们这几年把我包的粽子吃了，可别人送来的吃不了，就放坏喂猫了，我看着心痛啊。我听了不由一怔想申辩，母亲顿了顿又说，要是以前咱给人家的粽子，人家也放坏了喂猫了，咱会是个啥心情？都是地里打的粮食，我见不得这么个糟蹋。

我听了，怔怔地愣在那里，喉咙里哽咽得不知道说什么好了。

原载《陕西日报》2017 年 2 月 23 日

母亲的笔记本

杨晓升

俗话说：人过四十不学艺。母亲已是耄耋之年，可至今仍孜孜不倦，记日记，抄文摘，写半白不白半古不古的诗（确切地说更像顺口溜或打油诗）。即便近些年父亲因身体欠佳，每天需要她协助我家阿姨忙前忙后地照顾，为父亲端水送食，遵医嘱一天多次地安排父亲服药，甚或陪父亲谈天说地，为父亲讲新闻，哄父亲一起唱潮曲或回忆旧时往事以打发每天的漫长时间……等等，反正每天家务事大大小小接踵而来没完没了。何况高龄的母亲自己的生活琐事还需要自理，有时候母亲忙得团团转，甚至累得坐下来休息时不住喘气，可她依然不忘三天两头地挤时间，从抽屉里掏出笔记本，提起笔沙沙沙地记录着什么。乐此不疲，几乎从不间断。

母亲目前共有四册不同类型、仍未写完的笔记本（以前还有多少册她自己也记不清了，因为她近年是到京城来居住的，以前的都放在广东老家了）：一本是家庭生活记录，上面三天两头地记录着我们这个大家庭生活中发生的点点滴滴，大到我家共同关心的国内外新闻或旧闻，小到我们全家老小生日过节、迎来送往、喜事愁事，或儿孙们的工作或学习业绩，更小的还有一日三餐、购物购衣和其他的家庭收支，当然更多的还是生活随感、喜怒哀乐酸甜苦辣尽在她的记录之中。母亲的三儿一女四孙，每个人的性格如何，优缺点如何，家庭表现怎样，谁工作更加出色和谁对他们二老更加孝顺，全都能在母亲这本“家庭生活实录”和“家庭生活大全”中找到自己的镜像。可以说，我们全家每个家庭成员的基本情况尽在母亲的观察和记录之中，所以我们姐弟几个甚或孙子孙女，谁都在意自己在母亲心目中的形象，谁都希望有好的工作业绩和好的家庭表现。

母亲的第二本笔记本，是唐诗宋词等经典名篇和古往今来、古今中外警句名言摘抄。可贵的是，母亲不是为摘抄而抄，也不是仅仅为了练字，更不是抄了之后将其束之高阁。母亲抄那些唐诗宋词或警句名篇，是为了闲暇时反复研读、欣赏，甚至是为了默记背诵。都八九十岁的人了，可母亲至今能背诵岳飞的《满江红》，苏轼的《水调歌头》，关汉卿的《窦娥冤》，周敦颐的《爱莲说》等。她甚至能背诵更长的名篇，如白居易的《长恨歌》《琵琶行》，诸葛亮的《前出师表》，李密的《陈情表》，林觉民的《与妻书》……等等。至于《毛主席诗词》，母亲能背诵的就更多，可以说是脱口而出，倒背如流。母亲的这本笔记本的第一页上工工整整写着这样的文字：退休老人，闲暇无聊。学点诗词，练笔练脑。

母亲的第三本笔记本，则是用顺口溜和打油诗写的生活随感，如 2009 年母亲生日时写的《生日颂》，之一："天高气爽艳阳天，杨门一派呈吉祥。盆花盛开兆头好，瑞气洋溢焕芬芳。九月十二娘生日，合家大小喜开颜，儿孙为娘添福寿，美满家庭多温馨。"之二："大儿远道来祝贺，二儿买来大蛋糕。三儿出差来贺电，儿媳添买新衣裳。女婿孝敬长寿面，女儿亲手煮甜蛋。欢聚一堂庆生日，儿孙齐祝奶奶好。人生有此天伦乐，二老齐全福气厚。"之三："国家盛世民发展，儿女成家又立业。各展才能为家国，奉献社会创诗篇。孙辈一代有出色，奋发攻关列前茅。下代前景更美好，堪慰桑榆上辈人。但愿满门平安福，孝顺美德代代传。"近年父亲年迈生病，母亲终日围着照顾父亲，难以出门活动游玩，有时候不免心生怨气，可这怨气都是昙花一现，她很快会自我调整。母亲在 2014 年 10 月 20 日写的《真情相待心才安》中这样描述她的心境："风雨同舟五十年，相濡以沫两相依。病痛之中多安慰，悉心关照细护理。再苦再累仍挺住，压力多大责不辞。老伴老伴永为伴，真情相待心才安。"

母亲的第四册笔记本，是专用于收集、记录生活尤其是健康保健常识的，比如生活中的小技巧，诸如淘米水的妙用、米饭怎么做更好吃等，还有水果怎么保鲜，每天什么时候吃水果更科学，换季衣物应该如何清洁保存等，当然更多的还是健康保健常识。我因工作原因，这些年报刊界的朋友每年免费为我家赠订了好几份报刊，像《文摘报》《报刊文摘》《作家文摘》《北京晚报》《北京法制报》《北京青年报》《家庭》《知音》等等，每当我从报箱将报刊带回家里，母亲又愁又喜。愁的是本来就琐事繁多终日忙碌的她又增添了时间的压力，喜的这些报刊中又有很多的新闻和知识引诱着她。而我发现，无论她多么忙碌和心烦，没多久那些新来的报刊就被母亲的剪刀裁剪得千疮百孔，而她那本专门收集知识的笔记本则又新添了大小不一的各色剪报、同时新添了母亲娟秀有力的一行行字样。不难想象，母亲收集剪报时就如辛勤的蜜蜂快乐地扇着翅膀，穿行于报刊的百花园中，贪婪地采集着知识的花粉、吮吸着知识的琼浆蜜汁……

以前我只知道母亲喜爱收集知识、抄抄写写记录什么，不知道她究竟写了什么、写了多少。因为应文友之约要写这篇短文，征得母亲同意要翻看母亲的笔记本，不料她一下子搬出了厚厚几册，而且如此分门别类。母亲当了数十年的乡村教师，辛苦操劳了一辈子，晚年本可以彻底放松享受天伦之乐，没想到她仍如此孜孜不倦、如此勤奋好学。我心疼母亲的身体，劝她悠着点，也好奇地问她这么大年纪为何还要如此辛苦地记录、抄写、收集知识，母亲笑着说："不为什么，就是喜欢。"此时此刻，母亲笑得是那么舒坦、那么甜蜜，那笑像秋天的寿菊一样灿然开放、芬芳四溢。我明白了，母亲忙碌之余仍乐此不疲地记录、抄写着什么，肯定是乐在其中，也从中得到了欢乐、充实与满足。

而后，我又从母亲的记录本中发现她2008年抄写的一首《台湾歌谣》："人生七十正开始，八十满满是。九十算来不稀奇，一百笑眯眯。六十还是青少年，五十小孩儿。四十睡在摇篮里，唉唷唷，三十才出世。"

原载《人民日报·海外版》2017年5月14日

冬　季

冯秋子

二〇〇二年十月八日傍晚，我从内蒙古回到北京。

人回来了，心还留在那儿。

内蒙古已经上冻，回去那天夜里，车停在院子里，水箱就冻住了。早晨地上结了冰。气温继续下降。

离开内蒙古的前一天，先下雨后下雪，然后是冰。

我父亲呼吸困难，拖到不能再拖，他才同意转院。一大早护送他去呼和浩特住院，从背部先后抽出五斤多积水。我利用“十一”长假，赶回来看望病重的父亲，看望不顾病痛一直照顾父亲的母亲。现在随父亲辗转到了呼和浩特。医生说父亲的一个关键手术不用做了、不能做了。父亲问我们几个儿女：结果是什么，跟我说一下。大哥说出医生讲的全部话里的一小部分。父亲问：还有什么？又说出一小部分。没有啦？大哥说没啦。父亲说：没啦，出院。哥哥和我，听到父亲的命令，一股气驾着车返回我们旗。

晚上，向父亲报告晚间时事播报的新闻，美国“倒萨”事态，西方各国、各方面的反应，南美洲政变，亚运会，国际象棋大赛人与机器对垒等等。父亲临睡时问我：还有什么要和他讲。我说了三点。关于饮食问题，父亲一直比较讲究。咱们继续，再接再厉，食物控制好了，糖尿病的指标还是能控制住，虽然眼睛看不见好几年了，现在也能够适应了，好的情况还是能表现出来，这是咱们能做的，不要放弃努力。关于跟母亲说话，要有耐心，母亲耳朵背，听不见、听不清的时候，不要着急，不要大声喊叫，怕把母亲吓着。现在，医生把治疗、恢复的主动权交到咱们手上了，我看，咱们天生的强健体魄，健康的内脏功能和循环系统，到了发挥作用的时候了。是不是，爸爸。我讲了一个小故事，在抗美援朝战争时期，志愿军伤病员，别管受伤程度深还是浅，总是恢复得又快又好；那些被俘的美军伤兵，即使比负伤的志愿军战士伤情轻得多，他们都是使用当时能有的相同的药，伙食也相同，但是恢复的效果截然不同。美军伤兵不少人，原本只有一处小伤口，医药处置很及时，也会出现伤口感染、溃烂，因为他紧张、恐惧呀，无法消除焦虑，没有安全感，生活不习惯，语言有障碍，总之，猛虎落入猎人之手，身陷敌方，那种惶恐和不安没有一时不搅扰他、挫伤他，他们的情绪处在悲观、绝望之中。反过来，志愿军伤病员负伤严重，竟愈合得出奇地好。为什么呢，因为处在心宽的地方，是自己的同志主持下的战地医院，使用的是从祖国调运来的设备、药材，听和说的是自己的语言，一句话，他是在自己的地方。那种感觉完全不同，情绪平稳，心理正常，思维活跃，精神状态积极，主观能动性调动和发挥出来了，这些积极因素，帮助身体分泌出良性的元素，客观上起到帮助治疗和恢复的作用。

这一类简单明了的道理，跟父亲说，在以前是不可以想象的。在他面前，什么都不用摆，他就是一个讲道理的大王，他讲的道理，过去曾经覆盖了小到一个家族，一个单位，一所学校，一家工厂，一个村庄，大到一个区、一个人民公社、一个旗的大会现场，人们听他讲话，没有一个人离开会场。我们跟他在一起，差着距离呢。但是现在不同，当我就要离开家、离开父亲和母亲时，他会对我说：你还有什么话要跟我讲。哈哈，我真应该骄傲，父亲和我，和我们兄妹们之间，有了这种形式的交流。父亲把我们当作成人看待。说实话，我们还是有一个接受过程、习惯过程的。

我们和父亲有一种厚实的情感，但谁也不直接表达它，触碰它，好像在这个家里，都没习惯表达情感，但情感没有一天感觉不到。唉。心里又幸福，又有掠过骨质的酸楚滋味。我能怎么做呢，瞬间遮掩起莫名的滋味那一类东西，嘿嘿嘿地笑出声来。好，两个问题——或者三个问题，我对父亲讲。你知道，这些个问题，也是经过了挑选说出来的，又得有，又得是轻重的分寸恰当，还得轻松一些，有点玩笑式的。总之，绕过感情，不触碰到感情的丝线，如果不小心挨着了，赶紧跳出，离开那块地带。

他笑呵呵地说，好，谢谢你。我想，可以采纳，照办。你放心，好好工作，照顾好自己。你那边的事情，我都放心。好的，走吧。他哈哈地笑着，让我轻松地走掉了。

离开他们，我的眼泪怎么流，是我的事情。

我是觉得父亲老了。对儿女有了一些不舍。

想当初，我去北京上大学，第一个寒假快到了，写信给父亲，顺便告诉他，学生处帮助订了回内蒙古的车票。他写来一信，说了这样的意思：

离开家才半年不必着急回来。建议留在学校多读几本书，或者跟同学结伴到别处看看。出了门，对门外的世界应该多作了解。总想回家，没有出息。要有准备，多锻炼自己。

那时候，不像现在，我还是很怕他的。回到家，我等着他和我谈，担心挨说。他好像忘记了在信里表达的意思，多次和我谈论学校，学习，生活，和同学们的相处，老师的教学情况等等。谈完话以后，一如既往地，他对我放下心来。这之后，他一概放开，从不干涉我的学习、生活，包括后来我的恋爱。他只是注意了解对方是一个怎么样的人，他认为把握了对方的“人”以后，就不再说什么，由他们两个人自己去相处吧。他对我母亲讲。要我母亲不用过多问询这件事。孩子愿意讲的时候，自然会对你讲，不需要讲，就说明她能自己去处理。

他很喜欢那个从我听来的青年。若干年以后，当他听到我母亲说：XY（他的小名）脾气挺大的。母亲是看他对我说话有时候表现有点急躁，对父亲有感而发。当母亲的，不愿意看到女婿对女儿耍脾气是自然的。当时家里只有我父母和我三个人。父亲接起母亲的话，说：男人没脾气还像个男人了。父亲竟替他说话。那个话题没再继续。父亲喜欢他。再者，父亲不觉得那么一个细节，跟他的“人”相比，有什么重要。一般情况下，他认可的人和事情，在心里给出的宽敞、能有的包涵，比一般人宽大而且长远。父亲病危、去世前，我回内蒙古照料父亲。他因为正在和我冷战，对婚姻有了不同的想法，为了好不容易确立的意志不被动摇，就没来看望我父亲，没打电话致以问候，没和我父亲道别。父亲没有一句抱怨，尽管他那时还是他的女婿。父亲临终前对我说了这样的话：沟通不够，好好谈一谈，相互多理解对方……在那之前几天的一个下午，父亲竟然做了一个梦，梦见他打电话了，跟他说，要开车回来看他，问询父亲的病情怎么样啦。父亲说，我让他跟你妈妈讲，我听不清。母亲告诉我，是你爸爸做梦梦见的。那时，父亲时常处于昏迷状态。我母亲说，你爸爸想 XY 了。

高声说话，父亲能够听见。我尽量说得轻松一点，不让他感觉到异常。我自己嗓子疼，也不让他感觉到这些。这个家，谁也不说摇动感情的话。

整个上午，草地里全是白色，草上是霜。开垦的土地，也全是白，和慢慢露出来的发黄的绿色，在视野里慢吞吞地转化。午后，太阳清照一片戈壁草地，一会儿一块浮云挡住太阳，那一大片地方一下就变得黑暗无比，阴冷没有商量。

傍晚，西边的太阳映照出赤烈的红色，天渐黑，红色柔和下来。太阳红红的，非常亲，非常近，也非常快地消失。多次见识，但是还会有悲伤掠过。人孤立无援，永远地生活在空洞的、凛冽无言的深处。

黑夜，许多狗在叫。父亲的盲表也不失闲，凌晨时呻报出公鸡叫鸣。

母亲照顾不动父亲，我上次回家时，我们一起把父亲和她一块搬到我哥哥的院子去住。哥哥全家照顾我父母。

我父母住进了我哥哥家的新房。后墙，通火炉的烟道，天冷以前住进一窝麻雀，大鸟小鸟早晚叫唤。这些鸟们有了两个通道，一个朝向一米以外的天空，一个朝向我父母的新家。于是，一家人不知道该怎么生火炉，怎么解决走烟问题，怎么重开烟道，开在哪里。我哥哥想出一个不是办法的办法，生灶火，烧热做饭的大铁锅，炙烤房子，为父母取暖。

我踩板凳上去看鸟，小鸟全部挤卧在草木垫里看我。它们的屎尿拉到墙洞边缘。我看见了母亲放进去的那块叠衲了好几层的布。其实她知道鸟不会使用她的布，把她的布当作褥子或者床单，只会在上面拉一些屎撒一些尿，她还是往进乱放东西。她怕鸟受冻，想不出给鸟取暖的更好办法，跟我哥哥一样，被鸟难住了。

母亲担心小鸟掉下来，让人移走了放在墙根底下的水桶，她在地上铺了一块大棉垫。

母亲搬离自己的院子，院里住的几窝麻雀就搬迁走了。

她养的牧羊犬半个多月不吃东西，只喝一点点水。我哥哥院子里有一只比我母亲院里的牧羊犬更壮、更大的牧羊犬，他们想把我母亲院里的牧羊犬接过去。我哥哥去了一次，孩子们又去了一次，均无功而返。母亲院里的牧羊犬，死活抠着院子的地，身体向后坐下，不愿意跟他们走。我哥哥回来讲，院里没人了，它想守院子。母亲回去给它续水、喂食，它吃了两小口食物。自此，牧羊犬再没有进食，备下的食粮和饮用水，没再动过。一星期后，牧羊犬倒下了。

我们一起去埋葬那条淘气的狗。它的历史结束了。它只活了一岁半。它把我母亲的用具撕毁，比如扫院子的大扫把，还有压在纸箱子底下的羊皮裹腿……把黄太平果树的皮扯下来，把柴草房里的耗子一只一只捉拿出来，整整齐齐摆放到果树下。夜晚，母亲常忘记锁院门就去睡，它一直在母亲的门外叫，实在叫不出效果，就起身趴在家门旁的玻璃窗户上，对着屋子叫。直到母亲起来，出去锁上大门，它才回到自己的柴草窝棚躺下。

这个冬天，不那么好过。

原载《红岩》2017 年第 4 期

刷新记忆的行走

李美皆

不到这片土地上走一走，对于这片土地上发生的事情，对于这片土地上走过的人，感受就没有那么深，有一些印象和记忆，可能永远不会被刷新。

赵一曼

在“九一八”纪念馆，我看着年轻的赵一曼美丽坚毅的面容，读着她写给孩子的遗言，想象着一个母亲的心情……一声“宁儿”唤出来，心里必定是溅泪了，母子今生再也不能相见了，她遗憾甚至愧疚没有对儿子尽到教养的责任，她连呼着可怜的亲爱的孩子……可是，她还是要去死。去年看的电视剧《东方战场》中，日本审讯官对赵一曼说，我们是来解救你们的，帮你们建立国家。赵一曼说，如果我到你们国家去，你们抵抗不？这是三岁孩子都明白的道理。这就是她为什么毅然赴死的答案，这就是她舍生取义的那个“义”！简单点说，就是不被日本人欺侮的决心和志气。在国耻面前，男儿有血性，女儿也有血性。支撑“东北流亡作家群”的，不就是这种血性吗？因之，羸弱的女作家萧红，在《生死场》里写出了抗日中强悍起来的王婆。

略感意外的是，赵一曼并非东北人。她原本是川妹子、富家小姐，曾留学苏联，毕业于黄埔军校。“九一八”事变后，赵一曼受中共党组织派遣，抛下襁褓中的孩子，奔赴东北，组织抗战。她深知这一别可能就是永诀，行前特地与儿子留下了唯一的合影。

更加匪夷所思的还在后面：赵一曼是化名，所以，当抗日女杰赵一曼的故事1950年被拍成电影时，她的丈夫和21岁的宁儿看着电影却不知道，银幕上的赵一曼就是他们日夜思念着的妻子和母亲。1957年，赵一曼的身份才被核实，宁儿第一次知道电影中的赵一曼就是自己的母亲。他难受到后来连烈士证和抚恤金都没有去领，因为，“他觉得那是用自己母亲的鲜血换来的，他不敢去碰那个证”。

金日成

在“九一八”纪念馆，出其不意地看到了金日成的名字，他居然和杨靖宇之间有着深厚的战友情。金日成 1925 年随父移居中国，1927 年到 1929 年在吉林市读中学期间，因组织青年学生抗日被捕，获释后在吉林省组成反日人民游击队（后改组为朝鲜人民革命军），它是东北抗日联军第二军的前身。1936 年到 1937 年，朝鲜人民革命军和杨靖宇的部队，是东南满地区实力压倒当地日军的两大武装力量，日军甚至把金日成和杨靖宇的名字放在一起。金日成是杨靖宇麾下的一个师长。

1940 年 2 月，杨靖宇被叛徒出卖壮烈殉国。这个消息让抗联各部纷纷向日军复仇，被敌人惊呼“打疯了”。发生在 1940 年 3 月 25 日的大马鹿沟之战便是一场“打疯了”的战斗，日本军警混合讨伐队被全歼。指挥这场战斗的，就是金日成。

几天后，我们来到丹东。下午参观了鸭绿江大桥，直观地感受到了鸭绿江两岸的不同面貌。晚上在安东老街，面对盛世繁华的景象，我情不自禁地感叹：简直就是一部“东京梦华录”！可是，想起下午所见，意识到并非人世所有皆“梦华”，还有一些不亮灯的地方，顿觉揪心。同与异，是可以随着时间而改变的。但人世“梦华”，却是人心共同的向往。老吾老以及人之老，幼吾幼以及人之幼，撇开一切的差异，还是希望幸福着你的幸福，快乐着你的快乐，有一句话说得好：只要世界上还有一个不幸的人，你的生活就不得安宁和幸福。

安重根

在旅顺日俄监狱，我们瞻仰了朝鲜爱国志士安重根的纪念展。安重根 1909 年 10 月 26 日在哈尔滨火车站刺杀日本首任驻朝鲜统监伊藤博文，被捕后关押并牺牲在这里。

伊藤博文是挑起甲午战争以及侵略朝鲜的元凶。1904 年日俄战争爆发后，朝鲜被日本占领，安重根被迫流亡中国，他切断自己的左手无名指写下了“大韩独立”的誓言。我们在此看到的他的书法作品，手印都是无名指短一截的，有一点触目惊心。当他把伊藤博文击毙的时候，知道自己心愿已了，面向天空高呼“大韩万岁”！中国古代有“刺客列传”，有“风萧萧兮易水寒，壮士一去兮不复还”的荆轲，朝鲜也有安重根这样的义士。总有一些人，是为义而生，为义而死。

安重根被日本视为“国事犯”，所以，在这座监狱里也是特别关押，最后在这里被处以绞刑。安重根没有上诉，他说：“我是战俘，应按国际公法处理……我是为东洋和平杀死伊藤的，我不怕死，所以不上诉。假如我有罪，就罪在我是个善良而弱小的朝鲜国民！”他在法庭上慷慨陈词：“我刺杀伊藤博文并不是个人恩怨，而是为了维护韩国独立以及整个东亚和平。”他在给祖国的遗书中说：当大韩独立的呼声传到天国时，我会欢呼，高呼万岁！

看了他的遗书，我有一种感觉：除了民族独立的强烈诉求，促使他慷慨赴死拒绝上诉的另一精神动因，是宗教。安重根是一名天主教徒。他在给母亲、妻子、祖国的遗言中，都提到天国。他对妻子说：很多很多的事以后在天堂相逢时再说吧，相信会有那个时候的到来。对于母亲，他表示：天国再见时，再尽孝道。说到天国，他是怀着欣悦的。而对于人世，他说的是：雨霾一样虚妄的世上。所以，对于自己的死，他是相信主的安排。既然他相信天国是存在的，那么，今生和来世，在他看来不过就是从一个世界到另一个更好的世界，所以，他不惧怕死。宗教给了他足够的精神和情感力量，所以，他在遗书中还嘱咐妻子，让儿子去当神父。

从安重根遗属后来的情形看，最让他泉下不安的，可能也是儿子。安重根死后，他的妻子带着 3 个孩子在上海艰难生活，长子不幸因病夭折，次子安俊生则受到日本人的“特别关照”，被培养成日本的政治宣传工具。安重根去世时安俊生只有三岁，没有受到父亲的教诲，也没有得到父亲的精神真传。1939 年 10 月 7 日，安俊生作为全韩代表团的一员前往日本进行亲日访问，竟然跑到伊藤博文的灵位前为父亲的刺杀行为表示道歉，并与伊藤博文的二儿子在朝鲜饭店会面并合影。尽管这是日本的特意安排，但安俊生毕竟是服从了，并未反抗。这个儿子的举动，真是打了父亲的脸！韩国独立运动者金九等人意欲除掉这个混账的“韩奸”，但因当时中国政府的干预，锄奸行动未能实行。

安重根作为朝鲜近代史上著名的独立运动家，被当今朝鲜和韩国分别称为“爱国烈士”和“义士”，日本却称其为“恐怖分子”。2013 年 6 月，韩国总统朴槿惠访问中国，与习近平主席提及安重根义士，称赞安重根是中韩两国人民共同敬仰的历史人物，希望中方能在哈尔滨竖立安重根纪念碑。安重根纪念碑等在中国本来就有，但中方仍积极响应朴槿惠的倡议，在安重根刺杀伊藤博文的哈尔滨火车站建立了更高规格的纪念馆，于2014年1月19日开馆。这在当时还引起了日本的抗议。

就算时间对记忆的漂洗不可避免，经过朴槿惠访华、安重根纪念馆再建这一新闻事件的激活，韩国的年轻一代应该也会记起安重根吧？何况安重根是进入韩国小学课本的历史人物。可吊诡的是，2016年，韩国女团AOA成员雪炫和智珉在电视上玩看图猜名人游戏时，竟然认不出安重根的画像，经过提示亦无效，甚至错认成了日本人，且语气轻浮。这与安俊生的访日之行一样，令人为安重根遗憾和痛心。尽管二艺人此后痛哭流涕地发表了道歉声明，仍然掩不住后人对待历史之创痛与悲壮的凉薄真相。

沈德龙

在旅顺日俄监狱，我为一张婚纱照所吸引驻足。在这样的人间地狱里，一张婚纱照绝对是另类图像，美好得跟周围完全不搭。那是烈士沈德龙与新婚妻子的合影。照片下写着：沈德龙（1911—1943），黑龙江饶河人。1929年入党。1940年受苏联红军参谋部派遣，来大连从事谍报工作。1943年10月被捕入狱，后被押往黑龙江“七三一”部队做人体试验，壮烈牺牲。

你没法想象，这个年轻新郎的身体与“七三一”的活体解剖相连！这个美丽的新娘更无法想象！但，这是真的。

据载，1995年，曾任日本关东军驻大连宪兵队曹长的三尾丰来到大连谢罪。三尾丰曾参与破获“沈德龙电台”，并特别押送“大连黑石礁事件”中的沈德龙等4个抗日人士到哈尔滨“七三一”部队进行活体解剖。

原侵华日军士兵长沼节二回忆：我当时负责把“特别输送”的犯人送到哈尔滨火车站，我知道送走的犯人都会死掉，沈德龙一直认为我们俩是好朋友，分别时他希望在朝鲜再见。我一闭上眼就想起这一幕，因为自己是在利用友谊诱骗。

三尾丰和长沼节二曾来到这里，并凝视过这张照片吗？

沈德龙的牺牲是为大义，可当后人瞻仰时，最击中我们柔软神经的，却是这些小处，这些感性的、蕴含着巨大反差和无穷情感的小处，这些令我们内心抖颤的小处。

我想了解烈士沈德龙更多，包括他的新娘，但百度不到。

战犯

说了这么多好人之后，该说说坏人了。看看坏人如何对待好人，才知道坏人有多坏。再看看好人如何对待坏人，才知道好人有多好。

辽宁之行，我们参观了“九一八”纪念馆，也参观了抚顺战犯管理所和旅顺日俄监狱，太多的善与恶、正与邪，在这里交汇上演。

在“九一八”纪念馆，陈列着日本人惩罚中国人的滚地笼，圆柱形的铁笼子，里面长满“铁牙”，把人装进去封闭起来，滚动……在旅顺日俄监狱，看到“火”字形的虎凳和绞刑架以及桶葬……人类在折磨同类的问题上，真是充满智慧！当我们看到这些刑具时，最本能的反应就是：以其人之道，还治其人之身，这不是最基本的人间正义吗？然而，在“九一八”纪念馆和抚顺监狱，我们看到，日本战犯受到了很好的对待。

武部六藏，1940 年 7 月就任伪满洲国国务院总务长官，直至 1945 年 8 月日本投降。1945 年 9 月，武部六藏遭西伯利亚抑留。1950 年 7 月，作为战犯被中华人民共和国引渡，收容入抚顺战犯管理所。1956 年 7 月 1 日起，中国最高人民法院特别军事法庭在沈阳开庭，审判武部六藏等 28 名日本战犯。彼时武部六藏因脑软化症造成半身不遂，卧病在床，一直由专门的护士精心护理。他无法出庭受审，特别军事法庭根据周恩来总理的指示，专门到医院为他办理起诉。讯问前，医生专门为他做了身体检查，以确保他可以经受三四十分钟的讯问；管教人员再次向他交代了政策，告诉他表现好有可能提前释放，以减少他的紧张和焦虑。

当武部六藏的辩护人向他念了辩护词后，他自己都感动得哭起来了。审判结束，7 月 22 日对他宣布假释时，他不敢相信中国将要送他回日本的事实。所有特赦回国的日本战犯，都是如武部六藏这样的态度和表现。战犯们自己都觉得：让我们死了算了。中国政府却表示：不，你们要好好活下去。这是为什么？参观了抚顺战犯管理所，才对于中国政府优待战犯的用心有所领悟。

按照二战后国际上惩治战犯的量刑标准，抚顺战犯管理所有上百名日本战犯应判极刑，但中国政府实行宽大政策，最终只对 45 名战犯予以判刑，而且把他们分批释放回日本。绝大多数被释放的日本战犯在写忏悔书、接受记者采访和回国后都表示，抚顺战犯管理所是他们的“再生学校、再生恩师、再生父母”。

当时遵照周恩来总理“要做到一个不跑，将来也可以考虑一个不杀”

的指示，国家在经济那么困难的情况下，仍拿出366万元，为战犯们建造俱乐部、体育场、图书馆和露天舞台。管理所实行人道主义的“三个保障”：保障人格不受侮辱，不打不骂；保障生活条件，物资供给相当于中等市民生活水平；保障身体健康，救死扶伤，治病救人。周总理亲定战犯每日三餐吃细粮。而管教人员按照当时的粮食供给标准，吃的是黑窝头。

抚顺战犯管理所善待战犯的结果，是终于把他们感化和改造过来了。他们不仅离开中国时心怀感恩、自责与悔恨，而且归国后还与那些“健忘历史”的人们做着斗争。他们成立“中国归还者联络会”，以“反对侵略战争，贡献于和平与中日友好”为宗旨，冲破日本右翼势力的阻碍，以亲身经历举办座谈会、展览会、街头宣传，对日本侵华战争进行揭露和批判。如果处死他们，不过是几条命，可是，留下并感化和教育他们，他们就成了活教材，可以起到星火燎原的宣传作用，这就是中国政府对战犯实行怀柔政策的高明之处。

玛格丽

在旅顺东鸡冠山北堡垒的日俄战争的遗迹中，残垣与光影造就了一个酷似欧洲美女的光影头像。她是百年前沙俄修建的堡垒内部被炮火轰击留下的残垣断壁互相叠加，再与光影结合而自然形成的，没有丝毫人为的加工。她被一名摄影师偶然发现，迅速传开，并广泛征集名字，最后命名为“玛格丽”，中文名为“守望者”。

东鸡冠山北堡垒本来是不对外开放的，因为人们对于“玛格丽”的向往，开放景点的呼声越来越高，旅游部门才对其进行保护性施工后，于2015年5月21日开放。

在残酷粗暴的战争的遗迹中，却生出如此娴雅、温情的一个美丽女子的头像，这是历史的神谕吗？她叫“玛格丽”，是美的化身；她也叫“守望者”，是美好愿望的化身。在走过“九一八”纪念馆、抚顺战犯管理所、旅顺日俄监狱之后，我们是多么欣悦，此行将终止于一个美和美好愿望的化身！

原载《民族文学》2017年第8期

军营记忆

周大新

自1970年入伍至今，我住过和进过的军营，已很难数得清了。

我住过的最小的军营，在渤海深处的一个小岛上。20世纪70年代末的一个秋天，我随一个工作组从烟台上了部队的交通船，在海上航行了差不多一天，到日落时才登上了那个小岛，走进了仅有一个驻防连队的军营。营区位于小岛码头不远的山坡上，很小，只有几排平房。驻守的战士们除了在岸防炮阵地上值班，就是在这个小营区里活动。营区虽小，也有水泥的乒乓球台，有安了一个球架的篮球场，有十几畦菜地，有种在屋檐下靠雨水长大的几种花。站在营区里，可以看到无边无际的大海，可以听到海浪无休止撞击山崖的声响。就是在这个营区里，我第一次喝到了由小岛水井里打上来的那种不咸不淡显得苦涩的海岛水；当晚我用这水洗了头后，头发纠结成了一团，怎么也无法弄开。连队的指导员见状笑着告诉我：等头发干了才能慢慢理顺。两天的住留让我见识了小岛军营里的生活，体会到了海防战士们戍守海疆的艰辛。

我住过的最大军营在南方某地。那个军营里住着多个团级单位，营区里道路宽阔，树密成林，花草繁茂，办公区、训练区、军港、车场、宿舍区、接待区划分清楚。在宿舍区里，宿舍楼、俱乐部、餐厅、超市、储蓄所、幼儿园、洗衣房应有尽有。上下班时间，营区里车流不断、人来人往，很像一个小城市。特别是清晨起床号响起的时候，各单位的官兵们冲出宿舍，迅速集合成队，龙腾虎跃般奔向各自的操场，口令声和呼号声此起彼伏，山呼海啸一般，极是壮观威武。

我走进过的氧气最稀薄的军营在青藏线上的唐古拉山口。那里的海拔高度达五千来米，氧气只有内地的一半。稀薄的氧气常使官兵们头疼和睡不安稳，食欲下降。缺氧还会迫使人的心脏变大以支持躯体的活动。在那座军营里，水烧到五十来度就开了，蒸馒头的面很难发开，蒸出的馒头又硬又黏，吃着毫无香甜之感。我在那儿吃饭如同嚼蜡，完全是为了给躯体运动增加能量，没有任何享受可言。可那里的官兵照样在乐观地进行工作和训练。

我住过的最寒冷的军营在漠河境内。我去的那两天那儿飘着大雪，气温在零下三十多度，穿着军大衣走到户外，转眼间就觉得如披薄纸。我随身携带的照相机，在那样的气温下竟拒绝工作正式罢工了。登上战士们戍守的哨所，我这个中原人已冻得索索发抖。那座军营给我留下的最深的印象，是晚间的室内暖气，好像是为了弥补我白天在室外受的风寒，晚上室内的暖气烧到了 30 度，我可以穿着背心短裤在室内漫步。

我住过的最有特色的军营在一座名山脚下。那座军营与一座著名的寺院比邻。当我们军人在院墙的这边练刺杀、练投弹、研究步兵进攻战术和炮兵炮火准备方案怎样杀敌时，那边的僧人在大雄宝殿里念着经文，企求着一个和平世界的到来，操练声与诵经声交汇在一起，显示了人间的多彩与奇妙。

我住过的野外隐蔽军营在山东省境内。20 世纪 70 年代初，我在一个野战炮兵团工作，一次拉练途中，突然接到野外疏散隐蔽准备打仗的命令，我们一个炮兵团立即分散开赴一个河滩里，迅速开挖沙石隐蔽车和炮，转眼之间，车辆与火炮便已隐蔽完毕。我们就住到隐匿在沙土和伪装网下的炮车上。我们不吃热食，不喝热水，不点灯火，低声说话，噤声工作，大小便都经坑道到远处解决并深埋。无论是白天还是晚上，你从河滩附近经过，你看到的只是沙土和树木、野草，你根本不知道这里藏着上千的军人和一百多辆汽车和几十门火炮。到了深夜上哨时，我悄步走出隐蔽处，在月光下望着寂无声息的野外军营，一种惊奇涌进心里。

我住过的战时军营在中越边境。那是一个高级别的指挥部，一座座木板房和帐篷排列在一个山坳里，电键的敲击声和电话机的铃声不断从那些木板房和帐篷里传出，一种紧张的气氛在山坳里弥漫。间或地，敌人打出的冷炮会在前沿阵地炸响，让我不能不心生一丝恐惧。进入夜间后，实行灯火管制的战时营地里只有夜色在游动。所有的路口都有持枪的哨兵把守，不仅有明哨，还有暗哨，哨兵们全都是刺刀张开子弹上膛，一旦有人口令对不上，他们即时就要开枪并准备使用刺刀。那儿离前沿不远，必须严防敌人特工队的偷袭。那是我此生第一次住在战时营地里，真切感受到了战争的氛围，闻到了战争的血腥味道。

军营里的生活，当然也有喜怒哀乐。训练结束、演习成功、出征回营、有人获得爱情、战友结婚生子，都会让官兵们欢喜快乐；外国军挑衅，有人来犯领海领空和边境，会让官兵们怒上心头；训练出事故、出征失利、战友牺牲，会让官兵们伤心哀痛。军营里常有欢声笑语也时有叹息抽泣。那也是一个社会，不过成员是由军人与他们的亲人组成的罢了。

几十年间一直生活在军营里，让我对军营产生了深切的依恋之情，外出久了，就会不由自主地想念她。每当我由营外回到军营，一种安全感会让我卸下身上和心里所有的紧张，连睡觉也会踏实起来。我听惯了军营里的声响：军号声、军哨声、口令声、军歌声、跑步声、验枪声，听到这些声响心里就舒畅。我看惯了军营里的颜色：陆军的绿、海军的白、空军的蓝、火箭军的黄、军旗的红，看到这些颜色心里就安妥。我闻惯了军营里的气味，操场、训练场上的汗味，靶场、演习场上的硝烟味，运兵车、坦克、大炮上的铁器味，“八一”节会餐时酒菜的香味，闻到这些气味，我就开心。我与军营，已经分不开也不愿分开了。

原载《人民日报》2017 年 7 月 29 日

买买提的馕

毛 眉

经历两千年的变迁，唯一没有改变的是，馕，能填饱你的肚子。

那次和园社区举行踏春活动。社区书记林燕子交代，去参加集体活动的人员，只能携带清真食品，请大家互相尊重。她拎着一袋馕，喊着，“没吃早餐的，分馕，分馕。”

她把一个馕分成几块，“大家现在吃的，是和园社区买买提宝地馕店的馕，我今天去那买馕，买买提问，咋买那么多，我说，今天社区去石河子军垦博物馆，搞一次红色之旅，他就送了我们25个馕，好吃的话，大家都去宝地买啊。”

后来的一天，作为驻社区工作队的我，约上社区干部古丽，来到宝地馕店。

不善言谈的买买提，用微笑跟我们交流。

每逢这种时候我都在想，戴上一只神话中的草戒指，就能听懂所有的语言。

维吾尔族男人，必须学会一项本领，打馕。

33岁的买买提一直跟着父亲做小生意，父亲去世后，生意陷于困顿。维吾尔谚语说，“人要是穷了，出去走走，就能找到谋生的路”，于是从南疆英吉沙，来到天山北坡昌吉。

一个外人到一个主流文化当中，如何去跟这个文化融合，经历这些的人们，内心里一定会有很多焦虑，怎么解决？这是人类的主题。

古丽翻译着我的问题，“你在英吉沙也开馕店吗？”

买买提腼腆一笑，“不，那里家家户户自己打馕，昌吉人口集中，才有这种需求，我们全家在桃园小区开馕店，已经五年了。”

言来语去了解到，他正打算把邻居大一点的门面租下来，为此新做的“买买提宝地油馕店”的招牌，正等着挂上去。

“一天能和多少面，打多少馕?”

“三袋，一袋面粉能打90个大馕，120个小馕。”

后来才知道，维吾尔人有关于馕的禁忌：和面时，烤馕时，禁旁边的人为馕数数。——或许，这是因为生命无常，而馕又代表了生命本身?

我为自己的无知惭愧。心想，三袋面，每袋面粉25公斤，真是繁重的体力活。

古丽说，傻呀你，现在都是机器，谁还手工和面。

进到狭小的店里找了一圈，只见一口大铁锅，一个电子秤，便问，“机器在哪?”

买买提道，“机器没有，胳臂和面。以前想过买个和面机，但打的馕，口感不好。”

这时，三三两两下班的行人，在馕店前，停下自行车、停下摩托车，一辆白色轿车一脚刹车，喊一嗓子，“30个。”买买提应着，车开走了，这，就算预订了。

饮食学揭示，有一门关于个体的科学，可以让我们通向普世性。食物像钻进真实的论据：“告诉我你吃什么，我就说出你是谁。”

馕，是新疆人无须翻译的语言。

新疆人无论民族，都接受了馕。

馕，体现的是一种生活的常态。

我喜欢在一条街道的拐角处，看汗流浃背的维吾尔族小伙从馕坑钩出一张张饼，欢快地随着音乐抖动双肩，会被他们内心的快乐所感染。

那天，看到一种拳头大小的馕，不似以前常见的圆馕，便问，怎么卖?摊主伸出两个指头，我递出两块钱，他看我一眼，“二十块”，我诧异，“一个?”他耸耸肩，“一公斤!”

我们为这种不经意的误会，相视一笑。

馕，在烤制过程中，完全蒸发掉了水分，所以久储不坏，不管多硬，只要一点水，立刻松软。

当年，张骞穿沙漠，带的是馕；唐僧越戈壁，带的是馕；安史之乱，唐玄宗与杨贵妃向咸阳奔逃，带的还是馕。今天，新疆人上远路也带馕，驴友徒步，领队评估队员的食物，会问：带了几个馕?

馕，盐水和面，发酵，搓成若干面团，中间薄、边沿厚，将碎洋葱与芝麻涂抹其上。把馕饼反铺在馕托上——馕托，外层用干净结实的布料缝制，里面塞有棉花，维吾尔语称“盖孜南”，用馕托把馕贴在坑壁上，洒盐水，盖住坑口，烤熟后，用铁钩钩出，一个个馕油亮生辉，松软可口，连香味都不会被浪费。

维吾尔族人崇馕，“馕是信仰，无馕遭殃”“谁有馕，谁就有生命”“饭是圣哲，馕是神灵”，形成一套有关馕的禁忌：禁践踏，馕渣要放到高处喂鸟；在街头，常看到有食物放在电话亭、窗台等高处，那一定是维吾尔族人的善举，简单行为的背后，有着一套价值体系的支撑。

在茫茫沙海点点绿洲，珍惜食物，就是爱惜生命，一个大馕，掰碎了，让更多的生命接受福泽。甚至在人际交往中，有这样的谚语：“如果没有馕，希望有馕一样好的话。”

他们非常注重构成自己的生活之盐。

盐是洁净的，盐可调味，能调和百味。我们活着，被赐予了生活之盐，它超越职业，超越强烈的情感，超越任何立场，构成了我们生活中轻盈和美好的那一部分。

古代维吾尔人崇敬和恐惧自然物，后来演变成赌咒，事关重大时，会脚踩着盐这类的神物发誓，如敢违背，会长疮，会生病，会瞎眼，会受到地狱烈焰的煎熬与铁锤的锻打。

从新疆的馕，到意大利的比萨，再到俄罗斯的面包，都是农耕文明的结果，讲述的都是麦田故事。

在天山南北，香脆的馕，算个独特的食品。是维吾尔族人的主食。街面上天天见面的馕店，让我想了解一些胡饼的引进。由蒸饼、汤饼，到胡饼、烧饼、麻饼，再到今日的面包。一曲麦田进行曲，也许就是历史的进化过程。

馕，中原人称“胡饼”，在敦煌遗书中，有26种饼的名称，“胡饼”是其一。张骞通西域后，胡饼普及到内地，“胡饼”的名称从汉到宋，一直在中原流行，对中原饮食文化产生强烈影响。东汉时，宫廷里兴起过胡饼热。

馕，是农耕文明的结果。只有在烤坑中烤出的才叫馕，反之，即使形状类似，也不能称“馕”。

维吾尔族人善于炙烤羊肉串，善于做馕。这看似简单的两项技能，涵盖了人类从游牧到农耕的慢慢进化史，却在维吾尔人的饮食习惯中体现得最为突出。

城镇的维吾尔人最早也是最普遍使用的馕坑是用泥做的，即土馕坑。现用由砖块砌馕坑。今多被铁馕坑、燃气馕坑替代。

尽管现在有了铁馕坑、燃气馕坑，但买买提的馕坑，是夯土结构的土馕坑。

馕坑高 1 米左右，馕坑坯是用羊毛和黏土，做成倒扣的缸形，四周用土块垒成方形土台；

所谓土馕坑，就是用黏土和泥，和泥时不断添加羊毛，起到黏合作用，高一米左右，内部像欧洲酿制葡萄酒的木桶，坑底留一通风孔，四周用土坯垒成方形土台，底部架火。

买买提说，土馕坑打出来的馕脆，放几天都不变味。至于土馕坑里的燃料，过去多用无烟煤，但无烟煤烤出的馕有煤火味，最好是用木柴，梭梭、红柳，甚至用果木；现在用的是天然气或电——燃料的改变，是技术的改变，也是时代的改变。

不经意地一梳理，发现馕坑点土成金，简直是一首泥与火，火与盐，盐与小麦的礼赞。

问，“馕店为什么取名宝地?”我甚至想到了阿拉伯的寻宝故事，阿拉丁的神灯故事。

买买提笑而不答。

妻子热娜娅走过来，静静地听我们说话，她高挑，典雅，内敛，用简单的汉语说，几分心疼，“别人都是昨天晚上发上面，他不，天天 5 点起来，不用和面机，手工和面。”

我赞叹她的漂亮，真没见过不漂亮的维吾尔族姑娘。

热娜娅说，自己在家带孩子，大儿子六年级，老二是丫头，一年级，还有两个小的，每每等把孩子打发上学走了，才去店里给买买提帮忙。

热娜娅一定很幸福，丈夫买买提如此为了全家拼命。旧社会时，为生活所迫，乡下的女孩“一帽子打不倒，就可以嫁人了”。如今，婚姻自由，文明进化成为点点滴滴的常态。

最大的心愿? 买买提停顿片刻，“最大的开支是房租、店租，现在还请人炸馓子、油果子，生意好，店里的伙计一个月 3000 块的工资，希望能开一个自己名下的馕店，有自己的房子，让孩子们在当地落户、在双语学校上学。”

不可否认的是，很多少数民族汉语说不好，造成了交流障碍，也妨碍着他进入主流社会，只能在内部寻求社区居民的肯定。因为国家对双语教育的大力普及，南疆的很多孩子，汉语都比老一辈说得好，买买提确信，只有不断接受教育，才能改变命运。

每个维吾尔族婚礼，都有个盐与馕的环节：那个重要的证婚环节，被称为念“尼卡”，仪式上，准备一小碗盐水，泡两块小馕。阿訇问，是否愿意结为夫妻、永远相爱、互不抛弃，新郎高声回答“愿意”。红着脸的新娘羞答答张不开嘴，被大家起哄："像猫叫，没听见！"于是急性子的伴娘喊出，"我愿意"，举座哗然。

答完，新郎新娘抢吃盐水蘸馕，象征爱情像盐和馕永不分离，还寓意着谁先抢到谁当家，所以到了这个环节，刚刚还娇羞矜持的新娘，下手比新郎快。

婚礼第二天是揭盖头仪式，群人用歌舞表达对新人的祝福，宴请结束后，年长的客人离去，青年人留下，等待为新娘揭盖头。这时男方有一客人，一名轻巧敏捷的少女，突然从人群中跑出来，将面纱揭去，新娘的真容显露，让新房欢腾起来，手鼓起，热瓦甫起，对对青年跳起麦西来甫。

对于崇馕的维吾尔人来言，馕已经超越了食物概念，与音乐舞蹈一起，融入血液，成为一种向往。

告别这对抢吃过盐水馕的夫妻。

馕，究竟是什么？

阿凡提把纸和笔分给王宫里的几位哲学家、逻辑学家、法律学家："馕是什么东西？请写出答案。"

"馕是一种食品。"

"馕是面粉和水的混合物。"

"馕是烘烤熟了的生面。"

"馕是可以变的，可以根据自己的需要把它做成圆的、方的、大的、小的……"

"馕是有营养的物质。"

"馕是没有人能真正知道它到底是什么的东西。"

"馕是真主的恩赐。"

阿凡提说，"很简单的问题，回答得一个比一个复杂。"

"那么，你来回答一下！"国王说。

"非常简单，馕是吃的东西！"

馕饼的籍贯源于波斯，是一种面包。初，维吾尔先人们把馕称作为"艾买克"。伊斯兰教圣人穆罕默德以长矛征服中亚、西亚各国后，伊斯兰教便传入我国新疆，这种大饼在我国西部地区开始称馕。

经历了两千年时代变迁，唯一没变的是，馕，能填饱你的肚子。

一再追问买买提，为什么叫馕店宝地？此时恍然，如果说，能填饱肚子的是馕，那么，能把馕卖出去，养家糊口的地方，不是宝地又是什么呢。

泥土馕坑，手工制作，以天地为炉，有着日月的轮廓，带着千年时间的香脆，馕，能填饱你的肚子。

我在回社区的路上，穿行在这个约一万居民的社区，举目所见的这些窗户里，人们究竟在怎样谋生、怎样安家、怎样利用闲暇的时间？

林德夫妇从1890年开始，建构了中镇的35年。为了把握全貌，他们将社区生活分为六个部分：谋生手段、建立家庭、教育子女、利用闲暇、参加宗教仪式、参与社区活动。

我尝试着将买买提一家套入这个公式：

1. 谋生手段：打馕。

2. 安家：这对盐水馕夫妻，先租，后按揭。

3. 教育子女：三个孩子都在读双语学校。

4. 利用闲暇：与片警张警官一起打台球。

5. 参加宗教仪式：他们不是在这里举行的婚礼，没有在这里举行过葬礼，但不知有没有过割礼？宗教活动则是每日做乃麻子。

6. 参加参与社区活动：我在社区值班时，看见热娜娅在社区参加免费体检的人群中排队，她一身花长裙，仿佛全身都在微笑。

再次在桃园小区路过宝地馕店时，发现他的门前又新增了一些品种，炸馓子，油果子。

还是在值班时，见买买提来找张警官，日子富庶了吧，他已经挺着一颗肚子，汉语依旧不太流利，我们都会意地，以微笑交流，简单一问：生意好吗？好。

哪怕是一片小小的馕店，它也是商业性质的，而商业总是流动的，变迁最快的是经济，经济导致了其他领域的变化，比如娱乐、教育、家庭。于是他从南疆的贫困地区向北疆流动，在富庶的昌吉扎根。

等到张警官下楼时，我问，“买买提来找你干什么？”

“哦，他们买了新房。”

古丽又陪我去买买提的新家。

先去他家的馕店，生意一如既往的好，买买提忙着，妻子热娜娅取下围裙，领着两个小儿女，带我们回她的新家，就在店面的后一排楼房。

进得屋来，一切还是刚刚搬来的迹象。是的，一家人刚搬进来一个星期。

断断续续知道，这60多平方米的房子，他们首付了6万，贷款了14万，期限是15年，每月按揭1300元，喀什英吉沙岳母那边的房子在征收，等征收完了，拿到钥匙，也想迁到昌吉来，帮忙带孩子，毕竟，孩子和生意都在这，她说着，摆上了炕桌，铺上漂亮的桌布，摆上馕，摆上苹果。

热娜娅有两个哥哥，两个姐姐，都在英吉沙。以前在9号楼租住了五年，每月1000的房租，搬进这里来，娃娃都高兴得很，现在，只交店面租金。

很高兴能在他们住进新房刚一周的时候，与他们分享新生活的喜悦。

买买提在拼力地打馕，买房，置家，送孩子上学，迁新居，为整个生存全力投入。

在社区，无论什么民族，人们都在为更好的生活而努力。他们都是普通人，他们的努力价值千金。

原载《民族文汇》2016年第10期

大地无声

苗　莉

在冀南平原广袤的大地上，有一个名叫南乌的村庄，那里住着我的表妹桂花一家。

桂花高挑的个子，白皙的皮肤，说起话来快言快语，是个性格爽快的女子。无论寒冬还是酷暑，她总是早早地起床，洒扫庭除，喂猪做饭，总是在忙忙碌碌中，开始一天的生活。

桂花当年结婚的时候，是个春暖花开的好时节，她家院子里有一棵很大的梨树，树上开着洁白的梨花。我赶过来参加婚礼，在树影婆娑中，看见桂花的丈夫大龙满脸喜气，长得还真不错，个子高高的，眉清目秀，因为刚刚从部队复员回来，整个人还有几分英武之气。

桂花婚后的日子是幸福平静的，在农家虽然不能算太富裕，但种些田地，收些粮食，辟个菜园，养鸡喂鸭，自给自足。大龙则在外面打些零工，挣些活钱养家。儿女双全，一家人的日子倒也不错。

桂花的厄运是从一个炎热的夏天开始的。

这一天的清晨，桂花依然起得很早，安置好一家的早饭和孩子的去处。她准备去地里给棉花锄草掐枝打叉。棉花地里的活很繁重，需要不断地去打整，才有可能保持产量，获得丰收。虽苦虽累，桂花一盘算秋后卖了棉花可以攒下一笔钱，等钱攒够了建个新房，什么苦和累就都忘了。

扛着锄头就要出门的时候，大龙也推着那辆三轮车往外走，边走边说："今天有个好活呢，说不定能多挣点，中午回来吃凉面条吧，擦个黄瓜丝，砸点蒜。"

桂花高声答应着就往外走，沿着小路来到自家地里开始干活。太阳渐渐毒辣起来，临近中午的时候，桂花在太阳的烘烤下，心情竟莫名地起了几分烦躁。忽然远远地看见邻居王嫂骑着个破车子，慌慌张张地向她的棉花地奔过来，刚到地头边，王嫂就丢下车子朝着她大喊："桂花，不好了出事了，大龙被车给撞了！”

跌跌撞撞跟着王嫂奔向医院，在医院的重症监护病房惨白的病床上，桂花看见了早晨出门时活蹦乱跳的大龙，满脸血迹，生死难料。

肇事的司机早已驾车跑得没了踪影。桂花把家里所有的积蓄都拿到了医院，又四处举债，拼尽全力求医生救自己的丈夫。大龙的命是保住了，但最终由于颅脑损伤严重，大龙失去了意识，成了植物人，可能再也无法醒过来了。

桂花觉得自己的家天塌了地陷了，心也碎了。

在住院治疗无望之后，心力交瘁的桂花把丈夫接回了家。从此之后，既要照料丈夫大龙的吃喝拉撒，又必须去操持一家人的生计，膝下一双儿女还在眼巴巴地看着她。但除了家里的一亩三分地，就是为治丈夫的病欠下的一屁股外债。桂花一家没有其他经济来源，日子的艰难可想而知。

我去桂花家看她的时候，是在一个寒风凛冽的冬天，年关将近了，紧跟着寒风的脚步，纷纷扬扬的雪花已在悄无声息中不期而至。

寒冷的冬天，对于桂花一家来说，日子必定会更加艰难。虽然对表妹一家的情况早已了解，心中也早做了一些铺垫，然而，走进这个家门的那一刻，我的内心还是受到了强烈的冲击：这是怎样一种景象，屋外大雪纷飞，寒风刺骨，本想踏进屋门之后能暖和一下，但桂花的家，屋内屋外，基本上是一个温度。

环顾屋内，几乎是家徒四壁。一架旧缝纫机上面放着一些未做完的活。一台洗衣机早已油漆脱落，锈迹斑斑，不知还能不能使用。一张沙发早已有名无实，露着里面的海绵，而海绵的颜色也难以分辨。只有堆在墙角的几袋大米和食用油，尚飘散着几许人间烟火的味道，那一定是有人捐助的。

桂花没在家，说是去场院里背柴火了。两个孩子正蜷在床上取暖，弟弟的手上拿着两个熟鸡蛋，兴奋地说邻居家奶奶刚送来的，孩子还小，尚不知忧愁，有吃的就好。

桂花从外边回来的时候，肩上背负着一捆体积很大的玉米秸秆，因为过于沉重，桂花脚步几乎蹒跚。院子里白白的积雪，在她的脚下一下子变得凌乱。

桂花走进屋门，看见我显得有几分惊喜。拉住表妹手的一瞬间心暗自心痛。那是怎样的一双手，粗糙，红肿，布满裂口。桂花说，每天都要给大龙洗尿布，冬天太冷，寒风太烈。看见我关切心疼的样子，桂花有些难过。不过很快，一向说话高声大气性格爽朗的桂花，飞快地抹去脸上的泪水，亲热地招呼我坐下。

那张破沙发上，堆满了旧衣服旧床单之类改成的尿布片，桂花不好意思地往里推了推，说这些都是大龙用的，每天不知更换多少回洗多少回。

我这才想起这个家里还有一个家庭成员，我掀开里屋的门帘，看见床上躺着的大龙，身上盖着厚厚的棉被，依然在一呼一吸间沉睡。

临近中午了，孩子们喊饿，桂花忙着做饭。只能是一些极简单的饭菜，只能用来填饱肚子，一双儿女却吃得很香。打发孩子吃完饭，桂花开始准备丈夫的午饭，温温的牛奶、五谷粉制作的流食只能从针管打进胃管，一点一滴，倾注着桂花对丈夫的深情至爱，时光在一天一天地流逝，这份爱却如涓涓细流，滋养着大龙的生命。

午饭过后，忽听大门外有响声，桂花忙往外走，只见自己的哥哥推着一辆三轮车进了门，车上装着蜂窝煤。哥说："快过年了，家里不能断了煤。"说着就往下搬煤。之后进屋在妹夫大龙的床头待了一会儿，说家里还有别的活等着，就起身告别走出了桂花的大门。

望着哥哥远去的背影，桂花半天才回过头来说："你刚才问我，这么苦的日子我是怎么熬过来的，其实真的离不开亲人的支持乡亲的帮助。还有好心人一直在资助着孩子的学费，过年过节总有人送米送面，还有孩子的衣服学习用具。你看这房子，每逢下雨就漏水，还是市妇联找人修的房顶，还一次次为我家捐款，让我在一个个最难的关口坚持走过来。

"日子真的很苦很难熬，但同时我又觉得很幸运，因为在我艰难的人生路上，遇到了很多好心人。他们热情的帮助和真诚的爱心，是我勇敢面对苦难的动力。只要大龙活着，我的家就是完整的。无论怎样我都要笑着把这个家扛下去，孩子在一天天长大，日子会好起来。"

桂花说出的这番话，有些出乎我的意料，一个农家女子在灾难和不幸面前，所表现出的那份坚强，那份不抛弃不放弃的坚守，以及涌动在人间的挚爱深情，都让我为之感动。

雪已经停了，我看见院子里那棵梨树的枝杈间，落满了积雪，银装素裹中宛如一树春天的花。告别桂花走出村庄的时候，已是暮色将近，雪后的茫茫原野处在一片寂静之中，放眼望去不禁心生感慨：此时的大地无声恰如人间的大爱无疆。虽然天气依旧寒冷，但在我的内心深处，却涌动着一种超乎异常的温暖和力量。

原载《散文百家》2017 年第 8 期

我的拥挤与谁分享（节选）

素　素

我单身的时候，单身这个词还很晦涩，单身这个事儿也挺丢面子。因为那是个心口不一的时代，没有人敢晾晒个人情感，单身非但不被理解，更要遭到各种猜忌和歧视，有人即使单身了也要装作没单身。我就是这样，单身了很久也没人知道，包括我的女儿。也许是不单身的时候，家里也大多只有我和女儿，生活没有什么异样，彼此都习以为常了。

不管这世界有多少瑕疵，文明一定要按照自己的方式进化。当离婚率一直呈上升的态势，当越是大城市剩女和剩男越多，单身已不只是被逼无奈，而可能是许多人的主动选择。于是，在世俗的宽大为怀中，人们不但改变了对单身者的偏见，对单身者有了足够的尊重，关于单身的话题在当下也不再是个小众的语境。更有甚者，我那些闺密们在婚内遇有一点点不快，马上就把我奉若神仙羡慕至极，乃至放出也想成为单身的狠话。

前不久，在微信朋友圈看到周国平先生一篇文章，《如何在独处中享受人生》，虽然单身和独处不是一个意思，却兀自生出知遇之感，在心里为此文点了赞。的确，生活太喧闹了，人与人太密集了，独处既需要空间，也需要时间，这两样东西的宝贵度，堪比黄金和祖母绿。当然，周国平先生所说的独处是泛指，不单身也可以独处，单身不一定就可以独处，只是就独处而言，单身要比不单身有更多的可能性。然而，以我的经验，独处是一种能力，也是一种奢侈，一个人独处的时间长了，还可能萌生出一种非正常的情绪，如果给它命名，就叫空间焦虑症吧。

我的单身生活自女儿五岁开始。一直到现在，这个家的成员仍然只有我和她。从女儿读高中到她完成学业，我一个人过着独处的美好生活，直到她的归来将之打断。我发现，这么多年的单身，让我把自己过独了。我不止一次暗暗自问，你是不是太自私太不母性？你是不是有心理问题或者抑郁性孤僻？问过之后，陡生一阵莫名的惶恐。

的确，我始终认为一个人的吃和睡，幸福指数极高。家中多了一个女儿，首先是作息不自由，其次是吃饭不能将就。我必须重新调整生物钟，回到当年勤快无比的模式，给她做稍微复杂的早餐和晚餐，且要改回一日三餐的模式。

由习惯于一个人独处，适应与女儿同住，大概用了一年多的时间。然而，刚刚渐入佳境，患癌十年的姐夫不治去世。姐夫下葬之后，我怕姐姐一个人在乡下睹物思人，就以商量的口气叫她跟我去大连住些日子，想不到姐姐不但立刻表示同意，还背着她的孩子们悄声跟我说，你姐夫活着就嘱咐我了，等他走了那一天，谁家都不去，就去你家。我本来只是想让姐姐到我家住些日子，姐姐却在此刻说出了要跟我一起生活，让毫无准备的我顿时大吃了一惊。

家里看似只多了一个人，其实何止呢？我在大连市内还有两个弟弟，我家一时间就成了献爱心接待站和家庭聚会俱乐部。不要说住在市内的亲友，光是我弟弟两家，姐姐的孩子五家，男男女女，大大小小，就是二十好几口，基本上是你方唱罢我登场，不但家门几乎关不上，灶上也每天都在煎炒烹炖，顿顿不闲。面对骤然而来的变局，就连我一向随和的女儿都看不下去了，她无可奈何地说，妈，这不是咱的家了，这是大姨的家了。

家里有两间卧室，之前我和女儿各占一间。姐姐来了，我想让她住主卧那间，但她非要住在和式榻榻米小茶室。我说，你住在这儿让我不安，像个用人。姐姐说，我喜欢干活儿，愿意给你当用人。的确，不停地做家务，成为姐姐排遣悲伤的另一个出口。正因为她嘴里不停地说，手头不停地做，就给这个家造成了一种纷乱，而我的职业是读书写作，以往的习惯是只要有人在家，即使静坐在那里不动，也会让我心神不定，无法进入工作。而我的纠结就在于，我心疼姐姐，如果我的不耐被她知道，就等于让她的寄人篱下之感雪上加霜。

农历十月初一，我们姐弟四个第一次可以一起去乔山公墓给父母“送寒衣”。翌日早上，也许是前一天上山下山走得急了，姐姐的腰突然就疼得起不来床。去医院拍片子一看，她的腰椎严重变形，必须卧床静养。姐姐是个闲不住的人，听医生说要她卧床，执意要回乡下的家。我和两个弟弟都劝她，说以前的家有姐夫做伴，即使他是个病号，那也是个伴，如今炕上是空的，你的腰又不好，一个人回家谁照顾呀？

姐姐的孩子们也跟着劝，但是姐姐主意很正，谁的话也不听。最着急的是老三两口子，他们只好表示放弃生意回家侍候，以免大家的后顾之忧。住在市里的几个见老三如此表态，就决定每家 AA 出钱给老三，毕竟老三回家就没有收入了。

过了猴年春节，姐姐感觉腰疼的症状明显减轻，就催老三两口子抓紧出门挣钱。住在市内的几个心知肚明，但又不想把老娘一个人留在乡下，就决定在市内靠他们几家近的地方租个房子，再请个保姆给老娘做伴兼做饭。也许被儿女们的孝心打动，一向不舍得让孩子们破费的姐姐，竟然爽快地同意了这个决定。于是节后回城，儿女们就各处看房子，并且找家政公司给介绍保姆，房子租金在意料之中，保姆工资涨得吓人，两笔费用合在一起是个不小的数目，即使五个儿女 AA 分摊，对于小家小户的工薪族也是一个相当大的负担。他们最后的决定，就是给她在乡下找了一个保姆，至少省出了租房的钱。

事情虽然尘埃落定，我却一直不能原谅自己。因为最后一次与姐姐通电话的时候，隐约听老三媳妇在一旁说，二姨呀，我妈其实最想去你家。我承认，这话我清清楚楚地听到了，只是它来得太突然，我假装没听见不接言，而姐姐也没有往下深说。回头想想，我之所以未作反应，是因为我从内心里害怕那种大家庭的气氛卷土重来，我已经把它视为生命不能承受之重了。然而，它却让我陷入了极度的不安和自责之中。我感到我愧对了姐姐，甚至伤害了姐姐。我无法饶恕自己犯下这样的错误。

姐姐出生于 1945 年，整整大了我十岁，我和弟弟平时都叫她老姐。有一阵子，家里人都出去讨饭，我爹是念过三年私塾的人，脸上实在挂不住，就背着我妈报名参军，直到第二天就要去县上跟部队走了，我妈才知道这个男人残忍地扔下了她和女儿。我妈的苦日子，就是姐姐的苦日子。我家是个大家族，我爹参军走后，我妈和姐姐在这个大家族里就成了弱势群体。有两个细节，姐姐不知给我说过多少遍，每次说都让我心如刀绞。一个细节发生在冬天。因为是军属，社里对我家总会有些照顾，有一年冬天，社里派车帮忙往地里送粪，正赶上我妈去了姥姥家，给车老板指路的活儿只能是我姐来干，可是我奶在烧炕的时候，不小心把我姐的一只棉鞋当了柴草，我姐只好光着一只脚坐着送粪车上山，车老板见我姐小脚冻得红肿，便教她把这只光脚放在另一条腿下面，这样就可以取暖了。另一个细节发生在春天。家里米缸见底吃了，娘儿俩眼看就要断顿儿，我妈去村里找要救济，因为不敢扔姐姐一个人在家，就把她也带上了。村政府距离我家有二十多里，三岁的姐姐饿得走不动路，困得睁不开眼，我妈就踩她的脚后跟，踩一下，她就疼得往前走几步，再踩一下，再往前走几步，母女俩就这样趺趺撞撞走进了村政府。管救济的干部人称张财粮，姐姐不等我妈说话，就拉住张财粮看她被我妈踩红了的脚后跟，然后说她有多么饿，直把张财粮给说出了眼泪，大笔一挥，给了一袋子米一袋子面，外加二十元钱，还派人牵一头驴给送到家，驴背上不但有米袋子面袋子，还有姐姐。在姐姐眼里，这是一次凯旋般的甜蜜记忆，在我看来，却是一场不应由孩子承受的苦难。

姐姐命犯劳碌，十八岁结婚，二十八岁已生完五个孩子。孩子们小时候，过年要穿新衣服，姐姐一次要缝五件，上学要带午饭，姐姐在锅台上一溜摆了五个饭盒，冬天脚出汗，姐姐每天晚上要把五双棉胶鞋里的乌拉草掏出来放在炕席底下烘干，早上再把乌拉草垫在五双鞋里。孩子们长大了，一个接一个考大学，大部分的学费，都是靠姐姐养鸡卖蛋，喂猪卖肉，一分一分挣的，一点一点攒的。姐夫是六二届高中生，因为怕饿没去念大学，回乡后做了N年小队会计，具有小知识分子的惰性，在家里又是长孙独子，眼睛里基本上看不着活儿，再加上婆婆对儿子的娇纵，姐姐的劳累和艰辛可想而知。好不容易把儿女拉扯大了，一生养尊处优没挨过累的姐夫却病倒了。他是个有一点不舒服就要大喊大叫的男人，刚刚脱离苦海的姐姐，在岸边还没站稳，又被姐夫拉下了水。这是长达十年的生死挣扎，姐姐没睡过一宿安稳觉。最后的两年，姐夫经常在ICU里一待就是个把月，花钱如流水。姐夫给全家人留下的印象就是自私，这种自私竟然在给他送葬的前一天来了个总爆发。那天晚上，按乡下的习俗是给死去的人“送盘缠”，家里在燃放礼花时出了意外，一颗炮弹没有直接升空，而是升了一半便横飞到院子里，当场炸死了他的堂弟，受伤者多达二三十人。孩子们都吓傻了，只有姐姐一个人清醒。好在还有我和两个弟弟，最后也是我和小弟出面与礼花厂交涉，给死者伤者争取到了足可接受的赔偿，总算让悲伤的姐姐从意想不到的灾难中解脱出来。

我之所以说了这么多姐姐的故事，是因为我明明知道姐姐受了这么多的苦，我却因为害怕拥挤而让她仍在苦中煎熬。后来，我忍不住把自己的不安和自责跟两个弟弟谈了，他们一言以蔽之地说，咱姐有那么多孩子呢，你就别操这个心了。可是，这话丝毫安慰不了我，我依然被失眠不依不饶地折磨着，但我一直不敢给姐姐打电话，我不知道说什么。

两个月前，女儿突然宣布了一个决定，她要去天津工作。目送她走进机场安检口那一瞬，我奇怪自己居然没有任何的不舍，反而生出一种久违的轻松和庆幸。重温旧梦似的，又回到了从前熟悉的一个人独处的时光。独处既能让人生病，同时也是一种药，因为不出几日，曾那么摧残我的失眠竟不治而愈。

女儿去天津工作是一个话题，我终于决定打电话告诉给姐姐。姐姐说，家里又剩你一个人啦？我以为她想离开乡下来我家，马上极有分寸地说，姐呀，你有空过来住几天呗。姐姐却说，姐谁家都不去，就在自己家。姐姐的语气，有了跟以前不一样的淡。姐姐的淡，让我刚刚遁形的失眠，又沿着原路返回。

其实，一切既是命运所赐，一切亦是文化使然。我喜欢一个人独处的生活状态，我喜欢过那种不被打扰的日子，命运却在赐予我空间焦虑症的同时，又赐予一个苦命的姐姐，以后不管姐姐是否再来与我同住，我的心都将因为我对她的爱和牵挂而无比拥挤。更何况，在亲人面前过分强调私人空间会被看成异类，我必须接受无法躲避的热闹和喧哗。

原载《鸭绿江》2016 年第 10 期

两片落叶

朱以撒

大学本科的最后一年我想考研究生，在犹豫报考哪一所学校时，最终还是以百度上导师的照片定下来的——那么多的大学，那么多的导师，只闻其名全然陌生。可是，当我看到您的照片时，我就停了下来，说，这就是我的导师了。

上边这段话是一位女研究生毕业后一次闲聊时说的。我就生出一些感叹，她从干燥的北方考到南方，在我长居的城市读了三年书，毕业后就不回去了，留了下来，因为这里比她家乡生存条件要好得多。在中国，每个人从小到大都要经历无数的考试，很大的一部分被淘汰，余下的走向新的历程，和陌生的人、陌生的环境开始建立关系。从一开始的念头看是一种偶然，不知从何起，恍惚不明，只是两个人熟悉了，遂成必然。

也往往有这样的情形，有人报考大都市所在大学的研究生，分数上线了，也符合录取条件，但是名额有限，没有被这个学校录取，那么，他是可以调剂到其他大学的。这个时候就有人打电话给我，希望我能接收他为学生，结为一种师生的关系。我向来拒绝——原本就无意于聚在一起，此时更没有必要产生勉强的联系了。

一个导师和几位学生的三年相处，所知的还是很少。我大抵只知道她们来自何处，读书、写字、写文章的情形，和她们说的也倾向这些，余下的大都茫然——导师不问，她们也不说；或者她们不说，导师也觉得没必要问，就更集中于专业之上，甲骨鸟虫，钟鼎彝器，断碑残简，写经墓志，所谓的单纯就是如此，如同古人所说的为师就是传道、授业、解惑，余下的倘若方便再徐徐展开一些，总是要自然而然才好。

储安平有几句诗很有意思，“说我和她没干系，原不过像两片落叶，今天偶尔吹在一起。”南方多丛林，见多了丛林就好理解诗中的含意了——无数的叶片生长在一株株参天大树上，有的略微重叠，有的则相距遥远，在朝南的枝头上，或者在朝北的末梢。秋风起兮一阵阵，它们的联系发生了变化，原本距离相近的，远远地被吹散；而那些往往毫不搭界的叶片，却在晃晃悠悠飘落时，落在一起了。树犹如此，两个陌生人的相识，也如此。

父亲在一所重点小学教书直至退休，数十年过去。我在这所小学也度过了三年的少年时光。毕业后我就远走了，如果不是回老家经过，我有时都想不到它——它已不在原来的地方，新的校址又使我想不起过去曾经的日子，那些曾经老师、同学的面孔都是郁而不明的。一个人关注最多的还是眼前事，前尘如影，只合老迈了负暄时回味。可是父亲不同，他有几次让保姆搀着，走到小学的大门口，想进去看看，可是门卫不肯，他不知这位老人的身份，只担心让他进去后无端生出麻烦。父亲只能止步，从门口朝里张望。其实他可以打电话给校长，学校里的教师换代了，他也就认识校长等几个很有限的人。可是他觉得没必要惊动校长，校长一出来就太郑重其事了，他就只是站一站，再回家。这种情感我是没有的。学校里的老师告诉我，我给学校新建大楼写的字已经装在墙面上了，来看看吧。我说，装上就好了，我没时间去看，呵，呵。可能父亲在这里工作时日太久了，情怀都在这里，以至于每隔一段都想进去看看。他们那一代人都如此，单位就是家，改不完的作业开不完的会，条件简且陋，加上不断地运动折腾，连发牢骚的念头都兴不起来，奈何奈何。有一次我和母亲到东湖公园游览，出来时她一定要拉我到隔街的一所小学看看，和走出来的老师说几句话。时光流逝人事更迭，如今小学里的教师、保安都是年轻人了，哪里知道门口徘徊的是当年的语文权威特级教师——要把自己和这所学校的关系讲清楚真要坐下来慢慢起头。一个人在一个单位谋生，就像这株树上的一片叶子。谋生形式有的很机械，一点乐趣也没有；有的比较自由，但又没有什么创造性。最好的谋生手段就是既有自由又有创造性，合于个人的情怀趣好，那么择一业终一生，还是很快活的。一个人到了退休年龄，就像树叶，最好干脆地掉落下来，飘到远处，从此与树干毫无干系。如果不是单位的功臣元老，有领导来慰问，说一些当年事，那么，真是渐渐忘却了。我想我今后也是如此，退休了不再到我任教的学校去，去干什么？退休就是与单位分离——不与单位交接了，时间多出来全由个人自处，再好不过。

当年章伯钧落魄了，他还让女儿替他到虎坊桥，看看他曾当过社长的光明日报大楼宽敞吗？明亮吗？办公条件好不好啊？可是门卫没有让她进去。我想，许多留恋都是被隔离在外的，只能说自己如此多情。

这个时代不必写信了，只有少数人还零零星星地写一点，温习一下古文人的姿态和性情。欧阳修认为魏晋间人的信札是最精彩的：“初非用意，而逸笔余兴，淋漓挥洒，或妍或丑，百态横生，披卷发函，烂然在目，使骤见惊绝，徐而视之，其意态如无穷尽，使后世得之，以为奇玩，而想见其为人也。”可知写信就是一个人最本真的状态——我一直以为写信之信有信手的含意。有时积久了，案上的来信就不少，于是信手取一封来回应——为什么会是这一封，而不是其他一封，真要追问就很唯心了，只能说莫非前定。我和嘉兴的静庵大姐的交往也就是起于信手这一瞬。这是一位很有文气的老太太，平素在家写文作诗，莳花弄草，诗文写多了就出版成书，这和许多老太太乐意泡在麻将馆听着洗刷刷的摩擦声有所不同，反而于清静中多了几分雅致。她的信都是竖式书写，有时附上诗词一二，或者文徵明清秀一路的行书，便使人觉得古意——人处于江南，各方面就细腻优雅，往往她写的多，问候祝福，礼数周全，便觉得以纸上文字沟通使人从容且有乐趣。我在上海参加活动，静庵大姐买了早上的车票前来，那一个上午正是风狂雨骤，户外活动取消，全部于室内进行，人声鼎沸人头攒动，为了说话能够听清，我们只有走出来，站在外边，风斜吹，把雨带进来，却只能如此，在上海滴水的屋檐下兴致地交谈。快到中午，她留下一包东西，又匆匆赶回嘉兴。在一个动笔写信成为稀罕的时段里，很少的几个人坐下来相互写写信也是很有兴味的。每一封信都不急，收到了好好地读读，隔些日子再回，说一些花开花落之闲事，聊优游以永日。来往的信函可不必载道承德格高境远，自然而然是信函的灵魂，才可能得以长久。直到有一方的手颤抖得厉害，写不成字了，那么，两人的纸上往来才渐渐消失。不久前看到父亲未写完的一封信，六七个片断，反反复复，一直想写得更好，也就一直无法完成。像他这般近九十岁高龄的人，已经到了爱怎么写就怎么写的阶段，就是乱写一通也没有谁说不行，可是他想让对方感受到真切的心意，也就作为一篇美文来写，没完没了。

在我出生的那一年，有一首歌也诞生了，那就是《我们的田野》。在少儿稚嫩的歌声飞扬里，眼前清亮——田野、河水、稻田、荷花、芦苇、森林、野鸭、群山、草原。如果说歌词中的这些意象在那个年代是寻常可见，那么到了现在已渐渐远去，在钢筋和水泥的围墙里，越发显示出柔软和朴素。唱歌的人未必弄得清里边的意思，但一首歌最终还是有如清露晨流，沁入了一个人童年生活的记忆里。几十年过去，我想起那些过往时光的琐屑，有不少是靠这类歌曲唤醒。可以回溯那个年代找某一首歌，或者把歌名写出来，找一个人来唱。流年逝水遮埋了一切，如果没有某一种形式的提醒，一个人对于过去是越发迷蒙，似乎自己是天外来客，与过往无干。可是，为什么是这么一首歌与我同年出生、相逢，并且要注定流传，比人的生命久远？只能说郁而不明。我喜欢那些悬而未决的问题，它们超出了人的能力，无理可循，像人要上天，梯子却找不到。我想每一个人的内心都会有一个田野，里边长满了许多感性的植物，每一片翻飞的叶片都让人不安——有人听了二十世纪六十年代样板戏，会禁不住地手足发抖，血压升高，批斗、抄家、牛棚、苦役，这些场景不断地还原，居然和这些咿咿呀呀的唱腔联系在一起。我外出，都习惯乘坐一家航空公司的航班。开始只是基于安全和服务的可靠，因为是常客，购票时他们会给我一个固定的位置，很靠前，进出都是方便的。而位置靠过道，又多一些自由的动弹的空间，使得天上行程更舒适一些。往往在着陆后舱门开了，总是会有一首固定的歌柔和地响起，好像是对这个行程的圆满收束。唱这首歌的著名歌手近几年已经不见了，但我总是会坐着，让其他人先走，听完了再起身，以合这首歌的从容徐缓。这家航空公司的编辑问我，能否为他们开一个文化专栏，我一口答应下来。没多久我又乘坐了几趟航班，落座后从椅袋里取出新到的航空杂志，就与自己的文章见面了——只是标题边上的人头速写形象与我相距甚远，几个朋友也先后于机上与我的文章相遇，觉得很巧。一个人在万米高空，不知身在具体方位，却会因为机上无聊把文字细细读了一个遍，发现有一个未校出的错字。此时心情肯定与地面阅读相距很远，人在悬浮中，被动地向前，舱外漆黑一片，舱内都是陌生面容，这使自己写下的这些铅字变得很有亲切感——我觉得这种相遇的概率，不会太多。

在印象中，小概率事件对我的命运有所帮助的是一位语文教师的信——一位叫李庆霖的福建老乡，在一九七二年十二月给领袖毛泽东写了一封信。他作为一位知识青年的家长，向领袖反映乡村的混乱局面。他的儿子与我一样，一直在当农民，得不到招工、参军、上大学的机会，这些名额都被有权势的人瓜分了，他希望领袖能够解决这些难题，因为这些青年是应了领袖的指示离乡背井的。那个时节，有多少人在乡村的饥寒中，又有多少人会用写信的方式向领袖反映实情，我估计是无数，石沉大海者也是无数。可是李庆霖这封信居然会到了王海容的手中，并由她转给了正在中南海游泳的毛泽东。后来毛泽东给他回了信，还寄了三百元给他，聊补无米之炊。当时生产队领导在宣读这封信时，我们都觉得惊奇，接下来的讨论也跑偏了，妙不可言，一封平信是如何越过关山隔阻使领袖得以阅读的？两封信都属平实，都是叙述口吻，我想这也是产生联系的一个条件——领袖和平民百姓都渴望生活的安定，而那时节正是十分的不安定。如果交集到此也就完好了，李庆霖可以继续他的教师生涯，可以有一种荣幸感挥之不去。可是后来也因着这封信改变了命运，当我走出农村走进大学，才知道李庆霖已身陷囹圄，喜剧唱成了悲剧，荣辱变幻忽焉，现在说起，都有隔世之叹了。

现在我教的这门课，就是鼓励学生与古人交集，少与今人交集，甚至不读今人的作品以免染上流俗。画室弥漫了古风，一人一碑一帖，追其高古。每人所涉不同，有学秦小篆的，有学魏晋小楷的，也有以赵、董行书为范的，到了清代就戛然而止。导师喜爱古风，学生也只能如此。如果学生想赶点时髦，那也只能等导师离开了再学点今人装饰手法。有的古人已经死去两千多年了，尸骨无存，这是一个物理的距离，可以用数字来标明。而情感上的距离有多远，谁也说不明白，只能尽全身之力，心慕手追。有学王羲之的学生，循当年路径走了几个小城，当年的会稽多么富庶，辖十县，望族在此建造人间乐园，朝歌暮舞，弦管填溢。王羲之与道士采药服食，有卒以乐死之念。现在的春日，只能看到燕子归来寻旧垒，王谢堂前，玉树歌残，往代繁华都已矣。一个人在多大的程度上能暗合古人、古意，这是我一直在嘀咕的，也许古人就是一道影子，一枚飘絮，根本捕捉不到，只是乐意追随而已。就如《兰亭》，我一直以为不是王羲之笔下之物，但学生要学我也赞成，即便是钱羲之、孙羲之所为，毕竟还是古人，使人觉得安全。那些黄庭坚、米芾的多少代孙，如今循家法学黄学米，以为家族血脉相连，情怀相通，笔下自然独到。他们是一棵树上相距千年的叶片，前者已被雨打风吹去，后者居然能够感应到微妙的信息，我素来啧啧稀奇。

章伯钧曾经认为他这一生最对不起的人是储安平。章任光明日报社社长时请了储来当总编辑，结果储只当了六十八天便被免去，接下来的是无业，与羊为伍，望浮云听风声，又批斗、抄家，然后踪迹杳无不知所往。人生若只如初见就美好了，就如同两片树叶在夕阳余晖中被风吹落，悠悠然落在一起，的确有一种美感。

原载《散文》2017 年第 7 期

黄草纸，水蛇腰

葛水平

文字斑驳地记录着老时光。

来自北方的桑皮麻头纸，再生环保。我还记得童年，植物的纤维，每次被平筛托起，即成一张纸。纸，有厚、有薄、有舒散、有凝聚。手工的纸，粗放里蕴含细腻，细腻里潜藏豁达，和风丽日中晾干，融入了阳光的色调，乡人叫：黄草纸。

冬天的黄草纸糊在窗户上，整个村庄都很怀旧，镰刀似的月亮挑在树梢，猜不透，窗外雪地上一长串狐狸脚窝，它的三寸金莲盛满了各种故事，与生活有关，与风霜有关，与情感有关，糊窗纸没有捅破之前，我听到一个女人喊：

“雪啊，凉啊，屁股蛋子挂了霜啊。”

空空荡荡的，站在千年文化的凝结点上，需要和黄草纸一样悠远沉静的心境，才好去抚慰岁月。

想不到的是若干年后，我用黄草纸作画，那些浮动的桑皮经络，亲切得让你觉得如体内的血液流动。我似乎又想起了从前，从前的心爱之物，阳光裹起密集的尘土，慢慢涌动着，我的亲人们穿梭在中间，有一点儿生存的荒凉味道，风吹动他们的衣襟，而笼罩在这一切之上的是一股扩散开来的牲畜味儿，那一瞬间被惶惑了，最好的命运被篡改了，是什么样的魔术手破坏了原有的秩序?

奇怪的是，事隔多少年我站在乡村的舞台，舞台上的一些事，或是由各种关系将我的从前联系在一起的人，或许不曾有过任何生活的记忆，或许因为不曾记得的矛盾，甚至一场单纯的口角，彼此那么多年过去了，我还记得他们舞台上的形象——妖娆。

这些记忆是扎了根的，在心里，有时候做什么事情，也不知为什么就感觉那种从前的舞台就非常熟悉地来了。

绽开来，仿佛颓败的美好越来越大地湎洞开去。我把他们框在脑子里，很久之后，就想把他们一一画出来，可惜我没有那么多的天赋或秉异。我想，就随性而画吧。

想象一种情景时，脑海中出现的画面不是出自自己的视角，而是像灵魂出窍一般，因为真切地感受过他们的喜怒哀乐，动笔之前，他们只是视觉上一种强烈的刺激带来心尖上的一阵颤抖，墨落下时，黄昏跟随寂寞爬满了我的小屋。

一件事情开始之后，我总是怀揣着一个很大的抱负，看着纸上的他们，突然明白，抱负只是暂时被替换了，我还是一个写作者。天边光线的层次穿过云层诚实地映射到我的脸上，我是我，我的画只是内心的一份不舍。不管怎么说，只要写作，只要画画，都可以洗涤我脑海中一些烦恼。

想起童年，乡下的岁月弥漫着戏曲故事，炕围子上画着的“三娘教子”“苏武牧羊”“水漫金山”，寺庙墙壁上的“草船借箭”“游龙戏凤”“钟馗嫁妹”，八步床脸上更是挂着一座舞台，人人都是描了金的彩面妆，秀气的眉与眼，水蛇腰，风摆柳，或者水袖，或者髯口，骨骼间飘逸着秋水、浓艳般的气息。

伴随着日子成长，后来又学了戏剧，可惜没有当过舞台上的主角。

庆幸的是，更多的日子里是站在台子下看戏。风云变幻的历史，折射的却是社会的风情变迁，人生前无论怎样显赫、辉煌，尘埃落定后都将成为过眼云烟。“饿肚皮包容古今，生傲骨支撑天地。”正值好年华，那时候，有村就有庙，有庙就有台子，有台子就有戏唱，有戏就会唱才子佳人。舞台上人生命运错落纷纭，连小脚老太都坐着小椅子，拿着茶壶，在场地上激动呢。我看台子上，也看台子下，台子下就像捅了一扁担的马蜂窝，戏没有开场时，人与人相见真是要出尽了风头。

台子上，一把杨柳腰，烘托着纤纤身段，款款而行，每一位出场的演员一代一代，永远倾诉不完人间的一腔幽怨。

人这一辈子真是做不了几件事，一件事都做不到头，哪里有头呀！我实在不想轻易忘记从前，它们看似不存在了，等回忆起来的时候却像拉开了的舞台幕布，进入一段历史，民间演绎的历史，让我长时间徜徉在里面。

尘世间形形色色的诱惑真多，好在尘世里没有多少东西总是吸引我，唯有唱戏的人和看戏的人，沉入期间我没有感觉到缺失了什么，比如人生缺失了什么都是缘分，都得感恩！

乡下，浮游的尘土罩着山里的生灵。春天，河开的日子里，觉得春风并不都是诗情画意，亦有风势渐紧的日子，活着的和曾经活着的，横晃着影子走进我的文字，岁月滴滴答答的水声，消歇了一代又一代人，那些走老了的倦怠的脚步，推着山水蠕蠕而动。那些风口前的树，那些树下聊家常的人，说过去就过去了，人是要知道节气，是不是?

记忆如果会流泪该是怎样的绵长!

亲人们让我懂得什么是善良、仁慈和坚忍，我庆幸我出身在贫民家里，繁华的一切成为旧日过眼的云烟之后，身后无数的山河岁月，心目所及，我的乡民，只要还想得起他们明澈的眼睛，不久就会是丰收的秋天了。

对于乡下人，收获的秋天就是一场戏剧“秋报”的开始。台上台下，台上是疯子，台下是傻子，生动的脸，无疑让我有了绘画感觉的获得。

岁月如发黄的黑白片色调，想画时，感觉并不沉重，它是清清淡淡、丝丝缕缕地由心底生起，像一声轻轻的叹息，单色调更像是彩色作品的底子或者说是逝去日子的旁白。那些清新的人间柴烟味道的生活，让我再一次回到尚不算遥远的青春时代，回到那些已经在无数次的记忆中经过过滤留存下来的明月当空的日子，那些日子里有我们共同的卑微。是的，一种挥之不去的惆怅，我总得抓住光阴做点什么，以便对自己的生命作一个交代。

一生一世，时间的距离使追忆成为对现实感受的提炼，只想对他们深切地关注，他们都是我曾经认识的熟人熟事，入文入画都不如入心来得疼痛，我在画案前，我在书桌前，我们一起坐着天就黑了。

岁月是如此曼妙而朴素，世上万物都有因果，在村庄里感受生命里的爱，我便懂得了一个人的灵魂因饥饿而终于变得坚强，因富足衰弱得像煮熟了的毛豆，听不到爆壳声，嗅不到生豆的味道。

无论现在和从前，鸡狗畜生，都知道走至河边会感觉村庄格外的平整敞亮。那些庄稼人的屋子总是朝着太阳，男人和女人担了生活的苦重时，天空落下的碎金子般的阳光，这就是戒限了，他们懂得，那些节外生枝的人生也许是另一番天地，但是，只有回到朝南开的屋门前才有勇气喜怒哀乐。

写作和画画都是怀恋从前，都是玩儿的生活。人生是一条没有目的的长路，一个人停留在一件事上，事与人成了彼此的目的，互相以依恋的方式存在着，既神妙莫测，又难以抗拒，其使命就是介入你，改变你，重塑你，将不可理解的事情变成天经地义，如此就有了自己的成长历程。

成长，其实也是寻找自我，不断靠近或远离自己的过程。

现在，我手上握着一支羊毫，尽管我只是一个初学者，很难操控我对好的绘画偷窥，很害怕自己喜欢上了别人的东西，很怕被人影响，但是，不影响又能怎样？喜欢的同时又觉得，别人那么画挺好，我喜欢，但是，不是我心里的东西。我想画什么，技艺难以操控我的心力，或者说心力难以操控我的技艺，唯一是，想到我经历过的生活，我感到我自己就不那么贫乏了，甚至可以说难过，有些时候难过是一种幸福。

因为，我活不回从前了，可从前还活在我的心里。

文人学画，其实是走一条捷径。即便是诚心画，许多难度大的地方永远过不了关，简单的地方又容易流于油滑，所以画来画去，依旧是文学的声名，始终不能臻于画中妙境。

我始终不敢丢掉我的写作，画为余事。

想起张守仁写汪曾祺，题目叫“最后一位文人作家汪曾祺”，说，汪曾祺的文好、字好、诗好、兼擅丹青，被人称为当代最后一位文人作家，这是因为天资聪颖的他从小就受了书香门第的熏陶。汪曾祺之后，谁还是最后一位文人作家？我自称文人画，有些时候我会脸红。其实，我只是觉得从前还有那么多的牵挂，在精力的游移不定中，文学和画，都是我埋设在廉价快乐下面的陷阱。我为之寻找到了一种貌合神离的辩解，随着日子往前走，有如河床里的淤泥层层加厚，我厚着脸选择了我的生活，而你们给了我一个最高的褒奖“文人画”。我只能说落入任何陷阱都是心甘情愿的。

我相信任何一门艺术都是有灵之物，它会报答那些懂它的人，它在夜与昼交替之间，控制了未知，并一次次浇灭体内因欲望而生的焦火。人到中年，再一次靠近自己的兴趣，我才发现，写作和画画于劳力的人，确实有份实在的功效，天气，物，光线，都是无法复制的，尤其是入画时的那一刻的静，风的节奏，就连性格也比平常内敛。一辈子的好时光都留在了从前，那些我认识的故人，还有他们的恩情，我怎么好一个人执意往前走呢？在我从来就没有真正寂寞过的世界里，夜与昼之余，一种很幽深的精神勾连，让我犹如见到菜籽花般的喜悦。信不？世界上最美好的事情就是这样，相互依存。

春天了，风吹着宣纸，飞花凌空掠过，一层景色，一番诗情画意。浪漫而不无虚荣的记忆中，与生活有关，与风霜有关，与情感有关，站在千年文化的凝结点上，需要有和宣纸一样悠远沉静的内敛，我才好去抚慰岁月。

选自《好生活着》，工人出版社 2017 年版

春天之约(二则)

肖克凡

遍地金黄

见过油菜花开，在内蒙古，在甘肃，在安徽，在湖北……这里是云南的曲靖市，这里是曲靖的罗平县。罗平，这是地名。这地名很像人名，一个姓罗叫平的人。行车途中得知，罗平地名果然得名于先贤。于是，人与地融溶，人名与地名叠加，越发感觉亲切了。

罗平县位于滇东，地处滇、桂、黔的结合部，乃“鸡鸣三省”之地，素有“滇黔锁钥”之名，被称为“地球上春天最美丽的地方”。

既然这里是“地球上春天最美丽的地方”，我们就踏着春天的脚步来了，来看油菜花。油菜是罗平的主要经济作物，油菜花盛开，则是令罗平闻名于世的亮丽风景。

是的，以前见过油菜花开，还是颇有几分审美经验的。一路行车，道路两旁始见种植油菜的田地，如星罗，如棋布，一缕缕黄色，闪过车窗，好似大地挥舞着黄手帕。我揣测这只是油菜花开的预演，随着道路延伸，只见远山如屏，盛大花季的序幕渐渐拉开，主角即将出场。

不容你走思，也不容你分神，一大片金黄色倏地扑进车窗，不由分说灌满你的视野，沐浴你的周身，让你跌入一个金灿灿的世界。这就是罗平的油菜花开，她衔远山之势，乘春风之机，铺天盖地，席卷而来，令你无处躲闪，使你猝不及防，随即融身其间。这时候你会想到那个词汇：海洋。

金黄色的海洋。

下了车，嗅到淡淡的香。这显然是油菜花的香。罗平的油菜花香容身于空气里，不事张扬，不喜炫耀，暗怀隐士风度。你若不存心留意，竟然不晓她的存在。罗平的油菜花香，不以浓烈夺人，却以淡香自况，颇有君子气节。莫非这就是罗平人的性格？

走进油菜花深处，人也变得金黄了。一望无际的油菜花海，静若处子，浪波不兴。我只觉得心头有金色涟漪生出，徐徐而荡远。这金色涟漪若无远方山峦阻挡，必然演作金色波澜，镀亮罗平地平线。

据说我们来得略迟，大片油菜花刚过盛年。我却觉得此时正值油菜花海的盛世，流连忘返，不知今夕何夕。身心沉浸花海，别无他求，只愿驻足其间，尽享视觉之金色盛宴，尽享嗅觉之淡香熏陶……

还是要乘车向前，前方有正值花季的油菜花地，那是油菜花的青春期，那是金黄色的春天。是的，此时罗平的春天，已然驻扎心间。

告别油菜花海，我多有不舍，悄悄购得两瓶油菜花蜜，颇有大孩童的喜不自禁。噫——我模仿小小蜜蜂，已然将属于罗平的风景采进瓶内，一路将金黄色罗平的精华带回北方家乡。

我遥想秋季罗平的景象。有翠绿也有金黄，才是收成。有金黄也有翠绿，才是四季。这里号称东方花园，这令人魂牵梦绕的油菜花海。

九龙十瀑

见过瀑布，在黄果树，在九寨沟，在庐山，在天池……但是没见过瀑布群。这里是罗平。罗平有瀑布群。瀑布竟然成群，颇有新意。

罗平境内最高海拔白腊山主峰 2468 米，最低海拔三江口 722 米，相对高差 1746 米，如此悬殊的落差，正是产生瀑布群的地理条件。

人往高处走。瀑布群在河流上游，命名为“九龙瀑布群”景区。当今微信风靡于世，微信群成为众多拇指族的归属。一个“群”字，吸引上亿人。罗平的瀑布群吸引力何在，一路疾行便是明证。

走近景区古典式门楼，疑似听到水声。快步穿过景区门楼，有巨石站立道路左侧，石上镂有朱色铭文，字体苍劲有力：“九龙十瀑，南国一绝。”落款布赫，前全国人大常委会副委员长，蒙古族书法家。

沿坡道上行。首先抵达海拔最低第十瀑。水流沿途跌宕，一路辛苦，水势至此，已然舒缓许多，颇有抵达终点的从容。

水往低处流。然而，水瀑的终点正是我们登攀的起点。我们对神奇造物的拜谒，开始了。有道是：远看山有色，近闻水有声。争相以瀑布为背景，拍照留影——十分积极地将自己镶嵌在自然风光画框里，执意成为瀑布故事的主角。

远山在望。九龙瀑布群从山麓而起，依照近大远小的透视法则，宛若一面面天然白色帷幕，由近及远悬挂于山间。一瀑高于一瀑，一瀑远于一瀑。远山苍绿，瀑布亮白，浩浩荡荡列出宏大的阵势。纵深之处，目不可及。

近处流水潺潺，性格刚烈的瀑布已经转化为安静的处子。远方瀑布，水声不闻。仿佛一幅巨大无朋的静物画。没了喧哗没了咆哮没了奔涌，瀑布便不是瀑布，疑为一方湿漉漉的巨型挂毯。

你想欣赏真正的瀑布吗？那么只有攀缘向上，走到瀑布面前。那高空坠落的水流，正是瀑布对你的迎接；那哗哗呼喊的水响，正是瀑布对你的倾诉；那水流落地的喷溅，正是瀑布朝你的招手……你浑身沾满水滴，这是瀑布对你的洗涤；你耳畔充满水声，这是瀑布与你的私语。

近身九龙瀑布，你会心有所悟。瀑布是什么？瀑布是义无反顾的勇士，宁愿粉身碎骨也要从高空跳下；瀑布是不改初心的情圣，宁可放弃高位也要与爱人同归；瀑布是激情的奔流，瀑布是狂欢的跳跃，瀑布是大自然献给人类的教科书：该喧嚣的时候就要喧嚣，该宁静的时候就要宁静。

仰望九龙瀑布，便意识到自己渺小。只有沿着水流向攀登而去，人在山巅俯瞰九龙瀑布，别有一番景致。九龙十瀑矮在脚下，自然别有一番心情。

我看到有人朝着山巅攀登着。那山愈攀愈高，那人影愈来愈小。渐渐远了，只觉得那远山瀑布宛若白练，轻轻系在他的腰间。

九龙瀑布群，就这样纤细起来，得以储存于我的记忆深处。

椰子树之恋（节选）

晓　剑

人生在世，除了对亲人的眷恋之外，还会把许多别的东西放入心灵的家园，并热烈地守望，否则，生活岂不是太单调，太枯燥。于我而言，椰子树就是我心灵家园中热烈守望的许多种东西之一。

不少朋友把椰子树看成战士，认为它迎风雨，顶烈日，守卫着祖国的边疆；也有作家把椰子树看成少女，认为它亭亭玉立，婀娜多姿，诱惑着人们的情感；还有诗人把椰子树看成农夫，认为它辛勤耕耘着希望，默默收获着未来，谱写着一首劳动的赞歌；总之，椰子树在他们眼中是曾经的梦或未来的梦，前提是：他们的称颂不是虚情假意。

而在我眼中，椰子树就是椰子树，世界上无数树种中的一种，我认为把它想象和比喻成什么也不如归还其本来意义更有价值，它忠实地承担着寰宇赋予它的职责，使蓝色星球上的生（植）物链延续，不会中断，并因此造福于这个世界。至于它成了海南岛的象征，那同样是上苍给予了南中国海上这座凸起的土地以长久的热度、透彻的阳光、充分的雨水、丰饶的养分，再通过热爱它的海南人民之手，使它能够繁衍至每一个村落，每一块海滩，每一座山峦，每一条道路。

椰子树干可以建造百年老屋，椰子树叶可以编织防雨蓑衣，椰子果实可以解渴果腹，椰子壳可以雕刻礼物，这是海南人民在生存的实践中发现出来的，椰子树于他们是朋友，是友邻，甚至是生活中不可或缺的基因，祖祖辈辈下来，海南人的灵魂中融入了椰子树的性格，而椰子树的性格中注入了海南人的成分。

椰子叶

柳树叶很细，松树叶很尖，榆树叶很圆，但这些北方故乡的树叶都不大，即使是杨树的叶子，虽然几倍于柳树、松树、榆树的叶子，可也比手掌要小得多，只有在热带和亚热带地区才能看到宽阔的叶子，那种大于身体表面积的叶子曾经伴随着我度过了青春岁月并留下了无数回忆。

当知青时，第一次钻进云南的亚热带雨林，就被各种各样叫不出名字来的植物的叶子所吸引，它们大都非常庞大，像窗户，像门板，像雨伞，像帐篷，就是小的也如古代宫廷侍女举着的蒲扇，记得当时我把每一种都用砍刀砍下一片，试图带到山脚下的宿舍，用来遮挡和装饰长满青苔的竹篱笆墙，那种竹篱笆墙的宽大缝隙不仅透风，甚至可以钻进一些可怕的冷血动物。可最终徒劳，因为这些叶子的重量用牛也驮不回来。

不过，我很快就真正使用上了这些宽阔庞大的植物叶子，在水田中插秧或收割，在山林中砍伐或行走，会用野芭蕉叶子遮阳挡雨；开荒大会战时，用竹子搭建人字形小棚，上面铺满了各种一平方米面积以上的树叶，凉席下面垫着的还是这些树叶，除了在里面睡觉，还学毛选，写日记，打扑克，下围棋，聊大天，骂大街，创作扎根诗歌和知青小说，也朦朦胧胧地谈过半次恋爱，剩下的半次是在橡胶林中完成的。

来海南后，发现被誉为琼岛象征的椰子树的叶子除了烧火做饭以外也有着更实用的价值，我第一次到琼海大陆镇的农田中采访一个种粮大户，因着没戴斗笠，烈日下，那个一年能够收获几十万斤粮食的壮汉随手从椰子树下捡起一片掉落的椰子树叶给我遮阳，一直举了半个多小时，搞得我很不好意思。后来，在文昌的铺前镇采访一位农业技术员，突如其来的暴雨中，小小的斗笠无法笼罩全身，这位中年华侨女也是砍下矮脚椰子树上一片巨大的叶子挡在了我的头顶，看着雨水顺椰子树叶流淌下来，四周有如水帘，我置身于这水帘之中，想起了插队的年代和经历，也感受到了某种亲切从椰子树叶中传递过来。

一日，因着无意中发现公路边一望无际的芒果园里有人正在用椰子叶搭建一个小棚子，一定是临时看守芒果园用的。于是我下了车，走进了这即将丰收的田野。搭建小棚子的是一个身材矮小但结实的小伙子，有点卷曲的头发留得很长，眼睛中对我放射出一种警惕的光芒，似乎我是勒索芒果的什么官吏。我笑笑，扔下刚抽了两口的香烟，走近已经钉好支架的小棚子前，脱下T恤，爬了上去，让小伙子把下面的椰子树叶递给我，而我因着在云南插队的经历，绝不陌生地一片片铺盖好，并用塑料绳子扎紧。

这绝对属于简单工程，工时仅仅用了53分钟，当我从倾斜的棚顶下来，把剩下的椰子树叶全部铺到小棚子里面离地一米多高的木板上时，小伙子对我的态度已经很友好了，标志就是几个早熟的象牙芒果被捧到了我面前。

他并不惊奇我能够熟练地铺盖和扎紧椰子树叶，因为他推断出来，说，你当过知青，还说，我爸爸也是知青。我问，你爸爸呢？他有点哀怨地回答，回广州了。紧接着平静解释，在我 10 岁的时候走的，不要我和我妈妈了，因为我妈妈是乡下女人。我不愿意触动他这虐债般的心灵伤痛，在我拍摄 20 集大型专题片《中国老三届》的时候，听到过太多这一类的凄惨故事，还是让我们活在现在吧。

小伙子说，他将要在这小棚子里看守一个月，在这一个月里，他和他的妈妈能够有 3 万元以上的收获。我说，这三万元足够你们盖新瓦房了。他摇摇头，告诉我，我妈妈说要把这钱给我爸爸邮去。我大惑不解地问，为什么？他回答，因为我爸爸得了癌症，我妈妈说用这钱给他治病。我连忙追问，你爸爸不是已经……已经把你们抛弃了吗？他低声说，但他终究是我的爸爸，是妈妈曾经爱过，不，唯一爱过的男人。

我的心先是缩紧，而后又剧烈膨胀起来，鼻子有点发酸。很想感慨而大喊一声：海南女人啊，你遮盖的是全世界……

椰子根

我一直不明白，椰子树的根那么细，当海水冲刷掉岸边椰子树下的沙子和泥土，暴露出那如同一团麻绳似的须根时，我愕然并疑惑，这些柔软而且比手指粗不了多少的东西怎么能够支撑住椰子树高大挺拔的树茎？

幼儿时，父母告诉我，根深才能叶茂；上学时，老师教诲我，根发达，茎就粗壮；插队时，为橡胶树植保，发现上面有几条枝杈，下面就有几条根茎。然而，椰子树几乎没有实践这个理论，却依然昂首挺立，迎击台风，并成为海南岛的象征。我不是植物学者，也不太想认真去搞明白这其中的奥妙。

二十世纪，为了拍摄有关希望工程的电视片，我来到五指山半山腰的一所小学去采访一位年轻老师，那是全海南岛地理位置最高的小学，海拔 700 多米。

步行几公里崎岖的山路，穿越在记忆中既遥远又亲切的热带雨林，时而与牛为伍，时而看着溪水和瀑布感慨，在有些气喘吁吁的时候，看见了掩映在竹林和波罗蜜树下的小小村落，继而，看见了小学校的招牌。

这是我人生中所遇到的最简陋的小学：以十几棵相邻的椰子树为柱子，绑上胳膊粗的竹子为横梁，上面铺着已经开始腐朽的油毡，四周或钉或绑着一些木棍、木板为墙壁，分隔成两间教室，一间给一、二年级的孩子使用，一间给三、四年级的孩子使用，没有课桌和课椅，孩子们坐在自己从家里带来的小竹凳上，以膝盖为台子，笨拙地默写着什么，而且很老实地不相互偷看。

年轻老师是个海南小伙子，很清秀，甚至有些帅气，对于我的到来，他不紧张，也不激动，更不惶恐不安，而是羞涩地笑笑，似乎有些难为情，我问他是正规师范学校毕业的吗？他点头。我问他工资能正常领取吗？他点头。我问他希望调到乡里甚至县里的学校吗？他看看孩子们，点头继而摇头。我问他现在最大的愿望是什么？他开口了，说，你让上面给我们盖两间教室吧，不用水泥的，砖瓦的就行，只要8000块钱。我心中一紧，想起一个大款为了表示对农村教师的尊敬，在北京人民大会堂花3000元一桌请客，当即有老师心疼得泪流满面，也想起曾参加过两万元一桌的宴会。

一个小巧的女孩子来送饭，年轻教师介绍是他的女朋友，黎族女孩。我问他，你的家不在这个村里吗？他很平静地回答在山下。不知为什么，我脑海中出现了椰子树的形象，也在这一刻顿悟了那些细细的椰子树根何以支撑粗大树干的缘由。

椰子汁

曾经写过一篇短文，内容是在云南插队当知青时，到西双版纳开扎根农村干革命的会，看见几个孩子在一棵椰子树下用气枪打鸟，一枪又一枪，似乎鸟是个大傻瓜，总也不飞，好奇地走近观察，才发现他们原来是在打椰子，铅弹洞穿厚厚的椰子后，他们依次站到下面，扬起小脑袋瓜，张大嘴巴，接喝里面滴出来的液体，于是在感到他们聪明的同时，知道了椰子里面的水可以喝。

知道椰子水清凉甘甜并非是电影和舞剧《红色娘子军》，因为总感到那里面有艺术（也就是编造）成分，或者叫革命的浪漫主义成分。真正体会到椰子水很爽是在文昌东郊椰林的一个黎明，看着一个干瘦的老人熟练而灵巧地爬上椰子树，砍下一串椰子，树下一个弱小但明朗的老年妇女热情地把椰子砍开小口，递到我手中，于是我小心翼翼地喝下一口，顿时有了被世界上最美妙的液体浸润肺腑的感觉，也产生了人类所人工制造出来的一切饮料都无法与其比拟的念头。

把椰子水加工成为罐头，让来不了热带地区的人们也能喝，当然是海南一家国营工厂的功劳，在20世纪80年代末期，这种叫作椰树牌椰子汁的东西横行大江南北，甚至成为餐桌上的时尚，还上了国宴。

那年到新疆，下榻乌鲁木齐的宾馆，新疆生产建设兵团副政委和文联主席请客，因为我绝不敢和那些终年以酒当茶的人比拼，所以干脆就说从来不喝酒，于是被款待饮料，服务小姐端上了椰子汁。由于身处大城市，并没在意是哪里生产的，只是在文联主席为了表示热情而告诉我这是海南的特产时，一种在海南生活的自豪感才油然而生，我开始大肆描述海南是多么美妙，原生态的椰子汁喝起来是多么爽口。

到阿勒泰地区一个兵团战士家中做客，四周是一望无际的麦田，几排高高的白杨树像是镇守边关的孤寂士兵。向身份曾经是上海知识青年的主人说起自己从海南来，以前在云南当过知青，主人并不感慨，也没有幽怨，只是刚刚会咿呀学语的小孙子突然用很清晰的普通话要椰子汁，要椰树牌的，我不由自主地抱起了那可爱的男孩，为着在这戈壁荒漠上不谙世事的小童居然这样了解海南的产品而感动。

面朝大海，鱼群向你游来

朱　蕊

总有那么一天，
你会满心欢喜地
在你自己的门前，
自己的镜中，欢迎你的到来，
彼此微笑致意，
并且说：这儿请坐；请吃。

你会重新爱上这个曾经是你的陌生人。
给他酒喝，给他饭吃。把你的心
还给它自己，还给这个爱了你一生，
被你因别人而忽视
却一直用心记着你的陌生人。

把你的情书从架上拿下来，
还有那些照片、绝望的小纸条，
从镜中揭下你自己的影子。
坐下来。享用你的一生。

——德里克·沃尔科特

3月17日刚刚过世的诺贝尔奖得主德里克·沃尔科特这样描写港口：铁灰色的海港/张开在一只海鸥锈迹斑斑的铰链上……天空的窗户格格作响/在突然倒挡的变速器上……在这个句子结束时，就会开始下雨/在雨的边缘，一张帆……据说，这就是西印度群岛……

而港口，总是面朝大海。

“面朝大海”，后面就该是“春暖花开”，这诗句虽然已经被用到烂了，本应避开。然而，还是又一次沿用。总是好奇诗人是如何将大海和花开连接起来的，面朝大海，海上有波涛，有船帆，有海鸟，或者也可以看到海天一色，有远天的云霞，或者也有从水下蹦上水面的鱼类，就像沃尔科特看到的，天空的窗户格格作响，海鸥锈迹斑斑的铰链，在雨的边缘，一张帆……但海子却说：春暖花开。面朝大海的时候，海子的心里，简单纯粹而充满诗意。那是一个时代的憧憬。

春暖花开的季节。梅花刚刚收起她的冷香，迎春花油菜花黄灿灿地亮起来了。我将梅花和迎春花油菜花合在一起说，古人肯定不乐意了，清俗不分。然而，现在的城市人，哪管得了那么多，只要是花，都一样怀着惊喜的心情照单全收，于是就迎来了百花争艳的春天。可不是嘛，古人不怎么提起的樱花，被看微信的人们刷屏啦，“报告老板！我要请假去看樱花”“让你垂涎欲滴的樱花美食”“你有一封赏花帖待查收”“樱花红陌上，杨柳绿池边”“美爆！去哪里看樱花？”“听，樱花盛开的声音”……而唐诗宋词歌咏过的桃花、杏花、梨花、李花、海棠、蔷薇……甚至杨花更是已在阡陌间与青青草色一起烂漫不已。

想说港口，却被春天分了神。不过，“春色三分，二分尘土，一分流水”，流水归大海，春色确实和大海息息相通。

虽然我居住的是港口城市，但对港口的最早认知是源于京剧《海港》，第二场，马洪亮的唱段：自从退休离上海，/时刻把码头挂心怀。/眼睛一眨已六载，/马洪亮探亲我又重来。/看码头，好气派，/机械列队江边排。/大吊车，真厉害，/成吨的钢铁，它轻轻地一抓就起来！尤其是“大吊车”，到最后“哈哈哈哈”的笑声，声如洪钟，龙吟虎啸，訇然大港气势。

现在上海有洋山深水港，由大洋山港口区和小洋山港口区组成。可供开发的深水岸线4900米，是上海国际航运中心的深水港区。虽说冠着上海的名，可离上海芦潮港还有18.9海里，位置在浙江省嵊泗县境内。其实，这种大港口更多是和货物吞吐有关，和一座城市的经济运行、经济指标有关，而和个人具体而细微的凡俗生活关系不大。

喜欢去南汇芦潮港或者金山渔港，去那里的目的，当然是为了饕餮。这样的春天，桃花节的时候，白天在南汇万亩桃园游弋，花红柳绿，看“东风着意，先上小桃枝”，体会宋人好情致，“红粉腻，娇如醉，倚朱扉。记年时。隐映新妆面，临水岸，春将半，云日暖，斜桥转，夹城西”。红粉写的是女孩，也是写桃花？一样的娇醉粉腻，一样的靡曼妍丽，感叹宋人好词，为何今人面对古人同样的桃花曼舞，却不见了那人面，那桃花？

今人呼朋引类，在桃花的红和梨花的白之间是芦花鸡的花褐色吸引了他们的注目，杨柳岸，桃树边，鸡鸭成群，田园风光也意味着盘中的美味。

傍晚时离开桃园到芦潮港，夕阳中，看帆影远远近近，海面金光闪烁，咸湿的海风有了鱼的腥味，渔船陆续回港了。等渔民靠岸，安置稳妥，这时可直接找渔民买鱼虾蟹。活蹦乱跳地称了来（螃蟹必须用皮筋将蟹钳捆扎住）带回家，也是一天的好收成。新鲜水产，可省去所有的烹饪手艺，只需加盐，就做出了最美味的大餐。

说句题外话，有朋友喜欢钓鱼，微信上晒钓鱼成果，用一个矿泉水瓶子做参照，鱼比瓶子大或者小，有时用脚做参照，钓来的鱼围在脚边，鱼当然比脚大。另一朋友当即晒出一张照片，说：这才是钓鱼哪，海钓，只有大海，才有如此丰硕的馈赠。照片上一人抱着跟人差不多大的鱼。一脸紧张，太重啦，抱不动！这是硬要将江河湖比下去，一个热爱大海的人，在海南岛的海边买了房子，可以经常面朝大海。

金山渔港比芦潮港小，但它号称有上海的最后一个渔村。渔村就一条小街，现在做成风情街。街道保留了原来的样貌，也保留了以前最富裕的一户渔民的房子。渔民一般都住在渔船上，陆上有房子真可以说富足了，那渔民是渔村人家的族长，渔家客厅用来接待渔村村民，讨论村中事务，楼上有居室数间，有小小天井，天井墙角是一个比人还高的硕大水缸，水缸上方一段竹子水管连接屋顶排水槽——在没有自来水的年月，雨水就是渔民淡水的来源。

走出街道，与街道呈丁字形的另一条街已经形成。一字排开的是饭店、酒家，而这里所有饭店的特色都是海鲜。海，近在眼前——走几步到马路对面，可以凭栏看海，露出海面的大金山和小金山在极目之处——山外有山，不，山外有海，海外还有海，大海通向更辽阔的远方。港口，对我们来说，其意义是否在于让我们进入大海，大海是否意味着无限宽广的世界？意味着联通和交流？另一块陆地在海的那一面。大海在陆地和陆地之间联结，港口恰恰是这种种联结的枢纽。

这样说来，港口令人产生走向世界的梦想。港口令人胸怀远方。港口也使人相信人和人可以沟通，文明和文明可以互相了解乃至学习，就如当年的郑和下西洋……

然而，不是所有的港口都为了大海的沟通和联结。军港——担负了港口的另一种使命——护卫土地和海域的安全——大海，不是所有的时候都畅行无阻，也不是所有的时候都给陆地带来丰厚的馈赠。1840 年的鸦片战争，侵略者正是从海上进入港口登陆中国的。想起这些，是因为想到了另一种港口的形象。海参崴，也叫符拉迪沃斯托克，俄语的意思为“东方统治者”或是“征服东方”。虽然百度上介绍说海参崴是天然的不冻港，也是俄罗斯太平洋沿岸最大的港口城市，扮演着军港、渔港、商港三种不同的角色，如今以商港为其主要功能，但我对其军港的印象更其深刻。记得我曾站在符拉迪沃斯托克的港口瞭望港湾里无数军舰桅杆森林般矗立，蔚为壮观；我也曾参观安置在岸上的废弃军舰内部，其内设备、人物模型栩栩如生；也曾经过门警森严、围墙高耸的建筑，导游指着其上高高飘扬的旗帜说这里是俄罗斯太平洋舰队司令部所在地……据说符拉迪沃斯托克一度曾经是世界上最坚固的海岸堡垒之一。

1860 年前符拉迪沃斯托克还叫海参崴，属中国清朝领土，当时闯关东的直鲁两省（河北山东）人把这里叫作“崴子”，山东人的“跑崴子”指的就是这里。

那屈辱的一页终于翻过去了。我想起曾经登上东海舰队的军舰从上海港出发，出吴淞口，去海上演习，鱼雷以雷霆之势飞射而出，深水炸弹在水底炸起巨大的浪涛……军港，也有一种美。军港的夜啊静悄悄/海浪把战舰轻轻地摇 /年轻的水兵头枕着波涛 /睡梦中露出甜美的微笑 /海风你轻轻地吹 /海浪你轻轻地摇……

大海啊，孕育生命和一切的大海，起始于港口，也终止于港口，港口成为进入大海的钥匙，让我们面朝大海。

面朝大海的时候，沃尔科特说，比任何人都幸福的是那个饮酒的人，/他和终生的同伴坐在眨眼的星星下，/码头的尽头亮着一盏稳定的弧光灯。港口，码头，一个人，一杯酒，一盏灯，一个人的孤独，但据说他比任何人都幸福，那个和他对饮的终生的同伴则形象抽象，他是谁？是另一个自己？

港口，面朝大海，让世界在我们面前层层叠叠般展开，直至远方的地平线，那是另一块陆地，穿越过那块土地，又是面朝大海……如果我们还相信进化论——我们来自大海，我们是由鱼演变而来的——

那么，当我们面朝大海的时候，鱼群向你游来，那正是许多许多年前的我们，因而，就像诗里说的，从镜中揭下你自己的影子，我们从大海的镜中揭下自己的影子，坐下来。享用你的一生。

面朝大海，当澎湃汹涌的（世界的或者历史的）涛声退去，我们面对的应该就是自己。一个人，在眨眼的星星下，或者对影成三人。

原载《香港文学》2017 年第 6 期

颜值这回事

裘山山

最近整理家书，在一封大学时期写给父亲的信里，我看到了自己对容貌的自卑。信是这样写的：

> 我的照片可能没有姐姐的好，因为被照的对象质量差。我从来没有对自己照片有过自豪感，甚至在与旁人的对比中，还会有一种小小的悲哀。女孩子总是想美一些的，但上帝已造就了我这副样子，并且连这副样子也难保持长久。当然，我是无怨言的，我相信命运。爸爸，我是有宿命思想的。

这封信写于 1982 年，我 24 岁，读大三。

也就是说，我在 24 岁的时候，依然为自己的容貌自卑。用现在的话来说，就是觉得自己颜值太低。其实那个时候，我也算草花有主了，也不乏“主”之外的追求者。但我依然认定自己长得难看，并且还由容貌谈到了宿命，可见思想包袱之重。

我对容貌的自卑始于少女时代。小时候妈妈带我和姐姐外出，一给人家介绍，这是我大女儿，人家马上就说，好可爱，真漂亮。但一介绍我，这是我小女儿，人家只会说，哦，挺文静的。

“文静”这个词，婉转地表达了不好看的意思。我那时虽然只有六七岁，也是明白的，但照样爬墙上树满世界疯耍，连“文静”这个词也索性不要了。等到了中学开始在意容貌了，却越发得难看。十三四岁应该是女孩子一生中颜值最低的时期，而我又黄又瘦又涩，更加不堪，加上小时候的疯劲儿也没有了，就一瘪塌的黄毛丫头。

因为自卑，见了人没点儿笑容，总是紧紧抿着嘴唇。不好看的人不笑就加倍不好看；也因为自卑，拍照时特别紧张，老是闭眼，不好看的人闭眼就加两倍的不好看。所以当父亲写信告诉我，我们家的合影已经取回时，我马上就心虚地说，我拍的肯定没有姐姐的好看（事实也是如此）。

父亲收到我这封信，肯定是好好安慰了我一番，我不记得具体内容了，只记得他用了苏轼那句著名的诗来激励我：腹有诗书气自华。

你别说，这句诗对我还挺管用的。我单纯地想，对啊，我不好看就更要好好读书了，书读多了气质就会好。于是我用这句诗做题目写了一篇随笔，中心思想是，女孩子长得丑，更要好好读书。

父亲还给我讲过苏小妹的故事，说苏轼有个妹妹长得不好看，额头凸，眼睛下凹。苏轼就拿她调侃，作诗一首：未出堂前三五步，额头先到画堂前；几回拭泪深难到，留得汪汪两道泉。苏小妹虽然不好看，人却极为聪明，当即赋诗回敬哥哥：一丛衰草出唇间，须发连鬓耳杳然；口角几回无觅处，忽闻毛里有声传。写完感觉不过瘾，再仔细端详哥哥，发现他长了一张马脸，且眼距很宽，五官不成比例，于是再作一诗：天平地阔路三千，遥望双眉云汉间；去年一滴相思泪，至今未到耳腮边。最后这两句，估计是对马脸最别致的描写了。

老实说，这故事让我觉得，苏小妹的才气比西施的颜值更让我心生羡慕。

当然，父亲给我讲这个故事的时候只是觉得有趣，并不是针对我，我自忖还没到那程度。但这些故事还是潜移默化地影响了我，让我觉得相比于相貌，还是聪明更重要。我们邻居有个漂亮女孩儿，成绩不太好，母亲说到她时用了一句俗语：聪明相貌笨肚肠。我暗想，那我宁可笨相貌，也不要笨肚肠。

母亲是不会认为自己孩子难看的。所以母亲总是感性地直截了当地鼓励我。我给她看我和女同学的合影，羡慕说，她长得真好看。母亲看了一眼说，她哪有你好看？五官都挤到一起了，你看你长得多舒展。我这才知道，一张脸布局也很重要；还有一次我说，某某的眼睛好大啊，还是双眼皮呢。母亲就说，鼻子那么塌，眼大有什么用？我这才知道，原来鼻子对长相也有重要贡献。

斗胆说，我母亲也不算漂亮，属清秀类。有一天她下班回来跟我说，哎呀，今天我在公共汽车上见到一个女人，长得太难看了。真的，我当即就在心里感谢我妈妈，没把我生得那么难看，把我生得普普通通。母亲手抚胸口，一副很庆幸的样子。我被母亲逗乐了。还真是，比起那些长相有缺陷的人来说，长得普普通通已经是很幸运的事了。毕竟高颜值属于金勺子，含着出生的人不多。之后，我也时常在心里感谢我的母亲，把我生得普普通通。

后来看书，才知中国历史上有很厉害的“七大丑女”。排第一的就是我华夏祖先，黄帝的妻子嫫母，黄帝竟然用她的相貌来驱邪！尽管是传说，也够励志的。后头跟着的几个丑女，也都是君王之妻或名士之妻，让人觉得古（男）人更看重心灵美，因为这几个丑女都是德才兼备的。比如齐宣王之妻钟离春，额头前凸，双眼下凹，鼻孔向上翻翘（俗称猪鼻孔），头发稀疏干黄，骨节粗大，颈部喉结比男人的还要大。四十了都没嫁出去。但她饱读诗书，志向远大，还敢于给齐宣王进言，说他第一不重视人才，第二不虚心采纳他人意见，第三沉湎于女色，第四超标建设楼堂馆所。齐宣王也是了不起，居然接受了批评。为表示痛改前非，让这丑女子做了皇后。真是稀少的官场婚姻双重佳话。再说一个，东晋名士许允，进洞房一看到新娘子阮氏那么丑，转身要跑，被阮氏一把拽住。许允挣扎说，妇有四德（妇德、妇言、妇容、妇功），你不合标准啊。阮氏说，读书人有百行，百行德为首，你好色不好德，也不合标准啊。许允被她说得哑口无言，心生敬意，不但与她完婚，还一辈子相敬如宾。最后再说说诸葛亮之妻黄月英，据传这黄女士也是生得又黑又小，一头黄发，样貌猥琐（这个词真把她黑得好惨）。但她不但能诗善文，勤劳持家，还有军事才干，据传诸葛亮行军作战的利器“木牛流马”“连弩”等都是她教他的（本人不负责考证）。而且黄女士还研制出避瘴气用的“诸葛行军散”“卧龙丹”等药（真乃全才），强有力地助她夫君成就了千秋大业。

在翻阅这些著名丑女时，我发现两个现象，第一，那个时候的丑女都很聪明，是不是她们在进化过程中先进化了大脑，五官被滞后了呢？第二，“七大丑女”都是南北朝之前的，之后没再出现过著名的丑女了（就一个苏小妹）。是女人们好看起来了？还是丑女们的智商降低了？抑或者，是男人们不再看重心灵美了？（史书都是男人写的呀。）

有七大丑女还有四大美女（显然美女入选更严格）。虽然四大美女也都不笨，至少情商不低。但学识才华什么的，都赶不上前面七个丑女。最要命的是，美女们（四大之外还有好多）至今都背着红颜祸水的名声，男人们经常会把失败倒霉的事儿赖到她们头上。

如此，让我越来越觉得，没必要做美女（好像有得选似的）。对自己的容貌，逐渐变得心安理得起来。

但偶尔，还是会受刺激的。当年男朋友追我的时候，也有其他女孩子在追他。我就问他，你为什么不答应某某？或者某某？在我眼里，她们都比我颜值高。男友居然说，我奶奶说，不要找太漂亮的女孩子当老婆。我当即嗔道：你的意思是我难看了？他连忙说不是的不是的你也好看的。但此话已落下口实，成为后来无数次吵架时我的常规武器。其实我心里明白，是我自己有潜在自卑。

之后我写了一个短篇小说，《穿过那片树林》（发表在1985年《青春》杂志），主人公苏铁就是一个丑女子，但是倔强努力，不肯认输。大体上，是在写我自己。可见我当时的自我认知。

大学毕业我分到教导队教书。我们教导队有六个女教官，个个英姿飒爽。有一次吃饭，我就依次夸她们，某某，你的皮肤太好了，玉脂一样，某某，你的丹凤眼好迷人，某某，你的身材真是窈窕动人，某某，你的欧式鼻子真洋气，某某，你的樱桃小嘴好可爱。

她们全都乐了，然后一起问，那你呢？我？我愣了一下，想了想回答说，我嘛，一样都不出色，但总体还算和谐。那是我第一次对自己的长相作了鉴定。

婚后有了孩子，更顾不上自己的容貌了，加上人在部队，军装是主打服装，所以从来没在化妆和时装上，投入过太多的精力和钱财。偶尔穿件新衣服，或换个新发型，一照镜子，又泄气了，感觉怎么都不对，遂不去想它。

也不知从什么时候开始，我竟然被人夸奖了。外出开会或者参加笔会，总会遇到几个夸我好看的人，有男有女。记得有一次遇到一个比我年长的女作家，她竟然说，你这么好看，能安心在家写作吗？我心里既高兴又困惑，就回家问先生，他们都说我好看，我是真的好看呢，还是他们哄我高兴呢？先生打量了我一下说，中年妇女嘛，气质好就可以了。

这这，真的实现了“腹有诗书气自华”么？

后来就有了“美女作家”一说，老实说，我特别不喜欢。有几年很流行，外出被人介绍是作家时，对方马上跟拜年似的来一句，美女作家呀。我真觉得闹心，因为这顶帽子对我来说死沉死沉，感觉自己瞬间矮了几分。当场扔回去吧，拂了人家的好意，不扔吧，只能佝偻着身子。

相比，我还是更喜欢另一个说法，中等美女。据说还有一首同名歌。我一听到这个就对号入座了，坐得极为踏实。尽管人家说“中等美女”是带有安慰性质的提法，就好像说笨人很厚道一样，但我还是极为认可。

“中等美女”有太多好处了。第一，毕竟中等，不至于太自卑，而（丑女）多作怪；第二，毕竟中等，不需要在容貌上花太多时间和钞票；第三，毕竟中等，没那么多人围观打赏（以至于浮躁）；第四，毕竟中等，不会为红颜易老美人迟暮而伤感——咱中等美女，老了无非就是更慈祥嘛。

其实在我看来，颜值这回事，就看你怎么想，你完全可以把它拓宽来想。我认识一个女人，长相一般，但声音特别好听，迷倒不少人。由此我想，假若你相貌一般，但你的谈吐颜值高，你写的字颜值高，你的歌声颜值高，你穿衣有品位，你举止得体，你健健康康充满活力，你开朗乐观喜欢大笑，那你就是一个美丽的女人。人生何处无颜值？

活得明白的人

乔 叶

二月底，应某书店之约，有大咖级的文学前辈从京城来到郑州做读书分享会。书店安排的午餐地点是鼎鼎大名的阿五美食，红烧黄河大鲤鱼是其招牌。一行六人进到包间，刚刚落座，服务员笑盈盈走到大咖身边，响亮地喊了一声哥：

“哥，欢迎你来到咱们阿五。我是甜甜，很高兴为您服务！”

大咖哥忙不迭地点头：“好，好。”

“听口音，哥从北京来？”

“是啊。”

“咱北京，还那样？”

这问候语中间的停顿着实意味深长，哄堂大笑。

“是啊，还那样。”哥很随和。

“我在北京香格里拉饭店工作过好几年，三年前才回来的，”甜甜唠着嗑，端茶倒水斟酒布菜都不耽误，“就是三年前的今天，从北京回来。三月十五号结的婚，四月十五号怀的孕。”

又是哄堂大笑。

“那怎么没有在北京找一个呢？”

“也想在北京找呀，找一个北京人，在北京扎上根儿，那该多好呀。可是咱追了一个，没追上。”莞尔一笑，“有个马来西亚的客人喜欢咱，追咱也没追上。”

“缘分不到呀。”

“是呀哥，缘分不到就是不行，咱也喜欢北京，可缘分就不在那儿，就在咱老家哩。”

“遗憾不？”

“也不遗憾。咱老公挺好的，还有个帅儿子，有啥可遗憾的！”甜甜咯嘣脆。

“瞧瞧人家，活得这叫一个明白。”哥赞叹。

已经好些时日没见过这么自来熟的服务员了，不知道这是不是属于程式化的工作风格，以便拉近和客人们的距离，短暂地营造一种亲密关系。不过，不管对多少客人这么自述过，都不妨碍此刻我们愉悦地接纳。她不是演员，她不是在演戏，也许她只是一个看着热闹的寂寞的人，我们不也常常如此？

甜甜已经开始给哥介绍刚上桌的黄河大鲤鱼，请哥喝鱼头酒，说是“鱼头一对，大富大贵”。哥把鱼剪了彩，她又给每个人分到盘子里。等这面的鱼肉吃差不多了，眼看着哥去夹下面的鱼肉，她的筷子轻巧敏捷地先伸了过去：“哥，等我给您把鱼顺过来。”

“顺过来？”

“对啊，咱不叫翻，叫顺。咱黄河边上留下的老规矩，忌讳说翻。”

“嗯，顺好，顺好。”哥频频点头。

她的胸前挂着打赏用的二维码小牌，这种小牌最近在郑州的饭店里很是流行，相当于小费，标价3.99元。客人要是觉得哪个服务员好，就可以这样打赏她。但是如果客人不说，服务员就不能自己主动向客人讨要。甜甜挺着胸脯，蜜蜂一样忙碌着，那个小牌熠熠闪光。

“你这牌子，是什么意思？”哥终于注意到了这个。甜甜便介绍了起来。

“这个真不错，”哥也开始调皮，“如果我没钱打赏，你不会恨我吧？”

“哪能呢哥，看您说的吧。有打赏是哥，没打赏也是哥！”

“这丫头真讨喜，来来来，我替哥打赏你。”随行中的一位男士受不了了。

“哎呀不好意思呢。”甜甜撒着娇奔过去，弯下腰，让他扫着小牌，殷殷道谢。不一会儿，手里拿着一样东西走进来，走到哥面前：“哥一看就是个高级文化人儿，气质不一般，肯定喜欢读书。我特意向领导申请了我们阿五的精美礼品送给哥，还请哥不要嫌弃。”

是一枚铜制书签，U形，一端镶嵌着一尾小鲤鱼，很是别致。

“希望哥读书的时候会想到郑州，想到郑州的时候会想到阿五，想到阿五的时候会想到甜甜。”

众人醺醺然，都看着哥。哥掏出了手机：“来来来，跟我说说怎么打赏，必须打赏，必须打赏。”

于是一行人依次打赏，甜甜走到每个人面前接受扫码。整个包间里其乐融融，如沐春风。

告别的时候，她一直把我们送到电梯口，微微鞠躬，恢复了最一般的服务员腔调："抱歉我不能远送各位，还要服务别的客人。再见！期待再次光临！"

已经离开饭店很远，她喊"哥"的样子犹在眼前，那一声声清爽明亮的"哥"犹在耳畔。她喊的时候是怎么想的？应该没怎么想——肯定没怎么想。她喜欢喊，也知道哥喜欢听，那就喊了。她不犹豫，不纠结，在自己的权限之内，按照自己的逻辑自然行进。所以，哥说她是个活得明白的人，没错。

这样的人，实在应该被打赏，也一定被生活在以各种方式打赏吧。

原载《文汇报》2017年7月5日

编后记

韩小蕙

我与长江文艺出版社的合作，必须掰起两只手来算了，岁月匆匆，2017年的这部中国散文年选，已经是我为她编选的第17部。在这漫漫年岁中，我经历了三位责编，几任社长，互相磨合，金石为开。直到去年，我的选本受到比较明确的赞扬，我方悟出，这家出版社是喜欢传统写实一类风格的散文，所以，我今年便朝这个方向倾斜得比较多。

根据旧时理论，散文写作分为抒情、叙事、怀人三大块。近些年因了“新散文”的贡献，散文写作的天地不仅是为之一宽、两宽，简直就是掀起了众声喧哗、百花摇曳的新局面。个人愚见，写作手法应该是无疆界的，只要表达得酣畅、到位，何方神圣的剑法皆可任意用。记得有一年随手拿起晚报，读到日本一位不知名作家的小散文，其策马飞奔至远，令当时的我惊愕不已——当时的我竟愚蠢地以为，所有散文手法基本上已被穷尽了呢，多么傻！

是的，这世界是有大神如达·芬奇、米开朗基罗、拉斐尔……但喜马拉雅群峰之下，也还有德拉克罗瓦、罗丹、梵高、高更、毕加索、贝聿铭……不断连绵着。文坛亦如是，我们崇拜狄更斯、雨果、巴尔扎克、托尔斯泰……也必须要读卡夫卡、劳伦斯、杜拉斯、纳博科夫……才华有高下，风格无标准，无论是浪漫主义、现实主义、现代主义、魔幻现实主义、超现实主义……皆有动人心魄的佳作源源问世，这世界才是一个百花竞艳的大花园。

当然，也不排斥这一种情形：比如每次我在飞机上戴上耳机，敛目找寻自己中意的音乐时，十次的结果都是一样的——古典交响乐。人是有偏好的，出版社也是有风格的，各以其积淀了多年的坚持而形成一道亮丽的风景线。我尽量尊重长江文艺出版社的传统。

今年最突出的感觉，是军旅作家们“成精”了。九秩老军人李瑛的

《诗使我变成孩子》，令人想起“文学初心”这个基本问题，在光怪陆离的当代社会生活面前，诗歌创作的本真似乎久已被忽视和遗忘；同时，真心爱诗爱文学，能够在诗歌面前保持着孩子般的率真，也正是这位老诗人连年吟咏出高水准、高产量诗作的重要原因。乔良的《疼痛，是中国军人留给对手的永久记忆》，似一枚冲向天空的火箭，高蹈苍天，大气磅礴，揭示出我军战之能胜的精神力量，既在天际炫舞，也从心头隆隆滚过。王宗仁的《彭德怀昆仑山之行》，以共和国元帅与几个最普通士兵的交集，彰显出真正共产党人崇高的精神境界与情怀，短短三千字的白描，几度让人眼窝发热。朱秀海的《黄昏故乡桥头伫立着我的母亲》，原文 16000 字，本书作了大篇幅节选，但仍把战争中的母爱呈现得至深至透，事情已过去 30 多年，据说今天的年轻人对那一场反击战已全无概念，可在朱秀海心中反而越来越奔腾呼啸，以至于他就这个题材缱绻留恋，写出不止一篇对那场战争的体悟与醒思。裘山山的《颜值这回事》写得波澜不惊，水花不喧，却是既率真又别致，原来女军人们也如同咱们百姓女子一样，具有浓浓的爱美之心和女儿情愫。本书中的军旅作品，还有周大新、刘兆林、苗长水、李美皆诸篇，都写得好，限于篇幅，此不一一列出。

赵本夫的《万物生长》是他为自己长篇小说新作《天漏邑》写的创作随想，虽然他因电影《天下无贼》而知名，但他此生最好的作品还属这部《天漏邑》；很多散文作者和读者不读小说，更没空读长篇小说，而我从这部佳作中得到的启示是：散文的写作大可不必太绅士太淑女，有时候吸取一点乡野气，抓上两把土，薅一捧野草，撵着野兔跑一跑，也许更能生气勃勃。李修文的《枪挑紫金冠》即是带着这股子劲道的，有着其他散文中所看不到的不管不顾的生命元气，对，今年他的散文集《山河袈裟》引起文坛的广泛赞誉，不是因为结构、故事、情节、语言等写作手法的新颖和大胆，而首先是他所具有的这种民间文化的强大气势。

杜卫东的《陶人：远古之神》是他近年来散文作品最好的一篇，他显然是被这尊被学界尊为“中华祖神”的红山文化整身陶人震撼到了，面对着距今 5300 年的长距离，不由神思飞动，把 6000 字长文写得诗情画意，这在他过去以平实叙述为主的散文作品中是一个突破。而几位平时即以诗意营造散文意向的散文家，如徐刚、陈世旭、黄亚洲、黄文山等，则在本书选中的各自作品中，把各自这优势彰显得神采飞扬。诗意，是女皇王冠上的明珠，是对艺术的一种高级褒奖，比如说谁谁谁的画作有诗意、某某某的乐曲有诗意，都是非常高的赞许，散文亦如是。

几位少数民族作家如鲍尔吉·原野、彭学明、冯秋子，多年来就在我们身边，用汉语写作，写得那么好，以至于我们都忘记了他们的少数民族身份。但若细细品咂其作品，还是能发现那里面所独有的民族文化个性与魅力。你看彭学明《如果爱有轮回，我在浦市等你》中的语言，明显的带着湘西土家族的灵秀韵味：“有弯，有直，有曲，有伸，把几十条短街前后周围连在一起。就像三把梭子连着几十根锦线，吱呀、织呀，织呀、吱呀，云一根、霞一根、虹一根，山一笔、水一笔、屋一笔，风一梭、雨一梭、光一梭，一块硕大的锦缎就织成了。”你再看鲍尔吉·原野《索布日嘎之夜：我听到了谁的歌声?》中的语言，一开篇就挟雷滚电地带有蒙古族的豪放：“我来牧区，进入蒙古语的言说里面，感觉蒙古语把我的脑子拆了，露出天光，蒙古语的单词、句子和比喻好像是树条，泥巴和梁柁，像盖房子一样重新给我搭建了一个脑子。”这不能不令人服气。冯秋子的意境则从来像内蒙古大草原一样，辽阔，悠远，风吹草低，呜呜作色，有集万物于一身的苍茫。再举一篇《买买提的馕》为例，作者毛眉虽然是汉族作家，但多年浸淫在新疆少数民族混居的环境里，写作也就带出了疆地烤馕的香味，她笔下的维吾尔族小伙子买买提，靠自己诚实的手工和面烤馕，赢得了各民族群众的生意，也为自己买房、置家、送孩子上学的生活奠定了基础；而我们这些远在祖国四面八方的人，在知晓了买买提们平凡又温暖的生活之后，无不受到深深的感动，愿意为他们送上祝福。

一组书写文化老人和作家的“文坛经纬”小辑，写到了巴金、臧克家、钱锺书、马识途、汪曾祺、叶至诚、草婴、苏予、苗得雨、柳萌、史铁生、孙绍振……各位作者各自记述了与这些文学前辈的交往，有关他们做人、著书、做事的种种情节细节，从他们身上学到的优秀品质等等，好看，好听，又感人。作者们把这些推荐给读者，以期薪火相传，千秋万代。

我还激赏葛水平，这山西女子，太灵秀了，会表演，会女红，会画画，会书法，会写小说，会写散文，还会当主席，又辞职去专心写作……真可说是干什么有什么，学什么像什么，她这篇《黄草纸，水蛇腰》从题目看就充满了灵秀的动感，借着说自己学画画、写文章的心路历程，实际在叹惋人生、命运，与天地谈心，其神思之飞动，其语言之质丽，其心智表达之妖娆，似有一只菩萨之手牵引着，非常人所能解束。

……

最后，照例要谈谈不足：

综览本书，尽管有不少佳作，但我总的打分是80分。为什么？缺乏大作品；力作不够多；分量不够重；兴奋值比较低。

想起去年李敬泽曾对当下散文创作提出的批评，“门槛被降低了”犹在犹在，惊心！

整天浸淫在散文中，看到的皆是散文同仁的呕心沥血，就在些许进步的基点上降低了要求？就忘记了文学的大境界？更没有时时看看天外天而沾沾自喜？也许都有吧！

认真想一想，近年来，散文界的确比较浮躁，别说力作越来越少，即是发自文学初心的作品亦越来越少，生命的痛彻体验亦越来越少；浮词艳彩比较多，蜻蜓点水比较多，应付交差比较多，评奖给奖比较多，出书比较多，排行榜比较多，研讨会上的赞扬比较多……种种，就导致了一个问题：写作不够用力了。

有一批本来还写得很好的作家，明明曾经达到某种高度，却没继续使足十分劲儿，文章立马就水了，藏也藏不住；还有人听不进批评，耍大牌，摆架子，躺在过去的高度上要人膜拜……逆水行舟，不进则退，这道理不用再说；即使凭着脸熟发表在显赫地位，还捡了大奖小奖什么的，并不能拔高作品本身；白纸黑字，个人文字档，立此存照，难保将来不好意思面对自己，我这么说，实在也是包含了批评和警告自己！

美国青年评论网创始人克莉·梅杰斯有一本书《写作是什么》，其中有一节是“憎恨自己”，令人激赏——写作不仅要写到呕心沥血的地步，甚至还要达到憎恨自己的程度，可见需要的用力之狠。

人活一世，草木一秋。

在岁月的金风里，翩翩。

2017.11.14 初稿，11.16 定稿
于英伦沃克汉姆红房子

小　启

本套《2017 年选系列丛书》，收录了本年度众多优秀文学作品。在编选过程中，我们及各选本主编已尽力与大多数作者取得了联系，没有联系上的作者见此小启请尽快与我们联系，我们会及时奉上薄酬并样书。

联系人：李　艳　李金龙

电　话：027-87679073　027-87679350